rororo

rororo

Seit die etwas chaotische Paula in die Redaktion eingetreten ist, herrscht helle Aufregung. Sie verpaßt einen wichtigen Termin, liebt den Klatsch, und dann platzt auch noch eine Briefbombe im Büro. Als Paula schließlich in die Leserbriefredaktion strafversetzt wird, beginnt sie, den Dingen auf den Grund zu gehen …

«Milena Moser gelingt es, in ihrer witzigen und temporeich vorgetragenen Erzählweise den Leser mitten in die Turbulenzen hineinzureißen.»
(«Buch Journal»)

Milena Moser, geboren 1963, lebt in San Francisco. In der Reihe rororo-Taschenbücher liegen vor ihre Romane «Blondinenträume» (Nr. 22322), «Mein Vater und andere Betrüger» (Nr. 22233) und «Die Putzfraueninsel» (Nr. 22454) sowie «Die Schlampenstories» (Nr. 22477); außerdem (gemeinsam mit weiteren Autoren) der Krimi-Band «Bloody Mummy. Jeder Tag ist Muttertag» (Nr. 43253).

Milena Moser

# Das Leben der Matrosen

Ein Zeitungsroman

Rowohlt Taschenbuch Verlag

Veröffentlicht im Rowohlt Taschenbuch Verlag GmbH,
Reinbek bei Hamburg, Mai 1999

Umschlaggestaltung C. Günther / W. Hellmann
(Illustration C. Günther)
Gesamtherstellung Clausen & Bosse, Leck
Printed in Germany
ISBN 3 499 22621 9

Für Rosa Zimmermann,
auch bekannt als Eva Uhlmann,
in Liebe

**1** Paula Perroquet stand vor verschlossenen Türen und konnte nicht hinein. Das paßte zu dem Tag, der damit begonnen hatte, daß sie sich mit Hilfe einer Kanne kochenden Kaffees Verbrennungen zweiten Grades auf der Bauchdecke zuzog (einer Körperpartie, für die sie noch nie viel übrig gehabt hatte). Sie preßte ihr «Badge», ein kreditkartenähnliches Ding, das ihre Kollegen nur lässig im Vorübergehen ungefähr in Richtung Tür zu halten pflegten, am Seiteneingang gegen das rote Sensor-Auge. Nichts. Sie trat einen Schritt zurück und versuchte es noch einmal, mit einem aggressiven Ausfallschritt. Hoffentlich sah sie niemand. Sie kam sich ziemlich dumm vor.

Schließlich gab sie auf und ging um das Gebäude herum zum Haupteingang, wo der Portier mit väterlicher Strenge sein Amt versah. «Sie schon wieder!» Zum drittenmal demonstrierte er ihr die Handhabung des Badge («Locker aus dem Handgelenk»), zum drittenmal wies er sie darauf hin, daß Verlust oder Beschädigung desselben mit 30 Franken gestraft würden. Dann ließ er sie, eher widerwillig, wie ihr schien, zum Hauptportal herein. «Morgen müssen Sie es aber können!» Es war ihr dritter Arbeitstag bei der «Zeitung».

Er meint es nicht so. Er hat nichts gegen dich persönlich. Und der Sensor auch nicht.

Paula versuchte sich zu orientieren. Sie war zur Not in der

Lage, vom Haupteingang aus zu ihrem Büro in der Lokalredaktion zu finden, nicht aber zum Dienstbüro, wo die morgendliche Ressortsitzung stattfand. Jedenfalls nicht geradewegs.

Das Redaktionsgebäude hatte den Grundriß eines Schiffes, was auf die interne Sprache abfärbte. «Backbord!» rief ihr ein vorübereilender Kollege zu – was entweder rechts oder links bedeuten mußte. Während sie durch schlecht beleuchtete Gänge, über ihr unbekannte Halbtreppen und eigenwillige Abzweigungen irrte, erinnerte sie sich an eine Geschichte, die sie über die «Mogamma» geschrieben hatte, das Verwaltungsgebäude in Kairo, in dessen labyrinthischem Inneren schon Leute verschwunden sein sollen. Man vermutet, sie seien hinter blinden Türen verhungert, jedenfalls wurden sie nie mehr gesehen.

Diese Geschichte war eine der besten, die sie als freie Journalistin verfaßt hatte. Jahre war es her. Einen Nervenzusammenbruch und eine Scheidung später konnte sie froh sein, die Teilzeitstelle in der Lokalredaktion der «Zeitung» bekommen zu haben. Bei der Bewerbung hatte sie geschummelt: ihre Freundin, die Schriftstellerin Nicole Müller, hatte ihr beim Formulieren des Bewerbungsschreibens geholfen und ihr einige unveröffentlichte Texte als Arbeitsproben zur Verfügung gestellt.

«Frau Perroquet!» Paula blieb stehen, «Die Zeitung» von heute schützend vor der Brust.

Frau Zimmermann, Leiterin des Sekretariats der Chefredaktion, rief sie in ihr Büro. Paula fühlte sich ertappt. Sie war sich ziemlich sicher, daß Frau Zimmermann den Bewerbungsschwindel durchschaut hatte, ihn aber aus Gründen, die nur sie kannte, nicht meldete. Frau Zimmermann arbeitete seit über vierzig Jahren bei der «Zeitung», sie hatte fünf Chefredakteure überdauert und sich an eine Chefredakteurin gewöhnt (nahm Paula jedenfalls an): Ruth-Maria Vollenweider, die erste Frau, die bei der «Zeitung» diesen Posten bekleidete. Man nannte sie «Maggie» – nicht, wenn sie es hörte.

Rosa Zimmermann schaute eine Weile zu, wie Paula auf dem Stuhl hin und her rutschte. Sie trug eine breitrandige Brille mit dicken Gläsern, hinter denen sie prüfend, aber nicht unfreundlich blickte. Wenig schien ihr zu entgehen.

«Ich habe hier Geld für Sie», sagte Frau Zimmermann schließlich. «Sie sind noch nicht im Computer erfaßt. Deshalb bekommen Sie ihren ersten Lohn in bar.» Paula reagierte nicht sofort.

«Brauchen Sie ihn etwa gar nicht?»

«Doch, natürlich. Ich habe nur nicht damit gerechnet.»

Frau Zimmermann zog es vor, auf diese Bemerkung nicht einzugehen. Statt dessen reichte sie Paula einen Umschlag.

«Zählen Sie ruhig nach.»

Paula zählte. Nach drei Arbeitstagen bereits Geld ausbezahlt zu bekommen, gehörte eindeutig zu den angenehmeren Seiten des Angestelltendaseins. Vor allem, wenn man bedachte, daß sie in dieser Zeit nicht viel mehr geleistet hatte, als sich mit dem Computersystem herumzuschlagen, den Kaffeeautomaten zu überlisten und sich die vielen neuen Namen nicht nur zu merken, sondern sie auch richtig mit Gesichtern zu verbinden. Sie hatte mit Leuchtstiften in allen lieferbaren Farben gespielt, die ihr, eine weitere Annehmlichkeit, zusammen mit Bergen von anderem Büromaterial zur Verfügung gestellt wurden. Minutenlang schaute sie aus dem Fenster ihres Büros auf die Sihl, die braun und träge dahinfloß und sie, wenn sie die Augen zusammenkniff, entfernt an den Nil erinnerte. Sie könnte Korrespondentin in Kairo sein. Aber sie war es nicht.

Sie hatte in Kairo gelebt. Sie hatte in Spreitenbach gelebt, in Uster und in Kilchberg. Jetzt lebte sie in Zürich, zum erstenmal in ihrem Leben. Was sie davon halten sollte, wußte sie noch nicht recht. Marlon lebte in Zürich. Das natürlich.

Eine Gruppe von Getränkeautomaten kam in Sicht, von hier aus war das Dienstbüro leicht zu finden. Paula zündete sich eine Zigarette an. Die Kaffeenische mit den drei runden Tischen im Bug des Schiffes wurde «der Letten» genannt. Es war einer der wenigen Orte in der ganzen Redaktion, an denen geraucht werden durfte. Die Chefredakteurin war militante Nichtraucherin, und viele, die froh waren, überhaupt eine Gemeinsamkeit mit ihr zu finden, schlossen sich ihr darin an. Maggie gehörte zu den Frauen, in deren Gegenwart Paula sofort Laufmaschen und andersfarbige Haaransätze wuchsen, und unwillkürlich fragte sie sich, ob sie auch saubere Unterwäsche trug. Dinge, die Ruth-Maria Vollenweider nie passieren würden.

Paula drückte ihre Zigarette aus und nahm sich vor, am Donnerstag mit ihrem Therapeuten über Maggie zu sprechen. Dann überlegte sie kurz, ob sie vor der Sitzung, die jeden Augenblick beginnen würde, eine halbe Beruhigungstablette oder ein Stück Schokolade zu sich nehmen sollte. Sie entschied sich für letzteres.

In der Sitzung wurde kurz die aktuelle Ausgabe der «Zeitung» kritisiert und dann besprochen, was für die nächsten Tage geplant war. Paula hatte, seit sie bei der «Zeitung» arbeitete, noch kein einziges Mal das Wort ergriffen. Einmal mußte es sein.

«Achmed von Wartburg spielt am Mittwoch im Café Zähringer zum Tango auf», sagte sie betont munter. «Ich dachte, das könnte interessant sein.» Sie war versucht, in ihren nächsten Satz einen der Fachausdrücke einzubauen, die sie aufgeschnappt hatte, zum Beispiel «fahren» – «wir müßten das ja nicht allzulang fahren» –, aber sie war sich doch zuwenig sicher, wie man das Wort wirklich gebrauchte. Statt dessen fügte sie hinzu: «Er war immerhin mal Stadtpräsidentschafts-Kandidat. Das könnte doch ganz interessant sein.»

‹Du wiederholst dich›, nörgelte in ihrem Kopf die Stimme, die immer nörgelte. Paula versuchte sie zu ignorieren, was ihr mit Tabletten leichter gelang als mit Schokolade. Zu ihrem Erstaunen wurde der Vorschlag angenommen. «Donnerstag?» fragte Karl, der an diesem Tag Dienst versah. Als sie ihr Kürzel «pp» auf den Plan setzte, fühlte sie sich zum erstenmal seit langer Zeit wieder lebendig. Jetzt mußte sie nur noch jemanden finden, der sie ins Café Zähringer begleitete.

## 2

Marlon wollte nicht mit ins Café Zähringer.

«Da gehen nur Öko-Freaks hin», erklärte er. Außerdem heiße er nicht mehr Marlon, sondern Mark. «Marlon ist ein Hippie-Name.» Paula erinnerte sich wehmütig, wie sie den Namen vor etwas mehr als vierzehn Jahren ihren Freundinnen gegenüber hatte verteidigen müssen, die ihn als «Macho-Namen schlechthin» bezeichnet hatten.

«Trotzdem nett, daß du angerufen hast. Vielleicht findest du ja eine Freundin, die mit dir hingeht? Wir sehen uns dann am Wochenende.» Ihr Sohn behandelte sie wie ein Kind. Aber das war nichts Neues.

Paula hatte ohne Pause gearbeitet und auf dem Heimweg nicht daran gedacht einzukaufen. Sie war noch immer damit beschäftigt, sich in der Stadt zurechtzufinden. Unten in der Straße befanden sich ein Käseladen und ein teuer wirkendes Feinkost-Geschäft, doch Paula fühlte sich außerstande, das

Haus noch einmal zu verlassen. Ihr Kühlschrank war leer bis auf einen halbvollen Topf mit Hühnersuppe, den ihr Dr. Gallati, einer ihrer neuen Nachbarn, am Abend ihres Einzugs gebracht hatte. Da dieser Abend bereits mehr als eine Woche zurücklag, hegte sie ernsthafte Zweifel an der Genießbarkeit der Suppe. Sie leerte sie in die Toilette. Dabei gedachte sie der Krokodile, die gemäß einem unverwüstlichem Gerücht in der Kanalisation hausten, und wünschte ihnen guten Appetit.

Paula wusch den Suppentopf aus und trug ihn in den fünften Stock, den nur Dr. Gallati bewohnte. Er hatte alle drei Wohnungen gemietet und betrieb ein PR-Büro – was immer das bedeuten mochte.

Jedenfalls war er ein sehr freundlicher Mann und ein gutaussehender dazu, eine seltene Kombination nicht nur in Zürich, aber hier vor allem. Soviel war Paula in einer guten Woche bereits klargeworden. Ob Dr. Gallati wohl Lust hatte, sie ins Café Zähringer zu begleiten? Sie mußte zugeben, er erinnerte sie an ihren ersten Ehemann, Charles Zwingli, Marlons Vater. Charles war ihre erste Liebe gewesen, und ihre Mutter behauptete heute noch, ihn zu verlassen sei der monumentalste von vielen Fehlern gewesen, die Paula in ihrem Leben gemacht habe. Tatsächlich hatte Charles sie verlassen und nicht umgekehrt, aber dies ihrer Mutter klarzumachen hatte Paula irgendwann in den letzten zehn Jahren aufgegeben.

Plötzlich wurde Dr. Gallatis Tür geöffnet, und der schönste Mann, den Paula in ihrem Leben je gesehen hatte, stand vor ihr, dunkelhäutig, mit Rastazöpfen und in recht gewagter Höhe abgeschnittenen Hosenbeinen; vermutlich nicht älter als zwanzig.

Sie konzentrierte sich darauf, dem jungen Mann ins Gesicht zu schauen, und fragte nach Dr. Gallati.

Der junge Gott, der sich als Ernesto vorstellte, bat sie herein, küßte ihr galant die Hand und schrie dann über die

Schulter nach Hugo. Hugo, dachte sie, das hätte gepaßt. Hugo und Paula Gallati grüßen als Verlobte.

«Bitte», sagte Ernesto höflich, «setzen Sie sich doch. Möchten Sie etwas trinken?»

«Gern.» Sie war versucht, um ein Gläschen Geriavit zu bitten. Nichts macht älter, als von schönen jungen Menschen gesiezt zu werden. Paula bemühte sich, Ernesto nicht allzu aufdringlich auf die Beine zu starren. Nach schätzungsweise viertausend Aerobicstunden könnten ihre Beine auch so aussehen. Vielleicht auch nicht. Aerobic sei ohnehin nicht nur ungesund, sondern auch überflüssig, behauptete Jane Fonda, und die mußte es ja wissen.

Dr. Gallati kam mit nassen, aber frischgekämmten Haaren aus dem Badezimmer.

«Mögen Sie zufällig Tango?» fragte er.

Ernesto, der erst so getan hatte, als wolle er sie begleiten, berief sich in letzter Minute auf noch vorbeikommende Freunde und blieb zu Hause – Hugo behauptete, er habe es von Anfang an darauf angelegt.

«Er ist Salsa-Musiker. Er haßt Tango.»

Als sie im Café Zähringer vor einem Linsensalat saßen, wurde ihnen von einem sympathischen, wenn auch recht langsam sprechenden Kellner mitgeteilt, Achmed werde erst um halb elf auftreten – wenn überhaupt.

Zu spät für den Redaktionsschluß. Viel zu spät.

Hugo nahm Paulas Hand. «Jetzt kommen eben die chinesischen Vasen zum Zug.»

**3** Karl, der immer noch am Dienstpult saß, blieb ganz ruhig, als Paula anrief.

«Dann nehmen wir eben die chinesischen Vasen», sagte er. Hundert Zeilen über chinesisches Porzellan habe er immer vorrätig, eben für den Fall, daß ein eingeplanter Text im letzten Moment gestrichen werden mußte. Was allerdings seit Jahren nicht mehr vorgekommen sei. Und wenn, dann wegen Computerkatastrophen, Stromausfällen, Viren. Daß eine Journalistin einfach vergaß, sich zu informieren, wann eine Veranstaltung angesagt war, und deshalb den Redaktionsschluß verpaßte, das sei, soweit er sich erinnern könne, noch nie vorgekommen.

«Woher hast du das gewußt», fragte Paula, als sie an den Tisch zurückkam, «das mit den chinesischen Vasen?»

«Ich habe dreizehn Jahre lang bei der ‹Zeitung› gearbeitet», antwortete Hugo knapp. Er sah nicht so aus, als wollte er mehr darüber sagen. Paula hätte ihm auch nur mit Mühe zuhören können; die Stimme in ihrem Kopf, die sie als unfähige Nuß und dummes Huhn beschimpfte, war zu laut.

Karl redigierte die chinesischen Vasen und beschloß dann, eine Pause einzulegen. Beim Kaffeeautomaten traf er Rosa Zimmermann, die, wie immer in nächtlicher Mehrarbeit, das interne Mitteilungsblatt verfaßte, «Die Zigeunerpost». Er gab ihr eine kurze Zusammenfassung von Paulas Fehlleistung.

«Ich weiß nicht, ob wir dieses Fräulein behalten können», zitierte er einen längst vergangenen Chefredakteur. Rosa lächelte etwas schief, denn dieser Spruch hatte vor vierzig Jahren wiederholt auch ihr gegolten.

«Gib ihr eine Chance», sagte sie, «sie ist eine gute Journalistin – im Grunde.»

Im Café Zähringer wurde kein Alkohol ausgeschenkt. Paula betrank sich mit Kaffee. Achmed von Wartburg hatte unterdessen zu singen begonnen. Breitschultrig, schwarz gekleidet, das Hemd über großflächigen Tätowierungen offenstehend, das Gesicht verzerrt. Er krümmte und wand sich auf seinem Stuhl. Auf dem Plakat, das gleich neben ihm an der Säule klebte, sah er im Gegensatz dazu sehr jung und beinahe schüchtern aus; die Sonne schien ihm ins Gesicht. «El Tigre Tanguero». Ein kleiner Plüschtiger bewachte die Noten, die auf dem Instrumentenkoffer lagen.

«Loco, loco, loco!» schrie Achmed.

Dumm, dumm, dumm, sang die Stimme in Paulas Kopf. Sie verstand kein Spanisch, aber sie wußte genau, was er meinte. *Loco, loco, loco* war jemand, der Stimmen hörte, *loco, loco, loco* war sie.

«Dieses Lied ist universal», unterbrach Achmed im Plauderton die beinahe beklemmende Stille und kündete die «Zürcher Version» an. Paula nutzte die kurze Pause, um einen weiteren Kaffee zu bestellen.

Er sang von zwei halben Sohlen, auf die Füße genagelt, und von Hemdstreifen, direkt auf die Haut gemalt.

«Das ist natürlich ein Stilfehler», flüsterte Hugo, «Das heißt auf Zürichdeutsch nicht ‹Hömli›, sondern ‹Hämp›!» Paula schüttelte irritiert den Kopf.

«‹Hämp›!» wiederholte Hugo, als beiße er ein Stück aus der Luft.

«Lieb mich doch, weil ich spinne», sang Achmed. Es sei ein Trugschluß, zu glauben, man würde mehr geliebt, wenn man berühmt sei, hatte er einmal gesagt. Ob man mehr geliebt wird, wenn man spinnt? Paula war nicht berühmt, aber eindeutig verrückt. Vielleicht liebte sie ja jemand dafür. Es kam ihr nicht sehr wahrscheinlich vor. Sie wollte noch einen Kaffee bestellen, aber Hugo hielt sie zurück.

«Mach dich nicht vollends verrückt», sagte er und freute sich sichtlich, als sie laut darüber lachte. Achmed kündete das letzte Lied an, «einen vollkommen untypischen, weil hoffnungsvollen Tango: ‹A pesar de todo›. Trotz allem geht es weiter, trotz allem scheint morgen wieder Sonne», erklärte er mit sanfter Ironie. Er schien dabei direkt Paula anzuschauen, aber das konnte durchaus auch eine Täuschung sein. Trotzdem war sie einen Augenblick lang bereit, ihm zu glauben. Dann wurde die Tür zum Café aufgestoßen, und ohne jedes Gefühl für magische Momente krähte eine junge Stimme: «‹Die Zeitung› von morgen! ‹Die Zeitung› von morgen!»

**4** Rosa Zimmermann betrat die Redaktion als erste. Wie jeden Morgen erlebte sie einen Augenblick gerechter Überlegenheit, als sie an dem noch leeren Büro der Chefredakteurin Ruth-Maria Vollenweider, besser bekannt als Maggie, vorüberging. Seit diese im Amt war, seit bald zwei Jahren, waren Rosas Tage noch länger geworden. Maggie hatte die unselige Angewohnheit, den Tag mit einem Dauerlauf zu beginnen – und zwar im Morgengrauen.

«Der Morgen ist das Ruderblatt des Tages», pflegte sie zu sagen.

«Sie müssen es ja wissen», antwortete Rosa dann unbeeindruckt. Sie würde sich von diesem unorthodoxen Tun bestimmt nicht anstecken lassen. Ihre Vorstellung von Sport bestand darin, daß sie gelegentlich einer heruntergefallenen Mozartkugel hinterherjagte und sie notfalls bis unter ihr Pult verfolgte. Doch Maggies anstrengende Gewohnheiten zwangen sie, ebenfalls früh aufzustehen. Weder in Krieg noch Frieden würde sie sich dabei erwischen lassen, wie sie das Haus nach ihrer Vorgesetzten betrat.

Rosa sortierte den ersten Schub Post, der bereits in die Redaktion gebracht worden war. In der Hauspoststelle wurde seit fünf Uhr gearbeitet (Rosa hatte Maggie mit Mühe davon überzeugen können, daß es wenig Sinn hatte, vor dem Eintreffen der Post mit der Arbeit beginnen zu wollen). Um zwanzig nach sechs wurde die Post zum erstenmal verteilt, und pünktlich um halb sieben joggte Maggie in einem edlen grauen Trainingsanzug in die Redaktion. Diese Frau brachte es fertig, kilometerweit zu laufen, ohne im geringsten zu schwitzen oder auch nur ihre Frisur durcheinanderzubringen.

Rosa öffnete die Post und verteilte die Briefe auf verschiedenfarbige Mappen. Zwei Umschläge, die ihr wenig sympathisch erschienen (der eine mit Hakenkreuzen bekritzelt, der andere an die «Schefschlampe Vollenweider» adressiert), legte sie ungeöffnet auf einen Stapel mit ähnlichen Mitteilungen. Eigentlich war sie ja dafür, Derartiges ungelesen wegzuwerfen, wie sie es immer gehalten hatte. Aber im Gegensatz zu ihren Vorgängern wollte Maggie ganz genau darüber informiert sein, wer sie haßte. Es waren nicht wenige.

Paula setzte sich während der morgendlichen Besprechung so, daß ihr Ressortleiter, Bernhard Weber, sie nicht sehen konnte. Wie auf eine stillschweigende Verabredung hin hatte niemand das Debakel mit ihrem Bericht über Achmed von Wartburg erwähnt, und aus Dankbarkeit hatte sie auch nicht darauf bestanden, ihn doch noch zu schreiben. Sie schlug das Konkurrenzblatt auf und versuchte, keine Blicke auf sich zu ziehen.

«Was nun das Knabenschießen angeht», sagte Bernhard, «ich habe hier die Liste mit den Finalisten. Für den Fall, daß das Mädchen gewinnt, sollte noch einmal jemand hingehen.»

Wenig Reaktion. Tobias, der bereits den besten Teil des Wochenendes auf dem Albisgüetli verbracht hatte, winkte ab. Paula las zum elftenmal dieselbe Überschrift und wunderte sich nicht sehr, als Bernhard die Liste vor sie hinlegte. «Das könntest du doch übernehmen», sagte er freundlich, aber bestimmt. Paula nickte. Sie nahm die Liste. Eigentlich mochte sie Kirchweihfeste jeder Art, sie hatte sogar eine – meist uneingestandene Schwäche – für panikerzeugende Achterbahnen (jahrelang hatte sie ihren Sohn Marlon, der sich jetzt Mark nannte, und andere verängstigte Kinder als Vorwand mißbraucht, um diesem Vergnügen frönen zu können). Manche Einheimische nannten den Anlaß respektlos das «Knaben-Erschießen». Der Ausdruck gefiel ihr, und sie fragte sich, ob sie es wagen konnte, ihn zu verwenden. So dauerte es eine ganze Weile, bis sie in dem letztgenannten Finalisten «Mark Zwingli, 14 Jahre, aus Zürich» ihren Sohn erkannte.

Marlon? Schützenkönig?

Sie raffte ihre Sachen zusammen und sprang auf. «Ich fahr gleich hin!»

Bernhard kommentierte ihren Übereifer nicht, den er als Versuch abtat, ihr bisher wenig versprechendes Auftreten gutzumachen. Er schenkte zwei Tassen von dem wohlriechenden, starken Kaffee ein, den er in seinem Büro selbst zubereitete und mit ausgewählten Mitarbeitern teilte, und brachte sie, auf ein wenig Anteilnahme hoffend, zu Rosa Zimmermann. Rosa schätzte seinen Besuch ganz richtig ein.

«Hast du Ärger?» fragte sie.

«Maggie hat mich übers Wochenende viermal angerufen.»

«Nicht, um dir einen schönen Tag zu wünschen», vermutete Rosa. Noch nie hatte ihre inoffizielle Rolle als Vermittlerin sie soviel Zeit und Nerven gekostet wie in den letzten zwei Jahren.

Bernhards Laune besserte sich erheblich, als sein Blick zufällig auf den Umschlag mit der Anrede «Schefschlampe» fiel. «Laß mich das öffnen», rief er, «das ist genau das, was ich jetzt brauche!»

Bevor Rosa ihn daran hindern konnte (sie schätzte prinzipiell keine Kompetenzübertretungen), hatte er den Umschlag schon aufgerissen. Mit ohrenbetäubendem Krachen flog das Büro in die Luft.

**5** Der schwere Geruch nach geschmolzenem Käse legte sich über die typische Kirchweih-Mischung der Düfte von Zuckerwatte, Magenbrot und verkohlter Bratwurst. Nachdem es in letzter Zeit ungewöhnlich kalt gewesen war, war es nun plötzlich sehr heiß. Wenigstens kam es Paula so vor. Vielleicht litt sie auch unter Hitzewallungen. Vielleicht kam sie in die Wechseljahre. In England sei das einer jungen Frau mit neunzehn passiert, hatte Paula in einer dieser Klatschpostillen gelesen, die sie verstohlen, aber mit Leidenschaft auf dem Weg zur Arbeit las.

Unglaubliche Menschenmassen wälzten sich von der Tramhaltestelle zur Kirchweih im Albisgüetli hinauf. Paula kam nur sehr langsam vorwärts. Jemand stieß sie an, und sie fiel mit der gepolsterten Schulter ihrer einzigen eleganten Jacke gegen einen dicken Mann, der auf einem Kartonteller eine Riesenportion Raclette vor sich her trug – getragen hatte.

Real Swiss Super Raclette. Es kam ihrer Vorstellung von der Vorhölle ziemlich nahe.

Verschwitzt, schmutzig, aufgelöst erreichte sie die Schießstände. Ihr Sohn Marlon war gerade an die Reihe gekommen. Sie hätte ihn beinahe nicht erkannt, das kurzgeschnittene Haar, das über dem Gehörschutz aufstand, war neu. Ernst sah er aus und ein bißchen unheimlich, mit dem Gewehr an der Backe. Einen kurzen Moment lang verspürte sie das unwiderstehliche Bedürfnis, schreiend und mit den Armen rudernd auf den Schießplatz hinauszurennen, um ihn aufzuhalten. Marlon würde sie hassen.

Er zielte und schoß. Seit wann war das Kind so ernsthaft, so groß? Dreißig Punkte. Reichte nicht für den Schützenkönig, war nicht einmal ein besonders gutes Ergebnis. Als er vom Schießstand kam und sie entdeckte, runzelte er die Stirn, fast, als wolle er ihr die Schuld geben. Eine typische Reaktion, die sie rührte.

«Und dafür haben wir ihn in den freien Kindergarten geschickt», sagte eine Stimme in ihrem Rücken. Sie drehte sich um. Charles Zwingli, Marlons Vater, stand hinter ihr. «Und zu sämtlichen Friedensdemos mitgenommen», ergänzte sie wehmütig.

Dieser ernsthafte junge Mann hatte nichts mehr gemein mit dem zerzausten Kleinkind von damals – oder doch? Eigentlich hatte er immer schon einen Hang zur Organisation gehabt, zu Regeln und Ritualen. Deshalb hatte er sich auch entschieden, bei seinem Vater zu leben, der all dies doch in etwas höherem Maß zu bieten hatte als Paula. Vor allem, seit er wieder verheiratet war.

Carine (mit C) war Steuerberaterin. Paula hatte gehört, daß sie sich morgens beim Frühstück mit Marlon um den Wirtschaftsteil der Zeitung stritt – nicht ihrer «Zeitung», der anderen.

«Mama», begrüßte ihr Sohn sie ohne erkennbare Begeisterung, «was machst denn du hier?» Er küßte sie trocken dreimal auf die Wange.

«Ich arbeite, Marlon – Mark, entschuldige.»

Charles verdrehte die Augen. «Zu Hause zahlen wir fünfzig Rappen für jedesmal, das wir ihn Marlon nennen», erklärte er nicht ohne Stolz, «der junge Mann meint es ernst.»

Zu Hause, dachte Paula.

Auf der vergeblichen Suche nach einem ruhigeren Ort

drängten sie sich durch die Menschenmenge. Paula stellte sich dicht an die Abschrankung einer riesigen, gefährlich wirkenden Spaceshuttle-Bahn und blickte nach oben. Dreimal versuchte sie die Augen offenzuhalten, während die mit schreienden Menschen besetzte Kabine auf sie niedersauste. Fast so gut wie selber mitzufahren. Eine Regenbogenkarte in Plastikhülle, ein Schlüsselanhänger und ein Zweifrankenstück fielen in den fünf Minuten, in denen sie dort stand, vor ihren Füßen auf den staubigen Boden. Aber über das alles war schon geschrieben worden. Sie sollte sich dringend um den Schützenkönig kümmern.

«Ich muß mir dir reden», sagte Mark.

Der ruhigste Platz, den sie finden konnten, war die Bushaltestelle. Sie warteten die Abfahrt eines hoffnungslos überfüllten Busses ab und setzten sich dann auf die Holzbank.

«Ich habe mir etwas überlegt», sagte Mark. Paula wartete.

«Jetzt, wo du auch in Zürich lebst, möchte ich eigentlich gern bei dir wohnen.»

«Wirklich?»

Ihre erste Reaktion war vollkommen daneben: Jetzt kann mich niemand mehr schief anschauen, dachte Paula. Seit Mark bei seinem Vater wohnte, hatte sie die meisten ihrer damaligen Freundinnen verloren. Sie sei ja keine richtige Mutter, hatten sie argumentiert und sich von ihr losgesagt. Andere vermuteten furchtbare Umstände, die zu diesem Entschluß geführt haben mußten. Wo hatte man denn schon so etwas gehört, ein Kind, das bei seinem Vater aufwächst? War sie womöglich lesbisch? Drogensüchtig? Beides? Der einzige, der sie immer unterstützt hatte, war Charles, der ein Freund geblieben war.

Ihr nächster Gedanke war: Hilfe! Kann ich das? Was braucht ein ernsthaftes, vierzehn Jahre altes Kind, außer einem zweiten Zeitungsabonnement?

Da sie beim besten Willen nichts zu sagen wußte, legte sie einen Arm um Marks magere Schultern und zog ihn an sich. Nach einer ihm angemessen scheinenden Zeitspanne löste er sich sanft.

«Irgend jemand muß sich doch jetzt um dich kümmern, Mama.»

## 6

Chefredakteurin Ruth-Maria Vollenweider kam an diesem Morgen ganz gegen ihre Gewohnheit verspätet in die Redaktion der «Zeitung». Sie war von ihrem morgendlichen Joggingpfad abgewichen und hatte sich prompt verirrt, aber das würde sie natürlich niemandem erzählen.

Sie fand ein Chaos vor, das das übliche bei weitem überstieg. Sämtliche Mitarbeiter schienen sich vor dem Nachrichtensekretariat versammelt zu haben. Sie standen dicht beisammen und redeten aufgeregt durcheinander. Einige weinten. Der Newsraum war von Rauch und Gestank erfüllt.

Maggie wurde sich wieder einmal ihrer kleinen Statur bewußt, als sie auf Zehenspitzen versuchte, über die Köpfe hinwegzusehen. Wo war Rosa Zimmermann, wenn sie gebraucht wurde? Sie konnte die blondgefärbten Locken ihrer über einsachtzig großen Sekretärin nirgends entdecken.

«Was ist hier eigentlich los», schrie sie. «Soll morgen keine Zeitung erscheinen?»

Die Menge verstummte, wich auseinander und gab die Sicht auf zwei Sanitäter in roten Windjacken frei. Sie beugten sich über eine reglos auf dem Boden liegende Gestalt mit schwarzgefärbtem Gesicht und in einem blutdurchtränkten, geblümten Hemd. Nur mit Mühe erkannte Maggie den Ressortleiter der Lokalredaktion, Bernhard Weber. Er sah ziemlich tot aus.

Sämtliche Anwesenden starrten sie an. Vorwurfsvoll. Als hätte sie den Mann eigenhändig zu Boden gestreckt. Rosa Zimmermann rückte in ihr Blickfeld und hob die Schultern, als wolle sie sagen: «Also, wenn Sie sich derart danebenbenehmen, kann ich Ihnen auch nicht helfen.»

Die Sanitäter luden Weber auf eine Bahre und trugen ihn hinaus. «Platz machen, bitte», sagte zu Maggie einer, der offenbar nicht wußte, wen er vor sich hatte. Nicht gewohnt, Befehle entgegenzunehmen, wich sie absichtlich noch einen Augenblick lang nicht von der Stelle. Dann marschierte sie durch die feindselig schweigende Menge auf ihr Büro zu.

«An die Arbeit!» rief sie keinem Bestimmtem zu. «Meine Damen, meine Herren, wir haben eine Zeitung zu machen! Frau Zimmermann, Sie kommen mit mir!»

Ohne sich umzuschauen, bog sie um die Ecke und sah sich mit der Tatsache konfrontiert, daß der Gang von schwarzem Rauch erfüllt, mit Glasscherben übersät, durch Bruchstücke einer oder mehrerer Türen versperrt und keineswegs zu begehen war. Ebensowenig ihr eigenes Büro oder das gleich danebenliegende von Frau Zimmermann. Ein plastikbezogener Besucherstuhl schmurgelte übelriechend vor sich hin. Hilfesuchend drehte sich Maggie nach Rosa Zimmermann um.

«Unter diesen Umständen kann ich nicht arbeiten», sagte sie trotzig.

«Sie sprechen ein wahres Wort gelassen aus.» Dann jedoch siegte Rosas Loyalität, weniger Maggie als der «Zeitung» gegenüber. Am Ärmel der Joggingjacke zog sie ihre Vorgesetzte Richtung Nachrichtenraum. «Ausnahmezustand erklären, Mitgefühl aussprechen», soufflierte sie.

Diesen dramatischen Moment nutzte Paula, um die Redaktion zu betreten. Aufgewühlt von dem Gespräch mit ihrem Sohn Mark, der nach fast zehn Jahren bei seinem Vater doch wieder bei ihr wohnen wollte, hatte sie beinahe vergessen, den Schützenkönig zu interviewen. Daß sie es trotz anfänglicher Schwierigkeiten doch noch geschafft hatte, Privates von Professionellem zu trennen («Lieben Sie Ihre Mutter?» hatte ihre erste Frage gelautet ...), war sie ziemlich stolz auf sich. Ihr erster richtiger Beitrag zur «Zeitung» kam spät, aber gut.

Doch leider interessierte Paulas Knabenschießen-Geschichte niemanden. Zu groß war die Empörung darüber, daß trotz des ungewissen Schicksals des verletzten Bernhard Weber weitergearbeitet werden sollte, als ob nichts wäre. Noch weniger konnte Paula über ihren Sohn sprechen. Gott sei Dank gab es Psychotherapeuten.

Einem plötzlichen Impuls folgend, versuchte sie, ihren Nachbarn, Dr. Hugo Gallati, anzurufen.

Besetzt.

Ihr Ex-Ehemann, Charles Zwingli, hatte den Telefonbeantworter eingeschaltet. Mark würde ihn unter Umständen abhören. Paula kam nicht über seine Bemerkung hinweg, er wolle sich um sie kümmern. Sollte es nicht, verdammt noch mal, umgekehrt sein? Und war sie überhaupt imstande, sich um jemanden zu kümmern? Bei sich selber versuchte sie das seit Jahren ohne großen Erfolg.

Paula öffnete ihre Notfallschublade und entnahm ihr zwei Tafeln Schokolade (Milch/Nuß), die sie beinahe ganz verzehrte. Dann rief sie ihren Therapeuten an und bat um einen Notfalltermin. Es würde wohl niemand merken, wenn sie heute früher ginge.

«Frau Perroquet!» Das war Rosa. «Möchten Sie nicht wissen, wie es Bernhard Weber geht?»

**7** Am Samstag abend faßte Paula sich ein Herz und klingelte bei ihrem Nachbarn im fünften Stock. Hugo Gallati öffnete die Tür in der Uniform des Freizeitkochs: ein großformatiges Küchentuch mit neckischer Aufschrift um die Hüften geschlungen, in der Hand ein Hochglanzmagazin, aus dem er anscheinend gerade ein kompliziertes Rezept nachkochte. Paula beglückwünschte sich zu ihrem Timing. In ihren Schränken herrschte wie immer traurige Ödnis. Sie ernährte sich mittlerweile fast ausschließlich von Schokolade und Zigaretten. Das würde sich wohl ändern müssen, wenn Mark, ihr Sohn, wieder bei ihr wohnte. Heranwachsende brauchten regelmäßige Nahrungszufuhr in – wenn sie ihrem Ex-Mann glauben sollte – schier unvorstellbaren Mengen.

«Du kommst genau richtig», begrüßte Hugo sie, «in zehn Minuten beginnt ‹Benissimo›, und das Essen ist so gut wie fertig.»

Das hatte sie hören wollen. Allerdings – «Benissimo»?

Hugos Freund, Ernesto, trat hinzu. «‹Benissimo Backstage› kommt heute», berichtigte er leicht entnervt und offensichtlich nicht zum erstenmal.

«Nesti liebt Beni Thurnheer», sagte Hugo nachsichtig, «er sieht in ihm die Schweizer Seele schlechthin. Womit er sicher nicht ganz falsch liegt.»

Paula machte es sich zwischen den beiden Männern auf dem Sofa bequem. Auf den Knien balancierte sie ein Tablett mit einem Glas Champagner, selbstgebackenem Briochebrot und einer Auswahl schwer zu identifizierender, aber wohlschmeckender Terrinen, Mousses und kalter Suppen. («Vegetarisch, französisch oder bodenständig, für jeden Geschmack etwas.») Paula war so gut wie glücklich.

Dank der guten Laune des Showmasters verlief der Abend recht harmonisch, bis die in Unterhosen probenden Take That den Bildschirm füllten und Paula und Hugo angesichts der perfekten Beinpaare der Mund offenstehen blieb. Ernesto gab eifersüchtige Bemerkungen über «verweichlichte Engländer» und «aufgeblasene Muskeln» ab, bevor er türschlagend das Zimmer verließ.

Paulas Kollegin Marianne Kaspar hatte sie am ersten Tag gewarnt: «Über drei Dinge darfst du nie auch nur ansatzweise kritisch schreiben, wenn du das Publikum nicht gegen dich aufbringen willst: das sind Hunde, Außenquartiere und Take That – oder, nachdem es sie nicht mehr gibt, die Kelly Family.»

Ernesto ließ sich erst wieder blicken, als die Sendung längst zu Ende und die zweite Champagnerflasche leer war: «Diese Frau ist wieder mal am Telefon», verkündete er in einem beleidigtem Ton, der Paula sofort daran erinnerte, daß sie sich wieder einmal bei ihrer Mutter melden sollte. Hugo entschuldigte sich und nahm den Anruf in einem anderen Zimmer entgegen. Als nach einer Viertelstunde keiner der beiden Männer wieder aufgetaucht war, häufte Paula die Reste der verschiedenen Terrinen auf einen Teller und trug ihn in ihre Wohnung hinunter. Das würde ein wunderbares Sonntagsfrühstück ergeben.

Sie hatte allerdings nicht mit Rosa Zimmermann gerechnet, die kurz nach acht an Paulas Tür klingelte.

«Auf! Auf!» rief sie. «Wir wollen doch die Besuchszeit nicht verpassen!»

Rosa Zimmermann, deren kunstvolle Frisuren die Redaktion jeden Tag aufs Neue faszinierten, trug die platinblonden Haare am Wochenende offen auf die Schultern fallend und mit einer Seidenblume geschmückt. Die Farben ihres Hosenanzuges und dessen psychedelisches Muster ließen Paula jeden Schluck Champagner, den sie am Vorabend getrunken hatte, bereuen.

Bernhard Weber residierte in einem Einzelzimmer. Seine rechte Hand war dick verpackt und hing wie ein kleines Kissen an einer Vorrichtung, die sich «Galgen» nannte. Eineinhalb Finger hatte ihm die Bombe weggerissen. «Halb so schlimm», scherzte er, «ich hab das Zehnfingersystem noch nie beherrscht.» Um sein Bett standen bereits fünf halbwüchsige Kinder, teils seine, teils die seines Kollegen Karl, und zwei besorgte Frauen, die sich gut zu kennen schienen und auch Rosa freudig begrüßten. Außerdem war da noch ein kleiner Hund. Das Ganze wirkte wie eine mittlere Party. Morgens früh um neun.

«Freunde», flüsterte Rosa verschwörerisch, als sich die beiden Ehefrauen mit den Kindern auf die Suche nach etwas Eßbarem begeben hatten (Kinder! Essen! merkte sich Paula) und sie sozusagen unter sich waren. «Freunde, ihr wißt, das war nicht das erste Mal. Erinnert ihr euch an den Buttersäureanschlag?» Karl und Bernhard verzogen das Gesicht.

«An den Tag, an dem ein Misthaufen vor dem Eingang deponiert wurde? Die anonymen Anrufe? Die Typen, die mich abends beim Verlassen des Hauses überfallen und beschimpft haben?»

«Die tun uns heute noch leid», murmelte Karl.

«In einem gewissen Maß hatten wir das natürlich immer schon», fuhr Rosa fort, «doch seit zwei Jahren ist es viel schlimmer geworden. Die Anschläge sind brutaler und gezielter.»

«Es muß mit Maggie zusammenhängen», schloß Bernhard.

«Richtig. Wir müssen ...» Doch bevor Rosa ihren Plan erläutern konnte, wurde die Tür einen Spaltweit geöffnet, ein protzig ausladender Lebensmittelkorb wurde ins Zimmer gehievt, dahinter erschien, beinahe schüchtern wirkend, wenn man es nicht besser gewußt hätte, Maggie. Herself.

**8** Maggie stellte den mit exotischen Lebensmitteln gefüllten und mit einer gigantischen Satinschleife verzierten Korb mitten im Zimmer auf den Boden. Ihr Gesicht war leicht gerötet; schwer zu sagen, ob vor Anstrengung oder Verlegenheit. Sie schien Krankenbesuche nicht gewohnt zu sein und auch nicht über die hier nützlichen Floskeln der Anteilnahme zu verfügen. Stille trat ein. Karl unterzog seine Fingernägel einer eingehenden Prüfung und befand, daß sie keiner weiteren Reinigung bedurften. Paula machte sich zwischen Bett und Vorhang klein, Bernhard schaute an seiner Vorgesetzten vorbei. Nicht einmal die loyale Rosa Zimmermann machte Anstalten, Maggie über den Moment hinweg zu helfen. Schließlich war Sonntag.

«Wie ich sehe, geht es Ihnen schon wieder besser», sagte Maggie endlich. «Es ist Ihnen wohl klar, daß der besagte Brief an mich gerichtet war. Das heißt, die Bombe galt mir.»

Erwartungsvoll hob Bernhard den Kopf. Würde das Undenkbare geschehen? Würde sie ihm danken? Es wäre das erste Mal. Man hatte schon ernsthaft daran gezweifelt, ob sie das Wort überhaupt kannte.

«Sie wissen natürlich, und Frau Zimmermann weiß es auch, daß ich es nicht ausstehen kann, wenn an mich persönlich gerichtete Post, gleich welcher Art, ohne mein Einverständnis geöffnet wird. Gar nicht ausstehen kann. Aber angesichts der Umstände wird es kein Nachspiel haben – ausnahmsweise.»

Rosa Zimmermann öffnete den Mund, um etwas zu sagen, aber ihr fiel beim besten Willen nichts ein. Das war ihr noch nie passiert. Noch niemals war sie jemandem, ob vorgesetzt oder nicht, eine Antwort schuldig geblieben (ohnehin war sie der Ansicht, daß Chefredakteure grundsätzlich «unter ihr» arbeiteten). Sie schloß den Mund und hoffte, niemand habe es bemerkt.

«Guten Appetit», wünschte Maggie noch und strebte zur Tür.

«Rosa», sagte Bernhard verträumt, «ich habe es mir anders überlegt. Ich werde dir nicht helfen, herauszufinden, wer hinter diesen Anschlägen steckt. Aber wenn du den Kerl identifiziert hast, stell ihn mir vor. Ich möchte ihm die Hand schütteln.»

Rosa runzelte die Stirn und wies Bernhard mit einem «tststs» zurecht. «Es geht hier nicht um Maggie oder um dich. Auch nicht um mich. Es geht um ‹Die Zeitung›.»

Paula schlich sich unbemerkt aus dem Krankenzimmer und suchte nach einem Winkel, in dem kein Rauchverbotsschild hing. In der letzten Zeit hatte sie sich mit Ernst Hamburger angefreundet, dem einzigen Mitglied der Lokalredaktion, das wie sie nikotinsüchtig war. «Diese Raucherecke wird wohl ‹der Letten› genannt», hatte Paula schüchtern ein Gespräch begonnen. «Mit dem Unterschied, daß man die Leute auf dem Letten immer noch besser behandelt hat als die Raucher bei der ‹Zeitung›», hatte Hamburger geknurrt. Seither hatte Paula nichts mehr zu ihm gesagt. Sie rauchten in freundschaftlichem Schweigen.

Als Paula um die Ecke bog, sah sie Maggie von der anderen Seite des Flurs auf die Sesselgruppe zusteuern. Paula drückte sich an die Wand. Maggie sah aus, als würde sie jeden Moment in Tränen ausbrechen. Sie ging auf einen Mann zu, der in einer Naturfreundezeitschrift las. Er sah aus wie Hugo, Paulas Nachbar. Das konnte doch wohl nicht sein. Paula schlich sich näher. Was hatte der charmante PR-Berater mit der eisernen Lady der «Zeitung» zu tun? Nichts, natürlich. Hugo würde auch nie so früh morgens seine Wohnung verlassen. Eine zufällige Ähnlichkeit, redete Paula sich ein. Sie konnte es sich nicht leisten, an einem der wenigen Freunde, die sie hatte, zu zweifeln. Der Mann stand auf, legte tröstend den Arm um Maggie und führte sie zum Lift. Dabei hielt er sich seine Zeitschrift vor das Gesicht. Als wolle er nicht erkannt werden. Langsam ging Paula auf die verlassene Sitzgruppe zu, magisch angezogen von den mächtigen Crèmeschnitten, die ihr aus einem Automaten zuwinkten.

**9** In aller Ruhe nahm Paula die zweite Kanne Espresso vom Herd und schenkte sich etwa die siebte Tasse ein, als ihr mit Schrecken einfiel, daß sie an diesem Morgen zum «Einführungsvortrag für neue Mitarbeiter» geladen war. Im Druckzentrum der «Zeitung», am anderen Ende der Stadt. Paula wußte nicht einmal genau, wie sie dorthin kommen sollte. Und wann sie dort erwartet wurde. Entweder um acht oder um halb neun. Sie durchwühlte den Stapel halbgelesener Zeitungen und ungeöffneter Post auf dem Klapptisch. Nichts. Sieben Uhr fünfzig, meldete das Radio. Paula ließ den Kaffee stehen, stieg ungewaschen in die Kleider von gestern und verließ die Wohnung ohne Geld, Trambillett, Schlüssel oder Lippenstift.

Es blieb ihr nichts anderes übrig, als Ernestos Fahrrad zu entwenden, das wie immer ungesichert im Hof stand. Als wüßte er nicht, daß Veloklauen eine Art Zürcher Freizeitsport war. Nun, das würde ihm eine Lehre sein.

Es war erstaunlich kalt, ein leichter Nebel hing in der Luft, und es roch verbrannt. Paula mußte mehrmals vom Fahrrad steigen und auf die Stadtpläne an Tramhaltestellen sehen. Um zwanzig nach acht erreichte sie völlig entnervt das Druckzentrum. Zehn bis fünfzehn Leute saßen entspannt im Entree, tranken Kaffee, aßen Croissants und lasen «Die Zeitung». Paula aß zwei Gipfeli, dann wurde sie fotografiert und hielt wenig später den ersten Personalausweis ihres Lebens in der Hand. Ein erstaunliches Gefühl der Sicherheit ergriff sie (auch wenn die Brotkrumen auf ihrem schwarzen Pullover wie Schuppen wirkten). Sie nahm sich noch ein Gipfeli und entschied, daß der Tag wohl so schlecht, wie er begonnen hatte, doch nicht war.

Ein dünner Mann mit einem gewaltigen Schnurrbart kam herein und begrüßte reihum die Sitzenden, die er alle zu kennen schien. «Du bist doch der junge Albasini», sprach er einen Lehrling an und plauderte dann zwei Takte mit einer neuen Sekretärin. Kurz bevor Paula sich ausgeschlossen fühlen konnte, begrüßte er auch sie mit Namen. «Dieser Artikel, den Sie über den Sportclub in Kairo geschrieben haben – war das 1992? Hat mir sehr gefallen!»

Wow.

Vier Stunden später betrat Paula die Redaktion, beladen mit Geschenken (ein kiloschweres Buch über die «Zeitung», eine Liste all der Geschäfte, die ihr von nun an gegen Vorzeigen ihres Personalausweises Rabatt gewähren würden, vier Nummern der Personalzeitung und ein zerquetschter Schokoladenkäfer). Vom Diavortrag, den der nette Herr Sonntag über die Geschichte der «Zeitung» gehalten hatte, war Paula nicht viel in Erinnerung geblieben, aber er hatte ihr das Gefühl vermittelt, nun, da sie in die große Familie der «Zeitung» aufgenommen worden war, könne ihr nichts mehr passieren.

Überschwenglich teilte sie dieses Gefühl ihrem Rauchgenossen Ernst Hamburger mit, der nachsichtig grinste.

«So ist er eben», sagte er. «Deswegen heißt er auch der ‹sonnige Sonntag›.»

«Ich bin so froh, daß ich diesen Job bekommen habe», schwärmte Paula. «Ich war vorher nie angestellt.»

«Langsam, langsam!» Hamburger hob beide Hände. «In einer Familie geht es auch nicht immer harmonisch zu – lies nur mal ‹Die Zeitung›. Außerdem hältst du deine Zigarette verkehrt rum.» Auch das stimmte.

Ein bißchen ernüchtert begab sich Paula in die Kantine, wo Maggie ihre wöchentliche Informationssitzung abhielt.

«... zu unserer Genugtuung außer Gefahr und wird die Arbeit nächste Woche wieder aufnehmen.»

Maggie stand auf einem der Tische, die einzige Möglichkeit für sie, Rosa Zimmermann zu überragen, die sich an diesem Tag einen Sport daraus gemacht hatte, ihr Haar besonders hoch zu toupieren.

«Einmal hat sie ihren Dutt mit zwei Handtüchern aufgepolstert», flüsterte jemand Paula zu, jemand, den sie nicht kannte, der zufällig neben ihr stand, jemand, der wie sie zur «Zeitungs»-Familie gehörte.

Paß auf, warnte Paula sich, der nächste Dämpfer kommt bestimmt.

Tatsächlich zeigte Maggie, während sie vom Tisch stieg, mit einem bedrohlichen Finger auf sie.

«Sie kommen bitte noch zu mir», befahl sie.

**10** Drei Freundinnen hatte Paula. Eine lebte in Kairo, eine in Keystone, South Dakota, und eine in Langenthal. Zwei von ihnen hatten Telefon. Sie wählte die Nummer in Langenthal. Später würde sie noch auf Kosten der «Zeitung» in Kairo anrufen. Vielleicht sollte sie ein Inserat aufgeben: Suche mitfühlende Freundin, Stadt Zürich, stets verfügbar. «Nimm schon ab», murmelte sie. Im selben Moment meldete sich Nicole Müller. Die Schriftstellerin hatte ein Stipendium der Lydia-Eymann-Stiftung erhalten, das eine Wohnung in Langenthal einschloß. Mit dem Zug 50 Minuten von Zürich entfernt. Leichter zu erreichen als Kairo oder Keystone, aber doch.

«Hey!» rief Nicole, offenbar unerträglich guter Laune. «Paula! Stell dir vor, wer letztes Wochenende bei meiner Lesung war!»

«Ich weiß», sagte Paula resigniert, «Maggie.»

«Maggie? Kenn ich nicht. Aber deine Chefin, Ruth-Maria Vollenweider, war da. Scheint ihr ganz gut gefallen zu haben. Sie kam danach noch mit uns in die Beiz, um etwas zu trinken. Nettes Mädchen.»

Nettes Mädchen? Das hatte wohl noch niemand in Ruth-Maria gesehen.

«Dieselbe Person», erklärte Paula, «wir nennen sie Maggie.»

«Wen bitte meinst du, wenn du ‹wir› sagst? Die von der ‹Zeitung› und dich?»

«Ich gehöre auch zur ‹Zeitung›, wenigstens vorläufig noch», verteidigte sich Paula. «Nicole, mußtest du ausgerechnet die Texte vorlesen, die du mir für meine Bewerbung zur Verfügung gestellt hast?»

Kurzes Schweigen. Nicole Müller zündete sich eine Zigarette an. «Scheiße», sagte sie. «Aber weißt du, eine Chefredakteurin kann unmöglich alle Bewerbungen auswendig kennen.»

«Doch. Die schon.»

Maggie hatte sie in ihr Büro gebeten. Dort hatte sie sich auf ihr Trimmrad gesetzt und Paula von dieser erhöhten Position aus wissen lassen, daß sie die Texte sehr wohl erkannt hatte.

«Eigentlich müßte ich Sie fristlos entlassen», hatte sie gesagt, «aber angesichts Ihrer früheren Verdienste als Journalistin gebe ich Ihnen noch eine Chance. Ich habe Sie im Auge!» (Dies war, auf arabisch wenigstens, eine Liebeserklärung, aber Paula sah davon ab, ihre Vorgesetzte auf diesen Umstand hinzuweisen.)

«Scheiße», sagte Nicole Müller noch einmal. «Und was machst du jetzt?»

«Ich gehe zur Zürcher Spezial-Ausstellung.»

Zunächst allerdings holte sie sich einen doppelten Espresso vom Automaten. Mitfühlende Kollegen, die offenbar gerade ihren Fall diskutierten, winkten sie zu sich und boten Zigaretten an.

«Verdammtes Pech», sagte einer, den sie nur vom Sehen kannte, der aber bestens informiert zu sein schien. «Früher war das nicht so. Meine Bewerbung zum Beispiel ging einfach irgendwie verloren. Mußte mich glatt selber einstellen.»

«Gute alte Zeit», murmelte Paula, während sie die umfangreiche Pressemappe der Züspa auf dem Tisch ausbreitete und nach der Liste mit den «Höhepunkten des Tages» suchte.

«Oje», murmelten die Kollegen und traten diskret den Rückzug an.

Die Züspa muß man sich vorstellen wie ein Warenhaus am 24. Dezember kurz vor Ladenschluß. Nur größer. Viel, viel größer. Angesichts der Menschenmassen kam es Paula unmöglich vor, noch einmal umzukehren. Sie kämpfte mit ihrer regennassen Tasche, ihrem Schreibblock und der Pressemappe, während sie sich von der Menge schrittweise vorwärts und in die Halle schieben ließ. Plötzlich wurde sie von hinten geschubst, stolperte und ließ die Pressemappe fallen. Ungefähr vierhundert bunte Informationsblätter flatterten zu Boden und wurden von eiligen Füßen in nassen Schuhen sofort weitergeschoben. Paula kniete sich hin und versuchte zu retten, was noch zu retten war. Mit rundem Rücken trotzte sie der Menge. Würde sie enden wie die armen Menschen in jenem Fußballstadion damals? JOURNALISTIN IM EINGANG ZUR ZÜSPA ZU TODE GETRAMPELT.

Zwischen hundert schwarze Gummistiefel schoben sich nackte Füße in Birkenstocksandalen, eine junge Frau im Trainingsanzug kniete sich neben Paula nieder und half ihr, die Blätter einzusammeln.

«Mit Ihnen müßte man dringend mal einen Konditionstest machen», sagte sie in einem Ton, der eigentlich keinen Widerspruch zuließ. Bevor Paula wußte, wie ihr geschah, saß sie auf einem Trimmrad, wie es in Maggies Büro stand, und ließ sich einen Pulsmesser aus unangenehm feuchtkaltem Gummi um die Brust schnallen.

«Sie sehen aber gar nicht fit aus», sagte die junge Frau.

Was sonst war neu?

## 11

Ernst Hamburger schaute auf seine Armbanduhr. «9 Uhr 29, die Sitzung ist eröffnet.» Paula rutschte mit ihrem Stuhl hinter der Stellwand hervor, hinter der sie sich sonst versteckte. Ihr Text über die Züspa war auf der Aufschlagseite, der ersten Seite des Lokal- und Regionalteils, gelandet. Auf dem Weg vom Haupteingang bis zum Dienstbüro war sie bereits zweimal darauf angesprochen worden. Doch zu ihrer Enttäuschung diskutierte man zuerst die «Hochzeitsseite», die von der berühmten ehemaligen Fernsehreporterin Marina Marini (Schwerpunkt Klatsch) gemacht wurde. Die üppige Fünfzigjährige hatte sich neben Paula gesetzt und hüllte sie in eine Parfümwolke. «White Diamonds» von Liz Taylor, mit handschriftlichem Gruß des Stars auf dem Flacon, das Marina gern und oft herumzeigte. Heute trug sie eine Art Nachthemd aus grünem Satin und eine Kopfbedeckung aus demselben Stoff.

«Seit Caroline von Monaco diese Mode lanciert hat, überlege ich mir, die Haare ganz abzuschneiden», flüsterte sie, für alle gut hörbar. «Aber ich zögere. Prinzessinnenhaare wachsen erwiesenermaßen schneller nach.»

Ernst räusperte sich. «Wir sind jetzt beim Thema Frisuren angelangt, das ich hiermit gerne abschließen würde. Es sei denn, jemand hat etwas Existentielles dazu zu sagen.»

Kichern, Schweigen, Marina rückte leicht beleidigt ihren Busen zurecht.

«Ich bin ziemlich stolz auf die Aufschlagseite», fuhr Ernst fort, «diese Züspa-Geschichte ist wirklich mal was anderes.»

Paula errötete bescheiden. Die nicht enden wollenden Erniedrigungen, die sie während des Fitnesstests an einem der Züspa-Stände erleiden mußte, hatten sich doch gelohnt.

«Ich hasse es, dir recht zu geben, Chéri», sagte Marina, «aber gerade die Stelle mit dem Meßband finde auch ich gelungen.» (Paula hatte, ein Meßband um die Taille geschlungen, in die Luft springen müssen. Die Instrukteurin, Steffi Bürger, hatte das Band, das sich bei Paulas Sprung kaum entrollt hatte, gewissenhaft geprüft und mit einem Seufzer im Protokoll notiert: «Schwerkraft kaum überwunden.»)

«Das war eben wirklich so.» Paula wehrte die Komplimente ab, die sie heimlich genoß.

«Ich sehe schon, du willst deine Leistung nicht weiter gewürdigt sehen», sagte Ernst. «Gut, machen wir weiter. Zeitung von morgen.»

Er zwinkerte Paula zu. Sie ließ die Schultern sinken. Sie hätte durchaus noch ein paar Schmeicheleinheiten vertragen. «Zur Belohnung darfst du heute mit Tobias in den Gemeinderat.» Aus den Mienen ihrer Kollegen schloß Paula, daß das eher als Strafe zu werten war, aber sie ließ sich davon die Laune nicht verderben.

Den Rest des Vormittags verbrachte sie damit, durchs Haus zu tigern und jeden, dem sie begegnete, erwartungsvoll anzustrahlen. Tatsächlich wurde sie noch ein paarmal gelobt.

Sie stellte fest, daß der Anteil der nichtsportlichen Mitarbeiter der «Zeitung» weit den der Nichtraucher übertraf. Um erstere nicht zu enttäuschen, verschwieg Paula die Tatsache, daß sie Steffi Bürger, die ihren Zustand als besorgniserregend einstufte, versprochen hatte, «drei- bis viermal wöchentlich dreißig Minuten zu walken oder radzufahren». Da ihr «Walken» als Tätigkeit kein Begriff war, hatte sie kurzerhand Ernestos silbernes Mountainbike zu ihrem Eigentum erklärt und bereits an diesem Morgen benutzt, um zur «Zeitung» zu fahren.

Paulas Hochgefühl hielt bis zum frühen Nachmittag an, als sie zufällig am Dienstbüro vorbeischlenderte und Ernst Hamburger in eine Diskussion mit Tagesleiter Joseph «Seppi» Morf verwickelt fand. Die beiden Männer verstummten, als sie Paula sahen.

Ernst studierte seine Fußspitzen. «Paula!» rief Seppi betont munter, «ich darf doch Paula sagen? Wir duzen uns hier alle. Seppi.» Er nahm ihre Hand und schüttelte sie lange, während er nach Worten suchte. «Sehr schöne Geschichte, sehr schön. War heute ein Thema in der Tageskonferenz.»

«Ja?» (Voller Eifer. Wie ein Hündchen, das auf einen Lekkerbissen spekuliert.)

«Maggie hat sie ... ehm ... nicht gefallen.»

«Über Sport darf nicht gespottet werden!» Hamburger war verärgert. «Wir hätten dich warnen sollen. Aber die Geschichte war zu gut.»

«Jetzt hör aber auf», sagte Seppi, «ich gebe es ja nur weiter. Du willst doch nicht den Boten erschießen?»

Ernst murmelte etwas wie «Warum eigentlich nicht» und wandte sich wieder seinem Computer zu.

«Gelobt wird hier nur im äußersten Notfall», knurrte er den Bildschirm an.

Paula war gerade dabei, den Sitzplan der Gemeinderäte auswendig zu lernen, als ein grünes Flattern im Flur sie an etwas erinnerte. «Marina», rief sie, «ich habe noch eine Hochzeit: mein Vater – zum viertenmal.»

Oder war es das fünfte?

**12** Zu Fuß gingen Paula und Tobias zum Rathaus. Es war ein kühler, aber sonniger Nachmittag, «schade, ihn so zu verbringen», meinte Tobias. Paula war vor allem damit beschäftigt, sich nicht anmerken zu lassen, daß sie weder wußte, was der Gemeinderat war, noch was er tat, noch wo er tagte. Um solche Dinge hatte sie sich nie gekümmert. Solange sie in Kairo als freie Mitarbeiterin lebte, war es auch nicht nötig gewesen.

«Laß unser Vaterland niemals im Streit um das Brot / geschweige denn im Streit um Vorteil und Überfluß untergehen.» Dieser Spruch zierte die Eingangshalle des Rathauses. Paula hatte ihm nichts entgegenzusetzen. Sie folgte Tobias in den ersten Stock, wo diverse Arten von Menschen in angeregtem Gespräch verweilten, manche auch vor Fernsehkameras. Auf einem Tisch lagen Zeitungen aus. Tobias nahm sich einen Stapel und wies Paula an, es ihm gleichzutun.

«Übernimmst du die erste Hälfte», sagte er, «dann hast du nachher mehr Zeit zum Schreiben.»

«Okay.» Paula ließ sich nicht anmerken, daß sie keine Ahnung hatte, was von ihr erwartet wurde. Sie setzte sich auf einen der für die «Zeitung» reservierten Plätze und breitete den Sitzplan vor sich aus. Ein vermutlich angeborener Mangel an Orientierungsvermögen ließ sie mit der Perspektive hadern. Sie drehte sich um. Die Gemeinderätin, die direkt hinter ihr saß, hatte ein ganzes Sortiment von

Lutschtabletten vor sich ausgebreitet und bot ihr freundlich eine an.

Dann begann plötzlich aus heiterem Himmel eine Lautsprecherstimme zu knattern, die Paula nur mit Mühe lokalisieren konnte. Dann fand sie heraus, daß die Gemeinderätin, die gerade das Wort ergriff, jeweils aufstand. Das erleichterte die Sache ein wenig. Trotzdem war es schwierig genug, diese Person jeweils anhand des Planes zu identifizieren und ihre manchmal langwierigen Ansprachen sinngemäß festzuhalten. Während der ganzen Zeit gingen Leute ein und aus, lasen Zeitung, statteten sich gegenseitig Höflichkeitsbesuche ab, küßten sich auf die Wangen und wechselten zu Paulas grenzenloser Verzweiflung sogar die Plätze.

Als Tobias sie nach gut einer Stunde ablöste, war sie schweißgebadet. «Alles klar?»

«Alles klar!» Lügen waren Teil ihrer Überlebensstrategie.

Durch den klaren Herbstabend schlenderte sie zurück zur Redaktion. Sie ließ sich Zeit, die sie eigentlich nicht hatte. Da und dort saßen noch Leute an kleinen Tischen im Freien und tranken ihren Aperitif. Paula spielte mit dem Gedanken, sich einfach irgendwo dazuzusetzen und die «Zeitung» Zeitung sein zu lassen.

«Was bitte soll das sein?» Chefredakteurin Maggie zeigte auf die Holzkiste, die mitten in ihrem Büro stand. Zwischen den einzelnen Latten quoll Holzwolle hervor.

«Das hat wohl ein Bote gebracht», erklärte Rosa Zimmermann, «ich hab ihn auch nicht gesehen. Ich dachte ...»

«Ich weiß schon, was Sie dachten.» Maggie griff sich ein Lineal aus Metall von ihrem Schreibtisch und machte Anstalten, die Kiste aufzustemmen.

«Nicht doch!» schrie Rosa. «Was, wenn es eine Bombe ist? Warten Sie wenigstens, bis ich in Sicherheit bin!»

Maggie zögerte. Sie hatte Bezirksanwalt Sieber von der Stadtpolizei, der den Vorfall mit der Briefbombe untersuchte, versprechen müssen, keine nicht identifizierbaren Sendungen anzunehmen, geschweige denn zu öffnen. Auf der anderen Seite war ihr Vertrauen in die Effizienz der Polizei nicht besonders groß. In einer Stunde mußte sie am anderen Ende der Stadt einen Vortrag halten. Sie würde keine Ruhe haben, bevor sie nicht wußte, was in dem Paket war.

«Gehen Sie in Deckung», befahl sie Rosa Zimmermann, die für einmal gern gehorchte. Sie nahm sich aus ihrer geheimen Schublade eine Mozartkugel und verzog sich damit ans entgegengesetzte Ende der Redaktion. Sie steckte sich die Praline in den Mund, schloß die Augen und hielt sich die Ohren zu. Nichts geschah.

«Entwarnung!» donnerte Maggies Stimme durchs Schiff. Alle, die nichts von einem Alarm gewußt hatten, wechselten vielsagende Blicke und setzten ihre Arbeit fort.

«Was hat das zu bedeuten?» Maggie hatte aus der Kiste zwölf Flaschen Wein ausgepackt und hielt eine geschmackvolle Kunstkarte in der Hand. «... danken Ihnen ganz herzlich für die interessanten Impulse, die Sie uns vermittelt haben ...»

«Zeigen Sie her.» Rosa nahm die Karte. «Ach so! Der Vortrag.»

«Aber den hab ich doch noch gar nicht gehalten!» Maggie war, was selten vorkam, verwirrt.

«Nachdem Sie den Dank dafür bereits erhalten haben, müßten Sie eigentlich nicht mehr hingehen.» Rosa meinte das natürlich nicht ernst, aber Maggie nickte, nachdenklich und leicht trotzig.

«Haben Sie einen Korkenzieher?»

«Ich habe alles.»

Paula, die mit leichter Verspätung ihren wahrscheinlich

unbrauchbaren Bericht aus dem Gemeinderat zum Dienstpult brachte, meinte im Vorübergehen zwei Gestalten im Chefbüro auf dem Boden sitzen zu sehen, inmitten leerer und halbleerer Weinflaschen und Hanteln in verschiedenen Größen. Sie hatte keine Zeit stehenzubleiben. Es mußte eine optische Täuschung sein. Mußte.

**13** Paula stand vor dem Spiegel. Hose blöd, Pullover schmutzig. Ausziehen. Weg damit. Auf dem Fußboden lag der größte Teil ihrer Kleidungsstücke auf einem Haufen. Alles, was ihr halbwegs präsentabel erschien, hatte sie in den letzten zwanzig Minuten anprobiert. «Man könnte meinen, dir stünde das Rendezvous deines Lebens bevor», nörgelte die Nörgelstimme, die sich in den letzten Jahren in ihrem Kopf eingenistet hatte. «Nicht, daß du gerade oft ein Rendezvous hättest. Eigentlich überhaupt nie.» Die Stimme hatte nicht unrecht. Meist war das, was sie sagte, unangenehm, aber wahr. Paula hatte sich mit der Zeit an sie gewöhnt, brauchte sie sogar. Sie mußte nur achtgeben, daß sie ihr nicht laut antwortete. Jedenfalls nicht in der Öffentlichkeit.

Tatsächlich handelte es sich nur um einen beruflichen Konzertbesuch. Sie hatte zwei Karten bestellt in der vagen Hoffnung, daß sich ihr Sohn Mark überreden ließe, sie zu begleiten. Sie hatte ihn allerdings nicht erreicht. Marks Vater, bei dem er, wenigstens vorläufig noch, wohnte, wußte nicht, wo er war. Mark war vierzehn. Er hatte wohl andere Pläne, als mit seiner Mutter ein Konzert zu besuchen. Er würde zurückrufen oder auch nicht.

Das Telefon klingelte. Paula rannte hin.

«Ich könnte seit Tagen tot sein, was sage ich, seit Wochen,

und du würdest es nicht einmal merken. Ich könnte in dieser Wohnung vermodern, verfaulen, verwesen ...»

«Mutter.»

«Schön, daß du das Wort wenigstens noch kennst.»

Paula setzte sich auf eine unausgepackte Umzugskiste. Daß sie gleich nach der Schule aus Zürich fortgezogen war, hatte einen Grund: Hulda Perroquet. Ihre Mutter.

«Hast du von deinem Vater gehört?»

«Was gehört?» fragte Paula vorsichtig nach. Ihre Mutter spielte vermutlich auf die vierte oder fünfte Wiedervermählung ihres Ex-Mannes, Paulas Vater, an.

«Bist du eingeladen?»

«Eingeladen?» Was immer sie antwortete, wäre für ihre Mutter ein willkommener Anlaß, sich zu beklagen. «Ich habe nicht viel Zeit», sagte sie deshalb, «ich muß heute abend noch weg.»

«Ach so. Tja, amüsier dich nur, solange du noch kannst.»

«Arbeit, Mutter, Arbeit.»

«Bestimmt gehst du zu diesem Michael von der Heide. Den hätte ich ja so gern mal gehört. Die Schwägerin meiner Nachbarin ist mit der Freundin der Cousine seiner Mutter befreundet. Sie gehen natürlich alle hin.»

Paula atmete tief durch. Dann hörte sie sich zu ihrer eigenen Verblüffung sagen: «Ich habe tatsächlich zwei Karten. Wenn du wirklich mitkommen willst . . .»

«Na hör mal! So ein hübscher Junge! Wann geht's denn los?»

«In einer Stunde.»

«Gut gemacht», kommentierte die Stimme sarkastisch. «Immerhin hat sie nicht mehr nach Papa gefragt», verteidigte sich Paula. Dann zog sie die Kleider wieder an, die sie vor dem Bad getragen hatte. Für ihre Mutter wäre ohnehin nichts gut genug.

Rosa Zimmermann war ganz gegen ihre Gewohnheit nervös, als sie das Büro ihrer Vorgesetzten betrat. Als sie das letzte Mal in diesem Raum gewesen war, hatte sie leicht angetrunken auf dem Boden gesessen und auf das Angebot der Chefredakteurin, sie doch Ruth-Maria zu nennen, dreist geantwortet: «Maggie werd ich dich nennen, Maggie!» Ihr Spitzname war Maggie noch unbekannt gewesen, aber sie hatte ihn, nach einem weiteren Glas, als durchaus passend akzeptiert. Nur – würde sie sich heute noch daran erinnern?

Rosa holte tief Luft. «Diese Anrufe sind bereits gekommen, und das sind deine heutigen Termine, Maggie.»

Die Chefredakteurin saß, wie immer um diese Zeit, auf ihrem Life-Cycle, das sich von einem gewöhnlichen Trimmrad dadurch unterschied, daß man die Lenkstange bewegen konnte. Mit beträchtlichem Kraftaufwand, was vermutlich der Sinn der Sache war.

«Zeig her, Rosa.» Sie stieg von ihrem Folterinstrument, außer Atem und vielleicht auch ein wenig verlegen. Sie blätterte die Telefonnotizen durch, ohne Rosa anzusehen.

«Bezirksanwalt Sieber, Bezirksanwalt Sieber. Schon wieder der? Ich war wohl ein wenig ...»

«Betrunken», half Rosa freundlich aus. «Allerdings. Macht ja nichts.» Sie selber war auch nicht hundertprozentig nüchtern gewesen, aber warum sollte sie eigens darauf hinweisen? «Bezirksanwalt Sieber ruft ungefähr alle zehn Minuten an, soll ich ihn abwimmeln? Und vergiß den ‹Windhund› nicht.»

Maggie verzog das Gesicht. «‹Windhund›? Erst ein Alka-Seltzer, bitte.»

Das erste «bitte», das man von Maggie je gehört hatte. Es würde in die Geschichte der «Zeitung» eingehen.

**14** Hulda Perroquet wartete mit verschränkten Armen und beleidigter Miene, während Paula versuchte, einen guten Platz zu erkämpfen. Dann entdeckte sie plötzlich eine Nachbarin, die auf verschlungenem Wege mit Michael von der Heide verwandt oder bekannt war, und setzte sich kurzerhand zu der Gruppe fröhlicher Hausfrauen. Ohne einen Blick an Paula zu verschwenden, die nun allein und verschwitzt vor dem Bühnenrand kauerte und sich so ärgerte, daß sie sich weder Notizen machte noch überhaupt vom Konzert viel mitbekam. Die einzige Liedzeile, die sie erreichte, war «on ne joue pas impunément avec un cœur innocent ...» Was nicht einmal paßte. Ihr Herz war beim besten Willen nicht unschuldig zu nennen, und es stand auch niemand Schlange, um damit spielen zu dürfen.

Die Gitarristin in der rotgetupften Bluse schnitt eine komisch tröstliche Grimasse nur für sie. Hier war eine Frau, die wußte, wie man sich fühlt, wenn man die Weinflasche mit der Stricknadel zu öffnen versucht. Während der Zugaben schlich sich Paula aus dem Saal und in die Toilette – traditioneller Zufluchtsort für Mädchen jeden Alters. Sie zündete sich eine Zigarette an. Würde sie auch diesen Bericht vermasseln? Oder sollte sie ins kalte Wasser springen und eine literarische Studie über ihre Mutter einreichen?

«Schau an, schau an, wen haben wir denn da?» Die Toilettentür flog auf, und Marina Marini, die Klatschreporterin der «Zeitung», stand vor Paula. Sie ließ sich eine Zigarette geben. Marina Marini war, im Grunde wenig erstaunlich, seit Jahren mit Michael von der Heide befreundet. Sie bot Paula an, den Konzertbericht für sie zu schreiben. Gerettet. Paula versprach ihr dafür eine Einladung zur Hochzeit ihres Vaters (seine neue Frau hatte sie noch nicht kennengelernt, meinte sich aber zu erinnern, daß sie jünger war als sie selber und aus einer vornehmen Familie stammte).

Als Paula zurückkam, sah sie ihre Mutter am Ellbogen der Nachbarin in der Künstlergarderobe verschwinden. Sie tat so, als kenne sie Paula nicht. Auch gut. Ihr Bedarf an mütterlicher Nähe war für die nächsten Jahre gedeckt.

Als Paula am nächsten Morgen zur Ressortsitzung eilte, wurde sie von Chefsekretärin Rosa Zimmermann aufgehalten. «Bist du eigentlich schon in den Genuß meines Eintrittsgesprächs gekommen?»

«Ich glaube nicht.»

«Ich halte es auch nur einmal im Monat. Komm in mein Büro, es dauert nicht lange.» Paula war nicht unglücklich darüber, die Ressortkonferenz zu verpassen. Sie setzte sich an Rosas Schreibtisch und begann von den Früchten zu naschen, die immer bereitstanden für den Fall, daß ein Mitarbeiter der «Zeitung» dem Unterzuckerungskoma oder gar dem Hungertod nahe war. Rosa Zimmermann zog einen zweiten Stuhl heran.

«Kommt noch jemand?» fragte Paula mit vollem Mund.

«Nur der Windhund, du weißt schon.»

Paula wußte nicht. Sie nahm sich noch eine Zwetschge. Der süße Fruchtsaft tropfte ihr über das Kinn.

«Jean Barsoi, der diese ganzen verdeckten Ermittlungen macht, den mußt du doch kennen.»

«Ich wußte nicht, daß man ihn ‹Windhund› nennt.» Paula war beeindruckt. Die Verpflichtung des bekannten Reporters hatte zu wilden Spekulationen Anlaß gegeben. Warum sollte ein Mann, der verschiedene Skandale aufgedeckt und Bücher veröffentlicht hatte, für das Lokalressort der «Zeitung» arbeiten wollen?

«Du wirst sehen, es hat schon seinen Grund, daß man ihn so nennt.»

In diesem Moment betrat Barsoi das Büro. Paula stand

auf, wischte sich die klebrige Hand an der Hose ab und verschluckte aus Versehen den Zwetschgenstein, den sie im Mund hatte. Barsoi musterte sie kurz, nahm dann ihre Hand und drückte sie, bis sich jeder einzelne Knochen gebrochen anfühlte.

«Immer langsam, junger Mann», rügte Rosa und wies ihm den zweiten Stuhl zu. Er zupfte die Bügelfalte seiner Hose zurecht, bevor er sich setzte. Über seinen rahmengenähten Schuhen wurde die Art von grauen Socken sichtbar, die Paulas Sohn Mark als «Möchtegern-Socken» bezeichnete. Jean Barsoi verwendete übertrieben viel Duftwasser (Egoiste) und schaute in regelmäßigen Abständen auf seine teure Uhr, als hätte er Angst, sie könnte in einem unbeobachteten Moment von seinem Handgelenk verschwinden. Gel im Haar. Krokodilhemd. Alles, was Paula haßte. Sie versuchte, sich auf Rosa Zimmermanns Rede zu konzentrieren, die im wesentlichen von den Rechten und Pflichten der «Zeitung»-Mitarbeiter handelte. Es war auf einmal unangenehm heiß im Raum. Paula fühlte ihre Ohren glühen; recht große Ohren, die die unangenehme Eigenschaft hatten, bei der geringsten Gefühlsregung verräterisch zu leuchten. Aber wer sprach denn hier von Gefühlen. Sie hatte keine. Schon gar nicht für einen Windhund. Es mußte eine andere, harmlosere Erklärung für ihre Symptome geben: Hitzewallungen, Schluckbeschwerden, Atemnot, Pulsrasen, Wahrnehmungsstörungen.

**15** Ganz behaglich fühlte Bernhard Weber sich nicht in seiner Haut, als er den neuen roten Porsche auf den Parkplatz der «Zeitung» lenkte. Absichtlich kam er eine Stunde früher als sonst, um möglichst wenig Aufsehen zu erregen. Von einem Porsche hatte er schon lange geträumt, aber bisher war die Furcht vor Spott und Mißgunst stärker gewesen. «Was legt er sich aufs Alter noch einen Sportwagen zu, der hat wohl eine Midlife-crisis, fehlt nur noch die Blondine» (vom Mißfallen seiner Kinder ganz zu schweigen, die den Wagen teils aus ökologischen Gründen ablehnten, teils, weil sie auf dem Rücksitz keinen Platz fanden). «Wie willst du denn da ein- und aussteigen», jammerte seine Frau, «du ruinierst dir doch den Rücken!»

Seit Monaten blinzelte ihm der rote Wagen zu, wenn er auf dem Weg zur Arbeit am Gebrauchtwagenhändler vorbeikam, und rief: Bernhard! Bernhard! Ich bin dein Auto! Und heute war er stehengeblieben und hatte den Ruf erhört. Hatte das Ding gekauft. Einfach so. Schließlich konnte er nach seiner Verletzung durch eine Briefbombe, die für seine Chefin bestimmt gewesen war, auf das Mitgefühl seiner Kollegen zählen.

In der Redaktion war es noch ruhig. Einzig aus dem Büro von Chefredakteurin Maggie drang lautes Gelächter. Bernhard Weber wunderte sich.

Er leerte sein Fach und tat so, als würde er im Gehen seine Post durchsehen. Gesenkten Kopfes und geschäftigen Schritts versuchte er, unbemerkt an Maggies Büro vorbeizukommen. Doch sie hatte ihn gesehen, sprang auf und ruderte mit den Armen, was wohl hieß, er solle eintreten. (Hatte bei seinem Unfall etwa auch sein Gedächtnis gelitten? Soweit er sich erinnerte, hatte Maggie nie mehr als ein knappes Nicken für ihn übrig gehabt.)

Auf dem wie immer tadellos aufgeräumten Schreibtisch stand ein silbernes Tablett mit einem kompletten Frühstück, offenbar von einem nahen Restaurant gebracht, und einer Kanne Kaffee. Auf dem Besucherstuhl (intern «Schleudersitz» genannt) saß ein recht gutaussehender Mann mit einem preiswürdigen Schnurrbart, der sich als Bezirksanwalt Sieber vorstellte.

«Gerade haben wir über Sie gesprochen, Weber», sagte Maggie mit vollem Mund. «Nehmen Sie sich ein Brötchen. Kaffee. Was Sie wollen.»

Richtig übermütig. Weber erlebte zum erstenmal, daß die Anwesenheit eines Bezirksanwaltes jemanden in gute Laune versetzte.

«Ich fürchte, Sie müssen mir alles noch einmal erzählen», sagte Sieber. Weber schenkte sich Kaffee ein. Er roch gut. Fast so gut wie der, den er in seinem Büro zubereitete. Trotzdem hatte er keine Lust, seine Geschichte, die gar keine war, zum x-tenmal zu erzählen. Er hatte einen Briefumschlag aufgerissen, und es hatte BUMM gemacht.

«Wir gehen davon aus, daß der Täter im direkten Umfeld der ‹Zeitung› zu finden ist», erklärte Sieber ernst. «Ein oder mehrere Mitarbeiter, vielleicht ehemalige, jemand, der sich schlecht behandelt fühlt. Fällt Ihnen dazu etwas ein?»

Dazu fiel ihm tatsächlich etwas ein. Er könnte stundenlang aufzählen, was ihm dazu einfiel, tagelang. Aber dies in Gegenwart seiner Chefredakteurin zu tun, hielt er nicht für klug. Auch wenn sie an diesem frühen Morgen außergewöhnlich heiter wirkte. Weber dankte für den Kaffee und stand auf. Keiner der beiden beachtete ihn weiter.

«Sieht so aus, als würde mich jemand nicht lieben», hörte er Maggie kokettieren und Sieber erwartungsgemäß antworten: «Sieht ganz so aus. Auch wenn ich persönlich es nicht nachvollziehen kann. Eine Frau wie Sie ...»

Ein mädchenhaftes Kichern war das letzte, was Bernhard hörte, bevor er in den Lift trat.

**16** Der Zwillingskinderwagen, der Paula schon im Hauseingang aufgefallen war, stand nun vor Hugo Gallatis Wohnung im fünften Stockwerk. Aus dem Inneren der Wohnung drang mehrstimmiges Gebrüll. Paula und ihr Sohn Mark wechselten einen Blick, bevor sie klingelten. Ein etwas entnervt wirkender Hugo öffnete die Tür in seiner Hobbykoch-Verkleidung, die Paula schon kannte. Sie stellte ihm ihren Sohn vor, der die Schulferien bei ihr verbringen und, wenn alles gutgehe, bald ganz bei ihr einziehen werde.

«Freut mich», sagte Hugo. «Ich hoffe, ihr mögt Fisch. Ich hoffe, ihr mögt kleine Kinder.»

Im Wohnzimmer tummelten sich ungefähr hundert Kinder, die sich kreischend verfolgten, übereinander herfielen, Blumenvasen umstießen, das Büchergestell erklommen und um das rote Sofa herum rannten. Auf dem Sofa saß, für diese Umstände erstaunlich entspannt, eine dünne Frau. Sie sah genau so aus, wie Paula sich einen Rockstar vorstellte. Lederhose, Tätowierung, Stiefel, alles. Sie war die einzige Erwachsene im Raum. Paula, die eingeladen worden war, um ihre Nachbarn kennenzulernen, setzte sich neben sie aufs Sofa. Die anderen würden wohl noch kommen. Als ob sie ihre Gedanken lesen könnte, schüttelte die junge Frau neben ihr den Kopf, so daß ihre schwarzweiß gestreiften Haarextensionen in alle Richtungen flogen.

«Tut mir leid», sagte sie mit tiefer Stimme, «the party's just you and me, Baby. Die anderen suchen das Weite, wenn ich mit meiner Brut einfahre. Ich habe es tatsächlich fertiggebracht, innerhalb von zwei Jahren zweimal Zwillinge zu werfen.»

«Oh.» Paula war um eine angemessene Reaktion verlegen. Sollte sie gratulieren? Kondolieren? Gott sei Dank kam nun Hugos gutaussehender Freund Ernesto ins Zimmer, einen Getränkewagen vor sich her schiebend. Paula fing einen strengen Blick ihres Sohnes auf und entschied sich für Orangensaft. Ihre Augen gewöhnten sich an das Gewimmel, und sie stellte fest, daß es sich tatsächlich nur um vier Kinder handelte. Zwei Mädchen im Kindergartenalter, zwei kleine Jungen mit dicken Windelpaketen, was aber ihren Bewegungsdrang nicht merkbar einschränkte. Die Mädchen warfen neugierige Blicke auf Mark.

«Ich heiße Barbara», sagte die junge Frau und schüttelte Paula die Hand, «kannst ruhig Babs zu mir sagen. Taugst du zufällig zum Babysitter?»

«Nun …»

«Meine Mutter hat sehr viel zu tun», mischte sich Mark fürsorglich ein. «Sie arbeitet bei der ‹Zeitung›. Aber ich könnte schon mal … wenn's unbedingt sein muß … sind ja Ferien.»

«Jetzt wäre ein guter Moment», sagte Babs und klatschte in die Hände. Die beiden Mädchen (Ernestine und Josephine) folgten Mark andächtig in ein anderes Zimmer, die kleinen Buben (Billy und Willy) ließen sich durch überdimensionierte Milchflaschen für einen Augenblick ablenken, und angenehme Ruhe breitete sich aus. Hugo kam aus der Küche, kündigte an, daß das Essen bald soweit sei, und öffnete eine Flasche Champagner.

«So, bei der ‹Zeitung› arbeitest du», sagte Babs, «sag mal, gibt's bei euch zufällig auch jemanden, der was von Musik versteht?» Denn Babs sah nicht nur aus wie ein Rockstar, sie war auch einer, in gewisser Weise.

«Ich jedenfalls nicht», gestand Paula sofort ein. Sie hatte in ihrem Leben noch niemals einen Plattenspieler besessen und hatte deshalb vom zeitgenössischen Musikschaffen wenig Ahnung.

Sie widerstand der Versuchung, den bekannten Journalisten Jean Barsoi zu erwähnen. Der sich für morgen mit ihr zum Mittagessen verabredet hatte. Zu dem jeder zweite ihrer Gedanken hinwanderte. Mindestens. Dabei gefiel er ihr nicht einmal. Überhaupt nicht ihr Typ. Andererseits war es so lange her, daß sie sich das letzte Mal verliebt hatte, daß sie nicht mehr guten Gewissens von «ihrem Typ» reden konnte.

Plötzlich wurde sie aus ihren Gedanken gerissen. Im Raum war es ganz still geworden. Ernesto, den sie bis gestern noch als den schönsten Mann bezeichnet hätte, dem sie je begegnet war, saß verlegen lächelnd auf der Sesselkante und breitete wie um Verzeihung bittend die Hände aus. Mark stand im Türrahmen und runzelte die Stirn.

«Entschuldigt bitte», stammelte Paula. «Ich hab nicht zugehört.»

Hugo seufzte. «Ich habe gefragt, welche von euch beiden denn nun Ernesto heiraten möchte.»

**17** «Das lasse ich nicht zu», sagte Rosa Zimmermann. Mit hartem Knall stellte sie ihre traditionelle Quarkschüssel, die sie während der wöchentlichen Sitzung der Chefredaktion auszulöffeln pflegte, auf den Tisch. Neben der manisch aufgekratzten Maggie saßen deren Stellvertreter Seppi Morf, Hansruedi Honegger und Artur Schlegel vor appetitlichen Salattellern, die sie sich aus der Kantine hatten bringen lassen und in denen sie nun angelegentlich stocherten. Keiner von ihnen schaute Rosa an.

«Ihre Probezeit ist noch nicht mal zur Hälfte vorüber», fuhr sie fort. «Nun gebt der jungen Frau doch erst einmal eine Chance.»

«Sie hat in fünf Wochen vier Artikel geschrieben, von denen keiner brauchbar war», sagte Maggie. «Solche Leute kann ich mir nicht leisten. Kann sich ‹Die Zeitung› nicht leisten.»

«Die Züspa-Geschichte war gut», widersprach Rosa. «Stimmt's etwa nicht?» Die stellvertretenden Chefredakteure sortierten ihre Salate nach Farben.

«Außerdem hat sie auf Kosten der ‹Zeitung› ein Konzert besucht, über das sie gar nicht berichtet hat. Wo ich herkomme, nennt man das Betrug.»

Rosa reichte es. «Frau Vollenweider, ich gebe Ihnen das Du zurück!» Sie stand auf, warf ihre Quarkschüssel in den Papierkorb und wandte sich zur Tür. Ihre Schultern drückten Verachtung aus. Ein Alarmzeichen, das bei der «Zeitung» jeder deuten konnte. Außer Maggie.

Paula war an diesem Morgen rechtzeitig in der Redaktion, obwohl sie vor Arbeitsbeginn bereits einige Abenteuer bestanden hatte (darunter solche mit einem stumpfen Naßrasierer, schwarzer Haartönung, Schienbeinpflaster und einem Noteinkauf im Strumpfgeschäft). Heute war der Tag, an dem sie mit Jean Barsoi zu Mittag essen würde. Was den Aufwand nicht wirklich rechtfertigte. Vermutlich würden sie sich einfach in der Kantine an einen Tisch zu Kollegen setzen. Romantisch könnte es höchstens werden, wenn er ihr half, einen vollen Löffel mit Salatsauce unter der schrägen Plexiglas-Abdeckung hervorzuwinden, ohne daß alles danebenging wie sonst. Wie alt bist du, Paula, fragte die Stimme in ihrem Kopf mit giftigem Unterton, fünfzehn oder fünfunddreißig? So genau wollte sie das an diesem Morgen gar nicht wissen.

Gegen ihre Gewohnheit ging sie nicht geradewegs zur Ressortkonferenz, sondern zuerst in ihr eigenes Büro, das schräg gegenüber dem von Barsoi lag. Vielleicht würde sie im Vorübergehen einen Blick auf ihn erhaschen.

Doch Maggie erwischte sie vorher.

«Kommen Sie rein. Setzen Sie sich.» Paula gehorchte. «Und, wie gefällt es Ihnen bei uns?» fragte Maggie kühl und ohne Paula anzuschauen.

«Recht gut», antwortete Paula unbehaglich. «Nach all den Jahren in Kairo brauchte ich ein wenig Zeit, um mich einzugewöhnen.»

«Hm.» Maggie nahm eine pinkfarbene Plastikklammer in die Hand, die sie rhythmisch zusammenpreßte, vermutlich, um ihre Fingermuskeln zu stärken. Sie machte sich nicht die Mühe, so zu tun, als hörte sie Paula zu.

«Leider kann ich Ihre optimistische Einschätzung der Lage nicht teilen», sagte sie. «Ich sehe mich daher gezwungen, Sie zu versetzen. Ab sofort sind Sie Guillaume Berger unterstellt.»

«Berger von der Leserbriefseite?» Anderes Büro, anderes Stockwerk, keine Hoffnung auf zufälligen Blickkontakt mit Barsoi mehr.

«Genau. Sie können sich bei Frau Zimmermann bedanken. Sie hat mich überredet, Ihnen noch eine Chance zu geben.»

Maggie stand auf, ohne die Plastikklammer hinzulegen. Sie hatte wohl nicht vor, Paula zum Abschied die Hand zu schütteln. «Ach, noch etwas!» rief sie ihr nach, als sie schon die Tür erreicht hatte: «Da Sie über das Konzert von Michael von der Heide nicht selbst berichtet haben, wird Ihnen das Geld für die beiden Karten vom Lohn abgezogen. Nicht, daß derlei einreißt!»

Als Rosa Zimmermann sich einige Stunden später die Nase pudern wollte, fand sie Paula heulend auf der Toilette vor. Die kunstvoll aufgetragene Schminke zerronnen, die neuen Strümpfe zerrissen, kauerte sie auf dem Boden. Rosa bückte sich und packte die traurige Gestalt unter den Armen.

«Aufstehen, waschen, tief einatmen!» befahl sie, barscher, als sie empfand. Chefredakteurin Vollenweider konnte lange warten, bis Rosa sie wieder duzen, geschweige denn «Maggie» nennen würde!

**18** «Ich hab's mir überlegt», sagte Paula verträumt zu ihrem Nachbarn, Hugo Gallati, «ich kann deinen Freund nicht heiraten.» Hugo hatte sie von der Arbeit bei der «Zeitung» abgeholt und ins nahe Restaurant Cooperativo eingeladen, wo Paula zur Unzeit einen Teller Spaghetti Carbonara verspeiste. Beim Mittagessen hatte sie kaum einen Bissen heruntergebracht, was um so bedauerlicher war, als Jean Barsoi sie in die Kronenhalle geführt hatte. Schade um die weltberühmte Bratwurst mit Rösti, die überdies recht teuer gewesen war. Paula hatte sich darauf beschränkt, die Farbe von Barsois Augen zu ergründen und zu definieren. Keine der gängigen Personalausweisfarben wurde ihnen gerecht. Türkis mit Goldsplittern kam der Sache noch am nächsten.

Unkonzentriert hörte sie ihrem Nachbarn zu, der die Situation seines Freundes zusammenfaßte. Der junge Musiker tue alles, um in der Schweiz bleiben zu können, seine Arbeit (Putzen am Tag, Auftreten des Nachts) ernähre seine halbe Familie in der Karibik. Er wolle auf keinen Fall zurückkehren, ohne «es geschafft» zu haben. Und außerdem sei er verliebt. So etwas soll vorkommen.

«Ich würde ihn ja sofort heiraten», erklärte Hugo. «Wir lieben uns. Aber wie du weißt, ist das nicht möglich.»

«Es tut mir leid», sagte Paula, «aber ich möchte frei sein, um selbst zu heiraten.» Ein idiotisches Grinsen breitete sich über ihr Gesicht aus, ohne daß sie etwas dagegen hätte tun können. Hugo schob liebenswürdig seine eigenen Sorgen sofort beiseite und wandte sich ihr zu: «Du heiratest? Wen? Wann? Warum??»

«Na ja, konkret ist es noch nicht, eigentlich überhaupt nicht, ich meine nur, theoretisch ...» Dumme Kuh, schimpfte die innere Kontrollinstanz – gibst wieder mal Wunschträume als Tatsachen aus, was?

«Er hat gesagt, eine Frau wie mich habe er noch nie kennengelernt», verteidigte sich Paula. An Hugo Gallatis verwirrter Miene erkannte sie, daß sie sich wieder einmal laut mit der Stimme in ihrem Kopf unterhalten hatte. Sein neugieriger Blick wurde besorgt.

«Das hat dich doch hoffentlich nicht beeindruckt», vergewisserte er sich, «das sagen sie doch immer.»

Paula mußte zugeben, daß sie diesen Satz nicht zum erstenmal gehört hatte.

«Das ist ja wohl die müdeste Anmache überhaupt», ereiferte sich Hugo. «Einem Mann könntest du mit so was nie kommen. Ist doch logisch, daß er eine Frau wie dich noch nie kennengelernt hat – es gibt keine. Nur gilt das für jede – auch für die bärbeißige Kioskfrau an der Ecke!»

«Die mit den Warzen?» Paula lachte. «Stimmt ja, aber Jean ist anders.» Sie schob den Teller zur Seite, bevor sie alle Spaghetti aufgegessen hatte, und lehnte auch ein Dessert ab.

«Eindeutig verliebt», diagnostizierte Hugo.

Das Büro von Guillaume Berger befand sich in der äußersten Bugspitze des «Schiffes». Paula klopfte an die Tür.

«Herein.» Hinter ordentlichen Papierstapeln saß Berger. Im Raum roch es nach Pfeifenrauch, und vor dem offenen, ebenerdigen Fenster befand sich die Welt.

«Was soll ich mit Ihnen bloß anfangen?»

Paula setzte sich an den Tisch und zündete sich eine Zigarette an. «Weiß auch nicht.»

«Lesen Sie sich mal ein.» Berger schob ihr einen Stapel Leserbriefe zu. An jeden einzelnen war ein gelber Notizzettel geheftet, auf dem das Thema vermerkt war, auf das sich der Brief bezog. Auf dem obersten stand: A. Ä.

«Allgemeiner Ärger», erklärte Berger. «Machen Sie sich zuerst nur Gedanken darüber, was im Brief wichtig und was unwesentlich ist.» Er nickte ihr freundlich zu und wandte sich dann wieder seiner Arbeit zu.

«... auch in der ‹Zeitung› werden wir alten Leute wie Dreck behandelt. Das ganze Leben lang hat man sich aufgeopfert. Und dann das. Nicht einmal am Muttertag ...»

Diskret faltete Paula den Brief zusammen und schob ihn in ihre Hosentasche. Unterschrieben war er mit Hulda Perroquet.

Berger schaute auf, als er das Papier knistern hörte. «Eine Stammkundin», sagte er. «Verwandt?»

## 19

Es war mitten am Tage, als sich Paula, ohne genau zu wissen, wie und warum, im Kino Plaza wiederfand, wo «Die Abenteuer von Pinocchio» gezeigt wurden. Sie hatte mit Jean Barsoi zu Mittag gegessen (vielmehr das Essen auf dem Teller umhergeschoben, während sie ihm zuhörte). Jean Barsoi war ein paar Jahre jünger als sie, achtundzwanzig schätzungsweise. Er hatte, was Paula nie gehabt hatte: Ziele. Er wußte, was er vom Leben erwartete und wie er es sich zu holen gedachte. Eine ganz klare Strategie breitete er vor ihr aus, Salz- und Pfefferstreuer zur Untermalung auf dem Tisch verschiebend. Paula war hingerissen. Hier war er endlich, der Mann, der sie vor ihrem eigenen Leben retten würde. Denn genau das erwartete sie wider besseres Wissen jedesmal, wenn es nicht zufällig einmal umgekehrt war und sie sich einbildete, jemand anderen retten zu müssen. Warum Verliebtheit immer mit Lebensrettung verbunden war, konnte ihr niemand erklären. Ihr Therapeut beschränkte sich darauf, Liebe als Projektion zu definieren – nicht, daß sie in diesem Moment an ihren Therapeuten dachte.

Um Viertel vor zwei griff Jean nach Paulas Hand. Das Weinglas kippte um. Ein dunkelroter Fleck breitete sich auf dem Tischtuch aus. Er sagte nichts dazu.

Als sie etwas später aus dem Lokal auf die Straße traten, fanden sie das Sonnenlicht schwer erträglich und noch weniger die Vorstellung, sich auf dem Redaktionsschiff zurückzumelden und so zu tun, als wäre nichts. «Ich mag gar nicht wieder an die Arbeit», sagte Paula mutig, und bevor sie wußte, wie ihr geschah, saß sie in einem beinahe leeren, dunklen Kino und küßte sich mit Jean Barsoi, während auf der Leinwand Pinocchio seine seit langem bekannten Abenteuer bestritt.

Diesmal ist es der Richtige, dachte sie, diesmal ganz bestimmt.

Das dachte sie allerdings jedesmal. Eine Eigenschaft, die sie, wenn sie den Selbsthilfebüchern glauben konnte, mit Millionen Frauen teilte. Und mit Johnny Halliday natürlich. Im Herzen fühlte Paula sich dem französischen Sänger jedesmal verbunden, wenn er der Klatschpresse die Frau seines Lebens vorstellte («Johnny: Sie ist es!»), was durchschnittlich zweimal pro Jahr geschah. Gleichzeitig tat er seine gesamte, recht umfangreiche amouröse Vergangenheit als überhaupt nicht wichtig, als sozusagen nicht geschehen, ab. Paula erging es gleich – mit dem einzigen Unterschied, daß es dem «Paris Match» egal war.

Guillaume Berger war wenig erfreut, als sie gegen halb fünf aus der Mittagspause zurückkam. In der Leserbriefredaktion war der Teufel los, seit der beliebte Garfield-Comic von der Fernsehseite entfernt worden war, was unauffällig und in aller Stille hätte vor sich gehen sollen. Niemand hatte mit der Empörung der Fan-Massen gerechnet, die sich in Stapeln von Briefen niederschlug.

«Sortieren!» sagte Berger. Und Paula sortierte bis abends um acht. Sie verbot sich jeden Gedanken an Jean Barsoi, der nur eine Etage höher (vermutlich) an seinem Computer saß. Sie stand auch nicht auf, um mit unschuldiger Miene die Flure entlangzuwandern. Bergers grimmige Miene half ihr, der Versuchung zu widerstehen. Um acht hatte sie eine Auswahl getroffen und wollte sie Berger vorlegen.

Da fiel ihr plötzlich ein, daß sie sich um fünf mit ihrem Sohn Mark und seinem Vater Charles verabredet hatte. Mark wollte bei ihr einziehen, nachdem er die letzten zehn Jahre bei seinem Vater gelebt hatte. Charles würde beim Transport der Möbel helfen. Seine neue «Lebensabschnittspartnerin», wie er sie leicht ironisch nannte, die effiziente Carine (mit C), hatte den Mietwagen organisiert. Und Paula war nicht zu Hause. Sie sah den gelben Lieferwagen am Straßenrand stehen und den Verkehr behindern, sie sah Carine zum wiederholtenmal auf die Uhr schauen (jede Stunde kostete zusätzlich), sie stellte sich vor, wie Charles nach einer Entschuldigung für ihr Verhalten suchte und keine fand. Sie konnte das Gesicht ihres Sohnes sehen, der die Unterlippe vorschob wie ein kleines Kind und gleichzeitig in dem Versuch, sich nichts anmerken zu lassen, trotzig die Brauen zusammenzog wie der Erwachsene, der er schon zu sein glaubte.

«Scheiße», sagte Paula.

**20** Um halb sieben Uhr morgens stand Paula in ihrer Küche, die immer noch von unausgepackten Umzugskisten verstellt war, und überlegte, was ein großes Kind wohl zum Frühstück essen mochte. Nachdem sie bereits am Vorabend den Einzug ihres Sohnes zum größten Teil verpaßt hatte, wollte sie ihn wenigstens an seinem ersten Morgen hier ein wenig verwöhnen.

In den letzten zehn Jahren, seit ihrer Scheidung, hatte sie Marlon / Mark nur am Wochenende gesehen, und als sie in Kairo gelebt hatte sogar nur während der Schulferien. Alles in allem aber hatte sie immer noch mehr Zeit mit ihrem Kind verbracht als der durchschnittliche geschiedene Vater; dennoch hatten Verwandte, Freunde, Bekannte, Kindergärtnerinnen, Lehrerinnen und vollkommen unbeteiligte Fremde sie einmütig als Rabenmutter, als wahres Monster abgetan. Niemand schien sich vorstellen zu können, daß ein Mann wie Charles besser geeignet war, den Alltag mit einem Kind zu teilen, als eine Frau wie sie. Was nichts über ihre Liebe zu Mark aussagte. Die bittersten Anklagen kamen übrigens von Frauen, die selber Kinder hatten und die Paula vorwarfen, einen reichlich bequemen Ausweg aus den Mutterpflichten gesucht zu haben. Paula brachte weniger Opfer als sie, und das war selbstverständlich unverzeihlich.

Genug gejammert, ermahnte sie sich. Cornflakes, Eier und Speck? Mark, der an den amerikanischen Traum glaubte («Mit harter Arbeit kann jeder etwas werden», behauptete er), mochte vielleicht auch ein amerikanisches Frühstück. Paula duschte, zog sich an und strebte auf den nächsten Supermarkt zu.

Er war noch geschlossen. Sie konnte sich beim besten Willen nicht erinnern, je vor Ladenöffnung unterwegs gewesen zu sein – allenfalls, wenn sie sich erst auf dem Heimweg befunden hatte, aber das war etwas anderes. Nun jedoch stellte sie sich wohl vor, Jean Barsoi schaue ihr beim Leben zu.

Sie war derart aufgedreht, daß sie sämtliche Umzugskisten auspackte, bevor sie ihren Sohn weckte und in das seltsame Tex-Mex-Restaurant am Ende der Straße einlud, wo sie Maisfladen mit scharfer Sauce frühstückten. Mark bestand darauf, daß sie einen großen, frischgepreßten Orangensaft bestellte und auch austrank – «sonst hast du ja gar keine Vitamine».

Paula fragte sich, wer von ihnen beiden das Kind war. Dabei fiel ihr ein, daß sie ihrem Vater noch nicht mitgeteilt hatte, sie werde zu seiner Hochzeit eine Klatschreporterin mitbringen.

Ob sie Jean Barsoi einladen sollte, sie zu begleiten? Ob sie ihm Mark, wenn er sie am Abend von der Arbeit abholte, vorstellen sollte? Sie würden sich bestimmt gut verstehen, zwei so zielstrebige und leistungsorientierte Männer. Zwischen den beiden konnte ihr eigentlich nichts mehr passieren. Mit diesem beruhigenden Gefühl radelte sie auf Ernestos silbernem Fahrrad am See entlang in Richtung Redaktion. Der Himmel war klar, die Berge wirkten nah. Es fehlte nicht viel, und sie hätte lauthals gesungen.

Acht Ordner erwarteten sie auf der Leserbriefredaktion samt der Anweisung, aus den nicht abgedruckten Leserbriefen der letzten beiden Jahre all jene zu kopieren, die irgendwelche mißbilligenden Bemerkungen über Chefredakteurin Maggie enthielten. Diese war persönlich im Büro von Berger aufgetaucht, dem vor Schreck fast die Pfeife aus dem Mund gefallen wäre, so selten kam es vor, daß Maggie ihr eigenes Büro verließ. Sie war in Begleitung von Bezirksanwalt Sieber gewesen und hatte ein eigenartig aufgekratztes Benehmen an den Tag gelegt.

Paula hatte diesen Auftritt verpaßt, da sie gerade auf der

Toilette verschiedene Lippenstifte ausprobierte. Sie hatte sich schließlich für einen nicht einmal schmeichelhaften Farbton entschieden, nur weil er «Almost Kissed» hieß. So schlimm stand es bereits um sie.

«Da soll noch einer mitkommen», brummte Berger. «Warum interessieren die Ermittler sich plötzlich für die Leserbriefschreiber? Ich dachte, sie vermuten den Attentäter in der Redaktion.»

«Das wußte ich nicht», sagte Paula. «Aber es leuchtet ein – besonders beliebt ist Maggie wohl nicht.»

«Es heißt sogar, sie hätten einen Spitzel in die Redaktion eingeschleust.» Berger senkte unwillkürlich die Stimme. «Das kann eigentlich nur Jean Barsoi sein, was meinst du?»

**21** «Wer ist der Mann, der heute morgen früh um fünf die Wohnung verlassen hat?»

Paula öffnete ein Auge. Sie streckte einen Arm aus. Die Matratze neben ihr war leer. Das war sie meistens. Normalerweise stellte sich morgens heraus, daß sie die Umarmung der Nacht nur geträumt hatte. Heute stand ihr Sohn Mark im unaufgeräumten Zimmer und schaute streng. Immerhin hielt er eine Tasse mit dampfendem Kaffee in der Hand, die er ihr zögernd reichte. Paula rappelte sich auf. Mark sah so groß aus. Und so erwachsen.

«Das war Jean», sagte sie. Jean Barsoi hatte am Abend zuvor ziemlich spät an ihrer Tür geklingelt und sie bei ihrer liebsten Freizeitbeschäftigung erwischt (in einem uralten Herrenpyjama und Garfield-Pantoffeln vor dem Fernseher zu sitzen, Caramel-Eis aus der Familienpackung zu löffeln und sich durch die zahlreichen, gleichzeitig ausgestrahlten Ärzte- und Krankenhausserien zu zappen). Weder ihr Tun noch ihr

Aussehen dabei hatten ihn abgeschreckt. Das mußte Liebe sein. (Wo war er jetzt?)

«Jean?» Mark schaute schockiert. Er hatte Jean kennengelernt, als er Paula einmal von der Arbeit abgeholt hatte. «Der ist doch viel, viel, viel jünger als du!»

«Das ist wahr.» Wenn man so alt war, wie man sich fühlte, dann war der Altersunterschied an diesem Morgen sogar noch größer. Paula mußte ungefähr siebzig sein. Sie trank ihren Kaffee. Fünfundvierzig. Duschte. Fünfunddreißig. Jean war immer noch sieben Jahre jünger als sie und würde es auch bleiben.

«Was hast du heute vor?» fragte Paula, um ihren mißbilligenden Sohn abzulenken. Widerwillig gab er Auskunft. Am Vormittag würde er einen Teil der Kinder von Babs, der Rocksängerin-Nachbarin, hüten, während diese mit dem anderen Teil Schuhe kaufen ging, dann wollte er sich bei einem Fitnessclub einschreiben und gleich die Probe-Lektion einziehen. Den Rest des Tages würde er damit verbringen, sich auf die Schule vorzubereiten, die am Montag wieder begänne. Am Wochenende habe er dazu keine Zeit. Da heiratete sein Großvater, Paulas Vater, im großen, zweitägigen Stil.

Mark war vierzehn. Es waren Ferien. Verdammt.

«Das Kind ist nicht normal», flüsterte Paula in den Telefonhörer. Von der Redaktion aus hatte sie Marks Vater angerufen. «Warum rebelliert er nicht?» Es war ihr peinlich, daß Guillaume Berger, der Leserbriefredakteur, ihre erzieherischen Wissenslücken mithören konnte. «Ist er nicht in dem Alter, in dem er rebellieren sollte?»

«Tut er doch», sagte Charles beruhigend. «Er tut das Gegenteil von allem, was wir gut finden. Kinder von liberalen Eltern müssen sich konventionell benehmen, wie sollen sie sich denn sonst abgrenzen? Er ist ganz normal.»

Ach so.

«Noch was», sagte Charles, als Paula schon auflegen wollte. «Carine und ich kommen auch zur Hochzeit.»

«Papa hat euch eingeladen?» Gab es denn gar keine Loyalität mehr?

«Carine kennt die Braut. Sie waren im selben Internat oder so.»

Das paßte. Aber wenn Paula ehrlich war, hatte sie gar nichts dagegen, ihren Ex-Mann zu sehen. Er übte bei Familienfesten immer einen beruhigenden Einfluß auf sie aus. Außerdem würde Carine von Jean Barsoi bestimmt beeindruckt sein. Jetzt mußte sie ihn nur noch einladen.

Um sich abzulenken (und natürlich auch, weil es ihr Job war), forschte Paula in den nicht abgedruckten Leserbriefen weiter nach Personen, die Chefredakteurin Maggie übel gesinnt waren. Die Bezirksanwaltschaft war immer noch auf der Suche nach dem Täter, der die Briefbombe in die Redaktion geschickt hatte. So ernst nahm Bezirksanwalt Sieber seine Aufgabe, daß er Maggie fast täglich in ihrem Büro besuchte. Durch die Glasscheibe konnte man ihn dort sitzen sehen, die Füße in ausgelatschten Cowboystiefeln auf dem Tisch, eine selbstgedrehte Zigarette rauchend. Die Gerüchteküche brodelte. Es hieß gar, Maggie, die militante Nichtraucherin, habe seinetwegen einen Aschenbecher angeschafft.

Nach einer Stunde gab Paula auf. Sie legte Berger eine Mappe vor, die sie für ihre Mutter angelegt hatte. Hulda Perroquet schrieb im Durchschnitt einmal im Monat an die «Zeitung» – entweder, um sich zu beschweren, daß ihre Briefe nicht abgedruckt wurden, oder um der «Zeitung» im allgemeinen und Maggie im speziellen Alten-Diskriminierung vorzuwerfen. Sie hatte Maggie mehrfach mit grausigen Formen von Alter und Tod gedroht, die sie eines Tages einholen würden – ob das Hulda bereits zur Verdächtigen machte?

«Ach, mit der Dame hab ich auch schon telefoniert», sagte Berger.

Paula wurde knallrot. «Erschieß mich, bitte.»

Er warf die Mappe in den Papierkorb. «Wir haben alle eine Mutter.»

Der nächste Brief stammte von einer Frau, die Probleme mit ihrem Auto hatte. Jedesmal, wenn sie damit an einem öffentlichen Gebäude vorbeifuhr, spielte das Auto dröhnend laute Marschmusik – obwohl sie gar kein Radio eingebaut hatte. Was, bitte, gedenke «Die Zeitung» dagegen zu unternehmen?

**22** Zur Hochzeit ihres Vaters erschien Paula mit Verspätung. Und in nicht ganz sauberen Hosen aus grünem Samt. Das kleine Schwarze hatte sie zum erstenmal im Stich gelassen. Definitiv zu klein geworden. Sonst fand sich nichts, das auch nur von weitem als passend durchgehen konnte, außer eben dieser grünen Samthose, die zusammengerollt bei den Strümpfen lag und nach staubigem Schrank roch. Mark, der sich eigens für den Anlaß eine Krawatte zugelegt hatte und sogar wußte, wie man sie band, schämte sich nicht wenig für seine Mutter.

«Es ist ja nicht das erste Mal», verteidigte sich Paula. Sie hatte an sämtlichen Wiedervermählungen ihres Vaters teilgenommen, sogar – als zehnjähriges Blumenkind – an einer Hippiezeremonie, die dann nicht einmal rechtsgültig gewesen war. So stieg sie in die Samthose und wickelte sich einen Seidenschal um das nicht gewaschene, nach Rauch riechende Haar. Jean Barsoi war auch in dieser Nacht unangemeldet bei ihr aufgetaucht und im Morgengrauen leise wieder verschwunden. Zur Hochzeit konnte er sie nicht begleiten, er hatte bei der «Zeitung» Dienst. Behauptete er zumindest. Paula bildete sich ein, den Dienstplan, besonders seinen, auswendig zu kennen. Sie hatte nichts gesagt. Erst im Morgengrauen, als er nach seinen Socken suchend gegen das Bett stieß und sie weckte, hatte sie sich verraten.

«Warum gehst du», hatte sie gefragt, «bist du verheiratet oder so was?» Es war ihr herausgerutscht. Herrgott, wer beherrschte denn schon morgens um fünf sein Mundwerk? Wie nicht anders zu erwarten, hatte ihr Jean einen verletzten Blick zugeworfen, verzagt gemurmelt, sie vertraue ihm wohl nicht, und mit hängenden Schultern das Zimmer verlassen. Als sie ihn allerdings zwei Minuten später vom Fenster aus über den Hof zu seinem Wagen eilen sah, wirkte er schon wieder recht fröhlich. Und Paula hatte noch lange wachgelegen und sich gefragt, ob sie ihn mit ihrer unüberlegten Bemerkung wohl endgültig vertrieben habe.

NIE WIEDER mit einem verheirateten Mann, hatte sie sich damals geschworen, als sie eine lange Hin-und-her-Geschichte mit einem deutschen Korrespondenten beendete, indem sie Kairo verließ. Wenn sie nicht einmal sich selbst trauen konnte, wem dann?

Daher die Verspätung, daher die miese Laune.

Daß sie auf dem Weg zum Standesamt noch Marina Marini abholen würden, hatte Paula ihrem Sohn nicht zu sagen gewagt. Die Klatschreporterin war für ihre Unpünktlichkeit bekannt. Tatsächlich beschloß sie, als sie Paulas Haarschmuck sah, spontan, ihren eigenen Turban abzuwickeln und durch einen Hut aus ihrer umfangreichen Sammlung zu ersetzen, dessen Auswahl nicht wenig Zeit in Anspruch nahm.

So erreichten sie das Stadthaus, als die Hochzeitsgesellschaft eben durch die schwere Tür trat. Davor hatten Freunde der Braut auf einem Campingtisch eine Bar aufgebaut. Marks strafenden Blick ignorierend, griff Paula dankbar zu.

Champagnerschaum und Reiskörner trafen das Paar. Der Vater der Braut, jünger als der Bräutigam, machte ein unglückliches Gesicht. Diese hingegen (noch nicht dreißig, Juristin und aus gutem Haus) strahlte. Sie trug ein damenhaftes, etwas zu langes, schwanenfarbenes Kostüm und einen samtüberzogenen Haarreif (ein internationales Schnepfensymbol). Sie hüpfte auf und ab und klatschte in die Hände. Paula wandte sich angewidert ab. Auf der anderen Straßenseite saß ihre Mutter, Hulda Perroquet, mit gekreuzten Beinen auf dem nassen Pflaster, vor sich eine brennende Kerze. Sie war, nachdem sie wiederholt für Aufregung gesorgt hatte, dieses Mal nicht eingeladen worden und hatte offenbar beschlossen, diesen Affront mit einem Sitzstreik zu kontern. Schnell wandte sich Paula wieder der Hochzeitsgesellschaft zu. Doch da hatte die Katastrophe bereits ihren Lauf genommen.

Max Perroquet war verliebt. Zum erstenmal in seinem Leben richtig verliebt. Er hatte bis zu diesem Augenblick gar nicht gewußt, was Liebe ist (bildete er sich ein). An sich kein außergewöhnliches Gefühl an einem Hochzeitstag, ja, eigentlich eine geradezu erwünschte Regung. Nur löste diesen Aufruhr in seinem Innersten nicht seine ihm seit fünf Minuten angetraute Gattin aus, sondern eine Frau, die er noch nie gesehen hatte. Sie lehnte an einen der Torbogen und prostete ihm zu. Ihr Lächeln war sanft ironisch und ihr Hut überwältigend. Max ließ Frau und Schwiegervater stehen, ging auf die Gestalt zu und stellte die einzige Frage, die in dieser Situation Sinn ergab: «Sind Sie verheiratet?»

**23** Nach dem soundsovielten Glas brach Paula in Tränen aus. «Meine Familie ist einfach unmöglich! Nicht mal so etwas Einfaches wie eine Hochzeit kriegen wir hin! Nichts funktioniert!»

Ihr Ex-Mann Charles tätschelte ihre Schulter. «Ist doch eine wunderbare Party», befand er diplomatisch. Tatsächlich schienen sich die Gäste gut zu amüsieren. Eine Band spielte zum Tanz, das Buffet war üppig, und gutaussehende Kellner boten farbige Drinks in Halbliterkübeln herum. Das Schlößchen war, dem Motto entsprechend, zur Südseeinsel umdekoriert worden, aber das störte niemanden. Das einzige, was man an dieser Hochzeitsfeier kritisieren konnte, war das Fehlen eines Hochzeitspaares.

Noch vor der ersten Vorspeise (vor den Aperitifs, vor den ersten Kanapees) hatte sich der Bräutigam in die Honeymoonsuite zurückgezogen – nicht mit der Braut. Diese war, was ihr niemand übelnahm, empört abgerauscht. Geweint hatte sie allerdings nicht. Beherrscht bis zum letzten. Mit der Braut hatten die meisten, doch nicht alle ihrer Verwandten und Bekannten das Fest verlassen. Eine ihrer Großtanten zum Beispiel saß bei Paula am Tisch, sprach tapfer den karibischen Getränken zu und gestand, daß der Bräutigam auch ganz nach ihrem Geschmack gewesen wäre, vor vierzig Jahren.

«Ein wunderbarer, na, Sie wissen schon. Knackig!»

«Mein Vater», stellte Paula etwas gequält klar. Na gut. Ihre Familie war immer schon verrückt gewesen. Es wurde Zeit, daß sie sich damit abfand. Sie trank ihren «Sunset-Slammer» aus und begab sich auf die Tanzfläche.

Später in der Nacht beschloß sie, nach Zürich zurückzufahren, obwohl auch für sie ein Zimmer im Schloß reserviert war. Sie hatte keine Lust, ihrem Vater und Marina Marini beim Frühstück gegenüberzusitzen. Vermutlich würde sie sich furchtbar schuldig fühlen, denn schließlich hatte sie die Klatschreporterin mitgebracht. (Die eigentlich nur einen Bericht für die «Hochzeitsseite», die sie betreute, hatte schreiben wollen. Wie der nun wohl ausfallen würde, fragte sich Paula flüchtig.) Wenn Paula verkatert war, und das wäre sie morgen bestimmt, neigte sie stark zu Schuldgefühlen. Das mußte ja nicht sein. Außerdem – wußte sie denn, ob Jean Barsoi nicht wieder mitten in der Nacht an ihrer Tür klingeln würde? Nach Hause, entschied Paula. Sie rannte der Großtante nach, die am Tor von ihrem Chauffeur erwartet wurde, und bat um eine Mitfahrgelegenheit. Im Fond des Wagens überraschte die alte Dame sie mit dem reichhaltigen Sortiment an Alkoholika in ihrer Handtasche.

Auf einmal wurde Paula klar, daß Jean sie ja bei der Hochzeit wähnte. Sie selbst hatte ihm das Zimmer mit Himmelbett im Schloß als besondere Attraktion geschildert. Es gab für ihn also keinen Grund, mitten in der Nacht an ihrer Tür zu klingeln.

Paula versuchte es zwanzig Minuten lang mit Telepathie. Ohne Erfolg. Sollte sie anrufen? Sollte sie nicht anrufen? Natürlich kannte sie seine Telefonnummer auswendig. Aber soweit sie sich an die Verhaltensregeln für die moderne Beziehung erinnerte, gehörte sich das nicht. Anrufen mitten in der Nacht. Bereits mit der Einladung zum Familienfest (nach erst zwei gemeinsam verbrachten Nächten) hatte sie einen schweren Fauxpas begangen. Ganz zu schweigen von der Frage nach seinem Familienstand. Die er, nebenbei bemerkt, nicht befriedigend beantwortet hatte. Wollte sie wirklich die Demütigung riskieren, eine verschlafene Frauenstimme seinen Nachnamen aussprechen zu hören? Nein. Wollte sie nicht.

Natürlich tat sie es doch.

«Röthlisberger Barsoi?» Ein Doppelname auch noch.

Ohne nachzudenken stürmte Paula in den fünften Stock und klingelte bei Hugo Gallati, der sich in der kurzen Zeit ihrer Bekanntschaft als guter Freund erwiesen hatte. Aber er öffnete nicht. Obwohl in der Wohnung noch Licht brannte und Musik zu hören war.

Niemand liebt mich, dachte Paula. Sie löste zwei Alka Seltzer im Zahnbecher auf und trank, am Fenster stehend, die bittere Brühe. (Würde er ahnen, daß sie es war, die angerufen hatte? Würde er, noch im Pyjama, ins Auto springen und zu ihr fahren?) Statt dessen sah sie Maggie, die Chefredakteurin der «Zeitung», nicht ganz sicheren Schrittes den Hof durchqueren. Halluzinationen auch noch.

## 24

Paula wußte nun, wie Moses sich gefühlt hatte, als sich die Wellen des Roten Meeres vor ihm teilten. Als sie an diesem Morgen die Redaktion betrat, verstummten die Gespräche, und die Menschen wichen auseinander.

«Sie wissen alles», dachte Paula. Obwohl sie, seit sie nicht mehr der Lokalredaktion angehörte, keine Sitzungen mehr besuchte und auch sonst wenig Kontakt zu ihren Kollegen pflegte. Erst recht, seit sie die Mittagspausen mit Jean Barsoi verbrachte (und auf mehrere Stunden ausdehnte).

«Jeder weiß es», dachte Paula. «Natürlich.» Vermutlich lachten sie seit Wochen über sie. Vermutlich hatten ALLE gewußt, daß er verheiratet war. Nur sie nicht. Hätte sie mit irgend jemandem darüber gesprochen, hätte man sie vielleicht gewarnt. Oder auch nicht.

Einer plötzlichen Eingebung folgend, machte Paula am Ende des Ganges, an dem das Büro des Leserbriefredakteurs lag, wieder kehrt und ging zum Lift. Sie würde gerade noch rechtzeitig zur Morgensitzung des Lokalressorts kommen.

Dort wurde, wie erwartet, Marina Marinis Hochzeitsseite kommentiert. In leise ironischem Ton hatte diese über die geplatzte Hochzeit von Paulas Vater Max Perroquet mit der sehr viel jüngeren Juristin Heidi von Arx berichtet. Sie hatte auch den schlechtgehenden Scherzartikelversand, den Max betrieb, erwähnt und die Vermutung angestellt, die Familie von Arx werde das Geld, das sie darin investiert hatte, zurückfordern. Genüßlich beschrieb sie den Abgang der Braut und das Fest, das weiterrauschte, als wäre nichts Ungewöhnliches geschehen. Gerade so, als wäre die Reporterin dabeigewesen. Als hätte sie nicht den größten Teil der Zeit sozusagen illegal in der Honeymoonsuite verbracht, als wäre die geheimnisvolle Frau, die den Bräutigam vom Pfad der Tugend abgebracht hatte, nicht sie.

Paula verließ die Sitzung, wie sie gekommen war, durch die Hintertür. Marina warf ihr eine Kußhand nach, doch Paula, seit früher Kindheit an stiefmütterliche Anbiederungsversuche gewöhnt, reagierte nicht darauf.

Mit einer gewissen Genugtuung lochte sie später auf der Leserbriefredaktion gleich zwei eindeutige Beschwerden über Marina Marinis Stil. Doch bevor sie Berger vorschlagen konnte, diese abzudrucken, klopfte es an die Tür, und Bezirksanwalt Sieber betrat das Büro. Mit ihm Maggie, leicht zerzaust.

«Wie weit sind Sie?» fragte Sieber. «Wir brauchen das Material.» Er pflückte eine selbstgedrehte Zigarette hinter seinem Ohr hervor und entzündete ein Streichholz an seiner Stiefelsohle. Man nannte ihn nicht umsonst den Cowboy.

«Hier», sagte Berger ruhig und reichte Sieber die Mappe mit den Haßbriefen, die gegen Maggie gerichtet waren. «Das sind alle.»

«Nicht schlecht.» Der Bezirksanwalt wog das umfangreiche Dossier in der Hand. Maggie ließ ein mädchenhaftes Kichern vernehmen. Als wäre es eine besondere Leistung, von vielen nicht gemocht zu werden. Paula beobachtete sie. Eindeutig war dies die Frau, die letzte Nacht aus ihrem Wohnhaus gekommen war. Hatte Maggie ihr etwa persönlich kündigen wollen? Morgens um drei?

«Wir verlassen uns auf Ihre absolute Diskretion», sagte der Bezirksanwalt gerade zu Berger. Der nickte bemüht seriös. Diskretion war für Journalisten ein Fremdwort. Kannten sie nicht. Ein Bezirksanwalt konnte das nicht wissen. Maggie schaute entsetzt, griff aber nicht ein.

«Wir müssen jetzt in dieser Sache vorankommen, bevor noch mehr passiert. Maggie hier» (zärtlicher Seitenblick, Erröten) «ist gestern beim Verlassen des Gebäudes erneut angegriffen worden. Nein, nicht tätlich. Eine oder mehrere vermummte Gestalten haben sie quer über den Parkplatz verfolgt und auf übelste Art beschimpft. Es war dunkel. Maggie konnte nichts erkennen. Sie war sehr tapfer.»

Maggie winkte bescheiden ab. Sie wollte über den Vorfall sichtlich nicht weiter reden. «Absolute Diskretion!» mahnte Sieber noch einmal.

Kaum hatte er die Tür hinter sich geschlossen, standen Paula und Berger auf. Sie mußten sich nicht absprechen. Der nächste Schritt war klar: rauf in die Kantine und die Geschichte unters Volk gebracht.

Nach einer guten Stunde sprach man bereits von Gestalten in Maggie-Thatcher-Masken, von Shakespeare-Zitaten und drohend erhobenen Eisenhanteln, von einer nächtlichen Massendemonstration. Auch die Möglichkeit, es handle sich um Wahnvorstellungen, wurde nicht ausgeschlossen. Die Geschichte verselbständigte sich und machte ihren Weg durch die Kantine und hinaus auf den Flur, weiter in jedes Stockwerk, in jedes Büro, und reicherte sich bei jedem Zwischenhalt um ein paar saftige Details an.

Paula holte sich den dritten Kaffee. Sie fühlte sich recht gut. Da kam Jean herein. Er ging sonst nie in die Kantine. Aus Prinzip nicht. Er suchte sie. Noch bevor er den Kaffeeautomaten erreicht hatte, waren ihre Vorsätze dahin.

**25** Zwei Reihen Burgfräuleins winkten mit Fackeln. Paula atmete tief ein. Dann schritt sie tapfer zwischen ihnen hindurch zu dem Zelt, in dem der Aperitif serviert wurde. Es war hoffnungslos überfüllt. Paula kannte niemanden. Sie hatte das sichere Gefühl, daß die Kombination aus schillernden Schlaghosen, Fransenoberteil und falschen Schlangenlederstiefeln mit Plateausohlen, die sie sich von ihrer Nachbarin Babs geliehen hatte, nicht hundertprozentig der vorherrschenden Eleganz des Presseballs entsprach.

Es war ihr erster. Jean hatte sie eingeladen. Am Vorabend.

Paula sah Frauen in Dornröschenkostümen, in schwarzen, goldenen, roten Roben, geschlitzt, rückenfrei, geschmückt, bestickt. Sie sah Frida Kahlo oder jemanden, der ihr sehr ähnlich sah. Sie sah ein Dekolleté, das Fellini hätte von den Toten erwecken können. Sie sah niemanden in Schlaghosen oder Schlangenlederstiefeln. Sie sah auch Jean nicht.

«Hat deine Frau schon etwas vor?» hatte sie trotzig gefragt. Wie lange war das noch mal her, daß sie geschworen hatte, sich NIE WIEDER in einen verheirateten Mann zu verlieben? Jean hatte sie nur angeschaut, mit diesen eigenartigen, gelbgefleckten Augen. Sie war sich plötzlich kleinmütig und dumm vorgekommen, weil sie ein Detail wie eine Ehefrau überhaupt erwähnte. Und hatte ja gesagt.

Paula mußte sich praktisch zum Champagner durchprügeln. Sicherheitshalber nahm sie gleich zwei Gläser und leerte sie schnell hintereinander, wie Arznei.

Ich will nach Hause, dachte sie.

Eine Glocke wurde geläutet, die Menschen strömten zum Eingang des Hotels. Kein Jean. Paula trank noch ein paar herumstehende Gläser aus, bevor sie sich der Menge anschloß. Der Speisesaal lag ein paar Stufen unter ihr. Viele fremde Menschen an runden Tischen. An einen davon würde sie sich gleich setzen müssen, allein.

«Dort hinten», sagte ein Kellner und zeigte mit dem Finger auf einen Tisch, an dem bereits ihre Chefredakteurin Maggie saß. Neben ihr ein Mann, der Paula vage bekannt vorkam. Als er sich vorbeugte, identifizierte sie ihn als ihren Nachbarn Hugo Gallati. Paula drehte sich um und stieß mit Jean zusammen. Er hielt sie an der Schulter fest.

«Hoppla», sagte er. Er roch nach der kalten Luft von draußen. Das reichte schon. Hoppla. Paula folgte ihm an den Tisch und ließ sich vorstellen. Als Kollegin. Hugo küßte ihr die Hand. Die Gänseleber wurde aufgetragen.

Und Jeans Piepser ging los. Er entschuldigte sich, um ein Telefon aufzusuchen.

«Ist es soweit?» fragte jemand.

«Sieht ganz so aus», antwortete Maggie. Plötzlich sahen alle Paula an, und wieder an ihr vorbei. Jean kam nicht zurück. Paula blieb noch eine Weile sitzen. Die Gespräche gingen über ihren Kopf hinweg. Nur Hugo lächelte ab und zu. Sie ließ den Nachtisch ausfallen und begab sich an die Bar.

Geh nach Hause, sagte die Stimme in ihrem Kopf. Mit großen Mengen Alkohol brachte Paula sie zum Schweigen. Sie wollte nicht nach Hause. Nicht, solange noch eine Chance bestand, daß Jean zurückkam und sie küßte. Er würde doch wohl zurückkommen? Immerhin hatte er ihr ein Los gekauft. Vielleicht hatte sie ja eine Übernachtung in einem netten Hotel gewonnen ... Selbstachtung! rief die Stimme. Würde! Und: verdammt!

«Ich bin ein Opfer der Hormone», erklärte Paula dem Barmann. «Machen Sie noch eine Flasche auf.» Die Band begann zu spielen. Paula stellte sich mit ihrem Glas an den Rand der Tanzfläche und schaute den Paaren zu. Jeder schien zu wissen, was ein Gesellschaftstanz war und wie man ihn ausführte. Vermutlich war das eine Grundvoraussetzung für Ballbesucher. Ebenso wie eine passende Garderobe.

Auf der Toilette wurden Schminkutensilien in allen Farben angeboten. Paula setzte sich vor den Spiegel und begann sich anzumalen. Eine Frau in einem blauen Kleid kam herein, schloß sich in einer der Kabinen ein und kotzte gewissenhaft das fünfgängige Diner aus. Paula schraubte den Lippenstift zu und steckte ihn in die Tasche. Lippenstifte konnte man nie genug haben.

Dann kehrte sie zum Tisch zurück und forderte Hugo zum Tanzen auf.

«Maggie ist eine alte Freundin», erklärte er. «Ernesto mag sie nicht, deshalb erwähne ich sie selten.» Paula fragte nicht weiter. Sie hing schon etwas schwer in seinen Armen, und die Plateausohlen machten die Sache auch nicht leichter. Doch Hugo nahm ihre Tritte wie ein Gentleman.

Später wurde es dann doch noch ganz lustig. Paula gab an der Bar Runde um Runde aus. Sie lernte viele nette und interessante Menschen kennen. Sie beschloß, einen Tanzkurs zu besuchen, ein Abendkleid zu mieten und nächstes Jahr wiederzukommen. Doch entgegen ihrer Annahme waren die Getränke nicht inbegriffen. Als der Barmann sie diskret auf diese Tatsache hinwies, waren all ihre neuen Bekannten plötzlich verschwunden.

«Macht elfhundert Franken fünfundsiebzig, sorry, gell.»

Bevor sie ging, holte sie aber noch ihren Preis ab. Es handelte sich um ein Jahresabonnement der «Zeitung».

**26** Erst beim Frühstück wurde Paula das Ausmaß der Katastrophe bewußt. Kein Kaffee, keine Milch, kein Geld. Die elfhundert Franken und fünfundsiebzig Rappen, die sie an der Bar des Presseballs ausgegeben hatte, fehlten schmerzlich. Ihr Sohn Mark würgte tapfer ein paar trockene Cornflakes herunter. Bevor er zur Schule galoppierte, bot er an, sein Sparbuch zu liquidieren.

«Auf gar keinen Fall», wehrte Paula ab. «Ich laß mir schon etwas einfallen.»

Zum Beispiel würde sie in der Redaktion frühstücken, wo sie mit einem Zauberschlüssel bargeldlos zu ihrem Kaffee käme. Sie packte eine Zahnbürste und ihre Post ein. Sie wäre nicht die erste, die sich in der Redaktion der «Zeitung» häuslich einrichtete.

Nach dem dritten Gipfeli in der Kantine hatte sie folgende Auswege aus dem Schlamassel notiert:

– Vorschuß verlangen. Das strich sie gleich wieder aus. Zu riskant. Womöglich würde sich Chefredakteurin Maggie bei ihrem Anblick daran erinnern, daß sie Paula eigentlich gar nicht mehr bei der «Zeitung» haben wollte.

– Charles anpumpen. Ihr Ex-Mann wäre bestimmt bereit, ihr auszuhelfen. Allerdings wäre das wohl mit einer Lektion in Kontoführung von Carine, der Steuerberaterin, verbunden. Sie hatte Paula bereits zum letzten Weihnachtsfest ein Buchhaltungsprogramm für den Computer geschenkt.

Paula sortierte ihre Post nach Rechnungen (drei) und Briefen (einer). «Liebe Frauen und Schwestern», begann der Brief, «was ihr hier in den Händen haltet, ist kein üblicher Kettenbrief. Werft ihn deshalb nicht gleich weg! Dieser Brief hat eine lange Reise hinter sich und schon vielen Frauen geholfen! Unterbrecht die Kette deshalb UNTER KEINEN UMSTÄNDEN! Frauenprojekte auf der ganzen Welt sind auf euch angewiesen!»

Blablabla. Paula wendete das Blatt, um zu sehen, wer ihr diesen Schwachsinn zugestellt hatte.

Barbara Suter? Kenn ich nicht.

«... innerhalb von wenigen Wochen 10 000 Franken zugeschickt bekommen ...»

Das hingegen war interessant. Vielleicht sollte sie die zehn Franken, die gefordert wurden, doch auslegen. Vier Frauen standen auf Paulas Liste. Neben weiteren Namen und Adressen war eine Rubrik «Motivation» auszufüllen. «Normalerweise mache ich ja so etwas nicht mit ... aber na ja ... blablabla ... möchte mit dem Geld den Befreiungskampf der Frauen im Kreis 8 unterstützen ...»

Nun gut, dachte Paula. In ihrer Lage konnte sie es sich nicht leisten, pingelig zu sein. «Ich brauche dringend Geld, weil ich alles versoffen habe», schrieb sie trotzig in die rechte Spalte. Jetzt mußte sie nur noch zehn Frauen mit einer Kopie beglücken. Was wieder zu der Feststellung führte, daß es ihr an Freundinnen fehlte.

Das Frühstück zog sich in die Länge. Bevor Paula die Leserbriefredaktion auch nur betreten hatte, war der Vormittag vorbei. Menschen kamen und gingen. Kaffeepause, Mittagessen. Immerhin hatte Paula das Postfach geleert, und zwischen zwei Schwätzchen mit Kollegen sortierte sie die Briefe des Tages. Irgendwann setzte sich Leserbriefredakteur Berger an ihren Tisch und breitete noch mehr Papier aus.

«Deine Mutter hat wieder zugeschlagen», sagte er mitfühlend und reichte ihr Hulda Perroquets allwöchentliches Beschwerdeschreiben. Diesmal handelte es, wenig erstaunlich, vom Zerfall der Familienstrukturen, der sich (ganz allgemein natürlich) im Wiederverheiratungswahn der Männer zeige.

«Ich bitte um Diskretion», sagte Paula, als sie den Brief zurückgab. Wie Jean Barsoi wohl zum Thema Wiederverheiratung stand? Natürlich war er noch gar nicht geschieden. Dachte vielleicht nicht einmal an Scheidung. Sie hatte ihn nicht mehr gesehen, seit er sie auf dem Presseball so wenig charmant hatte sitzenlassen. Doch Träumen war nicht verboten.

Auf ihren Blättern landete mit einem Knall ein kleiner, aber echt wirkender Sarg. «Jetzt muß endlich was geschehen!» sagte Rosa Zimmermann empört

Sie setzte sich zu ihnen an den Tisch. Vorsichtig öffnete Berger den Sarg. Darin lag eine Barbiepuppe im Jogginganzug, die Nylonhaare kurz gestutzt, wie Maggie sie trug. Ein winzigkleines Messer steckte im trichterförmigen Puppenbusen und hielt dort einen Zettel fest, auf dem in barbiegroßen Lettern stand: «Deine Tage sind gezählt.»

«Eindeutig», befand Berger.

«Also, diesem Bezirksanwalt traue ich keine fünf Minuten», ereiferte sich Rosa. «Was weiß der schon über ‹Die Zeitung›? Wir müssen die Sache selbst in die Hand nehmen.» Paula und Berger nickten unverbindlich.

«Noch etwas, bevor ich's vergesse.» Sie fischte aus ihrer Tasche eine Glückwunschkarte. «Wir sammeln für ein kleines Geschenk. Barsoi ist Vater geworden. Am Samstag. Und hier bitte unterschreiben.»

**27** Wieder einmal klaubte Chefsekretärin Rosa Zimmermann eine heulende Person vom Fußboden der Damentoilette. Es handelte sich, nicht zum erstenmal, um Paula Perroquet.

Diese hatte, wenn Rosa die Lage richtig einschätzte, und das tat sie normalerweise, weder von einer Ehefrau ihres Liebhabers Jean Barsoi noch von deren fortgeschrittener

Schwangerschaft gewußt. Und sich vermutlich eingebildet, niemand wisse von dieser heimlichen Affäre. Da konnte Rosa nur trocken husten. Es gab keine heimlichen Affären. Nicht bei der «Zeitung». Normalerweise griffen wohlmeinende Kollegen frühzeitig ein, indem sie mehrmals täglich den Familienstand des oder der Betroffenen erwähnten. Doch Jean Barsoi war neu in der Redaktion und pflegte wenig Kontakt. Die einzige, die über alles Bescheid gewußt hatte, war, wie immer, Rosa Zimmermann. Sie war schon so lange bei der «Zeitung», daß sie nicht einmal mehr physisch anwesend sein mußte, um zu wissen, was in der Redaktion vor sich ging.

«Mädchen», sagte sie, «wenn du dich das nächste Mal verlieben willst, frag mich vorher.»

Dann hielt sie Paula ein frisch gebügeltes Taschentuch unter die Nase. «Schneuzen», befahl sie. Zu viele Tränen sollte man um einen Mann nicht weinen, war Rosas Überzeugung. Dreihundert Milliliter mußten genügen.

Im allgemeinen verschrieb sie einer herzkranken Person zur Ablenkung Arbeit. Aber Paula Perroquet wäre heute zu nichts mehr zu gebrauchen. Rosa schickte sie nach Hause. Später tauschte sie die Spieluhr, die sie für das Barsoi-Baby gekauft hatte, gegen ein Luxus-Badeöl für seine Frau ein. Die vermutlich auch ein wenig Trost nötig hatte.

Zu Hause war niemand. Und nichts. Paula schluckte ein paar Xanax, die sie brav mit Wasser herunterspülte, statt, wie auch schon vorgekommen, mit Wodka. Keine Dramen vor halbwüchsigen Kindern. Nur herumliegende Sporttaschen und Schuhe im Schiffformat zeugten davon, daß ihr Sohn Mark kurz zu Hause gewesen war. Wo mochte er wohl hingegangen sein? Auf Strümpfen? Der Anblick der riesenhaften Schuhe brachte Paula sofort wieder zum Heulen. Sie sah noch die Tigerfinken Größe neunzehn vor sich, die Mark vor nicht so langer Zeit getragen hatte. Was war geschehen? Das Kind war groß, und sie war immer noch dumm.

Paula heftete einen Zettel an die Zimmertür: «Achtung, Grippe – bitte nicht stören». Sie nahm einen der (nicht gerade wohlriechenden) Turnschuhe mit ins Bett und hielt ihn wie eine Puppe umklammert. Dann segelte sie auf einer wattigen Wolke davon.

Drei Tage lang ging Paula nicht zur Arbeit. Ihr Nachbar Hugo brachte ihr Suppe und vitaminreiche Säfte. Der schöne Ernesto setzte sich an ihr Bett und spielte auf der Gitarre lustige Lieder. Babs, die kinderreiche Rocksängerin, schüttete Wodka in die frischgepreßten Fruchtsäfte und wartete mit einer Kollektion übelster Liebesgeschichten auf, die Paulas unglückliche Affäre geradezu banal erscheinen ließen. Was sie selbstverständlich war. Aber das machte es auch nicht besser.

Der einzige, der dem Siechenlager fernblieb, war Mark. Vom Türrahmen aus winkte er ihr manchmal aufmunternd zu, kam ihr aber nicht zu nahe. Als fürchte er, sich anzustekken. Bei diesem Gedanken brach Paula erneut in Tränen aus.

«Laß ihn nie, nie, nie unglücklich sein. Laß ihn nie erfahren, was Liebeskummer ist. Lieber Gott, mach, daß ihn kein Auto überfährt und daß sein Herz ganz bleibt, und ich werde für den Rest meines Lebens brav sein!»

Peinlich berührt schluckte Babs den Rest Wodka, zündete eine Zigarette an und schob sie Paula, um sie zum Schweigen zu bringen, zwischen die Lippen.

«Hab ich dir erzählt, wie ich wegen sexueller Belästigung angezeigt wurde? Der Typ war mein Schüler, das schon, aber zehn Jahre älter als ich. Außerdem ein vollkommen talentloser Gitarrist.» Und Paula legte sich ins Kissen zurück. Sie war sich ziemlich sicher, daß Babs diese Schauergeschichten erfand, aber sie wußte die Aufmerksamkeit zu schätzen. Überhaupt war sie von der Anteilnahme beinahe überwältigt. Wo kamen nur die netten Menschen alle her?

Dann rief eines Tages Paulas Mutter an und löste den nötigen Adrenalinstoß aus, der das Dahinsiechen beendete. Am selben Tag stand sie auf, nahm eine Dusche und faßte zehn gute Vorsätze. Es waren mehr oder weniger dieselben, die sie beinahe jedes Jahr zu Silvester faßte. Sie brauchte die Liste nur abzuschreiben: Nicht mehr rauchen, nicht mehr trinken, frische Luft, gute Bücher und so weiter und so fort. Den Punkt «Nie mehr mit einem verheirateten Mann» ersetzte sie durch «Überhaupt nie mehr!»

Sie ging wieder zur Arbeit. Am fünften Tag nach Ausbleiben der Regel machte sie den Test. Positiv.

## 28

Arbeit, dachte Paula. Da hilft nur Arbeit. Sie holte sich die Ordner mit den nicht abgedruckten Leserbriefen der letzten zehn Jahre und begann zu lesen.

«Kopier mir alles, was sich im entferntesten auf Maggie bezieht», sagte Leserbriefredakteur Berger. Mit Chefsekretärin Zimmermann hatte er gewissermaßen eine Detektiv-Gemeinschaft gegründet, um herauszufinden, wer hinter den Anschlägen auf Maggie steckte. Rosa Zimmermann ging die ständige Belästigung durch Drohbriefe, Überfälle, Briefbomben, Puppen im Sarg und andere makabre Scherze allmählich auf die Nerven. «Wie soll man da noch anständig arbeiten?» hatte sie gesagt. Die Tage des Attentäters schienen gezählt.

Paula hatte nichts dagegen, sich den Detektiven anzuschließen. Alles war ihr recht, was sie von körperlichen Veränderungen im allgemeinen und vom Kinderkriegen im speziellen ablenkte.

Nach ein paar Stunden ging es Paula besser. Ihr eigenes

Leben verlief geradezu ereignislos, verglichen mit dem des durchschnittlichen Leserbriefschreibers. Da wurden Hunde erschossen und beliebte Popgruppen verkannt, wenn nicht gar aufgelöst. Haushaltsgeräte verselbständigten sich, Nachbarn haßten und intrigierten, «eine mehrjährige Hungersnot» stand bevor, und ein Schutzengel versagte. Geschenke wurden von undankbaren Verwandten zurückgewiesen, Polizisten regelten den Verkehr unsachgemäß, Wagenführer der öffentlichen Verkehrsbetriebe hielten sich nicht (oder im Gegenteil allzu genau) an ihre Fahrpläne, und Fernsehkrimis ignorierten Naturgesetze. Das Leben war nicht lustig. An jeder Straßenecke lauerte Ärger. Man mußte ihn nur erkennen.

«Schau dir das an.» Sie reichte Berger den Ordner. «Bei Maggies Amtsantritt vor zwei Jahren hat nicht nur Freude geherrscht: ‹Diese Hexe hat mit ihrer verleumderischen Schreibe mehr als ein Leben zerstört. Bevor es Nacht wird, wird sie dafür büßen!›»

Berger winkte ab. «Das hat der Bezirksanwalt alles schon überprüft.»

Paula ging ins Archiv und verlangte die Mappe, in der alle Artikel, die Maggie in der «Zeitung» veröffentlichte, gesammelt wurden.

«Die alte oder die neue Mappe?»

Maggie hatte vor Jahren schon einmal bei der «Zeitung» gearbeitet. Das hatte Paula nicht gewußt.

Sie dachte an sämtliche Krimis, die sie je im Fernsehen gesehen hatte, lehnte sich an das Pult des Dokumentalisten und fragte vertraulich: «Warum ist sie denn damals weggegangen?»

Der Mann antwortete nicht sofort. Sollte sie ihm eine kleingefaltete Dollarnote zustecken?

«Offiziell, weil sie ein Angebot aus Deutschland hatte.»

«Und inoffiziell?» Paula gefiel sich in ihrer neuen Rolle.

Sie würde die Mittagspause dazu nutzen, sich einen Trenchcoat zu kaufen.

«Mit der hat's immer schon Ärger gegeben. Nichts als Ärger. Sie werden's schon sehen.»

Paula las sich durch die Dokumentation. Sie sah's.

Zum Essen erschien sie spät, in ihrem neuen Trenchcoat. Max Perroquet, ihr Vater, war nicht allein (das war er selten). Marina Marini saß neben ihm. Das Paar hatte gerade fünf Tage Flitterwochen in Leukerbad verbracht. Ein Arrangement, das eigentlich für Max und seine Braut Heidi gebucht worden war. Da deren Ehe nur gerade fünf Minuten bestand, hatte Max kurzerhand seine neue Liebe ins Kurhotel mitgenommen. Allerdings hatte die verlassene Braut gleichzeitig die Idee gehabt, das Flitterwochen-Arrangement zu ihrer Erholung zu nutzen. Im irisch-römischen Bad war es zu einigen unschönen Szenen gekommen.

«Wir müssen bald richtige Flitterwochen machen», säuselte Marina. «Thermalbäder sind doch was für alte Leute.»

«Ganz recht.» Max strahlte. Paula seufzte. Hatte sie nicht etwas Persönliches mit ihrem Vater besprechen wollen? Brauchte sie nicht dringend seinen Rat bei einer schwierigen Entscheidung? Doch sie mochte selbst nicht daran denken. Im Augenblick war sie Detektivin.

«Erinnerst du dich an einen Baumeister-Savigny-Skandal?» wandte sie sich an die Klatschreporterin.

«Ob ich mich erinnere?» Marina Marini rollte theatralisch die Augen. «Kind, ich war darin verwickelt!»

## 29

Paula roch ihn, bevor sie ihn sah. Er rutschte ohne ein Wort neben sie auf die Holzbank und ließ seinen

Kopf auf ihre Schulter sinken. Jean Barsoi. Notbremse! kreischte die innere Stimme. Aussteigen! Gleichzeitig fühlte Paula, wie sie schwach wurde. Es war das erste Mal, daß er sich öffentlich zu ihr bekannte, sogar vor den Augen der Klatschreporterin – womit es doppelt zählte. Das war bestimmt ein Zeichen. Ja! Sie würde das Kind behalten. Sie würden es gemeinsam großziehen. Das andere, das legale, das eben erst geborene, das würden sie auch zu sich nehmen. Dessen Mutter, Frau Röthlisberger Barsoi, würde sich endlich eingestehen, daß sie Jean gar nie richtig geliebt hatte und für Ehe und Familie ohnehin nicht geschaffen war. Dann würde sie ihren Lebenstraum verwirklichen und ein Freikletterzentrum im Himalaya eröffnen. Alle wären glücklich.

«Ich brauche dich», murmelte Barsoi, «ich brauche dich jetzt.»

Paula nickte begeistert. Ja! Alles wird gut!

Ihr Vater war es, der sie rettete. Ganz unerwartet. Max Perroquet wußte nichts von Paulas mißglückter Liebesgeschichte, wußte nichts über Jean. Aber er erkannte ein Arschloch, wenn er eines vor sich sah. Er stand auf, warf die Serviette auf den Tisch, packte Jean am Revers und schüttelte ihn kräftig durch.

«Nimm deine dreckigen Pfoten von meiner Tochter!» schrie er und schleifte den größeren, jüngeren, stärkeren Mann zum Ausgang, wo ihm ein solidarischer Kellner zuvorkommend die Tür aufhielt. Als Max an den Tisch zurückkam, konnte er es nicht lassen, das Kreuz durchzudrücken und sich die Hände zu reiben.

«Was für ein Mann», seufzte Marina Marini. Sie tätschelte und zupfte an ihm herum, als sei er gerade einer blutigen Schlacht entronnen. Max genoß die Behandlung sichtlich. Paula war klar, daß Marinas Gegenwart ihren Vater zu dieser Heldentat angestachelt hatte. Bisher hatte er sie nie derart rabiat verteidigt. Bisher hatte sie sich auch nie mit einem Windhund wie Jean Barsoi abgegeben. Nicht unter den Augen ihres Vaters jedenfalls.

Durchs Fenster sah Paula, daß Jean sich schüttelte wie ein nasser Hund und dann locker über den Platz davonschlenderte, als wäre nichts gewesen. Er sah nicht aus, als würde er zurückkommen.

«Den bist du los», vermutete auch Max. «Laß uns darauf anstoßen!»

Paula schob das Glas zur Seite. Ihre Entscheidung war, ohne daß sie darüber nachgedacht hätte, gefallen.

«Ich geb das Trinken auf. Das Rauchen auch gleich.»

Erstaunte Mienen. Sie beschloß, den Moment zu nutzen.

«Vorübergehend wenigstens. Für die nächsten neun Monate oder so.»

Sie starrten sie eine ganze Weile an, bis sie endlich kapierten. Aufsprangen, küßten, die Hände zusammenschlugen, Champagner kommen ließen. Max bot zerknirscht an, den Kindsvater zurückzuholen. Sogar entschuldigen wollte er sich.

«Laß das lieber, Chéri», sagte Marina, «wir sind ohne den jungen Mann besser dran. Er ist im Herzen ein Fischhändler.»

Fischhändler? Ein Windhund, das hatte Paula gewußt, wenn auch spät erkannt. Aber Fischhändler?

«Nach dem Fischhändler Ducruet, der ebenfalls kurz hintereinander zwei Kinder zeugte. Als er nach der Geburt des ersten seine Frau im Krankenhaus besuchte, brachte ihn seine hochschwangere Geliebte hin, Prinzessin Stéphanie von Monaco. Alle Welt bewunderte ihren Edelmut. Ich hätte es, unter uns, schlicht als Dummheit bezeichnet, und wie weit sie damit gekommen ist, hat man ja eben erst gesehen.»

Angesichts von Max Perroquets verwirrter Miene brach

Marina ihre Lektion in monegassischer Skandalkunde ab und hob das Glas.

«Auf uns!»

Paula, die noch niemand je mit einer Prinzessin verglichen hatte, beschloß, ein Schluck Champagner könne nicht schaden. Später gingen sie zu dritt Lätzchen aussuchen.

«Rosa oder hellblau, das spielt heutzutage gar keine Rolle mehr, Gott sei Dank», klärte Marina sie auf.

«Ist sie nicht klug?» fragte Max stolz, und Paula nickte großmütig. Vergessen war der Baumeister-Savigny-Skandal. Die Detektivarbeit allgemein. Jemand war froh darüber. Jemand nutzte Paulas Abwesenheit und ließ die Dokumentation, die sie über diese Sache bestellt hatte, still verschwinden.

## 30

Nachdem Paula sich einmal entschieden hatte, das Kind zu behalten, mußte sie es auch gleich jedem erzählen, den sie kannte. Vielleicht hoffte sie, diesen Entschluß bestätigt zu bekommen. Sie hatte nicht wirklich darüber nachgedacht. Es war ein Fall von Augen zu und durch.

Ihr Sohn Mark fand es «cool». Wo er dieses Wort wieder her hatte. Es paßte eigentlich nicht zu ihm. «Ich mag kleine Kinder», fuhr er fort, «sie sind supercool.» Er gab sich häufig mit den Zwillingen ihrer Nachbarin Babs ab, verbrachte überhaupt viel Zeit in deren Wohnung. Plötzlich fragte sich Paula, ob ihr Sohn sich in die Rocksängerin verliebt hatte. Bestimmt kam er langsam in dieses Alter. Hilfe.

«Weißt du auch genau, was ein Kind kostet?» fragte Mark, der an sich sehr vernünftig war. «Pro Jahr und so? Soll ich das mal ausrechnen?»

«Das wäre toll, danke.»

Paula schloß sich mit dem tragbaren Telefon auf der Toilette ein und rief ihren Ex-Mann Charles an. Dieser fand, Mark sei schon seit Jahren alt genug, sich zu verlieben, würde sich aber kaum eine Mutter von vier Kindern aussuchen.

«Aber sie ist furchtbar schön!»

«Für Mark sieht sie vermutlich uralt aus. Außerdem steht er auf Mädchen, die Collegeschuhe tragen.»

Das konnte man Babs nun nicht vorwerfen, es sei denn, man ließ die silberne Variante mit den zwanzig Zentimeter dicken Gummisohlen gelten. Paula war halbwegs beruhigt und erinnerte sich, warum sie eigentlich angerufen hatte.

«Und dann bin ich noch schwanger», sagte sie. Charles schwieg.

«Hast du dir das genau überlegt?»

Was sollte denn das bitte für eine Reaktion sein?

«Vermutlich nicht», gab er sich die Antwort selber. «Na ja, wenn du Hilfe brauchst ...»

Hilfe? Warum Hilfe? Es würde alles glattgehen. Kein Problem. Alles kein Problem.

«Supercool», fand auch Babs, «endlich mehr Kinder im Haus.»

In Paulas Erinnerung war die erste Zeit mit Mark, der damals noch Marlon geheißen hatte, eine träge und glückliche Zeit gewesen. Das Kind hatte viel geschlafen und selten geweint, stundenlang hatte sie es anschauen und an ihm riechen können. Sie war dick geworden, hatte Babysprache gesprochen und nicht gemerkt, daß ihr Mann intellektuellen Zuspruch vermehrt bei seinen Kolleginnen in der Schule gesucht hatte. Unvermittelt und völlig zusammenhanglos sagte sie: «Mark ist doch auch noch ein Kind.»

Zu Paulas großem Entsetzen wurde Babs rot.

Hugo Gallati war nicht zu Hause. Ernesto, der Salsamusiker, öffnete ihr die Tür. Er trug eine rote, knallenge Plastikhose und ein zerrissenes T-Shirt, was Paula gelassen zur

Kenntnis nahm. Vermutlich wirkten bereits die Schwangerschaftshormone, die einen ausgeglichenen und sanftmütigen Menschen aus ihr machen würden. Sie konnte beinahe fühlen, wie die Endorphine Frieden und Freude in ihrem Hirn verbreiteten. Ein Effekt, der allerdings auch durch Leistungssport oder täglichen Pastaverzehr zu erreichen war.

Ernesto reagierte angemessen. Er schleppte einen Sessel in die Küche, zog ihr die Schuhe aus und begann, ihren linken Fuß zu massieren. Doch plötzlich fing er an zu weinen.

«Zu Hause in der Dominikanischen Republik», sagte er schluchzend, «habe ich selbst zwei Kinder.» Er ließ Paulas Fuß unsanft fallen und holte Fotos herbei. Zwei Frauen, zwei Kinder vor zwei kleinen, buntgestrichenen Häusern. «Jeden Monat schicke ich ihnen Geld», sagte Ernesto tapfer. «Hugo hilft mir. Aber sehen tu ich sie nie.» Laut weinte er weiter, während Paula mit gerunzelter Stirn dasaß und zu verstehen versuchte, wie dieser junge Mann, den sie für schwul hielt, zu Kindern kam. Das Leben war oft weniger einfach, als sie es gern gehabt hätte.

«Oh!» rief Maggie, als sie Paula sah. «Ich störe wohl!» Und trat sofort den Rückzug an.

Ernesto zog eine wunderschöne Schnute. Die Tränenspuren in seinem Gesicht verstärkten noch den Effekt.

«Beruhigt euch», sagte Hugo. «Maggie wird eine Zeitlang bei uns wohnen. Sie kann aus verschiedenen Gründen weder nach Hause noch ins Hotel.»

Paula wurde schlecht. Ob von der Vorstellung, der Chefredakteurin künftig jeden Morgen im Treppenhaus zu begegnen, oder von der Schwangerschaft. Sie sprang auf und preßte die Hand vor den Mund. Ernesto folgte ihr.

«Ich gehe mit Paula», verkündete er dramatisch, «mein Platz ist nicht mehr hier!»

**31** «Bürkliplatz», kündigte der Tramfahrer an, «Schiff ahoi!» Vereinzeltes Lachen im überfüllten Wagen. Es war nachmittags nach halb sechs und bereits dunkel.

«Kennen Sie schon die Geschichte von dem Mann auf dem Weinschiff?» fuhr der Wagenführer übers Mikrofon fort. «Die ganze Zeit beschwert er sich über das Schwanken des Schiffes. Aber als er an Land geht, merkt er, daß er es ist, der schwankt.»

Jetzt lachten ein paar Leute mehr, einige schüttelten auch den Kopf. Die Geschichte des gutgelaunten Fahrers erinnerte Paula daran, daß für sie die Tage des fröhlichen Trinkens vorüber waren. Die unverhoffte Schwangerschaft würde es ihr vielleicht einfacher machen, die guten Vorsätze, die sie vor nicht langer Zeit gefaßt hatte, zu befolgen. Kein Alkohol, keine Zigaretten, keine verheirateten Männer mehr. Paula fragte sich, wie sie den Abend überleben sollte, ohne beim Nachhausekommen als erstes den Weißwein aus dem Kühlschrank zu nehmen und sich ein Glas einzuschenken. Spontan fielen ihr vierhundert weitere Situationen ein, die sie ohne ein Glas Wein nicht meistern konnte. Es war ihr durchaus klar, daß sie nach allen gängigen Kriterien längst als Alkoholikerin gelten mußte.

Aus ihrer Wohnung drang laute Musik. Es roch nach Essen. Mißtrauisch öffnete Paula die Tür. Von Überraschungen hatte sie vorerst genug. Im Flur wurde sie von ihrem Sohn Mark abgefangen, der finster dreinsah.

«Bleibt der Typ lange?» fragte er und deutete mit dem Daumen Richtung Wohnzimmer. Da fiel es Paula wieder ein: Ernesto hatte in der Nacht zuvor bei ihnen Zuflucht gesucht.

«Nein, nein, das ist nur vorübergehend», antwortete Paula beruhigend.

«Um so besser.» Mark wandte sich zur Tür. «Ich geh zu Babs. Irgendwo muß ich ja in Ruhe meine Schularbeiten machen können.»

In Anbetracht der vier kleinen Kinder von Babs war das ein reichlich fauler Vorwand. Paula fühlte das Leben schwer auf sich lasten. Ein Glas Wein!

Im Wohnzimmer brannten Kerzen, der Tisch war mit einem Samtvorhang gedeckt, im Ofen schmorte ein Huhn. Auf dem Fußboden lümmelten sich mehrere langbeinige junge Männer. Ernestos Tänzerkollegen. Ernesto selbst lag auf dem Sofa und verkörperte, sich theatralisch schneuzend, Leiden. Doch als er Paula sah, sprang er sofort auf und bot ihr den Platz auf dem Sofa an. Der weitverbreiteten Ansicht, daß eine Schwangere normal zu funktionieren habe, war Ernesto glücklicherweise nicht. Er brachte Paula ein Glas hausgemachten Eistees, das sie ihr Bedürfnis nach Wein vergessen ließ. Sie lehnte sich zurück und hörte genüßlich zu, wie sich die Männer über Hugos Beziehung zu Maggie ausließen.

«Diese Frau braucht nur zu pfeifen, und er kommt wie ein Hündchen gesprungen!»

«Furchtbar!»

«Sie waren mal verlobt, könnt ihr euch das vorstellen?»

«Hugo und Maggie?» Das schockierte selbst Paula. Wie oft hatte sie bei ihrem Nachbarn am Tisch gesessen und sich über die Methoden ihrer Vorgesetzten beschwert! Nie hatte er auch nur angedeutet, er kenne sie näher. Ob er ihr alles weitererzählt hatte?

Die Betroffenen standen unterdessen in Hugos Wohnung im fünften Stock am Herd und kochten konzentriert ein Rezept von Beat Wüthrich nach.

«Du steckst den Kopf in den Sand», rügte Hugo.

«Ich werde doch nicht meine ganze Vergangenheit vor diesem Ermittler ausbreiten, was bildet der Mensch sich eigentlich ein?»

«Er will dir helfen!» Hugo legte das Messer hin. «Du mußt ihm von der Sache erzählen. Am besten jetzt gleich. Ruf ihn an!»

Störrisch schüttelte Maggie den Kopf. «Das ist eine uralte Geschichte. Hat nichts mit dem zu tun, was jetzt passiert.»

Hugo wollte noch etwas sagen, aber sie schnitt ihm grob das Wort ab: «Paß lieber auf, daß deine Kartoffelscheiben gleichmäßig werden!»

**32** Rosa Zimmermann wunderte sich ein wenig, als sie auf ihrem Schreibtisch neben einem zierlichen Bouquet aus perfekten Rosenknospen eine Einladung zum Mittagessen fand. Weder die Handschrift noch die Initiale, die als Unterschrift diente, kamen ihr bekannt vor, aber das störte sie nicht weiter. Einer ihrer langjährigen Kollegen wollte sie wohl ein bißchen auf den Arm nehmen. Sie schloß eine Wette mit sich ab, daß es sich um Ernst Hamburger handele. Möglicherweise auch um Guillaume Berger, der sie jeweils im Juli zum Weihnachtsessen einzuladen pflegte. Rosa freute sich. Gerade heute hatte sie auf dem Weg zur «Zeitung» darüber nachgedacht, wie sehr sie das tägliche Salätlein im Personalrestaurant doch langweilte, vor allem, wenn die Nußbrötchen, die sie besonders schätzte, bereits ausverkauft waren. Und wie gern sie doch wieder einmal auswärts essen ginge. Da einem das Leben solche vorüberfliegende Wünsche nur selten sofort erfüllt, beschloß sie, dankbar anzunehmen. Sie puderte sich die Nase und ging.

Auf dem Weg zum Restaurant spiegelte sie sich in einer Schaufensterscheibe. Als hätte sie dieses geheimnisvolle Rendezvous vorausgeahnt, hatte sie am Morgen ihre leuchtend-orange Lieblingsbluse angezogen. Übermütig faßte sie den

Vorsatz, während des Essens nicht auf die Uhr zu schauen. Maggie mußte eben einmal ohne sie zurechtkommen. Die Chefredakteurin war in letzter Zeit kaum mehr als solche zu gebrauchen. Die wiederholten Anschläge auf ihre Person schienen sie mehr mitzunehmen, als sie je zugeben würde. Wenn sie nicht gerade mit Bezirksanwalt Sieber herumschäkerte, trainierte sie mit einer Verbissenheit, als gelte es, ihre Widersacher wegzustemmen.

Ihr Büro hatte sich mit der Zeit in ein wahres Fitness-Center verwandelt. Sportliche Mitarbeiter blieben manchmal vor der Glaswand stehen und schielten neidisch auf die Hantelbänke, Rudermaschinen und das Ding, das Rosa ein hydraulisches Reck nannte. Auf Maggies Tisch stapelten sich unterdessen die Telefonnotizen, die sie mehr und mehr ignorierte. So daß Rosa gezwungen war, den schönsten Teil des Tages damit zu verbringen, an aufgebrachten Mitmenschen Telefontherapie zu praktizieren.

Eine Dreiviertelstunde später mußte sie sich eingestehen, daß sie versetzt worden war. Der Käse auf der Pizza, die sie trotzig bestellt, aber nicht gegessen hatte, war hart geworden. Sie fühlte sich wie jemand, der am Rand der Tanzfläche übersehen wird und tut, als mache es ihm nichts aus. Ihr Magen verknotete sich. Warum sollte Berger so etwas tun? Oder Hamburger? Oder sonst jemand von der «Zeitung»?

An der frischen Luft wurde sie wütend. Wer immer ihr diesen Streich gespielt hatte, er würde dafür büßen. Schrecklich büßen. Plötzlich blieb sie stehen. Sie war ja eine schöne Detektivin! Wie eine Anfängerin war sie in die plumpeste aller Fallen getrampelt.

Die letzten Meter legte sie im Laufschritt zurück und verfluchte dabei ihre Schuhe.

Jean Barsoi stand in Rosas Büro und blätterte angelegentlich in einer vertraulichen Personalakte. Als Rosa hereinstürmte, zuckte er nicht einmal zusammen.

«Was suchen Sie hier?» schnaubte sie. Star-Reporter hin oder her, sie konnte den Mann nicht ausstehen. Er hatte im Vorübergehen Paulas Herz gebrochen und bereits mit einer anderen Kollegin angebandelt. Während seine Frau ein Kind bekommen hatte. Was Rosa an etwas anderes erinnerte.

«Sie haben noch die Wurfprämie gut», knurrte sie und entriß ihm die Akte. Jean zeigte sich wenig beeindruckt. Charmant lächelnd deutete er auf das Rosensträußchen.

«Hübsch. Ein Verehrer?»

Rosa murmelte eine Reihe nicht jugendfreier Ausdrücke, während sie die Akte wieder einordnete. Es war die von Chefredakteurin Maggie.

**33** Über die Kloschüssel gebeugt, stellte sich Paula den weniger angenehmen Aspekten der Schwangerschaft. Morgendliche Übelkeit. In jedem Witz eingebaut, vergessen. Bleierne Müdigkeit. Seltsame Gelüste (Coupe Dänemark zum Frühstück oder sterben). Große Empfindlichkeit. Nasse Augen beim Anblick kleiner Kinder. Eines Abends hatte ihr Sohn Mark sie vor dem Fernseher in Tränen aufgelöst gefunden, nur weil in der Werbung (für ein Auto auch noch) nackte Kinderfüße gezeigt worden waren. Und das war erst der Anfang.

Paula spülte sich den Mund und fragte sich, ob eine Schwangerschaft so etwas wie ein neun Monate dauerndes prämenstruelles Syndrom sei. Und falls ja, wie sie das überleben sollte. Von ihren Mitmenschen gar nicht zu reden.

Um den Tagesbeginn endgültig zu verderben, kündete Mark an, er werde die Nacht nicht zu Hause verbringen.

«Und wo gehst du hin?» fragte Paula unheilvoll. Sie ahnte das Schlimmste, und es trat ein.

«Babs hat heut abend ein Konzert in Bachs. Wir übernachten dort.»

«Und wer hütet die Kinder?» Nicht, daß es sie etwas anging.

«Na, du doch.»

Nachdem Paula ein paar unschöne Bemerkungen über Hormone, Schülerphantasien und alternde Rocksängerinnen à la Babs gemacht hatte, verließ Mark die Wohnung türknallend. Paula tat das einzig der Situation Angemessene: sie flüchtete sich in die Arbeit.

«Berger», sagte Paula, «wo ist eigentlich die Dokumentation über den Baumeister-Savigny-Skandal?»

Leserbriefredakteur Berger wußte nicht, wovon Paula sprach.

«Ich schwör dir, letzte Woche lag das Dossier noch genau hier.»

«Und was willst du damit?»

«Ich befasse mich gerade mit der Geschichte, ich weiß nicht, ob du dich daran erinnerst, ist ungefähr zehn Jahre her.»

Berger nickte. «So vage. Der Fall der zerschnittenen Unterhosen?»

«Genau. Maggie hat damals über die Sache berichtet. Ich bin ziemlich sicher, daß der ganze Ärger irgendwie damit zu tun hat.»

«Und?»

«Wir wollten die Sache doch aufklären, oder?»

Paula rief in der Dokumentation an und bestellte das Dossier noch einmal.

«Schon wieder diese Geschichte», knurrte der Dokumentalist. «Könnt ihr euch nicht absprechen? Das ist jetzt das dritte Mal in einer Woche!»

Bis das Dossier kam, unternahm Paula einen kleinen Spaziergang. Berger, der ihre Nervosität nicht ertragen konnte, hatte sie an die frische Luft geschickt. Vor der «Zeitung» wartete eine junge Frau mit einem blaugetupften Kinderwagen. Paula blieb stehen und warf einen Blick hinein, was sie normalerweise nicht tat. Ein winziges Bündel Mensch, sauber verpackt, verschwand beinahe in dem stabil wirkenden, funkelnagelneuen Wagen, den Paula unschwer als Modell Turbo 02 identifizierte. Sie hatte bereits ein paar Kataloge durchgesehen und festgestellt, daß sie sich ein Kind eigentlich gar nicht leisten konnte. Die junge Mutter sah müde aus, war aber perfekt gekleidet, geschminkt und frisiert, was Paula irgendwie beruhigte. Obwohl sie selbst auch ohne Säugling nie dazuzukommen schien, sich anständig herzurichten.

«Herzig!» Paula lächelte aufmunternd.

Auf dem Rückweg sah sie die Frau erneut. Den Kinderwagen schob nun Jean Barsoi. Sie kamen direkt auf Paula zu. Mit einem Satz rettete sie sich in den Comic-Laden Analph. Inmitten von Alienmasken, Batmantassen und Comicheften fing sie der Buchhändler Steiner auf.

«Immer langsam», brummte er. Er faßte Paula, die zu ihrem eigenen Erstaunen zitterte, am Arm, bis das glückliche Paar am Schaufenster vorübergegangen war.

«Schau mal, Wädi», rief er seinem Kollegen zu, «das ist doch der Typ, der immer die gruseligen Sachen kauft?»

«Jetzt lupft's mir aber den Hut!» rief der Dokumentalist aus, als er aus der Kaffeepause zurückkam und feststellte, daß das Dossier zum Baumeister-Savigny-Skandal verschwunden war. Gestohlen!

«Nein», erklärte er der entnervten Paula, «zehn Jahre alte Geschichten haben wir nicht im Computer. Tut mir leid. Weg ist weg!»

«Können Sie mir wenigstens sagen, wer das Dossier kürzlich verlangt hat?»

«Lassen Sie mich mal sehen … Na, Sie, Jean Barsoi und Marina Marini.»

Marina Marini … hatte die Klatschreporterin nicht erwähnt, sie sei damals in den Skandal verwickelt gewesen?

**34** «Jesus hat Wasser in Wein verwandelt», schrie der Mann die Kuh an, die nichts dafür konnte. «Ich aber verwandle Wein in Wasser! Auch das muß man erst einmal fertigbringen.» Paula streichelte den glatten Rücken der Kuh, die auf dem Stadelhoferplatz für einen Ferienort warb. Die Schwangerschaft hatte ihr Herz für Tiere und andere Lebewesen stark erwärmt, und sie versuchte, die Aufmerksamkeit des Mannes nicht auf sich zu lenken.

Der bärtige Mann ging um das Gatter herum und kam direkt auf sie zu. Er trug einen Militärmantel, eine Wolldecke, die er wie einen Schal um den Hals geschlungen hatte, und schwenkte eine Rotweinflasche.

Paula schien die Wahnsinnigen, von der es in dieser Stadt viele gab, geradezu anzuziehen. Die leise mit sich selber redeten, die Wütenden, die Prediger, die schlichtweg Durchgedrehten. Sie glaubte zu wissen, warum: Sie erkannten in ihr eine, die gar nicht weit von ihnen entfernt war. Nur einen Schritt manchmal. Entsprechend fürchtete Paula sie und versuchte ihnen auszuweichen. Vergeblich.

«Weißt du, wie man Wein in Wasser verwandelt?» schrie ihr der Mann nun direkt ins Gesicht. Ohne sie zu sehen. Die

Kuh senkte den Kopf, schnaubte und stampfte wie ein Toro in der Corrida.

«Ja», gab Paula tapfer zurück, «das hab ich auch schon fertiggebracht!» Sie rannte über den Platz zur Tramstation, während der Mann ihr nachschrie, Jesus werde sie als allererste töten.

Obwohl ihr dies, nach allem, was sie über Jesus wußte (wenig), nicht sehr wahrscheinlich vorkam, war sie den Tränen nahe, als die Tram endlich abfuhr und das verwilderte Gesicht mit dem weit aufgerissenen Mund aus ihrem Blickfeld verschwand.

Würde sie eines Tages auch so weit sein?

Eines baldigen Tages?

Kein sehr positiver Gedanke für jemanden, der gerade aus der Therapie kam. Sie sollte aufhören. Sie bekam ein Kind. Sie konnte es sich nicht leisten durchzudrehen.

«Darf ich mich setzen, ich bin nämlich schwanger, wissen Sie», sprach sie einen Jugendlichen an, der ob diesem biologischen Hinweis errötete und ungeschickt aufsprang.

Rosa Zimmermann beschloß, Barsoi der Chefredakteurin zu melden. Das war sonst nicht ihre Art. Sie nahm es dem Windhund übel, daß er sie dazu trieb, nach zweiundvierzig Jahren ihre Prinzipien über Bord zu werfen. Es lag nicht daran, daß sie seinetwegen nun innerhalb weniger Wochen bereits zwei junge Journalistinnen heulend auf der Toilette vorgefunden hatte. Auch nicht daran, daß sie mittlerweile von seiner Frau mit ihren Zweifeln und Sorgen stundenlang am Telefon festgehalten wurde. Normalerweise hätte Rosa den Sünder einfach mit einer bissigen, nein, einer niederschmetternden Bemerkung über seine Männlichkeit an den ihm gemäßen Platz verwiesen. Doch daß der Windhund nun auch noch in den vertraulichen Personalakten schnüffelte, das war «too much».

Er hatte den Schrank nicht aufgebrochen. Das war Rosa in der ersten Empörung entgangen; es fiel ihr abends vor dem Fernseher ein, als eine Betrügerin in «Polizeiruf 110» mit einem falschen Chip in sämtliche Hotelzimmer einbrach. Barsoi mußte also einen Schlüssel haben. Hatte er ihn gestohlen? Nachgemacht? Oder gar rechtmäßig erhalten?

Den Aktenschrank mit einer Kreditkarte zu knacken, war nicht möglich. Das hatte Rosa in einem anstrengenden Selbstversuch überprüft. Sie hatte danach ihre Frisur neu aufstecken müssen, aber das gehörte zu den Berufsrisiken.

«Liebe Rosa», sagte Chefredakteurin Maggie gönnerhaft von ihrem Türreck herunter, an dem sie hundert Klimmzüge absolvierte. «Zerbrich dir über Jean Barsoi nicht dein hübsches Köpfchen. Der Mann genießt meinen ganz speziellen Schutz.»

Rosa fühlte, daß ihr hübsches Köpfchen dem Platzen nahe war.

«So etwas hätte sich Ihr Vorgänger nie erlaubt», zischte sie, automatisch ins mißbilligende Sie zurückfallend. Maggie hörte es, sprang vom Reck und legte Rosa vertraulich den Arm um die Schultern. Rosa trat einen diskreten Schritt zur Seite, um den sportlichen Ausdünstungen der Chefreakteurin nicht direkt ausgesetzt zu sein. Maggie senkte ihre Stimme zu einem Flüstern: «Barsoi ist nämlich mein Biograph.»

## 35

Chefredakteurin Maggie verwandelte Eiweiß in Schnee, was ihr, dank ihrer gutausgebildeten Oberarmmuskulatur, wenig Mühe bereitete. So vertieft war sie in ihre Aufgabe, daß sie die trübe Stimmung ihres Gastgebers Hugo Gallati nicht bemerkte.

«Ich hoffe wirklich, daß dieses Lachs-Soufflé gelingt. Es ist wichtig, daß Jean diesen Aspekt meiner Persönlichkeit in seinem Buch berücksichtigt. Am liebsten wäre mir, er sähe mir noch beim Kochen zu.»

«Wann kommt er denn?»

«Um halb acht.»

«Dann stehen die Chancen ja gut.» Hugo Gallati seufzte tief und schwer. Und noch einmal. Bis sogar Maggie, die nicht für ihr Einfühlungsvermögen bekannt war, sein Elend auffiel: «Was ist denn heute mit dir los?»

«Ich habe einen Augenblick lang vergessen, wie kompliziert alles ist», klagte er. «Gerade wollte ich vorschlagen, auch Paula zum Essen einzuladen. Wäre doch nett. Aber seit Ernesto bei ihr wohnt, ist sie derart distanziert, daß ich fast glaube, sie haßt mich. Wer weiß, was Ernesto ihr erzählt hat.»

«Ach, Ernesto!» Maggie winkte energisch ab, rundum Eischaum verspritzend. «Jungs wie den findet man an jeder Straßenecke. Wörtlich!»

«Du mußt es ja wissen», gab Hugo zurück. Dann begann er, zu Maggies großem Schrecken, zu weinen. Maggie ließ den Schneebesen in die Schüssel fallen. Er versank bis zum Griff in der weißen Masse.

Noch nicht fest genug, registrierte sie und: Mist, jetzt muß ich den Schneebesen auch noch abwaschen. Sie haßte Gefühlsausbrüche jeder Art. Sie wußte beim besten Willen nicht, wie sie damit umgehen sollte. Sie selbst erlaubte sich so etwas nicht. Schließlich legte sie eine vor Verlegenheit eiskalte Hand auf Hugos Arm. Dieser warf sich förmlich auf sie, umschlang sie mit beiden Armen und heulte in ihre Schürze. Maggie erstarrte.

«Nun, nun», sagte sie hilflos. «Wo doch der Besuch gleich kommt ...»

Hugo schneuzte sich in Maggies Schürze und setzte sich

wieder auf. Trost bei Maggie zu suchen war immer ein Fehler. Er nahm ihr das nicht übel. Sie konnte nicht anders.

Sie hatten sich in der Schule des reichen Vorortes, in dem sie beide aufgewachsen waren, gefunden und verbündet. Zwei Außenseiter in einer kleinen Welt, in der sich die Mädchen mädchenhaft gaben und die Jungen Fußball spielten. Nicht etwa umgekehrt. Gemeinsam hatten sie den Ort verlassen, um in der Stadt zu studieren, und sich, auf Drängen beider Familien, irgendwann verlobt. Jahrelang hatte diese Verbindung als Tarnung funktioniert, für beide. Hugo hatte nie daran gezweifelt, homosexuell zu sein, aber lange nicht den Mut gefunden, es seinen Eltern beizubringen. Als er es dann endlich wagte, hatten sie enttäuschend beiläufig reagiert. «Natürlich bist du schwul, mein Lieber», hatte seine Mutter gesagt, «was denn sonst?»

Maggie war nach einer Reihe gewissenhafter, aber unerfreulicher Selbstversuche zum Schluß gekommen, daß sie, wie eine Wasserpflanze, keinerlei sexuelle Bedürfnisse hatte. Auch an der Fortpflanzung als solcher war sie nicht interessiert. Sie selbst hätte das Thema zufrieden abgehakt, doch ihre Umwelt sah das anders. Daß Hugo im Rahmen seines Coming-out die Verlobung löste, verlieh ihr einen Hauch von Tragik. «Nie darüber hinweggekommen», tuschelte man bei Familienfesten. «Die Arme! Lebt nur noch für ihre Arbeit!»

So war es und so würde es bleiben. Sie würde sich von einem durchgedrehten Attentäter nicht einschüchtern lassen.

«Laß uns den Aperitif probieren», schlug sie Hugo vor. Sie hatte Jean Barsoi eingeladen, damit er sie von ihrer privaten Seite kennenlernte. Das Buch, das er in ihrem Auftrag über sie schreiben sollte, würde der Welt zeigen, wie sie wirklich war: Unbestechlich, gewissenhaft, Journalistin bis in die Fingerspitzen. In ihre Gedanken verloren, begriff sie nicht gleich, als Hugo sich nach dem dritten «Gainsbourg» (Pernod mit Champagner aufgefüllt) erhob und erklärte, er werde jetzt gehen und sowohl Paula wie auch Ernesto zum Essen bitten – diese Mißstimmung müsse ein Ende finden, hier und jetzt.

«Wir werden um den Tisch sitzen wie eine glückliche Familie», verkündete er mit nicht mehr ganz sicherer Stimme.

Maggie sprang auf und rannte ihm nach. «Um Gottes willen, nicht!» schrie sie, über das Treppengeländer gebeugt, Hugo hinterher. «Wo Paula doch von Jean schwanger ist!»

Lautlos glitt die Lifttür auf, und Jean Barsoi trat heraus. Mit Frau.

**36** «Da komme ich ja gerade recht», sagte Rosa Zimmermann munter. Mit einem wichtigen Dokument in der Tasche, das Maggie dringend unterschreiben mußte, war sie bei Hugo Gallati aufgetaucht. Der diskret zu behandelnde Wohnsitzwechsel der Chefredakteurin hatte schon lange ihre Neugier gereizt.

Sie schien allerdings einen guten Moment erwischt zu haben. Der Tisch war für sechs Personen gedeckt, fünf standen unschlüssig hinter den Stühlen. Würden sie Platz nehmen, würden sie mit Geschirr werfen, würden sie davonlaufen?

Da war Hugo Gallati, sein Freund Ernesto, der, von Maggie verscheucht, noch immer schmollte, Maggie selbst, angeheitert, Jean Barsoi, mit pochenden Schläfen vor unterdrückter Wut, und seine Frau, Regine Röthlisberger Barsoi, die ehemalige Skiweltmeisterin, das «Goldhäschen» der Schweiz, jetzt mit Tränen in den Augen. Auf dem mit Tigerfell bezogenen Sofa schlummerte in einer Tragetasche ein

Baby. Die explosive Stimmung bewußt ignorierend, setzte sich Rosa an den freien Platz und rieb sich die Hände.

«Was gibt's denn Schönes?» Erst kommt das Mahl, dann der Skandal, lautete Rosas Devise.

So wartete sie denn auch bis zur Nachspeise (Crespelle mit Marroni-Mousse, göttlich), bevor sie die Stimmung wieder aufheizte. Während des mehrgängigen und von reichlich Wein begleiteten Essens hatten sich die Gäste ein wenig entspannt.

«Und wie kommen Sie mit Ihrer Arbeit voran?» wandte sie sich zuckersüß an Barsoi. « Man sieht Sie ja nie. Intensive Recherchen in der Mittagspause?»

Für den Rest des Abends lehnte sie sich zurück.

Paula hütete im dritten Stock die vier kleinen Kinder von Rocksängerin Babs, die unterdessen mit Paulas Sohn Mark um die Häuser zog. Oder was immer sie mit ihm anstellte. Paula mochte sich gar nicht alle Möglichkeiten vorstellen. Die Kinder ließen ihr auch nicht viel Gelegenheit dazu. Als endlich alle im Bett waren, sah die Wohnung aus, als wäre Hurricane Lily darüber hinweggefegt. Müde hob Paula dies und jenes vom Boden auf und ließ es in einer anderen Ecke wieder fallen. Sie brauchte ein Glas Wein.

Wer konnte ihr garantieren, daß sie nicht Zwillinge bekam? Drillinge? Vierlinge? Wie sollte sie der Aufgabe gewachsen sein, Tag für Tag, wenn sie jetzt schon nach ein paar Stunden einem Schreikrampf nahe war?

Als Babs und Mark am Morgen nach Hause kamen, hatte Paula nicht den Nerv, sie zur Rede zu stellen. Es war auch nicht nötig. Babs trug einen gewaltigen Knutschfleck zur Schau, und Mark verlangte, ab sofort wieder Marlon genannt zu werden. Außerdem fand Paula einen Zettel von Ernesto: «Bin in den 5. Stock zurück. Kann ohne Hugo nicht leben. Ruf mich an wg. Klatsch von gestern!!!»

Liebe.

Auf dem Weg zur Redaktion der «Zeitung» blieb Paula wie jeden Morgen vor dem Fernsehgeschäft stehen, um zehn Minuten «Dallas» (ohne Ton) zu schauen. Doch ausgerechnet heute waren sämtliche Geräte auf einen anderen Kanal geschaltet. Kein Trost von Bobby, wenn sie ihn am dringendsten brauchte. Vor dem Seiteneingang der Redaktion blieb sie stehen, warf einen Blick in ihre voluminöse Tasche und wußte, daß sie ihr Badge niemals finden würde. Sie kehrte um.

Guillaume Berger schlug sich unterdessen mit achtundsechzig Leserbriefen herum. Gestern ebenso viele, und morgen vermutlich auch. Es mußte etwas in der Luft liegen. Und Paula war wieder nicht aufgetaucht. Er beschloß, mit Rosa Zimmermann essen zu gehen. Das würde ihn aufmuntern. Zu seiner Verwunderung ließ sie sich auf einen Restaurantbesuch nicht ein.

«Heute ist die Kantine angesagt», bestimmte sie.

Als Paula endlich zur Arbeit erschien, war er ihr nicht mehr böse. Im Gegenteil. Besorgt schob er ihr den Stuhl zurecht und bot an, das Rauchen aufzugeben.

«Auf gar keinen Fall!» Paula war schockiert. «Ich mag den Pfeifenrauch. Reicht doch, wenn ich aufgehört habe.»

«Es ist aber gar nicht gut für dein Kind.»

Paula ließ den Apfel fallen, in den sie gerade hatte beißen wollen. «Woher weißt du das?»

Berger deutete vage in Richtung Personalrestaurant. Paula seufzte. «Und wer weiß es noch?»

Berger schwieg.

«Oder frage ich besser, wer weiß es nicht?»

«Also, ich würde mal behaupten, Johanna weiß nichts davon. Johanna Staub. Sie war nicht in der Kantine. Sie war mit Barsoi im Kino.»

Johanna Staub. Ach so.

**37** Es kam selten vor, daß sich Rosa Zimmermann auf ihre bevorstehende Pensionierung freute. Doch seit Chefredakteurin Maggie mehr und mehr den Kopf verlor, geschah es etwas häufiger.

«Genau so ein Kleid möchte ich haben», erklärte Maggie gerade. Auf der Lenkstange ihres Trimmrads lag eine aufgeschlagene Nummer von «Vogue», zehn andere Modehefte waren um sie herum auf dem Boden verstreut. Mit dem Finger tippte sie auf eine Seite, auf der ein paar magersüchtige Mädchen durchs englische Moor stolperten und vollkommen unangemessene Kleidung trugen. Man konnte nur hoffen, daß der Nebel sie gnädig verschlucken würde.

«Größe 34/36», fuhr Maggie fort, «und dann ein Paar Strümpfe, aber nicht solche wie auf dem Foto.»

Das Fotomodell trug zu dem Kleid, das Maggie gefiel, karierte Strumpfhosen in Rosa, Hellgrün und Orange. Das Kleid selbst war aus lachsfarbenem Wollstoff, ärmellos, mit einem Perlenrand am Hals. In Rosas Jugend hätte man es als Teekleid bezeichnet. Die Queen Mother trägt so etwas noch heute gern.

«Du willst also, daß ich sämtliche Läden abklappere, um dir so ein Kleid zu besorgen», vergewisserte sich Rosa.

«Und was dazugehört. Strümpfe, Schuhe, Tasche, Lippenstift. Du weißt schon.»

Ich weiß vor allem, warum ich nie eine Chefin haben wollte, dachte Rosa. Nun gut. Sie würde auch diese Bürde tragen, wenn sie mußte. Etwas steif nahm sie das Heft an sich.

«Du mußt es ja nicht selbst erledigen», sagte Maggie mit leichter Ungeduld. Auf ihrer Stirn zeigten sich die ersten Schweißperlen. «Delegieren! Delegieren!»

Der Grund für die ganze Hektik, vermutete Rosa, war das bevorstehende jährliche Kadermeeting, bei der «Zeitung» respektlos Kadavertreffen genannt. Eine Wortschöpfung, die selbstverständlich das Copyright von Rosa Zimmermann trug. Maggie, das wußte Rosa, haßte gesellschaftliche Anlässe, da sie unfähig war, mit Menschen, die sie nicht gut kannte, nett zu plaudern. Oder überhaupt mit jemandem.

Draußen schneite es wieder. Der Himmel hing tief, die Dämmerung wich bis zum Abend nicht. Rosa fröstelte. Dabei hatte der Winter eben erst begonnen.

Da sie die Aufgabe, die Maggie ihr gestellt hatte, unmöglich jemand anderem aufbürden konnte, beschloß sie, den Nachmittag shoppend zu verbringen. Bei dieser Gelegenheit würde sie gleich ihre Weihnachtsgeschenke für die Mitarbeiter der «Zeitung» kaufen. Wann kam sie denn sonst dazu? Sie rief Marina Marini an, Klatschreporterin und professionelle Shopperin. Dann schaltete sie ihr Telefon um.

«Ich bin heute nachmittag nicht mehr zu erreichen», teilte sie der verblüfften Telefonistin mit, «geheime Vorbereitungen für morgen und so weiter.»

«Shopping», erklärte Marina Marini gewichtig, «darf man nicht auf die leichte Schulter nehmen. Es ist eine anspruchsvolle Tätigkeit, zumal in der Vorweihnachtszeit. So eine Tour will organisiert sein. Laß uns, um Kräfte zu sammeln, erst einmal ein Glas Champagner trinken.»

Es wurden zwei oder drei, da der ungefähr hundertjährige Kellner an Marina Marini sichtlich Gefallen fand und unaufgefordert Nachschub brachte. Marina entnahm ihrer Handtasche ein Paar Turnschuhe und zog sie an. Wie eine Reiseleiterin hetzte sie Rosa sodann die Bahnhofstraße hinauf und hinunter. Während Marina mit jedem Kauf, den sie tätigte, mehr aufblühte, hatte Rosa schnell genug. Das Übermaß des Angebots verwirrte sie, so daß sie für sich selbst nur ein Kilo Mozartkugeln erstand. Die belebende Wirkung des Champagners war längst verflogen. Statt dessen wurde sie nun von Kopfweh und einem Anflug von schlechtem Gewissen geplagt.

«Ich mag nicht mehr, ich muß zurück», maulte sie.

«Nur rasch noch mal zu Grieder», bat Marina. «Geht ganz zackig, ich versprech's dir.»

Kaum hatten sie die Seidentücher umschifft, da wurden sie Zeugen einer unerfreulichen Szene. Zwei filmreif kastenförmige Ladendetektive kämpften mit einer völlig aufgelösten Frau, die in ihrem Kinderwagen beachtliche Mengen von Luxusartikeln gehortet hatte.

«Ach du Schande», rief Rosa, «das ist doch die arme Frau Röthlisberger Barsoi!»

**38** Auf der Damentoilette des Kongresshauses wechselte Rosa Zimmermann in ihr bestes Schwarzes. Ein Kleid, wie geschaffen für ein Kadavertreffen. Außerdem hatte sie ihre Frisur mittels eines neuen Haarteils aufgestockt, einer Art von kranzgeschmücktem Kühlturm aus blondem Nylon. In diesem Jahr hatte Rosa die Aufgabe, die zu den Vorträgen passenden Folien per Computer auf die Leinwand zu projizieren. Was bedeutete, daß sie vorn auf dem Podium sitzen und ihre Kommentare für sich behalten mußte. Den halben Vormittag hatten sie und Techniker Toni damit verbracht, das Programm einzurichten und durchzuchecken. Bis endlich alles klappte, war ihr bereits schwindlig, und zum Essen reichte die Zeit nicht mehr. Statt dessen entwarf Rosa ihre Grabinschrift: «Ein Leben im Dienste der ‹Zeitung›».

Als sie ihren Platz am vorderen Rand des Podiums einnahm, war sie froh um das Haarteil, das ihr den Anschein von Haltung verlieh. Daß Rosa von Computern wenig verstand, wußte jeder. Schon vor langer Zeit hatte sie akzeptiert, daß diese Maschine sie beherrschte und nicht umgekehrt. Vor Aufregung leerte sie das Glas Wasser, das für den ersten Redner bereitstand.

Während der Begrüßungsansprache des Verlegers, der keine unterstützenden Folien benötigte, sah Rosa ins Publikum. Der Platz auf dem Podium hatte durchaus auch Vorzüge. Wie in jedem Jahr war der Schulbuben-Effekt eingetreten, stellte sie fest. Wie Kinder, die ihre Hausaufgaben nicht gemacht hatten, drängten sich die Führungskräfte der «Zeitung» in den hintersten Reihen, kicherten, scharrten mit den Füßen, malten Männchen auf die bereitgelegten Notizblöcke. Ziemlich weit vorn und recht allein saßen Jean Barsoi und Johanna Staub von der «Kehrseite» und steckten die Köpfe über einem gemeinsam benutzten Schreibblock zusammen. Schau an.

Reden, Reden, Reden.

Zahlen.

Mehr Reden.

Es war schon vorgekommen, daß Leute eingeschlafen waren. Der Vorsitzende der Geschäftsleitung hatte darauf mit dem Verordnen von Atemübungen reagiert. Nachdem sie die ersten paar Folienfolgen problemlos durchgeklickt hatte, entspannte sich Rosa ein wenig. Das letzte Symbol, das sie projizierte, war das einer verführerisch dampfenden Kaffeetasse. Pause.

Ein Scherzbold fragte Rosa, ob sie einen «Kadafi» trinken wolle. Haha.

Mißbilligend wandte sie sich ab und ging auf die Suche nach dem Liebespaar. Da stand es bei der Garderobe, halb von nassen Mänteln verborgen. Johanna schaute mit glänzenden Augen zu Barsoi auf, mit jenem Ausdruck von entrücktem Wahn, den Rosa schon allzuoft gesehen hatte. Unter dem Vorwand, sie suche ihren Schal, wühlte sie sich bis zu ihnen durch.

«Ah, der Herr Barsoi!» rief sie glaubhaft erstaunt. «Wie geht es denn Ihrer armen Frau? Immer noch in Untersuchungshaft?»

Barsoi wurde rot. Der junge Mann hatte eindeutig ein Problem mit dem Blutdruck. In wenigen Jahren würde er ein schwergewichtiger, kurzatmiger Choleriker sein. Daß die jungen Frauen das nicht sahen!

«Sie wissen ganz genau, daß meine Frau nicht ...» Er ließ den Satz unvollständig. «Und lächeln Sie nicht so impertinent!» Damit stapfte er davon.

Johanna Staub, mit der sich Rosa Zimmermann bisher gut verstanden hatte, schaute sie vorwurfsvoll an.

«Wie kannst du nur so unsensibel sein», rügte sie. «Wenn du wüßtest, wie sehr der arme Mann unter den Psychosen seiner Frau zu leiden hat!» Dann rannte Johanna dem armen Mann nach, holte ihn beim Treppenabsatz ein und machte sich daran, sein Leid zu lindern. Rosa seufzte. Das verbreitete Schwesternsyndrom. Dagegen war auch sie machtlos.

«Wann haben Sie sich zum letztenmal selbst übertroffen?» schrie Maggie gerade das Publikum an. «Ich habe mich das auch gefragt.» Maggie sah gut aus in dem militärischen Outfit, das Rosa für sie erstanden hatte und das sowohl ihre Muskulatur wie auch ihre autoritäre Art zur Geltung brachte. «Und die Antwort: Erst heute morgen, als ich früh um fünf zum Joggen ging. In der Dunkelheit! Im Eisregen! Ja, auch ich wäre lieber im Bett geblieben ...»

Irritiert brach Maggie ihren Vortrag ab. Die Versammelten, die erst verhalten geprustet hatten, brachen nun in lautes Gelächter aus. Maggie drehte sich um, und auch Rosa blickte zur Leinwand. Statt der Folie «SELBSTÜBERWINDUNG!», die sie gerade gemäß Programm angeklickt hatte, stand da MAGGIE GO HOME! Hektisch betätigte Rosa die Maustaste, um die nächste Folie abzurufen.

MAGGIE WIR KRIEGEN DICH! DEINE TAGE SIND GEZÄHLT! ging es weiter, und zum Schluß: AN DEINEM GRAB WIRD NIEMAND WEINEN!

Jetzt lachte niemand mehr. Maggie ließ das Mikrofon fallen und rannte aus dem Saal. Keiner wagte, dabei an Joggen zu denken.

**39** Zwei Möglichkeiten hatte Rosa Zimmermann: Chefredakteurin Maggie nachzulaufen, die sich wohl, wie es Frauen in Krisensituationen zu tun pflegen, auf der Toilette verbarg und heulte, was die Wimperntusche hielt. Oder aber den Schuldigen zu suchen, den sie in der Person des Technikers Toni vermutete. Niemand sonst hatte die Zeit, das Wissen und die Möglichkeit gehabt, die Folien zu manipulieren. Rosa, im Laufe der Jahre zur Spezialistin im Aufklauben heulender Frauen geworden, öffnete lustlos sämtliche Kabinentüren und stellte erleichtert fest, daß Maggie nicht da war.

Dann lief sie auf die Straße hinaus. Es regnete, es war kalt und es war dunkel. Ihr Mantel und der Beutel mit ihren vernünftigen Schuhen hingen an der Garderobe. Das alles konnte sie nicht aufhalten. Sie rannte den ganzen Weg zurück zur Redaktion der «Zeitung». Die Wut trieb sie vorwärts. Einmal, ein einziges Mal, hantierte sie öffentlich an einem Computer, und dann passierte so etwas! Diese Schmach konnte sie unmöglich auf sich sitzen lassen.

«Wo ist dieser Hund?» rief Rosa auf ihrem Weg über die langen Gänge des Redaktionsgebäudes zur Informatikabteilung. Jede Tür, an der sie vorbeikam, riß sie auf. Weit hinter ihr folgte der Chef der Abteilung, atemlos und ebenso wütend.

Den Techniker Toni hatte niemand gesehen.

«Der ist doch heute im Kongresshaus», meinte einer.

«Nein, dem ist gekündigt worden. Der arbeitet gar nicht mehr hier.»

«Ich hab ihn aber eben noch gesehen.»

So ging es eine Weile hin und her. Schließlich mußte Rosa einsehen, daß Toni verschwunden war. Es sah nicht gut aus für ihn. Und wo war Maggie?

Rosa atmete tief durch. Es würde ihr nichts anderes übrigbleiben, als die Polizei zu verständigen. Oder diesen Marlboro-Man von Bezirksanwalt, wie hieß er gleich? Sieber.

Die Geschichte hatte bereits die Runde gemacht auf der Redaktion, wo dank der Abwesenheit sämtlicher Chefs und Unterchefs eine heiter-gelassene Stimmung herrschte. Um sich und die anderen zu beruhigen, unternahm Rosa einen kurzen Rundgang.

Paula Perroquet, die die Leserbriefe an diesem Tag allein betreute, hatte auf dem Schreibtisch eine Rolle Goldpapier ausgebreitet. Wie jedes Jahr bastelte sie für ihren Sohn einen Adventskalender, der aus vierundzwanzig kleinen Geschenken bestand, die sie in seinem Zimmer aufhängen würde.

«Was ist denn das?» fragte Rosa interessiert und einen Augenblick von ihren Sorgen abgelenkt. Errötend schob Paula die Päckchen zusammen. Nach langem Zögern hatte sie sich in diesem Jahr für vierundzwanzig Kondome entschieden. Es sah ganz so aus, als könnte Marlon sie brauchen.

«Was es heutzutage nicht alles gibt!» staunte Rosa.

Das hatte Paula auch gedacht, als sie das Angebot der Condomeria geprüft hatte. Unglaublich.

«Schau dir das an! Tigerfell!»

«Das ist nur ein Scherz – glaube ich wenigstens.» Paula

war sich ziemlich dumm vorgekommen in dem Laden, in dem sie sich als einzige zu genieren schien. Mit der Bemerkung «Die sind für meinen Sohn» hatte sie es auch nicht besser gemacht. Nachdem sie sämtliche vierundzwanzig Modelle geprüft hatten und auch die paar, die Paula für sich erstanden hatte, klatschte Rosa in die Hände. «Weiter im Programm!»

Bezirksanwalt Sieber war bereits nicht mehr in seinem Büro. Er hatte aber hinterlassen, daß er alles, was Maggie betreffe, sofort zu erfahren wünschte. Die Nachricht würde ihn also erreichen. Da es für Rosa auf der Redaktion nichts mehr zu tun gab, beschloß sie, das Restaurant aufzusuchen, das für den «geselligen Teil» des Kadertreffens gebucht worden war. Wie erwartet hatte niemand die Absicht, wegen des Zwischenfalls das gute Essen verkommen zu lassen. Und es war gut. Noch besser als das Essen war der Wein, und bald dachte niemand mehr an Maggie. Bis auf Rosa, die keinen Rotwein trank.

Kurz vor Mitternacht beschloß sie, auf dem Nachhauseweg noch bei diesem sympathischen Doktor Gallati vorbeizuschauen, bei dem Maggie wohnte, seit der Attentäter sie auch zu Hause bedroht hatte. Gallati nahm zwar das Telefon nicht ab, aber das mußte nichts heißen. Unauffällig verabschiedete sie sich und verließ das Lokal. Als sie auf die Straße trat, hielt mit quietschenden Reifen ein Sportwagen neben ihr in einer Pfütze und spritzte sie von oben bis unten naß.

«Rüpel!» schrie Rosa.

Aus dem Auto sprang Cowboy Sieber. Und statt sich zu entschuldigen, sagte er: «Rosa Zimmermann, Sie sind verhaftet.»

**40** Maggie atmete tief durch. Sie wünschte, Hugo wäre hier. Am Morgen hatte er seine ganze Überredungskunst aufwenden müssen, um sie zur Arbeit zu schicken. Nach den fiesen Drohungen beim Kadertreffen hatte sie nicht mehr hingehen wollen. «Zeig's ihnen», hatte Hugo gesagt, «zeig ihnen, wer du bist!» Er hatte sogar bei ihrer Mitarbeiterin Paula Perroquet, die unangenehmerweise im selben Haus wohnte, ein paar Xanax ausgeliehen. Frau Nachbarin, mir sind die Psychopharmaka ausgegangen. Was für eine Welt.

Maggie hatte die Turnschuhe geschnürt und war zur Zeitung gejoggt. Sie hatte sich umgezogen und eine Tablette geschluckt. Jetzt saß sie in ihrem Büro. Allein. Das Telefon klingelte ununterbrochen. Die Post hatte Maggie selbst abholen müssen. Der Terminplan befand sich vermutlich in Rosa Zimmermanns Handtasche oder in deren Büro. Das aber war versiegelt. Und Rosa war nicht da.

«Verhaftet», tuschelten die Mitarbeiter und nutzten die Gelegenheit, aus Solidarität die Arbeit niederzulegen.

Plötzlich merkte Maggie, daß alles Tiefatmen nichts nützte. Wut stieg in ihr auf. Wie konnte Rosa Zimmermann sie derart im Stich lassen! Sie stand auf, nahm eine Hantel vom Schreibtisch und warf sie durch das geschlossene Fenster. Dazu stieß sie einen Schrei aus, der Tarzans Affen erschreckt hätte.

Nur Rosa konnte sich Maggies Verzweiflung vorstellen. Doch sie saß in Polizeihaft.

«Jetzt hören Sie mir bitte gut zu», sagte Rosa zu dem diensthabenden Beamten, der ihr Gesellschaft leistete. «Ich MUSS zur Arbeit. Muß. M-U-S-S.»

«Ja, ja, hier drinnen entdecken sie alle plötzlich ihr Herz für die Arbeit.» Gelangweilt blätterte er in seiner Zeitung. Nicht der «Zeitung».

Typisch, dachte Rosa Zimmermann. Die Polizei liebte die «Zeitung» nicht besonders. Aber deswegen gleich die Chefsekretärin einsperren?

«Junger Mann», versuchte sie es noch einmal. «Sie können sich nicht vorstellen, was meine Chefin durchmachen muß, jetzt, in diesem Moment, während wir hier gemütlich sitzen.»

«Erzählen Sie das dem Haftrichter.»

Rosa seufzte. Dann hatte sie eine andere Idee.

«Hätten Sie die Güte, mir aus meiner Handtasche, die Sie konfisziert haben, eine Mozartkugel zu holen?»

Der Polizist sah aus, als wären die Grenzen seiner Geduld bald erreicht.

«Ich meine, wenn ich rauchen würde, dürfte ich doch auch ...»

Der Beamte schien einen Augenblick lang abzuwägen, was Mord an einer Verhafteten für seine Karriere bedeuten würde, stand dann ganz langsam auf und holte das Gewünschte.

«Ich gebe Ihnen sogar zwei», sagte er in gefährlichem Ton, «wenn Sie kein Wort mehr sagen, bis man Sie vor den Haftrichter führt. Kein einziges Wort!»

«Normalerweise gönne ich mir ja nie zwei», zwitscherte Rosa erleichtert, «aber in Gefangenschaft kann man sich ruhig mal eine Ausnahme gestatten, finden Sie nicht?»

Das Gesicht des Polizisten hatte sich violett verfärbt. Rosa wickelte eine Mozartkugel aus und schob sie sich ganz in den Mund. Nun gut. Mit diesem ungehobelten Menschen würde sie kein Wort mehr wechseln. Nicht einmal die Uhrzeit würde sie ihm sagen. Selber schuld.

Maggie hatte unterdessen eigenhändig die Scherben aufgelesen und im Papierkorb deponiert. So einsam hatte sie sich noch selten gefühlt. Auf ihren Schrei hatte niemand reagiert. Niemand kümmerte sich um sie. Niemand liebte sie. Sie könnte hier vor dem kaputten Fenster erfrieren, niemand würde es auch nur bemerken.

Denk an die «Zeitung», ermahnte sie sich. Zeig's ihnen! Zeig ihnen, wer Maggie ist!

Da die Telefonistin ebenso unter Rosas Abwesenheit zu leiden hatte wie alle anderen, machte sich Maggie daran, selbst im Telefonbuch die Nummer eines Glasers zu suchen, ihn anzurufen und dringend herzubestellen. Sie konnte sich nicht erinnern, wann zuletzt sie einen solchen Vorgang hatte selbst bewältigen müssen. Als sie das geschafft hatte, fühlte sie sich besser. Na also. Es ging ja. Sie öffnete ihre oberste Schreibtischschublade, wo Rosa einen Vorrat von Mozartkugeln hinterlegt hatte. Die Gute. Sie wußte, daß Maggie ohne ein Minimum an Schokolade-Input keinen Leitartikel schreiben konnte. Maggie entschied, sie habe sich eine Kugel verdient. Oder zwei. Oder drei.

Paula gähnte. Die Tatsache, daß sie das Rauchen und Trinken weitgehend aufgegeben hatte, machte aus ihr keinen fitteren Menschen. Sie war nur müde. Immer müde. So müde, daß sie schon im Stehen eingenickt war, eingeklemmt zwischen Menschen, die vom abendlichen Shopping kamen. So brauchte sie eine Weile, um zu begreifen, daß das, was sie da las, kein üblicher Leserbrief, sondern ein neuer Drohbrief war.

WER HAT DIE MOZARTKUGELN VERGIFTET? JA, DAS WÜRDET IHR GERN WISSEN! ABER ES IST ZU SPÄT …

**41** «Zimmer 413», sagte eine gelangweilte Krankenschwester, die gar nichts mit den einfühlsamen Wesen aus den Fernsehserien gemein hatte, die Paula kannte. «Beide.»

Paula ging den langen Gang hinunter. Es roch nach Krankenhaus. Logisch. Es war ein Krankenhaus. Vermutlich würde sie in absehbarer Zeit auch in einem solchen landen. Von der Idee einer Hausgeburt war sie abgekommen, nachdem sie die lebensnahen Schilderungen ihrer Nachbarin Babs gehört hatte. Spaghettikochen für die Verwandten gleich nach der Geburt, allein abwaschen morgens um vier und so fort. «Wer wird sich um dich kümmern?» hatte Babs gefragt. «Ich nicht. Also? Geh ins Krankenhaus!»

Von weitem sah Paula die Menschentraube vor Zimmer 413. Paula seufzte. «Warum auch noch ich?» Diese Frage war einfach zu beantworten. Sie wohnte im selben Haus wie Hugo Gallati, der Ex-Verlobte und vorübergehende Gastgeber von Chefredakteurin Maggie. Was lag näher, als ihr die Aufgabe zu übertragen, Nachthemden, Kontaktlinsen, leichte Hanteln und andere persönliche Gegenstände ins Krankenhaus zu bringen?

Der Einfachheit halber hatte man Maggie und Rosa Zimmermann zusammengelegt. Gleiche Symptome, derselbe Fall, beide mußten bewacht werden. Bezirksanwalt Sieber persönlich hatte sich im Krankenzimmer häuslich eingerichtet.

«Solange ich hier bin, können Sie ihr nichts tun», knurrte er Rosa an, die immer noch im Verdacht stand, hinter den Anschlägen auf Chefredakteurin Maggie zu stecken. Daß sie selbst von den vergifteten Mozartkugeln gegessen hatte, bewies gar nichts. In ihrer privaten Schublade hatte man allerlei Dinge gefunden, die zum Herstellen von Briefbomben benötigt werden. Daß man sie offensichtlich für dumm hielt, ärgerte Rosa mehr als der ungerechte Verdacht.

«Würde ich solche Sachen herumliegen lassen? Ich bitte Sie!»

Doch Sieber ließ nicht locker. Vermutlich beruhigte er so

sein schlechtes Gewissen. Weil er Maggie, die er halbwegs heimlich verehrte, nicht besser beschützt hatte.

«Ich bin privatversichert», nörgelte Maggie, die eben zu sich kam, mit schwacher Stimme. «Ich will ein Einzelzimmer.»

«Es ist besser so», sagte Sieber besänftigend und rutschte an ihren Bettrand. «Ich lasse Sie nicht aus den Augen – beide.»

Paula näherte sich schüchtern. «Ich hab hier ein paar Sachen mitgebracht», sagte sie. Sofort richtete Maggie sich auf. Sie rüttelte an den diversen Schläuchen, an die sie angeschlossen war, und bemühte sich um Haltung.

«Arbeit?» krächzte sie.

«Verboten», entschuldigte sich Paula mit einem Seitenblick auf Sieber.

«So geht es aber nicht!» Ein Arzt trat ans Bett und nahm Maggie die Hantel aus der Hand. «Solange Sie an der Infusion hängen, stemmen Sie hier bitte keine Hanteln!»

Paula trat einen Schritt zurück. Das hatte sie nun davon, daß sie sich ständig Ärzteserien ansah. Beim Anblick eines Mannes im weißen Kittel wurden ihr die Knie weich. Vor allem, wenn er so gut aussah wie dieser hier – wie Dr. Carter aus «Emergency Room». Sie brachte sich hinter Rosas Bett in Sicherheit.

Die zupfte sie matt am Arm. «Bring Berger her», flüsterte sie, «und alle verdächtigen Briefe, die ihr gefunden habt. Wir müssen jetzt handeln.»

Rosa hatte, Ironie des Schicksals, manchmal heimlich davon geträumt, in einem netten stillen Krankenzimmer zu liegen – natürlich ohne ernsthaft krank zu sein – und ein paar Tage auszuspannen. Das hatte sie nun davon.

Der nette Herr Doktor war mit Maggie fertig und trat an Rosas Bett. Paula versuchte, sich durch Kopfrechnen abzulenken. Wie lauteten gleich ihre guten Vorsätze? Keine verheirateten Männer mehr? Der Doktor trug ein Namensschild: Tobler. Der Inbegriff von Verläßlichkeit, fand Paula. Und keinen Ehering. Gar keine Männer mehr! erinnerte sie sich.

«Ich geh jetzt wohl besser», stammelte sie.

Rosa hielt sie zurück. «Noch etwas», flüsterte sie. «Bring mir was zu essen. Schokolade. Vom Automaten in der Halle.»

Als Paula sich zwischen Milch und Nuß zu entscheiden versuchte, ging Dr. Tobler vorbei. Er nickte ihr zu. Sie hielt den Atem an und gab sich eine innerliche Ohrfeige. Nicht schon wieder!

**42** Auf dem Bildschirm war eine Art Frosch zu erkennen, der ruderte, strampelte und Purzelbäume schlug.

«Alles dran», bestätigte die Ärztin, «Kopf, zwei Arme, zwei Beine, das ist doch schon mal was.» Sie wollte den Apparat ausschalten, aber Paula hielt sie zurück.

«Nur noch ein bißchen», bat sie. Zum erstenmal, seit sie die rosa Linie auf dem Teststreifen entdeckt hatte, verband sie diese mit einem Kind. Na ja, mit einem Frosch. Einem Lebewesen jedenfalls.

O Gott.

«Ausschalten?»

Paula nickte.

«Möchten Sie den Ausdruck mitnehmen?»

«Bitte.»

In der Tram ertappte sich Paula immer wieder dabei, daß sie das kleine Bild aus der Tasche zog und betrachtete. Eindeutig ein kleiner Mensch. Arme, Beine, Kopf. Schien sich gut zu amüsieren in ihrem Bauch. Um die Ärztin zu zitieren, das war doch schon mal was.

Zu Hause stolperte sie als erstes über Marlons Schuhe (Größe fünfundvierzig). «Es geht soooo schnell», jammerte ihre eigene Mutter immer, «auf einmal sind sie groß» (die Kinder nämlich). Paula ging es umgekehrt. Welten lagen zwischen dem purzelbaumschlagenden Wesen in ihrem Bauch und Schuhgröße fünfundvierzig. Jahre und Jahre und Jahre. Und die ganze Zeit würde es auf sie ankommen. Daß sie da war. Daß sie das Richtige tat, daß sie überhaupt wußte, was richtig war und was nicht. Daß sie ein gutes Beispiel gab. Das Kind würde ihr beim Leben zuschauen und Schlüsse ziehen. Wie sollte sie dem gewachsen sein?

«Marlon!»

Er kam aus dem Wohnzimmer. In Nikolaus-Verkleidung.

«Marlon?»

Marlon wirkte böse. Er streckte die Hände aus. Über die Finger hatte er die bunt-originellen Pariser gestülpt, die Paula in seinen Adventskalender gesteckt hatte. Er wackelte mit allen zehn Fingern.

«Ha ha ha», machte er. Paula duckte sich und versuchte, ihn abzulenken.

«Schau mal, ich hab hier ein Bild von deinem Bruder.» (Sie fühlte eindeutig, daß es ein Junge war, genauso wie sie bei Marlon sicher gewesen war, ein Mädchen zu bekommen. Weiblicher Instinkt.)

«Wenn du mit dem auch so blöde Scherze machen willst, dann tut er mir jetzt schon leid», sagte Marlon bitterböse. Dann befestigte er den weißen Bart an den Ohren, schulterte den Nikolaussack und stapfte aus der Wohnung. Paula wartete, bis die Tür zuschlug. Dann brach sie in Tränen aus.

Nie im Leben würde sie all dem gewachsen sein. Wenn doch nur Doktor Carter hier wäre. Vielmehr Doktor Tobler. Irgendeiner.

So fanden sie die Nachbarn Hugo und Ernesto, die sie zum Nikolausfest bei Babs abholen wollten. Sie lasen sie vom Boden auf und putzten ihr die Nase. Sie nahmen ihr den Turnschuh Größe fünfundvierzig aus der Hand, strichen das zerknüllte Ultraschallbild glatt und öffneten die Champagnerflasche, die sie zufällig dabei hatten.

«Ein Glas schadet nicht», versicherte Ernesto.

Woher wollte der das wissen.

Schließlich hatten sie Paula so weit, daß sie in den zweiten Stock mitkam, wo die Party bereits im Gang war. Das kleine Wohnzimmer wirkte hoffnungslos überfüllt mit Babs, ihren vier Kindern (die ausnahmsweise ganz still saßen und andächtig zuhörten), zwei Vätern, dem Nikolaus und den drei Zuspätgekommenen. Möglichst unauffällig setzten sie sich auf noch freie Armlehnen. Der Nikolaus verhandelte gerade ernsthaft mit den beiden fünfjährigen Mädchen. Paula war verblüfft. Wie gut er die Kinder kannte. Wie er auf sie einging.

Nun wandte sich der Nikolaus an Paula: «Und du bist manchmal ein schöner Scherzkeks, stimmt das?»

Paula zuckte mit den Schultern.

«Kommt nicht immer richtig an, dein Humor.»

Bevor Paula sich entschuldigen konnte, griff der Nikolaus in seinen Sack. «Aber du machst es schon recht. Hier habe ich etwas für dich.» Er reichte ihr ein riesiges Lebkuchenherz, üppig verziert, auf dem stand MAMA IST DIE BESTE.

«Warum heult sie?» fragten die Kinder.

**43** «Das darf doch nicht wahr sein!»

Paula hatte die ganze Leserbriefredaktion auf den Kopf gestellt, aber die Mappe mit den Drohbriefen, die Maggie im

Lauf der letzten zwei Jahre erhalten hatte, war unauffindbar. Paula hatte die Briefe für Bezirksanwalt Sieber herausgesucht, aber von allen eine Kopie gemacht. Diese Kopien sollte sie nun ins Krankenhaus bringen. Rosa Zimmermann hatte wiederholt danach verlangt. Seit sie verdächtigt wurde, die Anschläge auf ihre Chefin angezettelt zu haben, war sie mehr denn je entschlossen, den wahren Täter selbst zu finden. Im Augenblick erholte sie sich allerdings im Krankenhaus von einer Mozartkugelvergiftung. Der Genuß von zwei Tafeln Schokolade hatte einen schweren Rückfall ausgelöst.

Paula schaute auf die Uhr. Sie hatte versprochen, in der Mittagspause ins Krankenhaus zu fahren. Flüchtig stellte sie sich die Frage, ob Doktor Tobler wohl Dienst hatte, schob den Gedanken dann jedoch beiseite. Es war nicht der Moment, sich zu verlieben.

Das war es nie.

Na gut.

«Es bleibt dir nichts anderes übrig», stellte Leserbriefredakteur Berger fest, «als sämtliche Ordner noch einmal durchzusehen und neue Kopien zu machen.»

Paula schwieg.

«Du hast dem Bezirksanwalt doch nicht etwa die Originale gegeben?»

«Ich mußte.»

Berger zündete seine Pfeife an. «Das heißt also, daß jemand die Mappe entwendet hat. Ebenso wie die Dokumentation über den Baumeister-Savigny-Skandal. Das sollten wir den Behörden mitteilen.»

«Bestimmt nicht! Das müssen wir mit Rosa besprechen. Ich fahre sofort ins Krankenhaus», sagte Paula trotzig und wider jede Vernunft. Machten Ärzte Mittagspause? Aßen Sie etwas? Ließen sie sich von fremden Frauen einladen?

Paula war schon im Mantel. Sie wollte zu Fuß gehen. Das

Wetter war ausnahmsweise schön, beinahe unwirklich klar. Versuchsweise setzte sie ihre Sonnenbrille auf. Da wurde die Tür zur Leserbriefredaktion so heftig aufgestoßen, daß sie Paula ins Gesicht traf.

Eine hellblaue Gewalt packte sie, wirbelte sie herum und schmetterte sie gegen die Wand.

«Schlampe!»

Regine Röthlisberger Barsoi persönlich, in einem hellblauen Pyjama, der auch als Trainingsanzug durchgehen konnte. Säuerlich riechende Milchflecken auf der Schulter. Ringe unter den Augen. Typisch Mutter, erkannte Paula mit leichtem Schaudern.

«Geben Sie mir meinen Mann zurück!»

«Ich habe ihn doch gar nicht», verteidigte sich Paula lahm. Regine Röthlisberger Barsoi schüttelte Paula noch einmal kräftig durch und brach dann in Tränen aus. Oje. Oje. Oje.

«Nie ist er zu Hause», heulte sie. «Immer bin ich allein. Und das Kind schreit immer. Der Doktor hat gesagt, ich müsse mich erholen. Aber wie denn?»

Nachdem diese Frau beim Ladendiebstahl erwischt worden war, erinnerte sich Paula, hatte der Richter eine postnatale Depression als mildernden Umstand gelten lassen.

«Setzen Sie sich erst einmal», griff Berger ein. Und da ihm nichts Besseres einfiel: «Nehmen Sie einen Zug.»

Brav zog Frau Röthlisberger Barsoi an der Pfeife. «Seit das Kind auf der Welt ist, hab ich nie mehr als zwei Stunden am Stück geschlafen», sagte sie. «Ich glaube, ich drehe bald durch. Oder ich bin schon durchgedreht. Das kann sich kein Mensch vorstellen. Und dabei bin ich Leistungssportlerin.»

«Das tut mir leid», sagte Paula. Plötzlich war sie mit ihrem eigenen Schicksal ganz zufrieden. Und plötzlich wußte sie auch, wie sie die arme Frau aufmuntern konnte.

«Kommen Sie.»

Den Kinderwagen beim Portier lassend, der ihn professionell mit einem Fuß schaukelte, gingen die beiden Frauen ein Stück die Straße hinauf zum Comic-Laden Analph. Buchhändler Steiner grunzte ein Willkommen.

«Wir hätten gern die Neuerscheinungen abgeholt, die Jean Barsoi bestellt hat», erklärte Paula. «Ich bezahle sie auch gleich.»

Mit einem Stapel japanischer Comics von höchst zweifelhaftem Geschmack setzten sie sich ins nächste Lokal. Kichernd wie Schulmädchen arbeiteten sie den Stapel durch und tranken dazu eine Flasche Wein. Nach einer halben Stunde sah Regine Röthlisberger schon viel besser aus.

So einfach ist das manchmal, dachte Paula, als sie die Bücher auf Johanna Staubs Pult legte.

«Die sind für Jean», erklärte sie der verdutzten Redakteurin. Die gerade aktuelle Flamme von Jean Barsoi war für ihre politische Korrektheit gefürchtet.

Die wohltuende Wirkung kindischen Verhaltens im Erwachsenenalter, leider wenigen Menschen vertraut. Paula war mit ihrem Tag ganz zufrieden, bis das Telefon klingelte. Ihre Freundin Randa erinnerte sie daran, daß sie am nächsten Tag zum Hochzeitsfest einer gemeinsamen Freundin erwartet wurde. In Kairo.

**44** Gute Stimmung herrschte in Zimmer 413. Das mochte daran liegen, daß Chefredakteurin Maggie in ein Privatzimmer verlegt worden war. In ihrem Bett lag nun ein junges Mädchen, das zu viele Pilze gegessen hatte. Fliegenpilze. Ein interessanter Fall, fand Rosa Zimmermann. Unwissenheit oder psychedelischer Selbstversuch? Leider war das

Mädchen nicht in der Lage, ihr mehr zu erzählen. So hatte Rosa Zimmermann einen ganzen Stamm von Hobbydetektiven um ihr Krankenlager versammelt. Bevor sie aus dem Krankenhaus entlassen wurde, wollte sie den Attentäter entlarvt wissen. Sie hatte nicht die Absicht, sich noch einmal verhaften zu lassen.

Gerade ging sie mit Leserbriefredakteur Berger den Stapel von Drohbriefen durch, die in den zwei Jahren ihrer Amtszeit an Maggie gerichtet worden waren.

«Nichts Außergewöhnliches», sagte Berger. «Nur der übliche Schmutz.»

«Was ist denn hiermit?» Rosa las vor: «Wie kommt ‹Die Zeitung› dazu, diese Person einzustellen? Hat man schon vergessen, was sie angerichtet hat?»

Berger zuckte mit den Schultern.

«Du warst doch auch schon im Haus», erinnerte ihn Rosa ungeduldig. «Unsere Maggie, die damals noch ganz normal Ruth-Maria Vollenweider hieß, mußte die Redaktion ziemlich überstürzt verlassen.»

Berger nickte langsam. Geistesabwesend nahm er die Pfeife aus der Manteltasche und steckte sie kalt in den Mund. «Der Baumeister-Savigny-Skandal.»

«Genau.»

«Rauchen müssen Sie leider woanders», unterbrach Dr. Tobler die Detektivarbeit. «Visite!» Er schob Berger aus dem Zimmer und kümmerte sich erst einmal um das Pilzmädchen. Dabei schaute er immer wieder verstohlen zu Rosa hinüber. Schließlich räusperte er sich. «Heute haben Sie nicht viel Besuch», bemerkte er einleitend.

Rosa grinste. «Nein», gab sie zu.

«Vielleicht kommt ja noch jemand?»

«Vielleicht.» Schließlich hatte Rosa Mitleid mit dem Arzt, der schon ganz rot geworden war, und half ihm weiter.

«Paula kommt heute nicht. Sie ist in Kairo.»

«Ach so.»

Wer aber am Nachmittag noch kam, war Marina Marini. Sie brachte ihr privates Dossier über den Baumeister-Savigny-Skandal mit.

«Eigentlich bin ja ich an allem schuld», sagte sie. «Ich meine, ich hab die beiden sozusagen zusammengebracht. Bei mir haben sie sich kennengelernt, an einem meiner berühmten Blue Mondays, erinnerst du dich? Das waren Zeiten. Hach!» Marina wedelte sich mit der Akte Kühlung zu.

«Ob ich wohl einen ganz kleinen Drink bekommen könnte», wandte sie sich an die Schwester, «das wäre wahnsinnig lieb, danke, Schätzchen!»

Die Schwester deutete einen Vogel an und verließ das Krankenzimmer. Rosa seufzte. Aus ihrer Nachttischschublade nahm sie den silbernen Flachmann, den sie von einem früheren Chefredakteur der «Zeitung» erhalten hatte, als dieser gezwungen war, das Trinken aufzugeben. Rosa trug ihn nur aus sentimentalen Gründen mit sich. Und weil er manchmal, wie gerade jetzt, ganz praktisch war.

«Krankenhäuser sind auch nicht mehr, was sie mal waren», grummelte Marina, während sie den Inhalt des Flachmanns in ein Zahnglas umleerte. «Als ich neunundsechzig den Arm gebrochen hatte, da feierten wir eine Party nach der anderen, und niemand hat sich beschwert. Gibt es kein Eis?»

«Das hier ist ein Zimmer ohne Minibar», erklärte Rosa ungeduldig. «Trink und komm zur Sache.»

Marina tat, was jeder tat, wenn Rosa diesen Ton anschlug: Sie gehorchte.

«Es ist mehr als zehn Jahre her: Stadtrat Baumeister hatte eine Affäre mit der jungen Gisela Savigny, der Tochter des Anwalts, Savigny & Savigny, du weißt schon. Als sie die Geschichte beendete, brach Baumeister in ihre Wohnung ein und schnitt ihre gesamte – luxuriöse, nebenbei bemerkt – Unterwäsche in Streifen.

Nachbarn riefen die Polizei, er wurde erwischt – peinliche Sache, unmöglich zu vertuschen. Unsere Maggie hat ein paar derart hämische Artikel geschrieben, daß der arme Mann sich umbrachte. In der Wohnung der jungen Frau. Sie hat ihn gefunden. Und ist natürlich durchgedreht. Sie hat sich nie davon erholt.»

«Und Maggie verließ ziemlich fluchtartig ‹Die Zeitung›. Das ist bekannt.»

«Was du aber nicht weißt, Rosa: Der Bruder der jungen Savigny, der erfolglos gegen Maggie geklagt hat, lebte zu jener Zeit mit einem Mann zusammen.»

«Ich dachte, der ist verheiratet?»

Marina winkte ab. «Darum geht es nicht. Der Liebhaber des Bruders ist niemand anderer als Maggies bester Freund, Hugo Gallati.»

**45** Marlon wollte nicht mit nach Kairo. «Was soll ich dort», maulte er. «Nur Lärm und Gestank. Und dann all die Leute.» Er hatte die Stadt nie gemocht. Als Paula noch dort lebte, hatte er sie manchmal in den Sommerferien besucht. Er hatte auch ihre Freunde abgelehnt.

«Und die Schule», fuhr er fort, «ich kann doch nicht fehlen.» In Wirklichkeit, vermutete Paula, wollte er sich nicht von Babs entfernen. Paula mochte ihre supercoole Nachbarin, aber als erste Liebe hätte sie ihrem Sohn jemanden gewünscht, der weniger als doppelt so alt wäre wie er und weniger als vier Kinder hätte. Aber seit wann fragt man seine Mutter, bevor man sich verliebt?

Paula rief ihren Ex-Mann an. «Kannst du ihn nicht übers Wochenende einladen?»

«Meinst du wirklich, ich wüßte nicht, daß du das arrangiert hast?» murrte Marlon, als er seine Sachen packte. «Und ich weiß auch warum!»

Das alles würde sie für zwei Tage hinter sich lassen. Im Flughafen von Kairo, als sie hinter einer Charterladung malaysischer Hadschi in der Schlange stand, stellte ihre innere Uhr sich um. Sie ignorierte die ungeduldigen Geschäftsherren, die sie von hinten schubsten, als beschleunige das die Prozedur. Was machte es schon aus, ob sie den Flughafen eine Stunde früher oder später verließ? Welcome to Egypt!

«Mafisch moon», sagte Randa bedauernd. Die Aussicht aus ihrer Wohnung in der vierzehnten Etage war überwältigend. Der Nil auf der einen, die Zitadelle auf der anderen Seite. Bunte Leuchtreklamen, aber kein Mond. Paula hatte in all den Jahren nie verstanden, warum der Mond in Kairo so schief hing, doch aus unerfindlichen Gründen beruhigte sie der Anblick der liegenden Sichel. Jetzt aber war gerade Neumond – mafisch moon.

«Mafisch Wodka», sagte Paula, «ich bin nämlich schwanger.»

Halb saßen, halb lagen sie auf den Sofas, rauchten, redeten und sahen zu, wie die Nacht hereinbrach. Auf den Dächern der umliegenden Häuser lebten Menschen, fegten den Boden, fütterten Gänse, hängten Wäsche auf, beteten, sahen fern. Paula hatte fast vergessen, wie das war – stundenlang auf dem Sofa zu liegen und den Tag vergehen lassen. Irgendwie schien es in Zürich nie dazu zu kommen. Keine Zeit. Vielleicht lag es auch an den Sofas.

Randa arbeitete den Klatsch der letzten Monate auf: «Ernst Stumpenhorst hat wieder geheiratet», sagte sie, mit einem vorsichtigen Seitenblick. Erleichtert stellte sie fest, daß die Nachricht Paula egal war.

«Du solltest zurückkommen», meinte Randa. «Wie willst du in der Schweiz ein Kind aufziehen? Ein Kind stört dort nur.»

Darüber wollte Paula nicht nachdenken. Sie würde versuchen, es so zu nehmen, wie es kam. «Ich habe einen Mann kennengelernt», lenkte sie ab. «Einen Arzt.»

«Im Fernsehen?»

Die Hochzeit sollte um acht beginnen. So stand es auf der Einladung. Das mußte aber nichts heißen. Neun oder zehn war ebenso denkbar. Randa hatte vorsichtshalber gekocht. Man konnte nie wissen, wann es etwas zu essen gab. Außerdem konnte der Ansturm aufs kalte Buffet in Ägypten geradezu brutal ausfallen. Man lief Gefahr, niedergetrampelt zu werden oder nach einer halben Stunde leere Platten vorzufinden. Die Freundinnen befanden, es sei unter ihrer Würde, für Essen anzustehen.

Als es halb zehn war, rafften sich Randa und Paula von den Sofas auf, um sich umzuziehen. Paula packte ihr Kleid aus, eine Art Nachthemd aus silberner Seide, zog es an und stellte fest, daß es reichlich gewagt geschnitten war. Zumindest für Kairo. Sie lieh sich einen Schal und knüpfte ihn über den Ausschnitt. Bravo. Für den Rest des Abends würde sie abwechselnd an den Spaghettiträgern oder an diesem Schal zupfen.

«Laß uns zu Hause bleiben», sagte Randa, vom Kampf mit dem kleinen Schwarzen erschöpft.

Doch Paula hatte versprochen, für Marina Marinis Hochzeitsseite über das Fest zu berichten. Sie würde sich die Gelegenheit, wieder einmal zu schreiben, nicht entgehen lassen.

«Yalla! Let's go.» Bereits im Aufzug fiel ihr zum erstenmal die Brust aus dem Kleid.

## **46** *Sophie's Choice*

VON PAULA PERROQUET

Dreizehn Jahre alt war Sophie **Rindlisbacher**, als ihr im Gezira Sporting Club ein gutaussehender Junge auffiel: **Omar Zaan**, damals siebzehn, «in einem Alter, wo man sich für Jüngere nicht interessiert». Erst sieben Jahre später wagte Sophie, die mit ihrer Mutter Ursula **Rindlisbacher** nach Kairo gekommen war, Omar anzusprechen. Es war in einer Disco: «Würdest du mit mir tanzen, wenn ich dich fragen würde, ob du mit mir tanzt?»

Sophie, Strategin, schickte ihre Freunde nach Hause, um dann zu sagen: «Meine Freunde sind ohne mich gegangen, na ja, nehme ich eben ein Taxi.» Ein Taxi? Allein? Morgens um halb zwei? Das konnte Omar nicht zulassen. Er fuhr Sophie nach Hause. «Darf ich dich küssen?» «Nein», sagte Sophie, die sieben Jahre auf diesen Moment gewartet hatte, «aus Prinzip», und natürlich küßte er sie doch.

Nachdem Sophie, unterdessen fünfundzwanzig, ein Jahr in der Schweiz verbracht hatte, um herauszufinden, ob sie hier leben könnte («nein!»), beschlossen sie zu heiraten. Denn als unverheiratetes Paar dürften sie in Kairo nicht zusammenleben.

Sophie wollte keine typische «große» ägyptische Hochzeit, sondern eine Party, an der alle ihren Spaß haben. Gewisse traditionelle Bräuche übernahm sie aber, so den Bochur (Weihrauch) vor der Ziviltrauung, der vor dem bösen Auge schützen soll. Oder die Henna-Party, während der die Frauen sich gegenseitig Hände und Füße bemalen, Musik hören und tanzen.

«Nur» dreihundert Menschen wurden ins Hotel Gezira Sheraton eingeladen, darunter **Sumeya al-Itribi**, die beliebte Fernsehmoderatorin und Mutter von Sophies Freundin **Rasha**, die schöne **Hind Rostum**, ehemaliger ganz großer Filmstar, die ihr graues Haar lang und offen trägt. Viele Freundinnen und Freunde aus der Schweiz, unter anderem die Familie **Krayenbühl** unter Leitung der unvergleichlichen **Lo**. Aber auch der Taxifahrer und **Ola**, die die letzten Tage damit verbracht hat, die Braut und ihre Gäste zu enthaaren, und natürlich **Sherif**, der Koch, der «Miss Sufi» kennt, seit sie ein

Kind war. Immer wieder muß er sich die Tränen unter seiner dickrandigen Brille abwischen.

Für die Prozession des Brautpaars wird der Hochzeitsmarsch gespielt, statt der üblichen traditionellen Musik. Sophie läßt sich von ihrem Bruder Pjotr in den Saal führen. Dort wartet Omar, einem Nervenzusammenbruch nahe.

«Sei doch nicht so nervös», sagt seine Mutter, «du kennst sie doch, es ist Sophie.» Here comes the bride: Sie ist wunderschön. Der Bräutigam, dem die lokale Jury acht von zehn Punkten gibt, droht in Ohnmacht zu fallen. Die Gäste werfen Blumen und Münzen, viele weinen. Das Fest beginnt. Es wird getanzt, bis die Tanzfläche auseinanderbricht und die Absätze in den Fugen steckenbleiben.

Das Brautpaar verabschiedet sich um drei. Sophie: «Es war der schönste Tag in meinem Leben.» Einziger Wermutstropfen: Sophies kleiner Hund Itzi durfte nicht mit. Omar packt die Reste vom Buffet in die hoteleigene Duschkappe, um sie ihm mitzubringen. Must be love.

**47** Es war kalt im Flugzeug. Die blaue Wolldecke kratzte, der Sitznachbar breitete sich unangenehm über beide Armlehnen aus, und der Anblick des gummigleichen Rühreis trieb Paula die Tränen in die Augen. Morgens um vier war sie mit Randa vom Hochzeitsfest nach Hause gekommen, vollkommen ausgehungert, da sie ihrem Vorsatz, sich nicht am Buffet erwischen zu lassen, konsequent treu geblieben waren. Nachdem sie also die exquisiten Speisen und Fruchtschnitzereien ignoriert hatten, mußten sie sich ein gewaltiges Rührei bereiten. Das beste Rührei, das Paula je gegessen hatte – kein Vergleich mit der zähen Masse auf dem Plastikgeschirr der Fluggesellschaft.

Sie hatten das Fest diskutiert. Wer hatte mit wem warum und wie lange getanzt? Paula hatte sich in die Grundschritte des orientalischen Tanzes einführen lassen und großen Lacherfolg geerntet. Jemand hatte die Schuhe ausgezogen und war auf der glatten Tanzfläche hingeknallt. Ashraf hatte sich eine Krawatte um die Hüften gebunden und getanzt wie ein Gott. Sie hatten ihr Rührei mit Balaadi-Brot aufgetunkt – und dann war es schon Zeit gewesen, zum Flughafen zu fahren.

Paula versuchte, den Ellbogen des Nachbarn mit sanfter Gewalt zurückzudrängen. Sie wünschte, man sähe ihr die Schwangerschaft schon an. Wenn sie erst einen richtigen Bauch hätte, würden ihr überall Türen aufgehalten, Sitzplätze angeboten und Arme gereicht werden. Ha!

Bis jetzt war das einzige Kleidungsstück, das sie sich neu hatte zulegen müssen, ein BH gewesen. Beinahe tat es ihr leid. Eine perverse Faszination ging von den biederen Schwangerschaftskleidern aus, die sie in den Schaufenstern einschlägiger Geschäfte bewunderte. Wenig hatte sich seit ihrer letzten Schwangerschaft geändert. Hohe Taillen, lätzchenartige Kragen, die der werdenden Mutter eine ganz eigene Respektabilität verliehen. Nie hätte Paula geglaubt, daß sie solche Gewänder je in Betracht ziehen, geschweige denn anprobieren würde. Unter dem Einfluß der Hormone geschahen seltsame Dinge.

«Wie soll ich in so etwas zur Arbeit gehen?» hatte eine andere Schwangere in der Umkleidekabine verzweifelt gefragt. Was Paula wieder an die Frage gemahnte: Würde sie weiter bei der «Zeitung» arbeiten können? Wenn ja, wer würde das Kind betreuen? Wie sollte ihr Leben überhaupt aussehen?

Sie schob den Gedanken weg, und gleichzeitig den Ellbogen des Nachbarn. Ein Teil ihrer Seele war eindeutig noch in Kairo. War vermutlich eben erst dort angekommen. Die Indianer hatten recht: Bei solchen Blitzreisen kam die Seele einfach nicht mit.

Sie ließ sich eine «Zeitung» geben. Es war die Ausgabe vom Vortag. Die Beute des Postraubes war doch nicht so groß wie anfangs befürchtet – welcher Postraub, fragte sich Paula. Sie mußte sich die fehlenden Informationen zusammenreimen. Ein genialer Coup, dachte sie. Schade, daß er nicht aufgegangen ist. Sie hatte immer schon große Freude an dieser Art von Verbrechen gehabt. Gewaltfrei und klug ausgedacht, wenn möglich mit einer Prise Humor. Plötzlich regte es sie auf, daß sie diese Geschichte verpaßt, daß sie zwei Tage lang keine Zeitung gelesen und keine Nachrichten gehört hatte.

Entzugserscheinungen. Früher hatte sie jahrelang nie eine aktuelle Zeitung zu Gesicht bekommen. Und nicht schlecht damit gelebt.

Vielleicht könnte sie die Posträuber aufspüren. Eine exklusive Reportage über ihre Motive, ihre Pläne und so weiter schreiben. Sie sah sich schon, mit riesigem Bauch und flatterndem Haar, ein Aufnahmegerät wie eine Waffe schwenkend, den Verbrechern kreuz und quer durch die Welt nachjagen. Exklusiv für «Die Zeitung» – Paula Perroquet.

Das Flugzeug landete in Zürich. «Außentemperatur minus ein Grad», verkündete der Pilot mit falscher Munterkeit. Sie mußte aussteigen. Sie war wieder zu Hause.

Ihr Ex-Mann Charlie wartete hinter der Zollkontrolle. Er sah müde aus und plötzlich alt. Als hätte er nicht geschlafen. Paula machte sich auf das Schlimmste gefaßt.

«Marlon?»

«Marlon ist von zu Hause abgehauen.»

**48** «Nun werfen Sie nicht gleich die Nerven weg!» Dieser unvergleichliche Satz, den eine Krankenschwester in der Serie «OP ruft Dr. Bruckner» ausgesprochen hatte, war zu Paulas Lebensmotto geworden. Er paßte beinahe täglich.

Nur nicht die Nerven wegwerfen.

«Ich glaube, ich weiß, wo der Junge ist», beruhigte sie ihren Ex-Mann Charlie.

Doch Marlon war nicht bei Babs. Das heißt, er war nicht in ihrer Wohnung. Auch Babs war nicht da. Verreist mit den Kindern. Möglicherweise war Marlon einfach mitgefahren.

Charlie drehte durch. Das war sonst nicht seine Art. «Ich hätte ihn gar nicht erst zu dir ziehen lassen sollen!» polterte er. «Ich hätte mir ja denken können, daß du der Aufgabe nicht gewachsen bist!»

Er ging in der Wohnung auf und ab und trat wütend gegen Wände und Möbelstücke. In Paulas Wohnung sah es aus, als hätte eine Hausdurchsuchung stattgefunden – ein Zustand, der ihr sonst nicht auffiel. Sie hastete hinter ihrem Ex-Mann her und versuchte, unauffällig eine Zeitung aufzuheben, ein Bild geradezurücken und schmutzige Wäsche mit dem Fuß unter Möbelstücke zu schieben.

Unterdessen war er in Marlons Zimmer angekommen, das im Unterschied zur übrigen Wohnung beinahe übertrieben ordentlich und sauber war. An der Wand hing der unselige Adventskalender mit den vierundzwanzig Kondomen. Unwillkürlich registrierte Paula, daß einige schon fehlten. Charlie riß das Ding von der Wand.

«Wie kannst du nur!» rief er. «Da wundert einen ja gar nichts mehr!» Er schüttelte sie drohend und hielt ihr die Päckchen vors Gesicht. «Wenn das Kind zurückkommt, dann kommt es zu mir zurück! Das schwöre ich dir!»

Bevor Paula antworten konnte, klingelte es an der Tür. Gleichzeitig begann das Telefon zu läuten. Am bloßen Klang des Apparates erkannte Paula, daß ihre Mutter am anderen Ende war, und rannte zur Tür.

Es war nicht Marlon. Es war Ernesto. Er preßte ein Taschentuch vors Gesicht.

«Du mußt mir helfen», schniefte er. «Sie haben Hugo abgeholt!»

«Hugo? Wer?»

«Die Polizei!»

«Paula!» rief Charlie aus dem Wohnzimmer. «Deine Mutter will, daß wir den Heiligabend bei ihr verbringen – alle zusammen. Was sag ich ihr?»

«Nun werfen Sie nicht gleich die Nerven weg», murmelte Paula. Es wirkte nicht. Sie winkte Ernesto herein. Er ließ sich auf ihr Sofa plumpsen.

«Au!» Mit anklagender Miene faßte er sich ins Kreuz und zog einen Tigerfinken (mit Absatz) aus den Tiefen der Sofakissen, sodann ein Glas und ein Buch mit gebrochenem Rükken. Paula nahm den Telefonhörer.

«Ich weiß schon, daß ich störe», jammerte Hulda Perroquet. «Aber was soll eine alte Frau machen? Unsereins könnte krepieren, ohne daß es jemanden interessiert. Ach ja. Ich werde Heiligabend bei Pfarrer Sieber anklopfen müssen. Vielleicht nimmt der mich auf.»

«Mutter.» Kairo war weit weg, registrierte Paula. Die orientalische Gelassenheit nur noch eine verschwommene Erinnerung. Auch ihr Mantra konnte sie wegwerfen. Wer sich Lebensweisheit in Fernsehserien suchte, war vollkommen selber schuld. Sie öffnete den Mund. Sie würde einfach schreien.

«Entschuldigen Sie bitte, aber die Tür stand offen, und da dachte ich . . .»

Ein gewaltiger Blumenstrauß betrat die Wohnung. Doktor Tobler.

**49** «Achtung, jetzt!» rief Rosa Zimmermann, «Ofen auf!»

Der Augenblick der Wahrheit: Es galt, den Ofen im richtigen Moment zu öffnen. Nicht zu früh, aber auch nicht zu spät. Darin lag das Geheimnis der Zimtsterne und Mailänderli, die Rosa Zimmermann jedes Jahr nach dem Rezept ihrer Großmutter buk. Von diesem Ritual ließ sie sich durch nichts abbringen. Was war das denn schon, so ein Krankenhausaufenthalt? Im Rollstuhl, die Infusionsflasche auf Rädern neben sich, saß sie in der Krankenhausküche und kommandierte ein fünfköpfiges Team. Zu Weihnachten würde sie entlassen werden, wie übrigens fast alle Patienten, was weniger mit ihrem Zustand als mit den Feiertagen zu tun hatte. Sie würde direkt in die Redaktion gehen – was dort in ihrer Abwesenheit schiefgelaufen war, durfte sie sich gar nicht vorstellen.

«Pfoten weg!» Mit der Holzkelle schlug sie einem der Köche auf die Finger, der von dem rohen Mailänderli-Teig naschen wollte.

«Aber wir müssen doch alles versuchen!»

«Nicht bei mir!»

Sie überwachte die Bleche und zählte die Guetsli in verschiedene Blechdosen ab. Bis zu ihrer Entlassung gab es noch viel zu tun. Der Arzt, der sie zur Visite holen wollte, störte nur.

«Mir geht es gut», winkte sie ab.

«Aber mir nicht.»

Doktor Tobler sank auf den nächsten Küchenhocker und ließ den Kopf hängen. «Sie will nicht mit mir ausgehen.»

«Ach.» Um den jungen Mann von seinen Sorgen abzulenken, gab sie ihm etwas zu tun. Sie drückte ihm die Schale mit dem Eigelb und einen Pinsel in die Hand. Brav bepinselte er die Mailänderli, und nicht einmal ungeschickt. Immerhin, dachte Rosa.

«Um Paula Perroquet zu verstehen, müssen Sie eines wissen: Sie sieht zuviel fern», erklärte sie.

Im hinteren Teil der Küche entstand eine gewisse Aufregung. Parfümwolken kündeten den Auftritt von Marina Marini an.

«Rosa! Hier bist du!» kreischte sie. Sie nahm ihren Hut ab und ließ dann nacheinander ihren Schal, ihre Handschuhe und schließlich ihren Wintermantel aus grüngefärbtem Kunstpelz fallen, wohl in der Hoffnung, daß jemand herbeispringen und sie diensteifrig auffangen würde. Doch dieser Aufgabe waren die Köche der Krankenhausküche nicht gewachsen. So führte eine pistazienfarbige Spur von der Tür bis zu dem Tisch, an dem Rosa und Doktor Tobler saßen.

«Hach!» seufzte Marina. «Du ahnst ja nicht, was los war!» Theatralisch ließ sie sich auf einen Schemel sinken. Doktor Tobler sprang verwirrt auf. Der Anblick des jungen Arztes ermunterte Marina ein wenig. Vorübergehend.

«Reizend, reizend. Bleiben Sie sitzen! Was hast du bloß der Polizei erzählt?» wandte sie sich an Rosa. «Die wollen MICH verhaften, kannst du dir so etwas vorstellen?»

«Lieber dich als mich», konterte Rosa kühl.

«Woher wissen die, daß ich in die Baumeister-Savigny-Geschichte verwickelt war, wenn nicht von dir?»

«Ich bestreite es ja gar nicht. He! Genascht wird nicht!»

«Schon gut, schon gut, ich schaue sie mir doch nur an.» Marina drehte ein ungebackenes Mailänderli in den Fingern. «Ich würde so etwas gar nicht essen. Nur noch Rohkost!»

«Das IST Rohkost!» Rosa rückte das Blech außer Reichweite. Doktor Tobler, der einsah, daß seine Audienz bei Rosa beendet war und daß er sich vielleicht noch ein wenig um seine anderen Patienten kümmern sollte, stand auf.

Marina bedauerte das lautstark. «Gehen Sie schon, junger Mann?»

Einen Augenblick lang erwog sie offenbar, mit ihm hinauszugehen. Doch ihre eigenen Sorgen waren stärker.

«Weißt du, wen ich auf dem Polizeiposten gesehen habe? Gallati. Den haben sie auch verhört. Vielleicht hat der es ihnen gesagt.»

«Was gesagt?» fragte Rosa. Ihr Vorhaben, herauszufinden, wer hinter den Attentaten auf Chefredakteurin Maggie steckte, war auf ihrer Prioritätenliste vorübergehend an die zweite Stelle gerutscht. Erst Guetsli, dann das Verbrechen.

Zu ihrem Schrecken brach Marina in Tränen aus und steckte gleichzeitig das ungebackene Mailänderli in den Mund. Schniefend und kauend gestand sie: «Ich hatte doch selbst eine Geschichte mit dem alten Baumeister! Ach was – geliebt hab ich ihn!»

## 50

«Ich bin in Mürren», verkündete Marlon munter und unbeschwert. «Skifahren und so. Super Wetter! Die Kleinen sind zum erstenmal im Schnee. Ich spiele Skischule. Ach ja, und fröhliche Weihnachten wünsche ich euch.»

Paula drehte sich so, daß sie das Wohnzimmer überschauen konnte. Ihre Mutter Hulda in Jacke, Hut und Handschuhen («Ich bleibe nicht lange, ich weiß ja, daß ich nur störe»), auf den Knien die jährliche Lachsseite, die beinahe traditionell zu Lebensmittelvergiftungen führte – sie kaufte sie verbilligt mit abgelaufenem Verfallsdatum. Marlons Vater Charlie in Designeranzug, Krawatte und finsterer Miene, neben ihm seine Lebensabschnittspartnerin Carine, wie immer perfekt gekleidet. Freilich nicht für den Anlaß. Ihr silbernes Abendtäschchen auf den Knien, schien sie darauf zu warten, daß der Ball begann. Die Nachbarn Hugo (übermüdet und zermürbt von stundenlangen polizeilichen Verhören) und

Ernesto (sentimental, angetrunken und heimwehgeplagt). Fehlte nur noch die supercoole Babs mit ihren vier Kindern. Doch die war in den Ferien. In Mürren. Mit Marlon. (Hotel? Doppelzimmer?)

Paula seufzte. Fröhliche Weihnachten allerdings.

«Ich will auch mit ihm sprechen!» Charlie nahm ihr den Hörer aus der Hand.

«Du kommst sofort nach Hause!» bellte er. «Und zwar zu mir nach Hause! Deine Mutter ist offensichtlich nicht in der Lage, auf dich aufzupassen. Und deiner sauberen Freundin richte aus, daß Verführung Minderjähriger immer noch strafbar ist!»

«Nicht!» Paula und Carine versuchten gleichzeitig einzugreifen. Doch zu spät. Marlon hatte aufgelegt.

«Ich konnte ihn nicht einmal fragen, in welchem Hotel er wohnt», klagte Paula.

Hulda Perroquet erhob sich.

«Da sehen Sie, was Sie angerichtet haben», sagte sie aus heiterem Himmel zu Carine. «Dies war einmal eine glückliche Familie. Bevor Sie aufgetaucht sind!»

Historisch gesehen vollkommen falsch, aber da Hulda jedes Jahr zu Weihnachten eine Äußerung dieser Art von sich gab, reagierte niemand darauf. Hugo ließ den Champagnerkorken springen, und Ernesto schaute ein bißchen fröhlicher. Die sanfte Erinnerung an die Tatsache, daß jede Familie ein potentielles Schlachtfeld ist, milderte sein Heimweh.

«Den Lachs ißt wohl niemand», stellte Hulda Perroquet Stunden (und Champagnerflaschen) später fest.

«Nein!» antwortete ein vielstimmiger Chor. Einigkeit unter dem Tannenbaum. Na also.

«Und eins, zwei, drei: O Tannenbaum, o Tannenbaaaauuuuumm ...» Die Hälfte der Belegschaft hielt sich die

Ohren zu. Die andere bewegte die Lippen. Chefredakteurin Ruth-Maria Vollenweider, besser bekannt als Maggie, hatte ganz offensichtlich keine Lust, nach Hause zu gehen und den Heiligabend allein mit ihren Fitnessgeräten zu verbringen. Mit aller Macht versuchte sie, die Mitarbeiter der «Zeitung» in der Redaktion festzuhalten. Kerzen und Nüsse, Wein und Gebäck, eine sentimentale Rede und jetzt noch gemeinsames Singen – sie ließ nichts aus.

Als nächstes liest sie uns die Weihnachtsgeschichte vor, dachte Rosa Zimmermann, die sich ein wenig abseits hielt und ihre Guetsli knabberte. Eines noch. Doch bevor sie sich zwischen Mailänderli und Zimtstern entschieden hatte, gingen die Lichter aus. Die «Zeitungs»-Mitarbeiter, an einen weiteren weihnachtlichen Gag glaubend, riefen «ah!» und «oh!», kicherten, jemand kreischte auf. Doch innerhalb weniger Sekunden verstummten alle. Still sanken sie zu Boden, selig lächelnd. Betäubt.

Halb zwei. Paula räumte halbherzig auf. Ein wenig enttäuscht war sie doch: Die Mehrzahl ihrer Gäste war entweder gar nicht erschienen oder von der Polizei am Weihnachtseinkauf gehindert worden, oder ganz einfach böse mit Paula. Dementsprechend mager waren ihre Geschenke ausgefallen: von Carine ein Verzeichnis der Privatschulen der Schweiz, eine Babymütze in Rastafarben von Ernesto. Doktor Tobler hatte ihr ein Geschenk versprochen. Aber sie mußte es sich holen. Sie packte eine halbleere Flasche Champagner ein und rief ein Taxi.

«Zum Krankenhaus.»

**51** Es waren glückliche Menschen, die sich in den ersten Morgenstunden des 25. Dezember vom Fußboden der Redaktion aufrappelten. Sie fragten sich nicht, wie sie dort gelandet waren. Sie fühlten sich leicht, fast schwebend, und einander liebevoll verbunden. So hob ein großes Küssen und Umarmen an, das in vereinzelten Fällen direkt zurück auf den Fußboden führte. Die meisten aber standen noch lange umher, versicherten sich gegenseitig ihrer unverbrüchlichen Zuneigung und konnten sich kaum voneinander lösen. Die, die nach Hause gingen, gingen mit strahlenden Augen und schwebenden Schritten und gaben den lokalen Engelsforschern neuen Auftrieb. Niemand fragte sich, was geschehen war, niemand erinnerte sich, daß überhaupt etwas geschehen war.

Chefsekretärin Rosa Zimmermann war eine der wenigen, die auf dieser Welle der Glückseligkeit nicht mitschwimmen mochte. Das Schwärmerische entsprach nicht ihrem Charakter. Sie mußte nachfragen. Was war denn eigentlich geschehen? Warum fühlte sie sich so, wie sie sich fühlte? Hatte sie zuviel Wein getrunken? Am Ende schon wieder eine Lebensmittelvergiftung? Sie nahm seit Tagen nichts anderes mehr zu sich als ihre selbstgebackenen Weihnachtsguetsli. An denen konnte es unmöglich liegen. Geistesabwesend ließ sie sich herzen und küssen. Mehr als einer klopfte ausdauernd auf ihre schmalen Schultern. Sie fragte sich, ob über die Feiertage ein chiropraktischer Notfalldienst aufrechterhalten wurde.

«Hab ich dir schon gesagt, wie gern ich dich mag?»

«Mehrmals, Ernst, mehrmals!» Lokalredakteur Ernst Hamburger schwebte weiter und wurde von Regionsleiter Fischer abgelöst.

«Ich bin immer für dich da», versicherte er der langsam leicht genervten Chefsekretärin. «Immer und immer und immer!»

«Schon gut. Ich glaub's ja.»

Mit sanfter Gewalt löste Rosa ihre Hände aus Fischers festem Griff. Im diskreten Krebsgang zog sie sich zurück. In ihrem Büro sah alles aus wie immer. Halbherzig schob Rosa Papiere und Blumenvasen auf ihrem Tisch umher und versuchte, sich zu konzentrieren. War wirklich alles so, wie sie es in Erinnerung hatte? Hatte sie den Computer ausgeschaltet? Warum war ihr Schreibtisch mit Blumen und Geschenken überhäuft? Weihnachten, erinnerte sie sich vage. Sie mußte sich furchtbar anstrengen, um auch nur halbwegs klar zu denken. Ein Teil von ihr wollte alle viere von sich strecken, sich am Bauch kraulen lassen und schnurren. Da dies sonst nicht ihre Art war, mißtraute sie der Empfindung.

«Rosa, meine Rosa!» Verzückt lächelnd tänzelte Maggie auf sie zu. «Ich kann ohne dich nicht mehr leben!»

Rosa Zimmermann machte einen Satz zurück, doch Maggie, den Vorteil der Trainierten nutzend, erwischte und drückte sie. Rosa hatte das Gefühl, sie werde auf menschliche Nähe bald allergisch reagieren. Überdosis.

Vielleicht sollte sie auch nach Hause gehen. Es war schließlich Weihnachten. Zwei Tage lang würde keine «Zeitung» erscheinen, niemand auf der Redaktion arbeiten. Das Leben ging anderswo weiter. Zwei Tage. Lange genug.

«Rosa, verlaß mich nicht!»

«Doch, doch.»

Genug war genug. Sie ging zu Fuß durch die eiskalte, klare Morgenluft und kam beinahe nüchtern zu Hause an.

Die «Zeitung», die nach den Feiertagen erschien, war so dünn wie jedes Jahr um diese Zeit. Doch sie trug auf der Frontseite eine interessante Schlagzeile:

RUTH-MARIA VOLLENWEIDER TRITT ZURÜCK.

Die Chefredakteurin der «Zeitung» wird aufgrund neuer Erkenntnisse im Fall Baumeister-Savigny von ihrem Posten freigestellt. Die Rolle, die die Journalistin in diesem Skandal spielte, vor allem was die beiden Todesfälle betrifft, wird dadurch in ein neues Licht gerückt. Sofort nach Bekanntwerden des Untersuchungsberichtes hat die Verlagsleitung Vollenweider freigestellt. Ausführliche Berichte auf der Hintergrundseite.

Gezeichnet:
Dr. Hugo Gallati

**52** Paula Perroquets gute Vorsätze für 1997:

1. Früher aufstehen.
2. Vor dem Frühstück die Fünf Tibeter üben (Version für Schwangere).
3. Jeden Abend schon die Kleider für den nächsten Morgen herauslegen.
4. Rechtzeitig für Marlon Frühstück machen.
5. Überhaupt frühstücken. Gesund.
6. Keine Bemerkungen mehr über Babs.
7. Nett sein zu meiner Mutter.
8. Endlich mal einen anständigen Haarschnitt.
9. Listen führen: «Was zu tun ist».
10. Nach dem 2. Januar keine Weihnachtsguetsli mehr essen.
11. Fernsehen rationieren (nicht mehr als zwei Arztserien wöchentlich).
12. Täglich eine Frucht essen (mindestens).
13. Und sicherheitshalber auch eine Vitamintablette.
14. Die Wohnung aufräumen.
15. Den Job behalten.
16. Mutter anrufen.

17. Vater anrufen.
18. Babyzeug stricken.
19. Mehr schreiben.
20. Die Posträuber aufspüren und interviewen.
21. Den «Zeitungs»-Attentäter entlarven und interviewen.
22. Für Marlon einen Kuchen backen.
23. Ein besserer Mensch werden.
24. Die «Zeitung» richtig lesen.
25. Auch andere Zeitungen lesen.
26. Die neue Rechtschreibung auswendig lernen.
27. Keinen Elternabend mehr verpassen.
28. Meinem Vater helfen, seine nächste Hochzeit vorzubereiten.
29. Mir dumme Bemerkungen darüber verkneifen.
30. Dafür sorgen, daß er auch meine Mutter einlädt.
31. Meine Mutter dann ertragen.
32. Für Charlie einen Pullover stricken.
33. Telefonrechnung bezahlen.
34. Alle Nachbarn einladen.
35. Auch Babs.
36. Eine Frau für Ernesto finden.
37. Vernünftige (wasserdichte) Schuhe kaufen und auch anziehen.
38. Den Winter mit Würde überstehen.
39. Der frischen Luft nicht aus dem Weg gehen.
40. Diesen blöden «Zauberberg» endlich mal lesen.
41. Steuererklärung ausfüllen.
42. Öfter mit Kairo telefonieren.
43. Öfter auf dem Sofa liegen und an Kairo denken.
44. Nach Kairo.
45. Mit Maggie reden: zurück ins Lokalressort.
46. Pflanzen kaufen und auch pflegen.
47. Die Kinder von Babs ausleihen (zum Üben).

48. Ein Babybuch kaufen (Was das Kind braucht usw.).
49. Zimmer streichen.
50. Marlons alte Wiege zurückfordern.
51. Nicht deswegen mit Charlie in Streit geraten.
52. Positiv denken.
53. Negativ denken.
54. Den Bauch einölen.
55. Die Füße hochlegen.
56. Stützstrumpfhosen kaufen (ja).
57. Vor Mittag nicht in den Spiegel schauen.
58. Abends abschminken.
59. Unterwäscheschublade ausmisten.
60. Mich nie wieder verlieben.
61. Auch nicht in einen Arzt.
62. Oder nur im äußersten Notfall.
63. Dann in einen Arzt.

**53** Verleger Guggenbühl fiel das angebissene Gipfeli aus dem Mund, als er seine «Zeitung» auseinanderfaltete. «Chefredakteurin Ruth-Maria Vollenweider tritt zurück»? «Von der Verlagsleitung freigestellt»?? «Aufgrund neuer Erkenntnisse im Fall Baumeister-Savigny»???

Er stand auf und schmiß die «Zeitung» mit Wucht auf den sorgfältig gedeckten Frühstückstisch. Das zarte Geschirr wakkelte gefährlich.

«Ißt du denn gar nichts?» fragte besorgt seine Gattin.

Guggenbühl antwortete nicht einmal. In Pyjama, Windjacke und Moonboots, die «Zeitung» in der Hand, stürmte er zum firmeneigenen Helikopter, der auf dem schneebedeckten Dach seines Ferienhäuschens auf ihn wartete.

Ähnliche Szenen spielten sich an anderen Frühstückstischen in anderen Winterkurorten der Schweiz und des Auslands ab. Es wurde hilflos in Handies gebrüllt, mit Kleidungsstücken gekämpft und in Taxis gehechtet, bis alle Betroffenen im Sitzungszimmer der «Zeitungs»-Redaktion versammelt waren.

Denn die Geschichte war, um es mit den Worten der Klatschredakteurin der «Zeitung» zu sagen, eine Mega-Ente.

Niemand wußte von gar nichts.

«Allerdings, liebe Ruth», gab der Vorsitzende der Geschäftsleitung zu bedenken, «wenn das stimmt, was hier steht, wenn es auch nur ein bißchen stimmt, dann sollte man vielleicht doch darüber nachdenken, dich vorübergehend freizustellen. Nimm es nicht persönlich.»

Ruth-Maria Vollenweider, besser bekannt als Maggie, saß ungewöhnlich still auf ihrem Stuhl. Neben ihr Bezirksanwalt Sieber. Er hielt ihre Hand.

«Nichts davon ist wahr!» rief er. «Es ist nicht wahr, daß der Fall Baumeister-Savigny neu untersucht wird. Es gibt keine neuen Erkenntnisse. Und schon gar keine, die Frau Vollenweider betreffen! Das einzige, was man als sicher annehmen kann», fuhr er ruhiger fort, «ist, daß die Anschläge auf Frau Vollenweider mit dem Fall zu tun haben. Jemand aus der Familie, jemand, der ihr nicht verziehen hat. Wir konzentrieren uns nun auf Hugo Gallati, dessen Name immerhin unter der gefälschten Mitteilung steht. Er hat lange bei der ‹Zeitung› gearbeitet, er kennt Frau Vollenweider, und, vor allem, er lebte zur Zeit des Skandals mit dem Bruder von Gisela Savigny zusammen. Dieser Bruder hat, wie Sie sich vielleicht erinnern, damals gegen Frau Vollenweider geklagt. Er hat seine ganze Zeit, seine Energie und sein Geld in diese Geschichte gesteckt. Er wollte seine Schwester rächen. Es ist ihm nicht gelungen.»

«Was mich viel mehr interessiert, ist: WIE konnte so etwas

geschehen?» Der Verleger schlug mit der Faust auf den Sitzungstisch. «Habt ihr denn alle geschlafen»?

Beschämt senkten sie die Köpfe, die Verantwortlichen der «Zeitung». Nur Chefsekretärin Rosa Zimmermann behielt ihren oben. Da war doch etwas. Ganz dunkel, ganz verschwommen erinnerte sie sich. Erregt sprang sie auf.

«Wir haben tatsächlich geschlafen! Erinnert ihr euch nicht? Wir lagen auf dem Boden. Wir standen auf. Wir fühlten uns gut. Wir dachten an nichts mehr. Wir sind alle betäubt worden!»

Der Vorsitzende der Geschäftsleitung biß in seine Krawatte. Wenn Rosa Zimmermann die Nerven verlor, war alles verloren. Es galt zu handeln.

«Sie!» Er zeigte mit dem Finger auf Bezirksanwalt Sieber. «Sie setzen alles daran, diese Geschichte so bald als möglich aufzuklären! Und Sie!» Der Finger zeigte nun auf Maggie. «Sie fahren in die Ferien, bis es soweit ist. Möglichst abgelegen! Sofort!»

**54** Marlon war zurück. Es hatte ihm nicht mehr gefallen in Mürren, wohin er mit Babs – Nachbarin? Freundin? Paula zog es vor, nicht darüber nachzudenken – und ihren vier Kindern abgehauen war. Jeden Morgen früh aufstehen, die Mädchen zur Skischule bringen, mit den beiden Kleinen Schlitten fahren, die Mädchen von der Skischule abholen und so weiter und so fort.

«Die Buben haben außerdem ständig geheult», erzählte er. «Hunger, kalt, nasse Füße. Und was man denen alles anziehen muß! Es war unerträglich.»

Paula lächelte, was ihr Sohn, wie es seinem Alter entsprach, sofort in den falschen Hals bekam.

«Du weißt doch gar nicht, was das heißt!» griff er sie aus beinahe heiterem Himmel an. «Du hast dich dem allem lässig entzogen. Dich um ein Kleinkind zu kümmern, war dir wohl zu mühsam.» Bevor Paula antworten konnte, stürmte er in sein Zimmer und schmiß die Tür zu. Klar.

Das stimmt doch gar nicht! wollte Paula ihm nachrufen. Wie kannst du so etwas sagen. Wo ich doch alles für dich getan habe!

Sie konnte sich hören. Zugleich hörte sie ihre Mutter. Da schwieg sie lieber. Ob ein kleines Glas Wein dem Baby schaden würde? Ein kleines nur. Sie schenkte sich ein. Von der Seite konnte man ihren Bauch schon ahnen. Ahnen. In wenigen Jahren würde ein weiteres Wesen mit langen Latschen am Küchentisch sitzen und sie anschnauzen. Es klingelte.

Rosa Zimmermann stand vor der Tür. «Hat Sieber schon mit dir gesprochen?» fragte sie anstelle einer Begrüßung.

«Pfarrer Sieber?» Hatte ihre Mutter Hulda etwa endlich ihre Drohung wahrgemacht, als von ihrer Tochter vernachlässigte Alte beim Obdachlosenpfarrer unterzukriechen?

«Der Bezirksanwalt.» Rosa schob Paula zur Seite und betrat die Wohnung.

«Ich muß wissen, wo dein Nachbar ist», fuhr sie fort, «Hugo Gallati.»

«In den Ferien. Dominikanische Republik.» Flitterwochen sozusagen. Hugo sollte endlich Ernestos Familie kennenlernen.

«Hast du einen Schlüssel zu seiner Wohnung?»

«Ja, ich ... sollte die Pflanzen gießen.» Verdammt. Vergessen.

Sie nahmen den Lift in den fünften Stock. «No sports» war auch Rosas Devise. Die Wohnung von Hugo und Ernesto war kalt. Perfekt aufgeräumt. Nur die teils verdorrten, teils erfrorenen Zimmerpflanzen wirkten störend. Paula überschlug im Kopf, was es kosten würde, sie zu ersetzen. Hugo und Ernesto hätschelten ihre Pflanzen wie andere Leute ihre Kinder. Vielmehr, wie ihre Hunde.

Rosa ging durch alle Zimmer, öffnete Schubladen, blätterte in Büchern, schaute unter Möbel.

«Was suchst du denn?»

«Ich weiß es nicht.»

«Sein Büro ist nebenan. Den Schlüssel dazu hab ich aber nicht.»

Zerzaust kroch Rosa Zimmermann unter einer Chaiselongue hervor. «Picobello sauber», sagte sie anerkennend. «Wann ist er denn eigentlich in Ferien gefahren?»

«Am fünfundzwanzigsten.»

Rosa nickte. Sie fand den Büroschlüssel, wo sie ihn vermutete, am Schlüsselbrett im Flur, und winkte Paula, ihr zu folgen.

«Heiligabend waren sie noch bei mir», erzählte Paula. Rosa blieb stehen.

«Wann genau ist er gekommen?» fragte sie scharf.

«Um fünf.»

«Warum sagst du das nicht gleich? Wer immer den Text über Maggie auf die Frontseite geschmuggelt hat, hat es nach fünf getan.»

Rosa war mit sich unzufrieden. Hätte sie Paula einfach angerufen und die wichtigste Frage als erste gestellt, wäre ihr dieser Ausflug erspart geblieben. Berge von Arbeit warteten auf sie, nachdem Chefredakteurin Maggie von der Geschäftsleitung in Zwangsferien geschickt worden war.

An einem Tag wie diesem jagte eine Sitzung die andere. Zum Glück hatte sie ihren Vorrat an Mozartkugeln eben erst aufgefüllt.

Als Rosa Zimmermann die Redaktion der «Zeitung» betrat, stellte sie fest, daß der Ärger erst richtig begann.

Chefredakteurin Maggie hatte sich in ihrem Büro verschanzt, die Tür mit Fitnessgeräten verrammelt und weigerte sich, es zu verlassen.

Ein Transparent verkündete, sie sei zudem in Hungerstreik getreten. Na schön. Aß Rosa ihre Mozartkugeln eben allein.

**55** Paula Perroquet wollte eine Gehaltserhöhung. Außerdem wollte sie wieder schreiben. Und Mutterschaftsurlaub auch.

«Du spinnst wohl», sagten die Kollegen. Und wünschten ihr Glück. Aber mit Unterton.

Mehrere Wochenstunden lang hatte Paulas Therapeut sie auf diese Konfrontation vorbereitet. Die halbe Nacht und noch im Schlaf hatte sie ihren Text geübt. Sie war bereit. In Mantel, Schal und all den anderen unattraktiven Accessoires, die die Dauerkälte den Bewohnern der Stadt aufzwang, ging sie direkt in die Chefetage. Als sie um die Ecke bog, nahm sie ihre Mütze ab. Ihre Haare stellten sich zum Heiligenschein auf.

Maggie, ich komme.

Vor der Glasscheibe zu Maggies Büro (auch «Affenkäfig» genannt) sammelten sich die Neugierigen. Manche schlenderten betont gemütlich daran vorbei, um einen zufällig wirkenden Blick zu werfen, andere blieben ganz offen stehen und drückten sich die Nase platt. Maggie hatte sich mit einem Springseil an ihren imposanten Schreibtisch gefesselt. Die Neugierigen konnten zuschauen, wie sie Transparente malte, die Fäuste ballte und in regelmäßigen Abständen schrie: «Hier regiere immer noch ich!»

Ab und zu trat Rosa Zimmermann aus ihrem Büro und klatschte in die Hände, um die Schaulustigen zu vertreiben.

Sie hielt Zettel mit aufmunternden Mitteilungen an die Glasscheibe oder winkte mit Nahrungsmitteln – vergeblich.

Es wurde zur Krisensitzung gerufen.

Schon wieder.

«Warum haben Sie mich nicht sofort informiert?» Bezirksanwalt Sieber tobte. Wie beinahe jeden Tag hatte er auch heute einen Vorwand gefunden, Maggie aufzusuchen. Doch auch ihm gelang es nicht, ihre Barrikade zu durchbrechen. Das fuchste den Mann. Frustriert brüllte er in den Gängen der «Zeitung» herum. Ohne daß es ihn erleichtert hätte.

«Je rascher Sie den Fall aufklären, desto besser für uns alle», wies ihn Rosa Zimmermann im Vorübergehen kühl zurecht. Ihr Ton sagte deutlich, daß sie ihm das eigentlich nicht zutraute. Er brüllte noch lauter. Rosa wandte sich ab.

«Geh an die Arbeit», befahl sie Paula, die mit hängenden Armen dastand. Ihre ganze Energie war verpufft. «Versuch, mit jedem zu reden, der je einen Leserbrief gegen Maggie geschrieben hat. Überprüfen, verstehst du. Wenn du das geschafft hast, dann schubs ich dich zurück ins Lokalressort – vertrau mir.»

Was blieb Paula anderes übrig.

Zwei Stunden später hatte sie einige häßliche Wörter dazugelernt und herausgefunden, daß drei der Namen falsch waren. Eine besonders gehässige Schreiberin hatte sie noch nicht erreicht: Hulda Perroquet aus Zürich. Ihre Mutter.

Paula sah aus dem Fenster. Grau. Es hätte ebensogut Morgen wie Nachmittag sein können oder überhaupt kein Tag. Eine Schulklasse zog vorbei, die lauthals «Schnäbeli Schnäbeli Schnäbeli» sang. Leicht schockiert beugte sich Paula vor, um besser zu hören.

«Näbel isch sälte blau
Näbel isch sälte grüen

Näbel isch sälte gäl
Näbel isch immer grau.»
Wie wahr.

**56** «Was willst du?» fragte Hulda Perroquet mißmutig. «Nur um zu fragen, wie's mir geht, rufst du ja wohl nicht an!»

Paula atmete tief durch. Eins, zwei, drei, vier, zehn.

«Ich habe hier einen Brief vor mir», sagte sie so ruhig sie konnte – nicht sehr ruhig. Und das nach weniger als zwanzig Sekunden Konversation mit ihrer Mutter. Toll.

«Ich lese ihn mal vor: ‹Finden Sie es richtig, daß eine Zeitung wie Ihre, die von der ganzen Familie gelesen wird, eine Ehebrecherin und Familienzerstörerin als Chefredakteurin hat? Heutzutage ist man als Ehefrau doch überall der letzte Dreck. Kein Mensch respektiert einen mehr. Warum sollte es bei Ihnen auch anders sein? Bestimmt betrügen alle Redakteure ihre Ehefrauen, ohne daß sich jemand etwas dabei denkt.› Und so weiter und so fort.»

Erstaunlicherweise sagte Hulda Perroquet nichts.

«Mama?»

«Ich wollte nicht, daß du es weißt», seufzte Hulda endlich. «Schlimm genug, daß sie mein Leben zerstört hat, diese Hexe.»

«Wovon redest du?»

«Du weißt doch, wie er ist.»

«Wer?»

«Dein Vater.»

«Moment, Mama.» Sanft legte Paula den Hörer neben den Apparat, ging leise ins Nachbarbüro, das von einem der letzten Raucher der «Zeitung» belegt wurde, nahm diesem die Zigarette aus der Hand, tat einen tiefen Zug und ging zurück. Als sie den Hörer wieder aufnahm, stellte sie fest, daß ihre Mutter ununterbrochen weitergeredet hatte. .Sie schimpfte über den Zerfall der Sitten im allgemeinen, ihren Ex-Ehemann und «diese Schlampe, diese Ehebrecherin» im speziellen.

«Wen genau meinst du?» fragte Paula müde. Denn Max Perroquet hatte, weiß Gott, eine Menge Freundinnen gehabt. Man mußte ihm aber zugute halten, daß er einen großen Teil von ihnen auch geheiratet hatte. «Du meinst doch nicht Marina Marini», vergewisserte sich Paula.

«Ich meine die Vollenweider, diese Kuh!»

«Maggie???» Auf die Chefredakteurin der «Zeitung» wäre Paula in diesem Zusammenhang nie gekommen. Sie konnte sich schlecht vorstellen, was ihre gestrenge, kontrollierte Chefin mit dem lebenslustigen Max Perroquet anfangen sollte. Beziehungsweise umgekehrt.

«Du kannst dich nicht erinnern, du warst noch zu klein», sagte Hulda. Da Maggie höchstens zehn Jahre älter war als Paula, kam ihr das nicht sehr wahrscheinlich vor. Andererseits hatte Hulda Perroquet ihre Tochter bis dreißig als Kind betrachtet. Um dann nahtlos dazu überzugehen, sie über baldige Wechseljahrbeschwerden, Osteoporose und andere Gefahren des Alters aufzuklären. Paula wußte nicht, ob sie der Konversation noch lange gewachsen wäre. Sie war schon versucht, «hallo» zu schreien und eine Leitungsunterbrechung zu simulieren. Andererseits würde das ihre Mutter nur zu weiteren Beschwerdebriefen animieren und dazu, Paula abends zu Hause anzurufen.

«Du sagst also», faßte Paula geduldig zusammen, «daß Ruth-Maria Vollenweider, unsere Chefredakteurin, eine Affäre mit Papa hatte? Als ich noch ein Kind war?»

«Erst als sie aus der Schweiz wegmußte, kam er zur Vernunft. Der arme Max! Die Frauen machen mit ihm, was sie wollen.»

«Mama, das ist erst zehn Jahre her! Da war ich längst kein Kind mehr, und du warst auch nicht mehr mit Max verheiratet!»

«Na und? Heißt das, ich habe nichts mehr zu sagen, heißt das, ich bin abgeschrieben? Nachdem ich ihm meine besten Jahre geopfert und sein Kind aufgezogen habe?»

«Mama!»

«Ja, ja, ja.»

«Wie auch immer, du haßt die Frau genug, um die ‹Zeitung› mit Leserbriefen zu bombardieren, in denen du sie anschwärzt?»

«Eine derart unmoralische Person sollte nicht Chefredakteurin einer Zeitung sein! Finde ich.»

«Und was hast du ihr sonst noch geschickt? Eine Briefbombe vielleicht?»

Paula hatte davon geträumt, den «Zeitungs»-Attentäter in einem grandiosen Artikel zu entlarven. Vielleicht gar eine Serie über ihn zu schreiben. Exklusiv. Aber mußte es sich denn unbedingt um ihre eigene Mutter handeln? Es hieß wohl nicht umsonst: «Paß auf, was du dir wünschst, denn du könntest es bekommen.» Bäh!

«Ach das», schmollte Hulda Perroquet, «warum denn deswegen gleich so ein Theater machen. Ich konnte ja nicht wissen, daß die Kuh ihre Post nicht selber öffnet. Daß es den netten Herrn Weber vom Lokalressort treffen würde. Er scheint seine Finger aber nicht wirklich zu vermissen. Was meinst du? Ob ich mich bei ihm entschuldigen sollte?»

**57** Ausnahmsweise brauchte Rosa Zimmermann ihre Notfall-Taschentücher nicht. Paula Perroquet wirkte erstaunlich gefaßt, wenn man bedachte, daß ihre eigene Mutter den Briefbombenanschlag auf Chefredakteurin Maggie gestanden hatte. Rosa hatte die Journalistin schon wegen Geringerem zusammenbrechen sehen (einem Mann zum Beispiel).

«Woher weiß die alte Dame denn, wie man eine Briefbombe bastelt?»

«Das hab ich mir gar nicht überlegt.»

«Na ja», seufzte Rosa, «Bezirksanwalt Sieber wird sie das schon selber fragen.» Sie deutete auf ihr Telefon. «Soll ich?»

Paula nickte. «Aber du weißt, was du mir versprochen hast!»

«Du bekommst deine Stelle im Lokalressort zurück. Du wirst wieder schreiben.»

Eigenartige Zeiten, dachte Rosa Zimmermann, während sie die direkte Nummer des Bezirksanwaltes wählte. In denen man seine Mutter für eine Stelle im Lokalressort der «Zeitung» verkauft.

«Bezirksanwalt Sieber ist nicht zur Arbeit erschienen», meldete seine Sekretärin, «wir machen uns die größten Sorgen. Wo könnte er nur sein?»

«Ich weiß es nicht», antwortete Rosa korrekt. Man konnte doch nicht von ihr erwarten, daß sie jedes dahergelaufene Rätsel löste! Nur, wenn es «Die Zeitung» angeht, dachte sie und bestellte Hulda Perroquet zum Verhör.

Um ein Zusammentreffen mit Maggie zu verhindern, setzten sie sich in die Kantine; Rosa, Paula und Hulda. Maggie suchte diesen Ort nicht mehr auf, seit sie einmal von einem amoklaufenden Kaffeeautomaten mit heißem Wasser attackiert worden war.

Bernhard Weber allerdings saß in der Nähe, mit drei Fingern seinen Nußgipfel haltend. Hulda Perroquet senkte beschämt den Kopf.

«Normalerweise öffne ICH Frau Vollenweiders Post», gab Rosa zu bedenken. «Auf mein Verständnis zählen Sie besser nicht.»

«Sie sind doch auch eine Frau», sagte Hulda, «Sie wissen doch, wie es ist. Wir müssen schützen, was uns gehört. Wenn es der Familie dient, ist jedes Mittel recht.»

«Mit dem, was Ihnen gehört, meinen Sie wohl Ihren Mann», vergewisserte sich Rosa. Paula stand auf, um noch mehr Kaffee zu holen. Obwohl ihr vom bloßen Geruch schon schlecht wurde. Eine unerwartete und wenig angenehme Begleiterscheinung der Schwangerschaft war eine Überempfindlichkeit gegen Gerüche. Nie hatte sie wahrgenommen, wie viele verschiedene Gerüche in der Luft hingen. Gerade in einer Kantine.

«Woher wissen Sie eigentlich, wie man eine Briefbombe baut?» fragte Rosa Zimmermann streng.

«Aber ich weiß es doch überhaupt nicht! Der junge Herr Zimmermann – ein Verwandter von Ihnen? –, der bei Frau Koller zur Untermiete wohnt, der weiß es. Der ist in einer militanten Tierschutzgruppe – oder war es ‹Freiheit für Autofahrer›? Ich kann mir solche Dinge nur schwer merken. Jedenfalls hat er für Frau Koller einen Umschlag präpariert, rein zu Demonstrationszwecken, sie hat ihn mir gezeigt, und ich habe ihn … mitgenommen.»

«Aha.» Rosa wickelte das Stück Marzipanschokolade aus, das als Mozartkugelersatz herhalten mußte, wenn sie sich von ihrem Schreibtisch entfernte. «Und das alles nur, weil sie glaubten, Frau Vollenweider habe vor zehn Jahren eine Affäre mit ihrem damals schon längst geschiedenen Mann gehabt?»

«Eine Gattin bleibt eine Gattin – daß SIE so etwas verstehen, kann ich natürlich nicht erwarten.»

Aua.

«Und wie ist das mit den anderen Sachen? Mit der Computerfolie beim Kadertreffen, der gefälschten Mitteilung auf der Frontseite?»

Damenhaft zuckte Hulda Perroquet mit den Schultern. «Das war ich nicht. Aber ganz offensichtlich hat Ihre Chefin noch andere Ehen zerstört.»

Rosa Zimmermann hatte genug gehört. Sie befahl der Frau, zu bleiben, wo sie war, und flüchtete mit Paula zurück in ihr Büro. Mit zwei Anrufen hatte sie in Erfahrung gebracht, daß Bezirksanwalt Sieber mit seiner Frau in die Dominikanische Republik geflogen war.

«Das hätten Sie auch selbst rausfinden können», fuhr sie die verdatterte Sekretärin des Bezirksanwaltes an.

«Aber ... Herr Sieber hat doch gar keine Frau.»

**58** Paula schmollte. «Du hast es mir aber versprochen.»

«Ich weiß, ich weiß.» Rosa Zimmermann winkte ungeduldig ab. «Ist auch schon alles geregelt: Du wirst wieder zur Lokalredaktion gehören – nächsten Monat. Nutz die Zeit, schreib etwas Schönes, sag danke.» Sie schob Paula aus dem Weg und versuchte zum millionstenmal, Chefredakteurin Maggie zum Verlassen ihres Büros zu bewegen. Diese besetzte jetzt seit einer Woche den Raum und verweigerte noch immer die Nahrungsaufnahme.

«So kann das nicht weitergehen», sagte Rosa Zimmermann zu Paula, die immer noch herumstand wie bestellt und nicht abgeholt. «Du kennst doch diesen netten Arzt. Ruf ihn mal an. Und frag ihn, wie lange jemand ohne Nahrung und so weiter auskommt.»

«Ruf ihn doch selber an.» Paula hatte schließlich ihre Vorsätze: keine Männer mehr. Keine Ärzte. Nur im Fernsehen.

Nicht, daß sie nicht versucht gewesen wäre. Nun, wo «Emergency Room» abgesetzt worden war. Doktor Tobler sah ziemlich genau aus wie Doktor Carter ... ein bißchen älter vielleicht, aber um so besser. Arbeit! rief sie sich zu. Arbeit!

«Warum sitzest du auf deinen Händen?» fragte Leserbriefredakteur Berger verwundert.

«Damit ich das Telefon nicht anrühre.»

Auch ohne Hände gelang es Paula, einen ganzen Berg Arbeit abzutragen und Doktor Tobler so gut wie möglich zu verdrängen. Bis Berger das Büro verließ und das Telefon läutete. Was tun?

«Hallo?» (atemlos).

Es war ihr Vater, Max Perroquet.

«Mit dir wollte ich auch sprechen», seufzte Paula. «Weißt du das Neuste von Mama?»

Er wußte nicht. Möglichst schonend brachte ihm Paula bei, daß Hulda verhaftet worden war. Weil sie jemanden verletzt hatte. Mit einer Briefbombe. Die sie gestohlen hatte.

«Und an allem bist du schuld, Papa.»

«Was gibt es wirklich Neues?»

Max war, soweit es Hulda betraf, grundsätzlich an allem schuld. Wenn er einmal nicht schuld war, dann war Paula schuld. Oder sie waren es beide, von Anfang an. Paulas Therapeut gab dann wiederum die Schuld an ihren Schuldgefühlen ihrer Mutter. Es war schön, eine Familie zu haben.

«Nein, im Ernst, Papa: Die Verteidigung wird darauf aufbauen!»

«Ich weiß – ich werde selber dafür sorgen, daß sie einen guten Anwalt bekommt. Aber hör mal, ich habe ein Problem ...»

«Eines noch: Hattest du wirklich was mit Maggie???»

Max Perroquet schwieg lange genug, um Paula nervös zu machen.

«Du kennst mich doch», sagte er schließlich, «Ich bin wie Liz Taylor: Ich habe nie was – ich heirate. Und mit Frau Vollenweider war ich, soviel ich weiß, nie verheiratet. Oder weißt du was anderes?»

«Nein!» Paula lachte, erleichtert. Das hätte ja gerade noch gefehlt. «Das Problem ist nur, wenn du das beweisen kannst, steht Mama wieder schlecht da.»

«Mein Problem ist ein ganz anderes: Marina ist verschwunden! Erst gestern haben wir das Datum für unsere Hochzeit festgelegt – heute ist sie unauffindbar. Ein Fall von kalten Füßen?»

«Ich schau mal nach, ob ich sie hier irgendwo finde.»

«Tu das, mein Kind. Danke.»

Als Paula langsam die Treppe hinaufstieg, wurden die Krämpfe wieder stärker. Kein Grund zur Aufregung – außer, man war im vierten Monat schwanger. Paula blieb stehen und hielt sich mit einer Hand am Geländer fest. Sie war einigermaßen erleichtert, am oberen Treppenabsatz einen Arzt auftauchen zu sehen. Doktor Tobler.

**59** Auf dem Flughafen von Santo Domingo teilten sich Hugo Gallati und Ernesto ein Bier. Das letzte. Zwei Wochen lang waren sie von Ernestos weitverzweigter Familie großzügig bewirtet worden. Keine Gelegenheit zum Feiern hatte man ausgelassen. Vor-Silvester, Silvester, Neujahr, Spät-Neujahr und so fort, jeweils in mehreren Aufgüssen. Es waren tolle Tage gewesen. Aber jetzt mußte gefastet werden. Hugo ging im Geiste schon verschiedene luxuriöse Kurhäuser durch, während Ernesto mit wachsender Verzweiflung minütlich nach seinen anschwellenden Bauchringen tastete. Sie hätten die neuankommenden Feriengäste aus der Schweiz glatt übersehen, hätte nicht Marina Marinis rosa Strohhut ihre Aufmerksamkeit erregt.

«Schau mal!» Ernesto deutete mit unrasiertem Kinn. «Die kennst du doch.»

Hugo schaute und schaute gleich wieder weg. Er kannte Marina. Er kannte vor allem auch ihren Begleiter, Bezirksanwalt Sieber. Stundenlang hatte der ihn wegen seiner Verbindung zum Fall Baumeister-Savigny verhört; eine Geschichte, an die Hugo sich nicht gern erinnerte. Auch, weil sie seine langjährige Freundschaft mit Maggie empfindlich traf.

Hans-Iwan Savigny war, er konnte es nicht weniger sentimental ausdrücken, Hugos große Liebe gewesen. Der Anwalt hatte den Skandal um seine Schwester Gisela und deren Affäre mit dem viel älteren Stadtrat Erwin Baumeister nie verwunden. Seit Baumeisters Selbstmord war die junge Frau fast ständig in psychiatrischer Behandlung. Ihr Bruder lebte nur für sie, für ihren Fall, für Wiedergutmachung. Für eine Beziehung blieb kein Platz. Hugo fragte sich, ob Sieber auch Hans-Iwan vernommen hatte. Er selbst hatte ihn nie wieder gesehen.

Das alles war durchaus zum Teil Maggies Schuld, die sich in die Geschichte regelrecht verbissen und Baumeister mit ihren gehässigen Artikeln in den Selbstmord getrieben hatte. Warum? Das wußte Hugo auch nicht. In zehn Jahren hatten sie gelernt, dieses Thema auszuklammern. Bis Sieber kam und ihn mit den Anschlägen auf Maggie in Verbindung brachte. Und nun tauchte Sieber hier auf – da fiel es Hugo Gallati schwer, an einen Zufall zu glauben.

«He!» rief Ernesto. «Hallo, hier!»

«Schsch!» Grob packte Hugo seinen Freund am Arm und

riß die winkende Hand herunter. Auch Marina Marini wandte den Blick ab und schob ihren Begleiter sanft in eine andere Richtung.

«Sie tut ja voll so, als würde sie uns nicht kennen!» sagte Ernesto beleidigt. «Die kommt wohl her, um sich einen schönen Boy für die Ferien zu mieten. Und jetzt schämt sie sich.»

«Wahrscheinlich hast du recht.» Hugo seufzte. Er wollte Ernesto nicht unnötig beunruhigen. Mit seinen Blicken verfolgte er den rosa Strohhut zum Taxistand. Ihr Flug wurde aufgerufen. Was mochte in der Zwischenzeit passiert sein? Warum suchte man ihn? War Maggie etwas passiert?

Paula lag im Bett. Im Krankenhaus. Es war weit weniger angenehm, als die diversen Arztserien, die sie sich anschaute, vermuten ließen. Das Nachthemd, das man ihr übergezogen hatte, kratzte und ließ sich obendrein hinten nicht schließen. Man hatte ihr, nach langen, schmerzhaften und erniedrigenden Untersuchungen, eine Unterhose aus grünem Papier angezogen und ließ sie nun warten. Frierend. Allein. Niemand hielt ihre Hand, niemand nahm sich die Zeit, ihr bei einem Glas Champagner mit Orangensaft Lebenshilfe mit auf den Weg zu geben, und auch die Sonne schien nicht warm durchs Fenster. Paula fiel ein, daß ihre Lieblingsserie, «Emergency Room», in Amerika soeben rechtliche Probleme bekommen hatte, weil sie angeblich in den Tausenden von Fernsehzuschauern unrealistische Erwartungen an das medizinische Personal weckte. Die Überlebensrate bei Elektroschocks zum Beispiel (die Szene, die Paula am meisten liebte) war geradezu lächerlich hoch.

Paulas Krämpfe wurden immer stärker. Sie wollte das Kind nicht verlieren. Um keinen Preis. Daß sie das erst jetzt merken mußte! Sie fing an zu weinen. Was hatte sie falsch gemacht? Als sie es nicht mehr aushalten konnte, flüchtete sie ins angrenzende Badezimmer.

«Paula?» Doktor Tobler hatte das Zimmer betreten.

«Gute Nachrichten!» rief er. «Ihrem Kind fehlt nichts. Es muß etwas sein, das Sie gegessen haben.»

Das hatte Paula nun auch gemerkt.

**60** «Ich würde Sie trotzdem gern hierbehalten», sagte Doktor Tobler.

«Das glaub ich Ihnen gern», erwiderte Paula kokett. Der junge Arzt hatte eine so nette Art zu erröten. So etwas hatte Paula schon lange nicht mehr gesehen.

Aufpassen, aufpassen.

«Es könnte vielleicht doch ein Virus sein», gab der Arzt zu bedenken. «In Ihrem Zustand ...»

Paula schüttelte den Kopf. «Es waren eindeutig die Muscheln in der Spaghettisauce.»

Die Angst, das Kind zu verlieren, war so unerwartet groß gewesen, daß ihr nun alles ganz einfach erschien. Sie hatte das Kind nicht verloren. Alles andere war weniger wichtig. Sie fühlte sich großartig. Sie wollte Möbel streichen, Artikel schreiben, ihren Vater verheiraten und sich die Haare neu färben. Kurz, sie war plötzlich überhaupt nicht mehr müde. Selbst über den Dauernebel konnte sie lachen. Wer brauchte schon eine Sonne?

«Dann gehen Sie wenigstens heute abend mit mir essen», rief Doktor Tobler hinter Paula her, die schon an der Tür war. «Bitte!»

«Das wäre aber nicht vernünftig. Oder kennen Sie zufällig ein Lokal, das eine gute Haferschleimsuppe serviert?»

Zwei starke Männer standen vor dem Büro der Chefredakteurin. Einer hielt ein Stemmeisen, der andere eine Zwangsjacke. Chefsekretärin Rosa Zimmermann ging händeringend auf und ab.

«Macht mir bloß die Tür nicht kaputt!» rief sie. «Mein Gott, was für eine Geschichte! Was für ein Skandal!»

Der Verleger der «Zeitung» studierte seine (makellosen) Schuhspitzen. Von verschiedenen Seiten schlenderten Mitarbeiter heran und blieben wie zufällig stehen. Der Vorsitzende der Geschäftsleitung schaute auf die Uhr.

«Ich gebe Ihnen fünf Minuten», sagte er zu Rosa Zimmermann. «Five minutes! Das ist mein letztes Wort.» Er pfiff die beiden Kleiderschränke zurück. Rosa Zimmermann klopfte an die Tür, hinter der sich Chefredakteurin Maggie seit zehn Tagen verbarrikadierte. Seit die Geschäftsleitung sie beurlaubt hatte. Anfangs hatte sie kämpferisch gewirkt und hinter ihrer Glasscheibe den Vorübergehenden Transparente vorgehalten: GERECHTIGKEIT FÜR MICH!

Doch seit zwei Tagen lag sie schwach auf dem Teppich neben ihrem Schreibtisch. Daß Rosa anklopfte, war somit eine leicht absurde, wenn auch rührende Geste. Der eine Kerl packte sein Brecheisen fester und hob es einen Zentimeter. Er freute sich sichtlich auf seinen Einsatz. Rosa Zimmermann sah ihn strafend an. Dann tat sie das Naheliegende: Sie drückte die Türklinke hinunter. Die Tür ging auf. Mit leichtem Druck ließ sich das Trimmrad, das den Eingang versperrte, wegschieben. Rosa drehte sich um. Ein wenig verächtlich streifte ihr Blick die beiden Muskelmänner. Die Umstehenden zogen unwillkürlich die Köpfe ein.

Dann betrat sie das Büro. Ein übler Geruch stieg aus dem Papierkorb. Sie öffnete ein Fenster. Dann bückte sie sich, löste die Fessel (ein Springseil, das schon bessere Zeiten gesehen hatte), hob Maggie auf und trug sie aus dem Raum.

Maggie war kaum mehr bei Bewußtsein. Ihr Kopf baumelte. Immerhin konnte sie sich mit einer Hand an Rosas Schulter festhalten. Schwach.

Stumm wichen die Schaulustigen zurück. Der Verleger der «Zeitung» reagierte einen Augenblick zu spät:

«Nun helfen Sie der Dame doch!» herrschte er die unschlüssigen Männer an. Rosa Zimmermann beachtete sie nicht. Sie ging unbeirrt weiter, zum Lift, zum Ausgang, zum Taxistand. Niemand wagte, sie aufzuhalten. Der Vorsitzende der Geschäftsleitung stampfte mit dem Fuß auf.

«Daß Sie mir aber nicht die Polster schmutzig machen», brummte der Taxifahrer. Rosa Zimmermann nahm ihm die Zigarette aus dem Mund und warf sie aus dem Fenster.

«Zum nächsten Krankenhaus», sagte sie. «Oder nein, warten Sie.» Sie fischte einen Zettel aus der Manteltasche und las die Adresse vor, die sie mit Bleistift notiert hatte.

«Lindenstraße 35. Im fünften Stock», sagte sie liebenswürdig. «Sie können mir dann helfen, sie raufzutragen.»

**61** Spontan war Paula Perroquet zum Flughafen gefahren, um ihre Nachbarn Hugo und Ernesto abzuholen, die von der Dominikanischen Republik zurückkehrten. In jedem Arm trug sie eine Topfpflanze – als Ersatz für die, die sie in ihrer Abwesenheit hatte eingehen lassen.

«Du willst doch hoffentlich nicht sagen, daß du unsere Hermine hast verdursten lassen?» Hugo Gallati war eindeutig schlechter Laune.

«Hermine war ein Papyrus!» jammerte Ernesto. «Wie kannst du annehmen, daß diese Staubfänger ein würdiger Ersatz sind? Wir haben Hermine vier Jahre lang gehätschelt – so lang wie unsere Beziehung.»

«Tut mir leid.» Es gab Leute, die schickten ihre Hunde zum Analytiker, statt sich selber was zu gönnen. Doch daß es Menschen gab, die ihre Topfpflanzen beim Vornamen nannten, war Paula neu. Sie hatte einen langen Tag hinter sich. Und eine höchst unangenehme Leibeserkrankung.

«Ihr habt ja keine Vorstellung, was hier los war», verteidigte sie sich. Resolut stellte sie die beiden Töpfe auf den Gepäckwagen und schob ihn Richtung Taxistand.

Der Taxifahrer schaute mißtrauisch, als Ernesto und Hugo je eine Topfpflanze auf den Schoß nahmen (adoptiert, konstatierte Paula erleichtert).

«Aber nicht, daß ich nachher den ganzen Wagen voll Erde habe», knurrte der Fahrer.

«Lindenstraße 35», schob Paula ein, bevor Hugo wieder Streit anfangen konnte.

Der Taxifahrer drehte den Zündschlüssel wieder zurück. «Ihr wollt mich wohl verarschen.»

«Keinesfalls.»

Der Mann war nicht überzeugt. «Fünfter Stock? Lift kaputt?»

«Genau.»

«Okay, das reicht.» Er stieg aus, öffnete den Kofferraum und warf Hugos Louis-Vuitton-Taschen auf den Boden. «Raus mit euch! Verschwindet!»

«Willkommen zu Hause», seufzte Paula.

Dasselbe sagte auch Doktor Tobler, der schwungvoll die Wohnungstür von innen aufriß, bevor Hugo seinen Schlüssel gefunden hatte.

«Sie schon wieder!» entfuhr es Paula. Angesichts der verstörten Miene des jungen Arztes aber milderte sie den Schlag durch reuiges Handauflegen. Hugo schob Tobler zur Seite.

«Ich weiß nicht, wer Sie sind, aber ich wäre froh, wenn Sie

gingen», sagte er. Seine Laune war grauenhaft. Paula fragte sich, was in den Ferien wohl schiefgelaufen war. Ihrer – fast verjährten – Erinnerung nach waren gemeinsame Ferien immer ein kritischer Moment im Leben eines Paares. Andererseits, der Tod einer nahen Pflanze und eine Schlägerei mit dem Taxifahrer nach vierzehn Stunden Flug reichten vielleicht auch.

«So meine Herren, genug gezankt, wir haben zu tun!» Der Anblick der Chefsekretärin Zimmermann in seiner Wohnung besänftigte Hugo Gallati sofort. Diese Wirkung hatte Rosa auf jeden, der irgendwann bei der «Zeitung» gearbeitet und in ihrem Büro Zuwendung getankt hatte. Vermutlich erschiene nicht die Hälfte der Artikel, würde Rosa Zimmermann plötzlich ihren Zuspruch verweigern.

«Rosa!» Hugo küßte sie auf beide Wangen. «Lang ist es her!»

Rosa tätschelte seinen Arm. «Zieh den Mantel aus, Hugo. Wir haben Sitzung!»

**62** «Und jetzt, meine Lieben, jetzt reden wir miteinander.» Rosa Zimmermann rieb sich die Hände. Auf Hugo Gallatis Corbusier-Liege lag Maggie, vom Hungerstreik geschwächt und von Doktor Tobler an eine Nährlösungsinfusion angeschlossen. Hugo öffnete die Flasche, die er im Duty-free-Shop erstanden hatte. Cragganmore, der bevorzugte Whisky des Prinzen von Wales, besser bekannt als Charles, eines Mannes, der unbestreitbar viele, viele unangenehme Momente hinter sich hatte. Wenn er meinte, dieser Whisky könne das Schicksal abfedern helfen, dann wollte Hugo ihm gern glauben.

«Also, reden wir», sagte Hugo. Rosa Zimmermann

zückte ihren Stenogrammblock. Ernesto schmollte. Er konnte diese alten Geschichten nicht mehr hören, Hugos graue Vergangenheit, von der er ausgeschlossen war. Hartnäckig versuchte er, den gutaussehenden Doktor unter dem Vorwand in die Küche zu locken, bei der Zubereitung der Apéro-Häppchen aus entsteinten Oliven sei chirurgisches Geschick gefragt. Der Doktor wiederum versuchte verzweifelt, Paulas Blick auf sich zu lenken. Ohne Erfolg. Paula wollte es wissen.

«Au ja, das Spiel der Wahrheit!» rief sie. «Ich fange an: Frau Vollenweider, hatten Sie mal was mit meinem Vater?»

«Wer soll das sein, bitte?» Maggie mochte geschwächt sein, aber sie blieb sich und ihrem Ruf treu. Ein zehntägiger Hungerstreik machte sie noch lange nicht weich.

«Tu nicht so blöd», mischte sich Hugo ein. «Da du nie mit jemandem etwas hattest, kannst du die Frage getrost mit ‹nein› beantworten.»

«Warum ist dann meine Mutter sicher genug, um Ihnen noch zehn Jahre später eine Briefbombe zu schicken?»

«Wenn Sie mir sagen möchten, wer Ihre Mutter ist?» Arrogant konnte sie sein wie keine zweite. In jeder Lebenslage.

«Jeder Frage, die hier nicht beantwortet wird, gehen wir separat nach», bestimmte Rosa Zimmermann, von ihrem Block aufschauend. «Diese Geschichte muß ein für allemal aufgeklärt werden.»

«Den Namen Perroquet habe ich nie gehört», erklärte Maggie, «bis Sie mit Ihren getürkten Bewerbungsunterlagen aufgetaucht sind.»

«Kein Kindergarten!» warnte Rosa. «Paula, du wirst dich ein bißchen in deine Familiengeschichte vertiefen müssen. Nächste Frage.»

«Hast du die gefälschte Redaktionsmitteilung über meinen Rücktritt auf die Frontseite gesetzt, Hugo? Immerhin stand dein Name darunter.»

«Natürlich nicht. Hältst du mich für so dumm? Ich war ja gar nicht in der Stadt.»

«Außerdem hat er die ‹Zeitung› verlassen, bevor das neue Satzprogramm installiert wurde», sagte Rosa Zimmermann abschließend. «Gut. Aber wer war es dann?»

Doktor Tobler stellte sich beim Olivenentsteinen recht geschickt an.

«Sie haben wunderbare Hände», schwärmte Ernesto. «Musikerhände!»

Doktor Tobler tat ihm den Gefallen. Er errötete zart.

«Kennen Sie Paula gut?» fragte er ablenkend.

«O, wir sind allerbeste Freunde. Ich kenne sie in- und auswendig!» prahlte Ernesto.

«Hat sie je ... ich meine, erwähnt sie mich manchmal?»

Um Zeit zu gewinnen, legte Ernesto das Messer zur Seite. Unter entsagungsvollem innerem Seufzen entschloß er sich, den Arzt aufzuheitern.

«O doch, o doch. Durchaus. Ich möchte fast sagen, sie schwärmt ein wenig für Sie.»

Doktor Tobler strahlte. «Wirklich?»

«Jemand anders würde es vielleicht nicht merken», schränkte Ernesto ein. «Aber ich kenne sie eben besser.»

«Ich hab sie schon so oft eingeladen», sagte Doktor Tobler traurig. «Sie hat jedesmal abgesagt.»

«Hm, das müssen Sie ... haben Sie eigentlich auch einen Vornamen?»

«Leo», gestand Doktor Tobler.

«Gut, Leo: Unsere Paula ist ein bißchen, wie soll ich sagen, angeschlagen. Verstehen Sie mich nicht falsch. Sie braucht Geduld. Verständnis. Zuwendung.»

Der Arzt nickte nachdrücklich zu jedem der aufgelisteten

Begriffe. Ernesto war einen Augenblick versucht, Leos Aufmerksamkeit mit «Taschengeld», «Sex» und «Topfpflanzen» auf die Probe zu stellen. Doch er riß sich zusammen und schloß fromm: «Kurz, einen Mann wie Sie.»

Das glückliche Gesicht des Arztes mußte ihm Lohn genug sein. Mit dem guten Gewissen des Pfadfinders trug Ernesto die Apéro-Häppchen ins Wohnzimmer. Zu spät – der Cragganmore war so gut wie leer. Maggie hatte die Abwesenheit des Arztes genutzt, um mitzutrinken, was sich, nach zehn Tagen ohne feste Nahrung, recht verheerend auswirkte.

«Ich kenne nur eine Hulda», lallte sie gerade, «meine Kindergartentante hieß Hulda. Hulda Steiner.»

«Das ist sie», stellte Paula fest.

**63** «Und wie viele Kinder wünschst du dir?» Ohne die Antwort abzuwarten, fuhr der junge Mann fort: «Ich will vier. Mindestens.»

Paula nickte. Vier Kinder. Warum nicht. Das Haus, den Garten und die Schaukel am hundertjährigen Baum hatte Leo bereits aufgezählt. Leo Tobler, der Arzt, der aussah wie Doktor Carter aus «Emergency Room», nur ein wenig älter. Doktor Tobler mußte Ende Zwanzig, Anfang Dreißig sein, wenn man seinen Lebenslauf bedachte, sah aber aus wie vierundzwanzig und redete wie ein Sechzehnjähriger. Paula war gerührt. Sie hatte es sich (wie ihre Freundinnen auch) stets versagt, potentielle Liebhaber mit Forderungen und Ansprüchen, mit dem Wunsch nach Nähe, dem Pochen auf Verbindlichkeit und was der uncoolen Regungen mehr waren, in die Flucht zu schlagen. Ganz zu schweigen von Zukunftsvisionen mit Kindern und Schaukelbäumen, gleich beim ersten Rendezvous. Doktor Tobler hatte offensichtlich noch nie einen Beziehungsratgeber gelesen. Was ihn nur noch anziehender machte.

Paula erlaubte sich zehn Sekunden, um sich zurückzulehnen und sich den Baum mit der Schaukel vorzustellen. Ein Garten voll lachender Kinder. Sonne. Sie selbst, die, als Frau Doktor, im Türrahmen erschien und zu Kakao und Kaffee rief. Natürlich hätte sie einen Kuchen gebacken. Und natürlich würden auch ein paar bucklige Patienten zum Kaffee kommen. Neben dem Herrn Doktor persönlich, der seine Praxis im Untergeschoß hätte und im Stundenrhythmus die Treppen hinaufstiege, um seine Frau zu küssen. Die Frau Doktor. Paula, die sich nicht mehr mit der Welt herumschlagen müßte. Statt dessen würde sie Blumen in Vasen arrangieren und die Papiertaschentücher persönlich bügeln. Sie wäre glücklich. Alle würden sie mögen. Paula hätte keine einzige Sorge mehr auf der Welt. Ja!

Paula schüttelte sich. Sämtliche Alarmglocken schrillten in ihrem Innern durcheinander, doch sie entschloß sich trotzig, sie zu ignorieren. Hatte sie denn, verdammt noch mal, nicht das Recht auf Illusionen? Wie andere Leute auch? Warum sollte es ihr nicht erlaubt sein, an ein Kalenderblatt-Idyll zu glauben? (Weil sie es besser wußte. Weil sie schon dies und das erlebt hatte. Weil sie nicht zurück konnte.) Vernunft und Erfahrung stellten sich flüchtig den Hormonen in den Weg. Selbstverständlich ohne Erfolg. Wie meistens siegten die Hormone. Paula schlug vor, den Nachtisch einpacken zu lassen und ihn zu Hause zu verzehren.

Leo nahm ihre Hand. «Du weißt aber, was das bedeutet», warnte er.

Und das von dem Mann, mit dem sie doch eine recht angenehme Weihnachtsnacht im Krankenhaus verbracht hatte, in dem winzigen Kämmerchen, das den diensthabenden Ärzten während der Nachtschicht zur Verfügung stand! Konnte er trotzdem noch Jungfrau sein?

«Wenn du jetzt mitkommst, mußt du auch bleiben.»

Paula nickte, überwältigt, sprachlos. Willkommen in den fünfziger Jahren. Würde er ihr auch die Autotür aufhalten?

Genau das tat er. «Zu dir», präzisierte Paula, als sie wieder sprechen konnte. «Ich hab von dem Pseudokrimi bei mir zu Hause die Nase voll!»

«Es gibt allerdings ein Problem», warnte Leo. «Aber je früher du es weißt, desto besser.»

«Du lebst mit deiner Mutter zusammen», scherzte Paula.

«Ich wußte, du würdest es verstehen.»

**64** «Hulda Steiner», ereiferte sich Maggie, die sturzbetrunken auf dem Sofa von Hugo Gallati lag, in der Armvene eine Infusion und in der Hand ein Whiskyglas. «Hulda Steiner! Diese Kuh hat mir schon im Kindergarten das Leben schwer gemacht. Ständig hackte sie auf mir rum: Ich sei ein böses Kind. Ein schlechtes Kind. Und alles nur, weil ich mir am ersten Tag die Hand vor die Augen gehalten und gejammert hatte, die Sonne dürfe mir nicht ins Gesicht scheinen. Fünf war ich. Erinnerst du dich, Hugo?»

Hugo Gallati, in derselben Vorstadtsiedlung wie Maggie aufgewachsen, schüttelte den Kopf. «Ich war doch gar nicht im öffentlichen Kindergarten, weißt du nicht mehr? Meine Mutter fand, ich sei zu zart, um in die Welt hinauszutreten.»

«Da hast du Glück gehabt. Diese Frau hat einen Totalschaden.»

«Zweifellos», pflichtete ihr Rosa Zimmermann bei. «Wenn wir jetzt noch herausfinden, warum diese Person vierzig Jahre lang einen Groll gegen dich gehegt hat, dann haben wir einen Teil des Falles gelöst.»

«Oh, das ist einfach! Mein Vater bekam irgendwann einmal mit, wie diese Hexe mich geplagt hat, er ist zu ihr gegangen und hat ihr die Meinung gesagt – laut. Sie wurde krank geschrieben. Vermutlich denkt sie, ich hätte ihre Karriere als Kindergartentante zerstört oder so ähnlich.»

«Sie scheint aber zu glauben, du hättest was mit ihrem Ex-Mann, Paulas Vater Max Perroquet, gehabt», erinnerte Rosa.

Maggie winkte ab. «Der gute Max! Tatsächlich, nach der Beschreibung, die ihr mir von ihm gegeben habt, war das mein treuer Trinkgenosse – bevor ich beschlossen habe, gesund zu leben, natürlich. Der Typ war immer zwischen zwei Hochzeiten, ich zwischen zwei Magengeschwüren. Hin und wieder mußte ich ihm auch als Alibi dienen. Aber bis heute habe ich nicht mal seinen Nachnamen gekannt!»

«Dann sieht es so aus, als hätte die Briefbomben-Geschichte mit dem restlichen Schlamassel nichts zu tun», faßte Rosa Zimmermann zusammen. «Gehen wir zum nächsten Punkt. Paula soll sich aber mal eingehend mit ihrer Mutter unterhalten. Wo ist sie überhaupt?»

Paula war drauf und dran zu bereuen. Ich hätte es wissen müssen, dachte sie. Ein netter Mann! Ein Arzt! Verliebt sich in mich! Die Sache mußte ja einen Haken haben. Wo sind wir denn hier. Sie klammerte sich an den Türgriff seines Wagens, bereit, bei der nächsten roten Ampel auszusteigen und aus Doktor Toblers Leben zu verschwinden.

Doktor Tobler, der mit seiner Mutter zusammenlebte.

Es gab keine rote Ampel. Nicht eine einzige auf der ganzen Fahrt nach Wipkingen. Leo stieg aus, ging um den Wagen herum, öffnete die Tür und half Paula aussteigen. Toll. Fehlte bloß noch, daß er ihr die Hand küßte.

Was er vor der Haustür nachholte. Paula seufzte tief. Es wäre zu schön gewesen.

«Das Licht ist an», stellte sie fest, «ist deine Mutter wohl noch auf?»

«Sie kann allein nicht ins Bett.»

«Alles klar.» Paula wandte sich zum Gehen. Auch wenn es für einen eleganten Abgang zu spät war, das mußte sie nicht haben. Wirklich nicht. Mit Hulda hatte sie genug Mutter für mehrere Leben. Sie brauchte eine weitere Mutter so nötig wie einen Haushaltsunfall. Dann würde sie eben auf das wunderbar freundliche und geordnete Leben verzichten, das Leo ihr so voreilig angeboten hatte. Vermutlich hätte sie ohnehin nicht wirklich in seinen Plan gepaßt (zu alt, zuviel erlebt, zu zynisch und natürlich auch zu romantisch).

Doch schon hatte er die Tür aufgeschlossen und «Mama» gerufen.

Hilfe.

«Hier», antwortete eine tiefe, überraschend angenehme Stimme. Paula folgte Leo in ein gemütliches Zimmer.

Hier wohnte sichtlich eine Exzentrikerin. Bunte Lichtschlangen statt Lampen, statt Bildern an die Wand genagelte Pop-Art-Minikleider. Rauch hing in der Luft und schweres Parfüm.

«Gut, daß du kommst, mein Urinbeutel platzt gleich», sagte die Frau, die neben einem falschen Kaminfeuer saß, Wasserpfeife rauchte und in einem «Chefarzt Dr. Noll»-Heftchen las. Sie hatte langes, blau-rotes Haar, buschige Augenbrauen und einen offenen, gar nicht mütterlichen Blick, der Paula sofort durchschaute.

«Ich nehme alles zurück», entschuldigte sich Paula im Geiste, und die Frau nickte.

«Wir reden später», sagte sie, «im Moment haben wir es eilig.»

«Dauert nur eine Minute», sagte Leo, bevor er seine Mutter aus dem Rollstuhl hob und ins angrenzende Bad trug.

**65** «Huhuuuuuu! Schätzchen! Ich bin wieder daaaaa!»

Marina Marini rauschte in die «Zeitungs»-Redaktion. Direkt vom Flughafen. Gut durchgebräunt, ein farbenfrohes Tuch kunstvoll um den Kopf drapiert, in vollkommen unpassenden Strohsandalen. Zehn Tage in der Dominikanischen Republik hatten ihr genügt. Leute zu beobachten machte nur Spaß, wenn man die Leute auch kannte, oder zumindest Leute, die ihrerseits die Leute kannten und denen man erzählen konnte, was die Leute so trieben und mit wem. In der Dominikanischen Republik kannte Marina niemanden.

Und dann Sieber, dieser spießige Bezirksanwalt! Welch eine Enttäuschung! Im Gegensatz zu ihrem Verlobten Max Perroquet war Marina noch nie verheiratet gewesen; und wenn sie ehrlich war, hatte sie ganz einfach kalte Füße gekriegt. Ein Ausflug in die Tropen mit einem netten Mann war ihr wie eine willkommene Abwechslung vorgekommen. Pah! Der Mann war der reinste Cowboy! Der Typ, der in Stiefeln am Strand liegt und warmes Bier trinkt. Und obendrein total vernarrt in Chefredakteurin Maggie.

Zwar hatte Marina nicht gleich aufgegeben, sondern sich einen charmanten Begleiter organisieren lassen. Aber trotz seiner zuvorkommenden Art und eines nur göttlich zu nennenden Körpers hatte John-John sie nicht ablenken können. Immer wieder hatte sie sich dabei ertappt, wie sie ihm von Max erzählte. «Du solltest nach Hause fahren», hatte er schließlich gesagt, und da war sie nun.

Max war sauer.

Überraschung.

«Küßchen!» schrie sie in den Raum. Sie öffnete ihre Reisetasche, die bis oben mit Souvenirs vollgestopft war, und begann, kleine Geschenke zu verteilen. Sofort lief die Redaktion zusammen.

«Holst du mir einen Kaffee, Schätzchen», warf Marina einem vorübereilenden Wirtschaftsjournalisten zu, der hierfür jeden anderen mit dem Duden erschlagen hätte, aber für Marina tat man so etwas gern. «Und Croissants!» schrie sie hinter ihm her. «Orangensaft! Zigaretten!»

Im Flur stand ein rotes Sofa. Ein ungefähr fünf Meter langes rotes Sofa. Direkt dem Büro der Chefredakteurin gegenüber, die ihre Arbeit wieder aufgenommen hatte. Die Geschäftsleitung, die nur Aufsehen hatte vermeiden wollen, was gründlich danebengegangen war, ließ sie gewähren. Maggie saß an ihrem Tisch und hielt den Kopf gesenkt, damit es nicht so aussah, als beobachte sie durch die Glasscheibe das Geschehen auf dem Sofa.

Dort saß kerzengerade Chefsekretärin Rosa Zimmermann, leichte Ungeduld verströmend. Neben ihr lag, ohne Schuhe und lang hingestreckt, Lokalredakteurin Paula Perroquet. Sie redete und redete und redete. Rosas Schulterhaltung nach zu schließen, schon seit Stunden.

«Geschenk!» rief Marina und wedelte mit zwei Päckchen. Dann ließ sie sich auf das Sofa plumpsen. «Bequem», stellte sie fest, «höchst bequem.»

«Man könnte meinen, man sei in Kairo», schwärmte Paula. «Fehlt nur noch die Wasserpfeife. Celia hat eine, weißt du.»

«Ja, ich weiß.» Hastig kam Rosa Zimmermann einem neuen Lobgesang auf Celia Tobler zuvor, die Mutter des wunderbaren Doktor Leo Tobler. «Paula hat sich verliebt», erklärte sie Marina.

«Schon wieder?»

«Das mußt du gerade sagen!» Rosa Zimmermann warf ihr scherzeshalber eine Mozartkugel an den Kopf.

«Wer ist denn der Glückliche?» wandte sich Marina an ihre, wie sie noch immer hoffte, zukünftige Stieftochter.

«Leo, du kennst ihn, aus dem Krankenhaus.»

«Der reizende Doktor Tobler?»

Paula nickte verträumt.

«Na wunderbar! Genau das Richtige in deinem Zustand!» gratulierte Marina.

«Diesmal ist es ernst und für immer», stellte Paula beleidigt klar. «Wir wollen heiraten!»

«Sprich das Wort nicht aus!» Marina verzog das Gesicht. «Dein Vater redet nicht mehr mit mir, aber das weißt du ja wohl.»

Rosa Zimmermann stand auf und strich ihren Rock glatt. «Mir scheint, Paula ist mehr in ihre zukünftige Schwiegermutter verliebt», analysierte sie. «Wie dem auch sei, manche Leute haben zu arbeiten.»

«Ich warte ja nur auf den Wein», verteidigte sich Paula. «Ich hab gehört, wenn man lange genug auf dem Sofa sitzt, bekommt man eine Flasche.»

«Das hast du falsch verstanden», sagte Rosa Zimmermann kühl. Sie warf einen Blick auf ihre Vorgesetzte, die hinter der Glasscheibe den Blick gesenkt hielt, was auf die Dauer nicht bequem sein konnte. Vielleicht würde sie ihr einen kleinen Vorhang nähen. Sie hatte zu Hause noch einen Stoffrest, der mit wilden Tieren bedruckt war.

Marina ließ sich ihr Frühstück servieren und die ganze Liebesgeschichte noch einmal erklären. Sie kam zum selben Schluß wie Rosa: Die Mutter war es, die Paula gefiel. Aber das sagte sie nicht. Sie sagte etwas anderes: «Ich habe Informationen für dich, Schätzchen. Falls du endlich mal was Anständiges schreiben willst: einen wahren Knüller – einen Scoop, wie der Engländer sagt.»

Sie zog ihre Sandalen aus und legte sich zu Paula auf das rote Sofa. «Allerdings mußt du erst deinen Vater versöhnen.»

**66** «Paula!»

Widerwillig blickte sie auf. Johanna Staub stand vor ihr, die Kollegin von der Kehrseite.

«Ich muß mit dir reden!»

«Keine Zeit.» Paula hatte seit achtzehn Stunden ihren Schreibtisch nicht verlassen. Seit ihrem Gespräch mit Marina Marini. Sie schrieb die Geschichte ihres Lebens. Wenn ihre Augen mitmachten, die vom stundenlangen Starren auf den Bildschirm gerötet waren. Oder ihre Blase.

Johanna sah sie zugleich besorgt und vorwurfsvoll an. Sie war eine mütterlich wirkende Frau Anfang Dreißig, die Gesundheitssandalen trug. Vernünftig. An den Schuhen erkannte man sie, die Gutorganisierten und Vorausdenkenden, die nicht den ganzen Tag in schweren Winterschuhen durch die Gänge schlurften, sondern in samtenen Pantöffelchen, Lackschuhen mit unberührter Ledersohle oder eben Gesundheitssandalen (mehrheitlich). Johanna trug außerdem ein selbstgefärbtes Tuch und eine farblich abgestimmte, selbstaufgezogene Glasperlenkette. Sowie den Ausdruck penetranten Einfühlungsvermögens.

«Du mußt aufstehen», sagte sie. «Du mußt etwas essen. Denk an das Kind!»

Ach ja, das Kind. Nicht, daß Paula es vergessen hätte. Konnte sie davon ausgehen, daß es dem Kind gutging, wenn es ihr gutging? Ihr ging es so gut wie schon lange nicht mehr. Sie schrieb.

«Essen nicht, aber aufs Klo», entschied sie. «Kannst ja mitkommen, wenn's unbedingt sein muß.»

Sie konnte sich schon denken, was Johanna wollte: sich über Jean Barsoi austauschen – Johannas verheirateten Liebhaber, den Vater von Paulas Kind, einen unangenehmen Typen, den Paula gern vergessen hätte.

Die Frage war, ob Johanna das auch wußte.

«Wir sind nicht bereit, auf deinen Erpressungsversuch einzugehen!» rief Johanna durch die geschlossene Kabinentür. «Damit das gleich klar ist!»

Der Rest ging im Rauschen der Spülung unter. Als Paula aus der Kabine kam, stand Johanna vor dem Spiegel und zog sich in aller Ruhe die Augenbrauen nach. «Männer wie Jean», erklärte sie mit weicherer Stimme, «sind euch Weibern doch einfach ausgeliefert. Der älteste Trick der Welt: schwanger zu werden, um ihn zu binden. Pfui!»

Paula wusch sich die Hände. In den Stunden vor dem Bildschirm hatten sich ihre Haare verselbständigt. Immer, wenn sie einen echten Faden verfolgte, etwas, das es wert war, aufgeschrieben zu werden, standen ihr die Haare vom Kopf ab wie Antennen. Eine gute Geschichte ersparte ihr glatt eine Dauerwelle.

«Tut mir leid», sagte sie. «Ich glaube, da hast du was falsch verstanden. Ich habe nicht die Absicht, Jean an mich zu binden. Im Gegenteil. Ich werde demnächst heiraten. Leo wird das Kind adoptieren. Also, je weniger ich von Jean sehe, desto besser geht es mir.»

«Leo?» Johanna runzelte die Stirn, während sie ihre innere Adreßkartei durchging. «Nicht von der ‹Zeitung›, oder?»

«Niemand, den du kennst. Also, ich muß wieder ...»

«Halt!» Johanna faßte sie am Arm. Für eine sonst so sanft auftretende Frau hatte sie einen recht harten Griff.

«Du mußt wieder an die Arbeit, was? Was ist das denn für eine Geschichte, die du jetzt schreibst? Für die du ein Einzelbüro bezogen hast?»

«Kann ich im Moment nicht sagen.» Tatsächlich wußte außer Paula und Marina Marini nur Ressortleiter Weber von der Sache. Und den hatte sie unter Ausschluß der Öffentlichkeit informiert – sie hatten eine Runde in seinem neuen Porsche gedreht, wozu Weber immer gern bereit war. Er war begeistert. Seit zehn Jahren hätten sie keinen solchen Knüller mehr gehabt. «Du hast alle Freiheit», hatte er ihr versprochen. «Aber sieh zu, daß keiner was erfährt.»

Johanna Staub pinselte etwas Hellblaues auf ihre Lider. Ihr Gesicht war grotesk verzogen, als sie sagte: «Du schreibst die Baumeister-Savigny-Geschichte neu, hab ich recht? Du weißt, daß das, was damals in den Zeitungen stand, nur die halbe Wahrheit war?»

Paula blieb stehen. «Woher ...», stammelte sie. Verdammt, in diesem Haus konnte man nichts geheimhalten! Hatte Weber? Marina?

«Weil Jean diese Geschichte schreibt», antwortete Johanna kühl und ohne ihre artistischen Verschönerungsversuche zu unterbrechen. «Daß du seine Unterlagen gestohlen hast, wird ihn nicht daran hindern.»

**67** Vierundzwanzig Stunden hatte Paula gearbeitet – und fühlte sich so frisch wie schon lange nicht mehr. An Schlaf war nicht zu denken. Zu aufgeregt. Zu Fuß ging sie durch die ausgestorbenen Straßen. Die Nacht war bitterkalt. In Wolken stand ihr der Atem vor dem Gesicht. Im Eingang einer Bank lag auf einem Stück Wellpappe ein Bündel Kleider, vielleicht ein Mensch. Sie hatte Visionen von verunglückten Alpinisten, Erfrorenen, im Gletscher Eingeschlossenen. Das nächste Taxi würde sie anhalten. Je nachdem, auf welcher Fahrbahn es käme, würde sie nach Hause fahren oder auch nicht. Bis zum Hauptbahnhof kam kein Taxi vorbei; die Entscheidung wurde ihr nicht abgenommen. Sie stieg in den vordersten Wagen am Stand und gab die Adresse von Leo Tobler in Wipkingen an.

Wann war sie das letzte Mal zu Hause gewesen?

Leo war wach. Das war das Gute an einem schichtarbeitenden Arzt. Er war eben erst nach Hause gekommen. Leos Mutter Celia, die nach einem Unfall gelähmt war, schlief hingegen schon. Paula hatte sich darauf gefreut, Celia alles über ihren Superknüller zu erzählen. Sie hatte mit ihr gerechnet. Sie war enttäuscht.

Leo, sie hatte es geahnt, interessierte sich nicht sonderlich dafür. «Du solltest dich nicht so anstrengen», tadelte er und bestand darauf, ihr den Blutdruck zu messen.

«Hör auf, mir geht es gut!» Sie riß sich die Manschette vom Arm. «Besser denn je. Verstehst du, wenn ich diesen Zeugen ausfindig machen kann ... wenn er nur nicht in der Zwischenzeit gestorben ist ...»

«Aber Paula.» Leo Tobler hatte eine kleine Nachtmahlzeit bereitet. Suppe mit irgendwas. Er deckte den Tisch und füllte die Teller. «Ich weiß nicht, warum dich das so beschäftigt.»

«Weil es mein Beruf ist, darum!» Paula schnappte sich einen gefüllten Teller und begann gierig zu löffeln. Essen. Genau. «Kann ich ein Glas Wein haben?»

«Du solltest nicht.»

«Nur eins», bettelte sie. «Generationen von Mittelmeervölkern können doch nicht irren.»

«Also gut.» Leo schenkte ihr ein, ein kleines Glas nur, und daneben ein Glas Wasser. «Laß uns schlafen gehen. Du siehst müde aus.» Kaum hatte Paula den letzten Löffel gegessen, nahm er ihr den Teller fort und ignorierte ihren gierigen Blick auf den Topf. «Morgen habe ich frei, du kannst ausschlafen, vielleicht können wir uns später noch ein paar Häuser ansehen.»

Denn das Häuschen in Wipkingen, das Paula so gut gefiel, das wäre zu klein für sie alle. Marlon und Celia und das Baby und all die vielen noch folgenden Kinder, die Leo plante ...

«Unmöglich», sagte Paula, «ich muß auf die Redaktion, gleich morgen früh. Mir fehlen noch ein paar Fakten, aber ich bleibe dran. Was denkst du denn!»

Leo nahm ihre Hand. «Ich denke», sagte er zärtlich, «daß du deine Abschiedsgeschichte schreibst. Und natürlich muß sie gut sein. Aber vergiß nicht, daß danach ein ganz anderes Leben beginnt – ohne Stress, ohne Abgabetermine, ohne Sitzungen und ohne Superknüller.»

Paula nickte langsam. Genau. Traumhaft.

Im Morgengrauen stand sie auf. Sie hatte nicht geschlafen. Sie würde zu Hause schlafen. Nachdem sie mit ihrem Nachbarn Hugo Gallati gesprochen hätte. Er würde sie, wenn sie Glück hatte, zu ihrem Zeugen führen. Sie könnten zusammen frühstücken.

Paula war hungrig, immer noch. Die Schuhe in der Hand, schlich sie zur Haustür. Im Vorübergehen warf sie einen Blick in Celias Zimmer. Celia schlief. Immer noch. Auf unbestimmte Art fühlte Paula sich im Stich gelassen. Sie hatte sich mit einem Mann verabredet; doch eigentlich hatte sie seine Mutter sehen wollen. Autsch.

«Alles schon dagewesen», beruhigte Hugo Gallati sie. Als hätte er ihre Gedanken gelesen, hatte er in seiner Wohnung mit einem üppigen englischen Frühstück auf sie gewartet. «Erst essen, dann arbeiten», sagte er. «Die halbe Stunde kannst du wohl noch warten.»

Sie konnte. Aber nur, weil sie so hungrig war.

## 68

«Du schuldest mir noch etwas!»

Drohend baute sich Marina Marini vor Paulas Schreibtisch auf. Imposanter Anblick: ein üppiges Zelt aus rosa Seide, auf Plateausohlen in derselben Farbe schwankend, gekrönt von einem federbesetzten Hut, der auch Robin Hood gut gestanden hätte – vorausgesetzt, Robin Hood trug Rosa.

Paula seufzte. Monatelang hatte sie nichts Rechtes geschrieben, nur lustlos Buchstaben aneinandergereiht, und war für die geringste Abwechslung dankbar gewesen. Sie hatte mehrere Mahlzeiten täglich zu sich genommen und jeden Vorwand, vom Schreibtisch aufzustehen, ergriffen. Und jetzt, wo sie endlich an etwas dran war, da wurde sie nur gestört, nur gestört.

«Mach's kurz», sagte sie und ließ eifersüchtig ihren Text vom Bildschirm verschwinden. Der rosa Berg kam näher.

«Werd mal nicht frech», mahnte Marina. «Vergiß nicht, wem du diese Geschichte verdankst.»

«Ich habe recherchiert», erwiderte Paula. «Und hör mal, wenn du auf meinen Vater anspielst, dann tut's mir leid: Er mischt sich nicht in mein Liebesleben ein, und ich misch mich nicht in seines.»

«Du hast also nicht mit ihm gesprochen?»

«Ich konnte ihn nicht erreichen.» In Wirklichkeit hatte sie gar nicht mehr daran gedacht. Wenn sie wirklich an etwas dran war, neigte sie dazu, alles andere zu vergessen – Essen sowieso, aber auch andere Menschen und ihre Bedürfnisse. «Du wärst imstande, den Kinderwagen in der Straßenbahn stehenzulassen», hatte ihr Ex-Mann Charlie ihr manchmal vorgeworfen. Und sie hatte nicht gewagt, das Gegenteil zu beschwören. Daß es nie soweit gekommen war, lag wohl vor allem daran, daß vorwiegend sein Vater Marlon aufgezogen hatte.

Journalisten vergaßen schlicht die Welt (inklusive Familie), sobald es um eine große Geschichte ging. Paula unterschied sich darin nicht von den meisten ihrer Kollegen bei der «Zeitung» und anderswo – abgesehen davon, daß sie eine Frau war. Und als solche natürlich anders zu funktionieren hatte. Während Männer noch durchkamen, wenn sie sich nur ungefähr an die Namen ihrer Kinder erinnerten, war sie längst schon als Rabenmutter abgeschrieben.

Na, wenn es sonst nichts war.

«Wenn du glaubst, du könntest mit mir einen One-way-deal eingehen, junge Dame, dann hast du dich getäuscht», riß Marina sie aus ihren Gedanken, «und zwar gewaltig. Deine ganze Knüllergeschichte hängt von mir ab, nur von mir, das scheinst du vergessen zu haben.»

Dann sank sie auf einen freien Bürostuhl, der sich bedenklich nach hinten neigte, und fing zu Paulas Schrecken an zu weinen.

«Ich hab ihn doch geliebt», schluchzte sie. «Geliebt wie keinen! Verdammt noch mal!»

Oje.

«Wenn du ihn nicht mehr liebst, warum muß dann ich ihn unbedingt anrufen?» Insgeheim war Paula empört. Darüber, daß diese Matrone es wagen konnte, ihren wunderbaren Vater nicht mehr zu lieben. Was bildete die sich ein?

«Nicht Max!» Marina kam zu sich, schneuzte sich in einen rosa Seidenärmel und wischte sich ein halbes Pfund Wimperntusche vom Gesicht. «Stadtrat Baumeister meine ich! Der Mann war meine ganz, ganz, ganz große Liebe – wäre da bloß nicht dieses Huhn gewesen, diese Savigny! Wenn du wüßtest! Nur dir zuliebe wärme ich diese alte Geschichte wieder auf …»

Paula schämte sich und versprach, ihren Vater noch am selben Tage zu Marina zurückzuprügeln (falls es denn nötig sein sollte, was Paula nicht einmal glaubte).

Überraschend schnell erholte sich Marina von ihrem Gefühlsausbruch. Nachdem sie sich vergewissert hatte, daß in Paulas Büro nichts Trinkbares zu finden war – nichts, das die Bezeichnung verdiente –, verabschiedete sie sich beinahe fröhlich.

«Das Wetter ist so schön», erklärte sie, «ich werde wohl eine kleine Fahrt mit dem Kursschiff unternehmen.»

Paula schaute zum Fenster hinaus. Da war sie, die Sonne. Hatte sie noch gar nicht bemerkt.

Die nächste Unterbrechung kam keine zehn Minuten später.

«Hier ist der Portier. Ich habe da eine junge Dame für Sie.»

«Behalten Sie sie.»

«Sie will aber nur zu Ihnen. Es sei vertraulich. Geheim, wichtig, was weiß ich.»

Paula seufzte ungeduldig. Es geschah ab und zu, eher selten, daß Menschen, denen ein Unrecht zugestoßen war, von dem sie die Welt informiert wissen wollten, sich beim Portier der «Zeitung» meldeten. Nach Paula Perroquet hatte allerdings noch nie jemand verlangt. Sie sicherte ihren Text mit religiöser Sorgfalt. Dann verließ sie durch den Hinterausgang die Redaktion und leistete sich auf dem Weg zur Portierloge zehn Schritte in frischer Luft und Sonnenschein.

Die Dame, die sie am Haupteingang erwartete, fror. Sie trug einen Pelzmantel, der bessere Zeiten gesehen hatte, und eine Sonnenbrille, die das halbe Gesicht verdeckte. Ihr Mund war schlecht geschminkt und unglücklich. Sie wirkte wie jemand, der nur versehentlich auf der Erde gelandet ist und es jetzt ausbaden muß. Paula erkannte sie sofort.

Gisela Savigny.

**69** Bevor Gisela Savigny sich setzte, drehte sie sich wie eine Katze dreimal um sich selbst. Zuvor hatte sie die Kunstlederbank im Café Avenida sorgfältig mit einem Taschentuch abgewischt. Paula beobachtete sie, fasziniert und auch erschreckt. Da war er, so sah er aus, der Wahnsinn, von dem sie selber manchmal so wenig weit entfernt war. Gisela ordnete Speisekarten, Zuckersäckchen, Servietten neu.

«Was soll ich bloß trinken», murmelte sie, «ich bin es nicht gewohnt, um diese Tageszeit etwas zu trinken. Das bekommt mir gar nicht. Ich habe einen empfindlichen Magen.»

«Nehmen Sie ein Wasser», empfahl Paula und bestellte selbst einen doppelten Espresso. Sie hatte auch an diesem Tag nicht vor, früh schlafen zu gehen. Nicht, solange es noch etwas zu schreiben oder zu recherchieren gab.

Koffein ist während der Schwangerschaft zu meiden. Entschuldigend legte sie eine Hand auf ihren Bauch.

Gisela Savigny nahm die Sonnenbrille ab und klappte sie zusammen. Sie sah Paula direkt an. Ihre Augen waren blau, groß und leer. Puppenaugen. Mit blauem Stift umrandet. Wie es in den frühen achtziger Jahren modern gewesen war. Vor Giselas Zusammenbruch.

«Wie geht es Ihrer Chefredakteurin, Frau Vollenweider?» erkundigte sich Gisela Savigny höflich. Trotz ihres befremdlichen Verhaltens schlug die gute Erziehung durch. Daß sie sich jedoch ausgerechnet nach Maggie erkundigte, die nach allgemeiner Auffassung an Giselas Unglück schuld war, kam Paula eigenartig vor.

«Es geht ihr gut», antwortete sie vorsichtig. «Warum fragen Sie?»

«Sie ist an der Sache nicht schuld. Ich weiß, daß Hans-Iwan das glaubt – mein Bruder, kennen Sie ihn?»

«Nicht persönlich.» Ansonsten waren die Protagonisten des sogenannten Baumeister-Savigny-Skandals Paula vertrauter als ihre eigenen Verwandten. Hans-Iwan Savigny hatte nach dem Zusammenbruch seiner Schwester nichts unversucht gelassen, um Maggie zur Verantwortung zu ziehen. Weil sie mit ihren giftigen Artikeln Stadtrat Baumeister, den

Geliebten der jungen Gisela, angeblich in den Selbstmord getrieben hatte.

Gisela beugte sich vor. «Ich weiß, daß Sie die Wahrheit herausfinden wollen. Marina hat es mir gesagt. Ich werde Ihnen dabei helfen.»

«Marina Marini?»

«Sie besucht mich oft – wußten Sie das nicht?»

Paula antwortete nicht. Statt dessen nahm sie aus ihrer Tasche ein Schulheft mit schwarzem Einband und ihren Fetisch-Stift. Sie schlug eine neue Seite auf. Gespräch mit Gisela Savigny. Ort, Datum, Uhrzeit.

«Erzählen Sie von Anfang an», forderte sie Gisela auf – freundlich, in ihrem «Psycho-Ton», wie ihr Sohn Marlon es nannte. Ihre Interviewtechnik, wenn es eine gab, bestand im wesentlichen darin, sich in ein großes, stummes, nicht wertendes Ohr zu verwandeln. Keine Fragen zu stellen. Reden zu lassen. Klang komisch, funktionierte aber.

«Alles ist falsch, was über die Sache geschrieben wurde. Das müssen sie als erstes wissen. Aber die Medien können nichts dafür. Ihre Chefin kann nichts dafür. Sie wurden manipuliert. Alle zusammen.»

«Aha?» Paula erlaubte sich nur, zu nicken oder mitfühlend zu grunzen. Gisela Savigny runzelte irritiert die Stirn. Vermutlich war sie in ihrer langen Psychiatrie-Karriere mit dieser Technik schon öfter konfrontiert worden.

«Ich bin nie Erwin Baumeisters Geliebte gewesen», stellte sie klar. «Es sollte nur so aussehen. Erwin zeigte sich gern mit mir. Ich mochte ihn. Er war interessant. Wenn auch häßlich und», sie senkte vertraulich die Stimme, «ungepflegt, wenn Sie verstehen, was ich meine. Unsauber.» Bei der Erinnerung schaudernd, griff sie nach einer sauberen Papierserviette und wischte den sauberen Tisch noch einmal ab. «Der zweite Punkt ist: Erwin war furchtbar geizig. Nie im Leben hätte er die teuren Sachen zerschnitten. Eher hätte er sie mir fortgenommen, wenn er wirklich wütend auf mich gewesen wäre, und hätte versucht, sie ins Geschäft zurückzubringen und sich das Geld erstatten zu lassen. So war er.»

Paula wurde hellwach. Sie hatte es bislang fraglos hingenommen, daß Stadtrat Baumeister dabei erwischt worden war, wie er die luxuriöse Unterwäsche seiner Geliebten in Streifen schnitt. Ein ganz unmißverständlicher Tatbestand.

«Was das bedeutet, ist Ihnen doch klar?» Fragend sah Gisela sie an, ihre Augen groß wie Münzen. Blank. «Verstehen Sie nicht? Erwin Baumeister hat sich nicht umgebracht. Er wurde ermordet.»

## 70

«Ermordet», wiederholte Paula. Sie versuchte, sich ihre Enttäuschung nicht anmerken zu lassen. Die Frau war komplett durchgedreht. Unmöglich, von ihr etwas Brauchbares zu erfahren. Leider.

«Sie glauben mir nicht», stellte Gisela Savigny fest. «Sie wissen, daß ich ... Probleme hatte. In Behandlung war. Immer noch bin. Sie denken, ich sei wahnsinnig.»

Bevor Paula antworten konnte, stand Gisela plötzlich auf, wobei sie mit der Hüfte gegen den Cafétisch stieß und ihn fast umwarf. «Leugnen Sie es nicht!» schrie sie aus vollem Hals. Ringsum verstummten die Gespräche, die Kellnerin trat erschreckt einen Schritt zurück. Gisela setzte sich wieder und rückte den Tisch samt allem, was darauf stand, zurecht. «Entschuldigen Sie», sagte sie leise. «Dieser Versuch, Sie von meiner geistigen Gesundheit zu überzeugen, darf als mißlungen gelten.»

«Ist schon gut», sagte Paula – zu Gisela, der Kellnerin und den anderen Gästen. Gisela Savigny griff nach ihrer Sonnenbrille, wischte sie mit einem Taschentuch sauber und setzte sie auf. «Dann werde ich mich wohl auf den Weg machen», sagte sie.

Paula hielt sie nicht zurück. Sie bezahlte die Getränke und verließ dann das Café. Sie würde dort weitermachen, wo sie aufgehört hatte.

Am Ausgang des Cafés holte sie Gisela ein, die dort wie angewurzelt stand. Als sie sich zu Paula umdrehte, war ihr Gesicht weiß, erstarrt.

«Lassen Sie nicht zu, daß er mir etwas antut», flüsterte sie. Auf der anderen Straßenseite ging Jean Barsoi. Gegen die Sonne anblinzelnd, kam er mit großen Schritten auf sie zu. Ohne nach rechts oder links zu schauen, überquerte er die Straße, als würde kein Auto der Welt es wagen, ihn zu überfahren.

Gisela Savigny klammerte sich so an Paulas Arm, daß es weh tat.

«Bringen Sie mich hier weg», flüsterte sie. Paula blieb nichts anderes übrig, als mit Gisela Savigny ins Lokal zurück zu gehen und sie zu den Toiletten zu schieben.

«Sie rühren sich nicht von der Stelle, bis ich Sie abhole», befahl sie der völlig verängstigten Gisela Savigny. Die sich in einer der Kabinen auf den Toilettendeckel setzte und die Füße anzog, so daß sie von außen nicht zu sehen war. Dann nahm sie aus ihrer Handtasche eine Pillenschachtel, die Paula bekannt vorkam.

Das gleiche Medikament war ihr auch verschrieben worden. Was sie daran erinnerte, daß sie dem Wahnsinn einer Gisela Savigny schon einmal ziemlich nahe gewesen war. Der Grat, der sie trennte, war schmal. Was ihren Gefühlen für Gisela Savigny keinen Auftrieb gab. Ungeduldig zog sie die Tür hinter sich zu und ging ins Café zurück.

Die Kellnerin, die Barsoi mit schwärmerischer Hingabe

ein Glas Wasser einschenkte, schaute böse, als Paula sich auf den freien Stuhl an seinem Tisch fallen ließ.

«Jean, mein Lieber», sagte sie, «lange nicht gesehen.»

Er beugte sich ihr zu und küßte sie zart in die Nähe des Ohres. Von seinem Rasierwasser wurde ihr fast übel, was sie als gutes Zeichen wertete. Anziehungskraft erstorben. Gott sei Dank.

«Wo ist deine Freundin?» fragte er, als er sich zurücklehnte. Er merkte sehr wohl, daß er kein Herzrasen mehr provozierte.

«Meine Freundin?»

«Stell dich nicht dumm. Es steht dir nicht.»

Vor nicht langer Zeit hatte sie diesen Mann attraktiv gefunden. Wahnsinnig attraktiv. Die Hormone waren unberechenbar.

Sie wechselte das Thema. «Am Wochenende habe ich an dich gedacht.»

«Ach?»

«Die Schlagzeile in der Sonntags-Zeitung – ‹Stolzer Barsoi beim Windhundrennen in Arosa›. Gutes Bild.» Sie mußte über seine verbiesterte Miene lachen. Humor hatte er nie besessen. Sie stand auf.

«Bestimmt hast du allen Grund, stolz zu sein», rief sie, bevor sie das Lokal verließ. Sie wartete gegenüber im Comic-Laden Analph, wo man sie bereits kannte als jemanden, der sich gern zwischen den Star-Trek-Uniformen versteckte und T-Shirt-Aufschriften las, aber nur selten etwas kaufte. Als sie Jean Richtung «Zeitungs»-Redaktion marschieren sah, ging sie zurück zum Café Avenida, ließ sich ein Taxi bestellen und befreite dann Gisela Savigny aus ihrer unbequemen Position auf dem Toilettendeckel.

«Ich bringe Sie an einen ruhigen Ort», sagte sie. «Und dann erzählen Sie mir alles der Reihe nach.»

Sie hatte beschlossen, den Wahnsinn zu ignorieren. Was blieb ihr auch anderes übrig?

**71** Leo Tobler kam aus dem Krankenhaus heim und machte der langen Nacht ein Ende, indem er den Lichtschalter betätigte.

«Was ist denn hier los?»

Seine Stimme klang nicht besonders freundlich. Das kleine Wohnzimmer in seinem Haus in Wipkingen war rauchverhangen, die Fenster geschlossen. Mehrere leere Weinflaschen standen auf dem Tisch. Auf Leos Lieblingsstuhl saß Gisela Savigny, den Kopf zurückgelehnt, die Augen geschlossen. Sie hatte die ganze Nacht geredet und dazu Übelkeit erregende Mentholzigaretten im Damenformat geraucht.

«Wir haben uns unterhalten, Lieber», sagte Celia sanft. Leos Mutter hatte unaufdringlich das Gespräch geführt und die richtigen Fragen gestellt, während Paula hektisch Notizen machte. Sie waren ein gutes Team.

«Es ist morgens um fünf! Seid ihr von allen guten Geistern verlassen? Paula!»

Paula hatte nicht einmal von ihrem Schulheft aufgeschaut. Sie ordnete, sortierte, unterstrich. Sie sah ihren Artikel schon vor sich. Eine ganze Artikelserie. Warum nicht gar ein Buch?

«Ich?» fragte sie verwirrt.

«Du erwartest ein Kind!» erinnerte Leo sie vorwurfsvoll. Als ob sie das nicht wüßte. Sie war es schließlich, die sich jede Woche einen neuen BH in einer neuen Größe zulegen mußte, sie war es, die an ihren geschwollenen Fingern keine Ringe mehr tragen konnte, und sie war es auch, die beim Anblick von Kinderpos in der Werbung Tränen der Rührung vergoß.

«Das weiß ich», sagte sie deshalb eine Spur unterkühlt. Keine Woche verlobt, und schon miese Stimmung. Paula war noch nie verlobt gewesen. Sie liebte das Wort: verlobt.

«Hilf mir bitte ins Bett», sagte Celia zu ihrem Sohn. «Ich bin müde.»

Gisela würde vorläufig bei ihnen bleiben. Sie konnte nicht zurück zu ihrem Bruder, bei dem sie lebte, wenn sie nicht gerade in einer psychiatrischen Klinik interniert war. Nicht nach allem, was sie in dieser Nacht erzählt hatte.

Ihr Bruder Hans-Iwan war es, der sie mit Erwin Baumeister verkuppelt hatte. Hans-Iwan, der die Verbindungen des Stadtrates benutzte. Gisela hatte die Beziehung, die nur zum Schein bestand, gelöst, als Erwin Baumeister sich in jemand anderen verliebte. Richtig verliebte. In aller Freundschaft waren sie auseinandergegangen – und Hans-Iwan war derjenige, der deswegen eine Szene machte. Eine furchtbare Szene. Er hatte seine Schwester beschimpft und geschlagen – aber hatte er auch Erwin Baumeister umgebracht?

Paula warf eine Decke über Gisela und schlich sich dann davon. Sie war seit Tagen nicht mehr zu Hause gewesen. Es wurde Zeit, daß sie etwas aß, eine Dusche nahm, frische Kleider anzog. Sich um ihren Sohn kümmerte, der die letzten Tage bei seinem Vater verbracht hatte. Ihren Kopf auslüftete. Bevor sie sich endlich hinsetzte, um ihre Geschichte zu schreiben.

Am Escher-Wyss-Platz stieg sie in den quietschenden alten Vierer, der sie direkt ins Seefeld bringen würde. Mit den ratternden Tramrädern drehten sich ihre Gedanken.

Sie wollte die Geschichte aus Giselas Sicht erzählen. Es fehlten noch ein paar Details, Bestätigungen; der eine oder andere Anruf mußte noch sein. Aber alles in allem hatte sie ihre Story beisammen.

Am Limmatquai wurde sie brutal aus ihren Gedanken gerissen: Fasnachtsguggen waren hinzugestiegen, ballonartige Gestalten in glitzernden Kostümen, die Paula an die «Sauna-Anzüge» erinnerten, die in ihrer Jugend zur Gewichtreduktion verkauft worden waren, mit silbern geschminkten Gesichtern und ausladenden Hüten. Nachdem sie eine Weile hektisch mit Konfetti herumgeschmissen hatten, setzten sie ihre Instrumente an, um «Little Willy» von den Sweet zu verhohnepipeln, was Paula angesichts des kürzlichen Todes von Brian Connolly blasphemisch vorkam. Sie war kurz davor, aufzustehen und ihre Meinung kundzutun.

Die Tram ist sozusagen die «Speaker's Corner» der Zürcher. Hier tun sie ungeniert ihre Meinung kund. Paulas Nachbarin Babs war kürzlich mit den Worten «Wenn die Kinder schweizerdeutsch sprechen, helf ich gern» der unhandliche Zwillingswagen hineingehievt worden – wo sofort eine Rassismusdiskussion auf mehreren Ebenen entbrannte.

Gott sei Dank beschlossen die schwer angesäuselten Guggen, bei der nächsten Station auszusteigen. Erleichtert lehnte Paula sich zurück. Und spürte etwas Hartes an den Rippen. Etwas Kaltes. Konnte eine Querflöte sein. Oder auch nicht. Aus den Augenwinkeln sah Paula einen der Guggenmusiker, die in ihrer Verkleidung alle gleich aussahen. Jemand, den sie nicht erkannte. Der ihr aber eindeutig nicht wohlgesinnt war.

«Nehmen Sie alles!» Sie faßte nach ihrer Handtasche. «Hier! Nur das Heft bitte nicht!»

Der Druck gegen ihre Rippen wurde stärker. Sie ließ die Tasche fallen. Tränen stiegen ihr in die Augen. Wut. Angst, hilflos ausgeliefert zu sein. Einer Querflöte möglicherweise.

Aber möglicherweise auch nicht.

Sie wagte nicht einmal zu schreien. Würde es etwas nützen? Mit einer raschen Bewegung wurde die Tasche aufgehoben. Schon wandten sich die nächstsitzenden Passagiere betreten ab. Bloß nicht einmischen.

«Aussteigen!» befahl eine Stimme, die ihr irgendwie bekannt vorkam. «Mach ja keinen Aufstand!»

**72** Folgende Personen wünschen dringend mit Paula Perroquet in Kontakt zu treten:

Charlie (Ex-Mann): Im Prinzip geht es mich ja nichts an, aber eigentlich haben wir abgemacht, daß Marlon am Montag wieder bei dir ist, nicht daß er mich stört, natürlich, aber ich wollte es nur wissen.

Marlon (Sohn): Ich brauch meine blauen Hosen für morgen. Hast du sie gewaschen? Ich hoffe, du hast keine Bügelfalten reingemacht – na ja, vermutlich nicht.

Bernhard Weber (Ressortleiter): Wenn wir in vierundzwanzig Stunden nichts von dir gehört haben, drucken wir den Artikel, den uns Jean Barsoi angeboten hat. Zum selben Thema.

Ernesto (Nachbar, fünfter Stock): Wo bist du? Ich muß unbedingt mit dir reden, du glaubst nicht, was sich diese Person wieder geleistet hat! Ich schwör dir, Hugo wird sich entscheiden müssen: Sie oder ich!

Hulda (Mutter): Das hat man davon, wenn man den einzigen Anruf, der einem in der U-Haft zusteht, an seine Tochter macht. Hätt ich mir auch denken können, daß du nicht zu Hause bist. Du bist ja nie da, wenn ich dich brauche.

Hugo Gallati (Nachbar): Ist Ernesto bei dir? Sag ihm, er hat wieder mal alles falsch verstanden. Ernesto? Hörst du mich?

Babs (Nachbarin, zweiter Stock): Ich weiß, es kommt ein wenig kurzfristig, aber ob du wohl am Wochenende die Kinder hüten könntest? Ich hab da jemanden kennengelernt, der hat einen Wohnwagen in ... ist ja egal.

John Sieber (Bezirksanwalt): Rufen Sie mich an! Jetzt! Sofort! Hören Sie mich? Dringend! Sie möchten doch wohl nicht, daß ich Sie von zwei Beamten abholen lasse, oder?

Regine Röthlisberger Barsoi (Ehefrau des Ex-Geliebten): Ich wollte nur sagen, ich hab die Scheidung eingereicht, vielleicht sind Sie jetzt zufrieden?

Johanna Staub (Geliebte des Ex-Geliebten): Hatten wir uns nicht geeinigt, daß du Jean in Ruhe läßt? Ich glaube, du hast ein Problem. Ich glaube, eine Therapie täte dir gut. Denk drüber nach.

Rosa Zimmermann (Chefsekretärin der «Zeitung»): Maggie sucht dich. Bitte um Rückruf. Warum bist du nicht auf der Redaktion? Ich hasse es zu telefonieren!

Leo Tobler (Verlobter): Du warst so schnell verschwunden, wir hatten gar keine Zeit zu reden. Ich hatte nicht den Eindruck, daß du meinen Standpunkt verstehst, und ich wollte eigentlich noch ... Ich dachte, wir könnten ... Wie auch immer, vergiß den Termin bei der Frauenärztin nicht. Frag sie unbedingt nach den Vitaminen, von denen ich gesprochen habe!

Max Perroquet (Vater): Treulose Tochter! Solltest du nicht meine Verlobung wieder einrenken? Mach vorwärts. Ich will endlich heiraten!

Celia Tobler (zukünftige Schwiegermutter): Ich möchte mich auf keinen Fall einmischen, aber mir ist da etwas aufgefallen. Etwas geht nicht auf an der Geschichte, die Gisela uns erzählt hat. Kann nicht stimmen. Ruf mich auf jeden Fall an, bevor du den Artikel abgibst!

Hulda Perroquet (Mutter): Sie haben mir einen zweiten Anruf bewilligt, aber du bist wieder nicht zu Hause. Ich hätte es wissen müssen. Aber wen soll ich denn sonst anrufen? Ich hab ja auf der ganzen Welt niemanden außer dir!

Gisela Savigny: Hören Sie, ich kann nicht bei Ihren Freunden bleiben, es ist mir alles so unheimlich: Ich habe Angst. Ja. Ich hätte gar nicht erst mit Ihnen sprechen sollen. Was ist, wenn er Sie auch bestraft? Sind Sie in Gefahr? Geht es Ihnen gut? Ich muß weg von hier. Ja.

Jean Barsoi (Ex-Geliebter): Ich habe gerade meine Geschichte über den Baumeister-Savigny-Skandal abgegeben. Anriß auf der Frontseite! Gratulierst du mir nicht?

Schade, daß Paula Perroquet nicht in der Lage war, ihren Anrufbeantworter abzuhören.

## 73

«Geradeaus», dirigierte die Stimme. «Dann rechts. Weiter.»

Paula gehorchte, vor allem dem Druck des harten Gegenstandes in ihrem Rücken. Querflöte oder Schießeisen. Sie ging, wie ihr befohlen wurde, und landete vor dem Café Schober. Der bloße Anblick des Etablissements erinnerte sie daran, daß sie kein Frühstück gehabt hatte und zuvor kein Abendessen und überhaupt schon lange nichts mehr.

«Geh rein», sagte die Stimme. «Ruhig und anständig.»

Paula fand mit Mühe einen freien Tisch und setzte sich. Sie unternahm keinen Versuch, die Aufmerksamkeit auf sich zu ziehen oder gar um Hilfe zu rufen. Was sie jetzt brauchte, war ein anständiges Frühstück. Alles andere konnte warten.

Paula griff gierig nach der Speisekarte. Die Gugge, die sie hierhergezwungen hatte, drängte sich in ihrem voluminösen Kostüm mühsam zwischen den Tischen hindurch und setzte sich zu ihr. Paula schaute erst von der Karte auf, als sie sich für die üppigste Frühstücksvariante entschieden hatte.

Dann sah sie ihr Gegenüber genauer an. Es war keine Gugge. Es war Marina Marini, wie sie meistens aussah, üppig, glitzernd, hutgekrönt. Sie schlüpfte aus ihrem bodenlangen, lila Daunenmantel und verlor sofort die Hälfte ihres Umfangs. Den Hut behielt sie auf.

«Du mußt mir verzeihen, Schätzchen», sagte die Klatschreporterin der «Zeitung» und winkte mit einem protzigen, goldenen Feuerzeug. «Ich hoffe, ich habe dich nicht erschreckt.» Dann benutzte sie das Ding, weder Querflöte noch Pistole, um sich eine Zigarette anzuzünden. Sie pustete Paula den Rauch ins Gesicht.

«Ich konnte einfach nicht widerstehen.»

Paula hustete. «Laß uns etwas essen», bat sie.

«Aber immer!» Marina winkte die Bedienung herbei. «Bringen Sie uns eine Flasche Champagner, Schätzchen. Und dreimal das große Frühstück, meine Freundin hier hat Hunger!»

«Was sollte das denn eigentlich», fragte Paula, als sie anderthalb Frühstücke verzehrt hatte und wieder halbwegs klar denken konnte. «Ich habe dich für eine Fasnachtsgugge gehalten.»

«Au!» Marina rieb sich die Wange. «Aber na ja, ich denke, du hast etwas gut. Ich wollte dich nur daran hindern, deinen Artikel abzugeben, bevor du alle Elemente beisammen hast.»

«Marina!»

«Ich weiß, daß du mit diesem Flittchen gesprochen hast – ohne meine Einwilligung!» Marina bedachte Paula mit dem vorwurfsvollen Blick, den sie von ihrer Mutter her kannte. «Ich habe dich auf die Geschichte angesetzt, also wirst du meine Fassung berichten.»

«Marina, ich bin Journalistin», erwiderte Paula lahm.

«Haha! Aber den Standpunkt dieser Valiumschleuder hättest du unbesehen übernommen, gib's zu!»

Paula sagte lieber nichts.

«Und du wolltest bei deinem Vater ein gutes Wort für mich einlegen. Hast du es getan? Nein, du hast es nicht getan. Ist ja auch egal. Dabei würdest du ohne mich immer noch Leserbriefe ablegen.» Sie bückte sich nach der Tasche, die sie Paula abgenommen hatte, und nahm das schwarz eingebundene Schulheft heraus, das Paulas Notizen enthielt.

«Hier!» Sie warf es auf den Tisch. «Schreib auf, was ich dir zu sagen habe. Fräulein, noch eine Flasche Champagner bitte! Nein, das mußt du nicht mitschreiben, Dummerchen! Schreib: Marina Marini hat Erwin Baumeister umgebracht!»

**74** «Du hast Erwin Baumeister nicht umgebracht!» Irritiert legte Paula den Stift nieder. Sie würde Marina nicht den Gefallen tun, so einen Blödsinn aufzuschreiben. Für Paulas Geschmack gab es in dieser Geschichte einen viel zu hohen Anteil an hysterischen Frauen, die sich selbst oder einander beschuldigten. Paula hatte sich entschieden, Gisela Savigny zu glauben, trotz deren eindeutiger psychischer Instabilität (um nicht zu sagen, Durchgedrehtheit). Jetzt fragte sie sich, ob das richtig gewesen war.

Die Kellnerin des Café Schober brachte die zweite Flasche Champagner. Ihr Blick ließ keinen Zweifel an ihrer Meinung über Frauen, die frühmorgens schon zuviel trinken. Paula hielt die Hand über ihr Glas.

«Genug.»

«Noch lange nicht genug!» Marina sah aus, als würde sie demnächst dazu übergehen, aus der Flasche zu trinken. «Du tust genau das, was ich dir sage, Grünschnabel!» befahl sie. «Schreib auf: ‹Marina Marini, die bekannte Gesellschaftsreporterin, verliebte sich eines Tages in Stadtrat Erwin Baumeister. Etwas Dümmeres hätte ihr nicht einfallen können, da dieser Herr bereits eine Ehefrau und eine Geliebte hatte. Gesellschaftsreporterin Marini war sehr unglücklich. Sie tat Dinge, die sie nicht hätte tun sollen. Sie verfolgte den Mann. Sie wußte immer, wo er war. In ihrer Position war das einfach. Sie bedrängte ihn. Kein schöner Anblick, eine mittelalterliche Matrone, unglücklich verliebt.

Als alles nichts half, wurde sie wütend, brach in die Wohnung von Baumeisters Geliebter ein und schnitt deren Luxuswäsche in Streifen. Scheußliche Teile, rot und schwarz, von einer Vulgarität ohnegleichen – eine Frau wie Marina Marini hätte sich nicht tot darin sehen lassen! Aber so ein junges Ding – na ja.› Schreibst du noch mit, Schätzchen? Also: ‹Marina Marini zerstörte all die teuren Seidensachen, leerte ein paar Parfümflaschen aus und warf Dinge an die Wand, von denen sie vermutete, daß Baumeister sie der anderen geschenkt hatte. Dann bestellte sie ihn unter dem Vorwand, seiner Geliebten gehe es nicht gut, in deren Wohnung und schickte ihm die Polizei gleich hinterher. Als nächstes setzte sie eine ehrgeizige Journalistin namens Vollenweider auf die Sache an, deren natürliche Menschenfeindlichkeit leicht auszunutzen war; ein kleiner Schubs, schon lieferte sie die fiesen, hämischen Artikel, die schließlich zu Baumeisters Tod führten.

Folglich hat Marina Marini Erwin Baumeister umgebracht. So sicher, wie wenn sie ihn selber erschossen hätte.›»

Marina hielt inne, und dann tat sie, was Paula schon lang befürchtet hatte – sie setzte die Champagnerflasche an die Lippen und nahm einen tiefen Schluck.

«Scheißleben», sagte sie laut. Die Kellnerin schaute alarmiert herüber. Es war der volltönende Rülpser, der sie zu dem Schluß brachte, es sei an der Zeit, diese beiden Damen aus dem ehrwürdigen Café zu entfernen.

Zu Hause war niemand. Mit Mühe bettete Paula ihre sturzbetrunkene Informantin auf das Sofa. Dann setzte sie sich in die Küche und ging ihre Notizen durch. Einiges war klargeworden. Doch wer hatte Erwin Baumeister nun wirklich umgebracht (wenn man davon ausging, daß es kein Selbstmord gewesen war)?

Sie ging zurück ins Wohnzimmer. «Erwin Baumeister hat sich von Gisela Savigny getrennt», sagte sie laut. «Er war in jemand anderen verliebt.» Es reichte nicht, um Marina aus ihrem Rausch zu reißen, aber immerhin lächelte sie im Schlaf.

Paula ging unter die Dusche. Ihr Bauch war unterdessen «klar von einer Blähung zu unterscheiden», wie es ihr Nachbar Hugo Gallati charmant formuliert hatte. Sie gönnte sich eine schnelle Bürstenmassage und ein bißchen Öl. In der Broschüre, die sie beim Frauenarzt bekommen hatte, wurden (außer regelmäßiger und gesunder Nahrung natürlich) Spaziergänge an der frischen Luft empfohlen, Bücher, die nicht aufregten, und Mußestunden bei hochgelagerten Füßen. Die Körperpflege allein entsprach, wenn man nach Vorschrift ging, vermutlich einem Halbtagsjob. Paula konnte nicht anders, als ein schlechtes Gewissen zu haben. Sich schuldig zu fühlen war sozusagen ihr Hobby, eine liebgewordene Freizeitbeschäftigung, an der sie – entgegen den Bemühungen ihres Therapeuten – festhielt.

Keine Zeit.

Sie hörte ihren Anrufbeantworter ab. Die letzte Meldung kam vom Ressortleiter der Lokalredaktion, Bernhard Weber: Sie solle alles stehen- und liegenlassen und sofort in die Redaktion kommen – «die Geschichte ist gestorben».

## 75 «Gestorben?»

Paula mußte sich auf ihre Hände setzen. Damit sie sich nicht nach Ressortleiter Weber ausstreckten und ihn erwürgten. Infolge der Kombination von zuwenig Schlaf und schlechter Nachricht. Ihr Artikel, an dem sie nun seit Wochen arbeitete, ihre eine große Geschichte – gestorben!

Weber konnte natürlich gar nichts dafür. «Befehl von oben», erklärte er und drehte die Augen himmelwärts. Obwohl da gar nichts mehr war, außer der Kantine der «Zeitung» und der Dachterrasse.

«Was Barsoi geschrieben hat, ist Scheiße», fluchte Paula. Der Windhund hatte ihr die Geschichte vorweggenommen – ohne die Informationen freilich, die Paula besaß. Unter dem nichtssagenden Titel «Immer noch ungeklärt – der Selbstmord von Stadtrat Erwin Baumeister» faßte er die Ereignisse noch einmal so zusammen, wie sie seit zehn Jahren bekannt waren. Erstaunlich war allenfalls, daß er die negative Rolle, welche eine Journalistin namens Vollenweider in der Geschichte gespielt hatte, so hervorhob. Ging nicht das Gerücht, er sei unter anderem angestellt worden, um Maggies Biographie zu schreiben?

Weber war bei dem Wort «Scheiße» empfindlich zusammengezuckt. «Du bist da sicher nicht ganz objektiv», sagte er pikiert. «Aber es gibt noch ein anderes Problem. Du bist ja eher mehr probehalber wieder in die Lokalredaktion aufgenommen worden, und bisher hast du, nimm es mir nicht übel, noch nichts wirklich Überzeugendes geliefert – ich meine, ich weiß natürlich, daß du an der Baumeister-Savigny-Geschichte gearbeitet hast, aber außer mir weiß das niemand, es sollte ja auch niemand wissen, und natürlich muß man deinen Zustand berücksichtigen, andererseits ... also, du verstehst ...»

Paula verstand. Zumindest in groben Zügen. Sie würde nicht nach Hause gehen, nicht ausschlafen, nicht die blauen Hosen ihres Sohnes bügeln. Statt dessen würde sie der nicht uninteressanten Frage nachgehen müssen, warum es nicht mehr «Durchsage der Leitstelle» hieß, wenn die Traminsassen von allfälligen Umleitungen in Kenntnis gesetzt wurden, sondern salopp «die Züri-Linie informiert».

«Sechzig Zeilen», hatte Weber gesagt. Und dann, etwas freundlicher: «Wenn du dich gut hältst, darfst du morgen Til Schweiger interviewen.»

Ob es nun an der Aussicht lag, den gutaussehenden Schauspieler zu treffen, oder an dem Champagner, den sie frühmorgens mit Marina Marini getrunken hatte – Paula fühlte sich schwach. Sie sah keine andere Möglichkeit, als mit dem Taxi nach Hause zu fahren. Und war dann nicht einmal mehr imstande, auf die launigen Bemerkungen des Taxifahrers einzugehen, der angesichts eines jungen Hundes über die Schwierigkeiten der Kindererziehung zu philosophieren begann. Ein Thema, das Paula durchaus interessierte, nur nicht gerade jetzt.

Vielleicht hätte sie doch aufmerksam zuhören sollen. Denn als sie nach Hause kam, war ihr Sohn Marlon ausgezogen.

«Sein Vater hat ihn abgeholt», berichtete Marina, die sich nüchtern und ausgeschlafen von Paulas Sofa erhob. «Ein ganz reizender Mensch – kannst du mir erklären, warum du nicht mehr mit ihm verheiratet bist? Ach, nein, laß lieber.» Sie winkte ab. «Jedenfalls läßt er dir ausrichten, du sollst dir keine Sorgen machen und so weiter. Marlon fragt, wo seine blauen Hosen sind. Du sollst sie ihm bringen, wenn du sie findest. Gewaschen, aber nicht gebügelt.» Paula nickte.

Als es klingelte, sprang Gott sei Dank Marina auf. Sie strahlte. «Das ist Max! Er hat versprochen, mich abzuholen.»

«Papa?»

Max grinste ein wenig verlegen. «Wir laden dich zur Hochzeit ein», sagte er. Wie jedesmal. Paula blieb auf dem Sofa sitzen. Sie hatte gerade entschieden, daß sie sich für den Rest des Lebens nicht mehr bewegen würde, da klingelte es erneut.

**76** Zwei Fragen stellte sich Paula Perroquet am Dienstag abend, als sie um Viertel nach zehn den Fernseher ausschaltete.

Erstens: Warum sah sie sich noch immer «Emergency Room» an, obwohl sie sozusagen die Live-Version zu Hause hatte? Sollte ihr das nicht genügen? Es genügte offensichtlich nicht.

Zweitens: Warum hatte sie beim Fernsehen Schwester Carols enorme Erleichterung so gut nachfühlen können, als diese von ihrem anständigen-aber-langweiligen Bräutigam am Kirchenaltar versetzt worden war? Perfekt, hatte Paula gedacht, als sich die Braut die Tränen abtupfte und mit ihrem alkoholisierten Onkel Mikail tanzte; ein prächtiges Kleid im Eistortenformat, eine Party – und das alles, ohne verheiratet zu sein. Wahrlich kein schicklicher Gedanke für eine Frau in Paulas Lebenslage!

Doktor Leo Tobler wollte Paula nicht nur einmal heiraten, sondern gleich zweimal. Weil die Zeit bis zur Geburt von Paulas Kind nicht reichte, um eine Feier in der Größenordnung zu organisieren, die ihm vorschwebte, würden sie sich vorher auf dem Standesamt trauen lassen, damit alles seine Ordnung hatte, und später ein Fest feiern, von dem Paula jetzt schon schwindlig war.

Diese Zukunftspläne hatte sie bisher nur wenigen Menschen mitgeteilt, die alle gleich reagierten: «Da hast du aber

Glück!», «Da kannst du aber froh sein!», «Wer hätte das gedacht!»

Daß sie einen gefunden hatte, der sie heiraten wollte, nämlich. Und dies, obwohl sie das Kind von einem anderen trug. Nicht nur ihre Mutter dachte so. Die fünfziger Jahre waren noch recht lebendig. Oder sie waren es wieder.

Noch niemand hatte bisher bemerkt, Doktor Tobler könne froh sein, Paula gefunden zu haben. Nur seine Mutter Celia hatte immerhin, und nicht nur einmal, betont, sie sei glücklich, Paulas Bekanntschaft gemacht zu haben. Was durchaus auf Gegenseitigkeit beruhte. Paula würde nichts tun, was Celia mißfallen könnte. Also würde sie Leo Tobler heiraten. Den hatte Celia in diesem Zusammenhang allerdings gar nicht erwähnt.

Vielleicht sollte Paula wirklich in Zukunft auf «Emergency Room» verzichten, wenn diese schlichte Fernsehserie sie derart ins Schleudern brachte. Wofür machte sie eigentlich eine Therapie? Paula trank trosteshalber eine der abartigen Teemischungen, an die sie sich anstelle von Alkohol hielt, und träumte dann ausgiebig von einem Kleid aus Eischaum und Zucker.

In dem sie ertrank.

Der ziemlich gut aussehende Schauspieler Til Schweiger wurde dann doch nicht von Paula, sondern von zwei Kolleginnen aus dem Lokalressort interviewt, die a) vorbereitet und b) beim Coiffeur gewesen waren. Auch gut.

Paula fragte sich, ob es die Mühe noch lohnte. Das alles. Sollte sie nicht lieber auf das Meringuekleid und alles, was dazugehörte, setzen? Zu Hause bleiben? Ein Buch über den Baumeister-Savigny-Skandal schreiben und berühmt werden? Noch mehr Kinder bekommen? Frau Tobler zu sein, ließe sich leicht zum Beruf ausbauen. Frau Doktor Tobler.

Hilfe.

Bevor sie vollkommen die Fassung verlor, tat sie, was viele Mitarbeiter der «Zeitung» in so einem Fall taten: Sie flüchtete die Treppe hinauf, um sich bei Rosa Zimmermann moralischen Zuspruch und Mozartkugeln zu holen. Oder umgekehrt: Mozartkugeln und moralischen Zuspruch.

Aber Rosa Zimmermann war nicht da. Niemand hatte sie an diesem Morgen gesehen. In zweiundvierzig Jahren war so etwas nicht vorgekommen.

Daß auch Chefredakteurin Maggie fehlte, fiel in der allgemeinen Aufregung gar nicht auf.

**77** Rosa Zimmermann schäumte. Ausgerechnet ihr mußte so etwas passieren. In all den Jahren, die sie bei der «Zeitung» arbeitete, hatte sie kaum je gefehlt. Von einer zehn, fünfzehn Jahre zurückliegenden Grippe abgesehen, war sie «beflügelt vom Wissen um meine Unersetzbarkeit», wie sie zu sagen pflegte, zur Arbeit gegangen – jeden Tag.

Bis heute. Wer würde ihr diese Geschichte abnehmen? Gerade, als sie ihre Wohnungstür abschließen wollte (wegen einer ungewöhnlich aufwendigen Haarkonstruktion bereits etwas verspätet), klingelte das Telefon. Rosa Zimmermann lief zurück in die Wohnung, nahm den Hörer ab – man konnte nie wissen. Niemand.

Im selben Moment hörte sie, wie ihre Wohnungstür ins Schloß fiel und der Schlüssel gedreht wurde. Von außen.

Rosa Zimmermann war in ihrer eigenen Wohnung gefangen. Natürlich nur so lange, bis der Fachmann vom Schlüsselservice sie befreite. Der schien ganz selbstverständlich anzunehmen, daß sie sich selbst eingeschlossen hatte – mit einem

Wort, er hielt sie für dumm. Für eine hilflose, leicht durchgedrehte ältere Frau. Die noch nicht einmal einen Zweitschlüssel hatte! Typisch! Zudem brachte seine Art, sie mit «gute Frau» anzusprechen, Rosa Zimmermann gefährlich in die Nähe eines Tobsuchtsanfalls. Nur ihre Gewißheit, auf der «Zeitungs»-Redaktion sehnsüchtig erwartet zu werden, hielt sie vom Totschlag im Affekt ab.

«Taxi!!!»

Paula wußte, wo Rosa die Mozartkugeln aufbewahrte. Sie kämpfte mit sich. Durfte sie in Rosas Abwesenheit deren Schublade öffnen? Im Notfall? Würde Rosa das als Erklärung akzeptieren?

Paula war nicht die einzige, die durch Rosas Abwesenheit in Hilflosigkeit und Panik versetzt wurde. Auf dem langen roten Sofa vor Maggies (ebenfalls verwaistem) Büro warteten die Journalisten nebeneinander mit hängenden Schultern auf Rosa. Sie fühlten sich im Stich gelassen.

Paula konnte unterdessen ihren inneren Kampf absagen, denn sie fand auf Rosas Schreibtisch, von einem Blatt Papier halb verdeckt, eine fünfeckige Schachtel mit Mozartkugeln, die offenbar der Allgemeinheit zugedacht war. Damit ging Paula auf den Flur hinaus und verteilte Mozartkugeln an die wartenden Kollegen.

Die Schachtel war so gut wie leer, als Rosa endlich kam, außer Atem und ganz leicht zerzaust. Als sie die ungewöhnliche Versammlung sah, blieb sie stehen.

«Was ist denn hier los?» fragte sie unwillig. Für diesen Tag hatte sie von unvorhergesehenen Ereignissen genug. Es reichte! «Hat außer mir denn niemand etwas zu tun?»

«Entschuldige», sagte Paula und streckte ihr die Schachtel mit den (wenigen verbliebenen) Mozartkugeln hin. «Wir haben auf dich gewartet.»

Doch Rosa Zimmermann griff nicht nach der Schachtel. Sie griff nach dem Blatt Papier, das Paula noch immer in der Hand hielt. «Was ist denn das?»

«O mein Gott, das muß ich von deinem Pult genommen haben. Entschuldige!»

Rosa Zimmermann nahm das Blatt. Es war mit wenigen Zeilen sauber bedruckt. Rosa las vor:

«Warten Sie auf Ihre Chefin?

Warten Sie nicht länger.

Ich habe sie entführt.

Machen Sie sich einen schönen Tag, Rosa Zimmermann!»

**78** Zum erstenmal in ihrem Leben zweifelte Maggie am Sinn und Nutzen sportlicher Betätigung. Wäre sie nicht wie jeden Morgen um dieselbe Zeit dieselbe Strecke gerannt, wäre das alles nicht passiert.

Ohne an eine Wirkung zu glauben, polterte sie noch einmal mit den Füßen gegen die Tür des Lieferwagens, in den sie eingesperrt war. «Hilfe!» schrie sie. «Hilfe!»

Nichts. Wer sollte sie auch hören, aus einem fahrenden Wagen heraus? Durch den Knebel war sie schwer zu verstehen. Doch sie hatte sich vorgenommen, das alle sieben Minuten zu tun. Sie mußte eine Strategie haben, einen Plan, an den sie sich halten konnte, auch wenn er vollkommen sinnlos war. Sie dachte an berühmte Entführungsopfer, die wochen- und monatelang die Nerven behalten hatten. Sie würde doch nicht nach fünf Minuten schon durchdrehen!

Wenn sie die gefesselten Beine ausstreckte, erreichte sie gerade die Tür. Hätte das jahrelange Rennen wirklich etwas genützt, dann wären ihre Beine jetzt stark genug, um die Tür aufzustoßen.

Wer immer sie entführt hatte, er mußte sie ziemlich gut kennen. Gut genug, um zu wissen, daß sie sich niemals kampflos im Morgengrauen von einem Freizeitjogger im billigen lila Anzug überholen lassen würde. Daß sie ihm sofort nachsetzen würde. Auch wenn er von ihrem üblichen Weg abwich. Sie würde es ihm zeigen! Immer schön hinterher, wie ein braver Hund, direkt in die Falle.

Mitten im Wald hatte sich der Freizeitjogger umgedreht. Sie hatte gerade noch erkannt, daß er eine Maske trug – Schweinchen Dick. Wie unpassend. Vulgär. Keuchend war sie stehengeblieben, mehr irritiert als erschrocken. Dann ein schwarzes Loch, nichts mehr.

Als sie zu sich kam, lag sie hinten in einem Lieferwagen, gefesselt und geknebelt. Ihr tat der Kopf weh, und ihr war schlecht. Sie lag auf einer dünnen Matratze, die obendrein voller Hundehaare war. Maggie schwor sich, in ihrem Leben keine Joggingschuhe mehr anzuziehen, wenn sie hier rauskäme.

Wenn.

Bezirksanwalt Sieber tobte.

«Wie konnte so etwas passieren!» schrie er Chefsekretärin Rosa Zimmermann an. «Können Sie denn verdammt noch mal nicht aufpassen? Wofür werden Sie eigentlich bezahlt?»

«Ich bin ganz bestimmt nicht als Bodyguard von Frau Vollenweider angestellt», antwortete Rosa kühl. Demonstrativ räumte sie die Papiere auf Maggies Schreibtisch um.

«Sie entschuldigen mich, wir haben zu tun.»

Der Bezirksanwalt saß auf Maggies Stuhl, die Stiefel auf dem Schreibtisch. Seine übliche Cowboypose. Er zündete sich eine neue Zigarette an.

«Sie haben bereits eine.» Rosa deutete auf die brennende Zigarette, die Sieber in Ermangelung eines Aschenbechers auf die Tischkante gelegt hatte. Der Bezirksanwalt ließ die Schnurrbartspitzen hängen.

«Wenn sie ihr etwas antun ... Wenn ihr etwas zustößt ... Ich würde es mir nie verzeihen.» Seine Gefühle für Maggie waren niemandem ein Geheimnis.

«Hätten SIE nicht aufpassen können?» fragte Rosa.

Sieber griff nach einer dritten Zigarette. «Der Fall ist verhext», lamentierte er. «Auf keinen anderen verwende ich so viel Zeit! Ich mußte mich sogar schon rechtfertigen deswegen – ich! Aber kaum drehe ich den Rücken, passiert etwas! Man könnte meinen, der Täter stimme seinen Zeitplan nach meinem ab!»

«Das ist ein Gedanke», sagte Rosa.

Maggie hatte genug ferngesehen, um zu wissen, daß die Übelkeit und die Kopfschmerzen von Chloroform herrührten. Vermutlich war sie erneut betäubt worden. Vielleicht war sie auch gestorben. Jedenfalls befand sie sich nicht mehr im Lieferwagen, sondern in einem hellen Raum voller Licht und Wohlgeruch, erfüllt von Walgesang und Panflötenmusik. Maggie glaubte nicht an den Himmel. Sie hielt sich also entweder in einem esoterischen Kurszentrum auf oder, wahrscheinlicher, in der Hölle.

**79** Es war kein guter Tag für Liebesdinge. Mißverständnisse lagen in der Luft und warteten nur darauf, auszuarten. Das behauptete zumindest die Radio-Astrologin. Schon frühmorgens warnte sie davor, den Frühling allzu persönlich zu nehmen, und empfahl, Begegnungen und Entscheidungen jeder Art aufzuschieben, bis die Sterne günstiger stünden (was sie früher oder später wohl tun würden).

Unabhängig von ihrem Sternzeichen mißachteten mehrere Personen die Warnung:

Marina Marini, die ihrem Verlobten Max Perroquet eine filmreife, wenn auch nicht ganz ernst gemeinte Szene hinlegte: «Ich kann dich nicht heiraten, du bist zu gut für mich.» Und so weiter. Sie tat das vermutlich nicht zum erstenmal und so gut, daß Max zu ihrer Verzweiflung darauf hereinfiel.

Seine Tochter Paula Perroquet hingegen beschloß, ihre bevorstehende Heirat mit Doktor Leo Tobler voranzutreiben – gerade weil sie dabei ein mulmiges Gefühl hatte. «Laß es uns hinter uns bringen», lauteten ihre Worte. Doktor Leo Tobler war nicht amüsiert.

Paulas Sohn Marlon wählte diesen Tag, um ein paar Sachen aus der Wohnung seiner Mutter zu holen. Er wußte, daß sie nicht zu Hause war, und klingelte statt dessen bei Babs. Babs war seine erste große Liebe. Sie hatte nur einen Fehler – zwanzig Jahre älter als er zu sein und vier kleine Kinder zu haben. Als er ihr einmal zufällig bei McDonald's begegnet war, hatte er vor seinen Kollegen so getan, als kenne er sie nicht. Sie war zu Hause. Er konnte sie hören. Aber sie öffnete nicht.

Starreporter Jean Barsoi, der bereits einige ausgestopfte Frauenherzen über dem Kamin hängen hatte, erweiterte seinen Harem um eine junge Buchhändlerin und wurde innerhalb einer halben Stunde sowohl von seiner Frau wie auch von seiner Hauptgeliebten Johanna Staub beim Küssen erwischt.

Bezirksanwalt Sieber wiederum schwor sich, Chefredakteurin Maggie über die Natur seiner Gefühle aufzuklären – sobald er sie gerettet hatte, natürlich. Stundenlang saß er am Schreibtisch, starrte ins Leere und malte sich in immer neuen Varianten die heldenhafte Rettung aus: Er allein und unbewaffnet gegen zehn bis zwanzig Entführer, schreckliche

Kerle, schmutzig, stinkend, schwarz gekleidet. Sie hielten Maggie fest. Maggie weinte (sehr untypisch, aber es handelte sich schließlich um eine Phantasie). Er, Bezirksanwalt Sieber, sprang durchs geschlossene Fenster, Stiefel voran, Glas klirrte, die Bösewichte stoben erschrocken auseinander. Er riß Maggie in seine Arme und trug sie aus der Gefahrenzone, bevor er zurückging, um die wie versteinert dastehenden Gauner zu verhaften.

Ende. Rücklauf. Wiederholtaste.

So verbrachte er den Tag. Kein Wunder, daß er Maggies Entführern nicht näher kam.

Maggie allerdings wollte gar nicht gerettet werden. Am zweiten Tag ihrer Entführung fühlte sie sich so gut, wie schon ewig nicht mehr: Man hatte ihr die Uhr abgenommen, die Agenda, die Powervitamine, die Hanteln und das tragbare Telefon. Sie lag auf dem Rücken und starrte an die Decke, die mit selbstgefärbten Tüchern bespannt war. Die Farbe ging von kreisförmigen, weißen Flecken aus. Auf diese Weise, erinnerte sich Maggie, hatte man in den siebziger Jahren T-Shirts eingefärbt. Die Technik hatte auch einen Namen, der ihr jedoch nicht einfiel. Sie dachte lange darüber nach. Welch ein Luxus. Über etwas vollkommen Belangloses nachzudenken. Da nahm sie gern das seltsame Essen in Kauf, das zumeist aus kalten, schleimigen Suppen bestand, die ihr in handgetöpferten Tonschüsseln gebracht wurden. Scheußlich, also vermutlich gesund. Das androgyne Wesen, das ihr das Essen brachte, sprach nie ein Wort mit ihr. Wenn es sich über Maggie beugte, berührte es mit den Spitzen seiner langen, dunklen Haare ihren Körper. Maggie, die sich bis dahin für eine im wesentlichen asexuelle Persönlichkeit gehalten hatte, stellte fest, daß sie sich geirrt hatte.

Maggie wollte gern noch eine Weile entführt bleiben.

**80** Paula Perroquet, die diese Woche ihre Lieblingssendung «Emergency Room» verpaßt hatte, gönnte sich statt dessen einen Abstecher in die Wirklichkeit.

Der «Emergency Room» des Universitätsspitals war nachts um halb zwölf leer, kühl und ruhig. Die Architektur erinnerte Paula stark an den schifförmigen Bau der «Zeitungs»-Redaktion. Schwestern und Ärzte bewegten sich langsam und gemessen. Es wurden keine Flügeltüren aufgestoßen und keine Elektroschocks verabreicht. Höflich half man Paula auf ein Liegebett, ohne dazu «auf mein Kommando: eins, zwei, drei!» zu brüllen.

«Einmal hab ich mir eine Folge angesehen», gestand Schwester Claudia, «aber nach zehn Minuten mußte ich abschalten, so hektisch ging's da zu. Hat mit der Realität überhaupt nichts zu tun. Sie sehen's ja selbst.»

Das hatte Paula natürlich geahnt. Trotzdem empfand sie eine vage Enttäuschung. Vom Fernsehen reingelegt – das kam vor. Vielleicht lag es auch an ihr: Sie hatte sich weder von einem Minderjährigen niederschießen noch von ihrem Mann verprügeln lassen, sondern war ganz dumm und dämlich die Treppe hinuntergefallen. Schuld daran war ihr Ressortleiter Bernhard Weber, der ihr vor nicht langer Zeit erklärt hatte, Menschen, die konsequent die Treppe benutzten, könnten sich die Mitgliedschaft im Fitnessclub ersparen. Seither hüpfte Paula sämtliche Treppen hinauf und hinunter, in der unbeirrten Hoffnung, sie werde kräftige Waden wachsen sehen.

Allerdings, da mußte sie gerecht sein, hatte Weber sie auch darauf hingewiesen, daß es nur aufwärts sinnvoll wäre. Abwärts hingegen empfehle sich der gelenkschonende Lift. Es war Paulas eigene Entscheidung, Muskeln über Gelenke zu stellen und die Treppe hinunterzulaufen, in brandneuen Schuhen mit Ledersohlen, die auf dem Weg zur Arbeit eine Spur naß geworden waren.

Heroisch hatte Paula alle Hilfsangebote abgelehnt; schließlich war sie mit einem Arzt verlobt. Was sie nicht gewußt hatte, war, daß Ärzte dazu neigen, Beschwerden naher Angehöriger gefährlich herunterzuspielen. Jede Arztfrau hätte ihr Geschichten von beinahe geplatzten, weil mit Kamillentee und harschen Worten behandelten Blinddärmen erzählt. Da Paula keine Arztfrauen kannte, deutete sie Toblers ruppige Reaktion als Nachwirkung ihres unschönen Streites, der sich über die letzten Tage hingezogen hatte.

«Stell dich nicht so an», sagte Tobler. «Das ist nichts. Bißchen gezerrt, kann man gar nichts machen. Oder willst du etwa eine ‹gehaltene Aufnahme› über dich ergehen lassen? Das tut dann wirklich weh.»

Worauf Paula ganz untypischerweise in Tränen ausgebrochen war. War das der Mann, der versprochen hatte, sich zwischen sie und die Welt zu stellen (jedenfalls die feindselige Welt)? Ihr Fuß war geschwollen und pochte dumpf. Doktor Tobler ging zum Dienst.

Paula tat, was sie in solchen Situationen immer tat: Sie rief eine Freundin an. Ihre Nachbarin Babs kam sogleich mit Chinapflaster, Babyphon und Weinflasche herunter, anscheinend schon ein bißchen angetrunken. Ihr Gesicht war verquollen, vermutlich hatte auch sie geweint. Paula traute sich nicht nachzufragen, denn immerhin bestand die Möglichkeit, daß ihr Sohn Marlon schuld an den Tränen war.

Das war er auch, wie Paula nach einer weiteren Flasche ungefragt erfuhr. Bis dahin war ihr Fuß bereits so dick, daß sie erwog, als «Elephant Woman» auf dem Jahrmarkt aufzutreten. Vor Schreck wurde Babs nüchtern genug, um die Nachbarn aus dem fünften Stock zu mobilisieren. Ernesto war sofort Feuer und Flamme: «Ich liebe Notaufnahmen!» rief er, «Automatenkaffee trinken und Klatschillustrierte lesen! Au ja!»

Sein Freund Hugo Gallati war weniger begeistert. Er habe zu tun, behauptete er. Und er sah überarbeitet aus.

«Er hat nur noch dieses neue Projekt im Kopf», klagte Ernesto leise. «Ein esoterisches Freizeitzentrum, stell dir das mal vor. Hugo macht das alles nur für seinen Ex-Freund.»

Doch Hugo mußte mit, da er der einzige war, der Auto fahren konnte. Paula vergoß auf dem Weg ein paar weitere Tränen, weil ihre Nachbarn so viel netter waren als ihr Verlobter und es nicht möglich war, die Nachbarn zu heiraten (jedenfalls nicht alle zusammen).

Als das Handy klingelte, sprang Hugo auf und entfernte sich ein paar Schritte.

Ernesto verdrehte die Augen. «Entweder er hat einen Liebhaber, oder er ist in ein Verbrechen verwickelt», sagte er laut genug, daß die Schwester am Empfang zusammenzuckte. Dann öffnete sich, nur für Paula, die automatische Tür, und sie betrat den wirklichen «Emergency Room».

**81** Invalid zu sein war anstrengender, als Paula vermutet hätte. Auf dem Sofa liegend, den Fuß auf Kissen gebettet, war sie ihren Mitmenschen ausgeliefert. Wer selbst leide, könne fremde Leidensgeschichten besser verstehen, dachten sich viele und klingelten an Paulas Tür. Außer ihrem Verlobten, Doktor Tobler, der immer noch die Meinung vertrat, ihr fehle eigentlich nichts, war jeder vorbeigekommen, den sie kannte.

Paula machte verschiedene Beobachtungen: Zum Beispiel schafften es die wenigsten, ein gebrülltes «Herein!» zu befolgen. So mußte sie jedesmal aufstehen, um den höflich Wartenden die Tür zu öffnen.

Auch bemerkte sie das Tempo, in dem sich erwachsene

Menschen, die «etwas zu tun» hatten, durch ein Wohnzimmer bewegten. Und wie schnell man ihnen im Weg war.

Es gab auch große Unterschiede in der Art, wie Menschen sich auf ihr Sofa setzten. Nur wenigen gelang dies mit einer gewissen Grazie und ohne schmerzhafte Erschütterungen auszulösen. Paulas Sohn Marlon ließ sich in der typisch ungeschickten Art zu schnell gewachsener Jugendlicher, die sich an ihre neuen Dimensionen noch nicht gewöhnt haben, aufs Sofa plumpsen.

«Au!» schrie Paula.

Marlon sah schuldbewußt drein. «Soll ich zurückkommen?»

«Wenn du willst.» Paula hatte seinen Auszug noch nicht ganz überwunden, obwohl ihr unterdessen klar war, daß er mit ihr nicht viel zu tun hatte.

«Jemand muß sich doch um dich kümmern», sagte er. «Hast du was zu essen da?»

«Ernesto hat den Kühlschrank aufgefüllt.»

Auf ihren Nachbarn konnte sie sich verlassen. Während er sich wortreich über seinen Freund Hugo und dessen obskures Projekt mit einem windigen Ex-Liebhaber beklagte, hatte Ernesto immerhin die Wohnung aufgeräumt, gelüftet, Essen gemacht, Paula den Verband gewechselt und die Kissen aufgeschüttelt.

«Bleib liegen, ich hol mir selber was.» Bevor Marlon aufstand, schlug er seiner Mutter noch einmal kumpelhaft aufs Bein.

«Au!» schrie Paula.

Nach zwei Tagen war sie bereit, die Diagnose ihres Verlobten («es ist nichts») zu akzeptieren und wieder zur Arbeit zu gehen. Doch da klingelte das Telefon.

«Du hast wohl gedacht, sie lassen mich nie mehr raus, was? Zu früh gefreut!»

«Mama?»

Hulda Perroquet war wegen Briefbombenversands einige Zeit in Untersuchungshaft gewesen. Nach wie vor behauptete sie, Maggie habe ihre Ehe zerstört, was allerdings weder zeitlich noch geographisch aufging und von den Beteiligten glaubhaft bestritten wurde. Wenn Paula ehrlich war, dann hatte sie ihre Mutter vergessen – soweit das überhaupt möglich war.

«Mama», wiederholte sie deshalb schuldbewußt, «wo bist du?»

«Draußen, schon eine Weile. Ich wollte mal schauen, wie lange es dauert, bis du dich meldest. Aber da hätte ich lange warten können!»

«Tut mir leid.»

«Ich habe einen neuen Anwalt», fuhr Hulda fort. «Franz Hugelshofer, er war schon im Fernsehen.»

«Hugelshofer? Den kann Papa sich doch nicht leisten!» Paulas Vater hatte versprochen, Huldas Anwalt zu bezahlen. So war er, Max.

«Ach, den, den Max mir geschickt hat, den hab ich entlassen. Dem hab ich nie getraut. Nein, den Hugelshofer bezahlt die ‹Zeitung›.»

«Die ‹Zeitung›? Das glaub ich nicht!»

«Doch, doch, dieser nette junge Mann von der Redaktion war eigens bei mir, kennst du den? Wie hieß er gleich – Barsoi?»

**82** Hugo Gallati betrat die «Zeitungs»-Redaktion ganz offiziell durch den Haupteingang, am Portier vorbei, der ihn nicht erkannte. Es war mehr als zehn Jahre her, daß Hugo bei der «Zeitung» gearbeitet hatte. Damals hatte man noch keinen Badge gebraucht, um die Türen zu öffnen, und auch sonst war vieles anders gewesen.

Aber auch wieder nicht so anders, daß er sich nicht zurechtgefunden hätte.

Er wußte, wann sich die Lokalredaktion zu ihrer morgendlichen Sitzung traf. Die Büros im ersten Stock lagen verlassen. Er fand dasjenige von Paula Perroquet, die an diesem Tag vermutlich nicht zur Arbeit erscheinen würde. Er setzte sich und schaltete ihren Computer ein. Er schaute auf die Uhr. Eine halbe Stunde mußte reichen. Die Sonnenbrille behielt er zur Sicherheit auf.

Paula war wütend genug, um ihre Verletzung vorübergehend zu vergessen. Sie humpelte an der Telefonistin vorbei, die «Ich dachte, du seist krank?» rief, vorbei an Rosa Zimmermann und an Maggies verlassenem Glaskäfig. An Barsois Bürotür hing ein neckisches rotes «Bitte nicht stören»-Schild. Paula ignorierte es.

«Raus!» rief Barsoi, ohne sich umzudrehen. Auf dem Fensterbrett hockte in Tränen aufgelöst Johanna Staub. Auf dem Boden stand ein rosa Autositz mit einem schleifengeschmückten Baby drin. Bei Paulas Anblick verzog es das Gesicht zu einem großen, zahnlosen Grinsen. Wenigstens einer, der sich freute. Paula schloß mit Nachdruck hinter sich die Tür.

«Du kennst wohl gar nichts!» rief Johanna Staub unter Tränen. «Siehst du nicht, daß wir hier eine Krisensituation haben?»

So konnte man es auch nennen. Paula beschloß, Johanna zu ignorieren. Statt dessen nahm sie, einem unerklärlichen Impuls folgend, das Baby aus dem Autositz und roch an ihm.

Genau, wie sie es in Erinnerung hatte.

Jean beobachtete sie halb irritiert, halb gerührt. «Sie heißt

Paula.» Und Johanna Staub heulte noch lauter. Krisensituation, in der Tat.

«Vielleicht läßt du uns einen Augenblick allein», sagte Jean, zu niemandem Bestimmtem, als wäre er ganz allgemein erleichtert, wenn ein oder zwei Personen weniger im Raum wären. Paula blieb, wo sie war. Das Baby auch.

«Ich habe deine Mutter kennengelernt», nahm Jean Paulas Frage vorweg. «Interessante Frau.»

«Ich weiß.» Seit ihrer Kindheit war dies der Test für jede Freundschaft, die Paula einging: Würde man sie, nachdem man ihre Mutter erlebt hatte, noch mögen? Gerade noch rechtzeitig fiel ihr ein, daß ihr gar nichts mehr daran lag, von Jean gemocht zu werden.

«Du fragst dich sicher, warum ich ihr den Anwalt besorgt habe», fuhr Jean fort.

«Richtig.»

«Es hat mit dem Buch zu tun, an dem ich arbeite. Mehr kann ich dir im Moment dazu nicht sagen.»

«Maggies Biographie?»

«Offiziell, ja. In Wirklichkeit», er senkte seine Stimme zu diesem vertraulichen Flüstern, bei dem Paula immer schwach geworden war. «In Wirklichkeit arbeite ich den Baumeister-Savigny-Skandal auf. Maggie steckt da tiefer drin, als irgend jemand ahnt. Das bleibt aber unter uns!»

«Klar.» Lügen konnte Paula auch. Schließlich hatte sie selbst vor, dieses Buch zu schreiben. Im Mutterschaftsurlaub.

«Hat die Entführung von Maggie auch damit zu tun?» fragte sie harmlos.

«Es gibt noch kein Bekenntnis, keine Forderung, nichts. Aber ich gehe davon aus.»

Jean sah sie liebevoll an. Paula fragte sich, was er wollte.

«Würde es dir etwas ausmachen, die Kleine eine Stunde oder zwei zu hüten?»

Als Paula den Kinderwagen, den sie wie eine Gehhilfe benutzte, am Portier vorbeischob, kam ihr ein Velokurier mit einem riesigen Blumenstrauß entgegen. Ihre Blicke kreuzten sich, und einen Augenblick lang glaubte Paula, er würde ihr die Blumen überreichen. Statt dessen gab er sie beim Portier ab.

«Für Rosa Zimmermann», sagte er. Ohne Paula aus den Augen zu lassen.

**83** Paula hatte den Kinderwagen kaum um die Ecke geschoben, da fing das Baby an zu schreien. Als hätte es ganz plötzlich begriffen, daß die Person, die sich auf seinen Kinderwagen stützte, in keiner Weise mit ihm verwandt oder bekannt war. Paula blieb mitten auf der Kreuzung auf einer Fußgängerinsel stehen und nahm das Baby in den Arm. Immerhin wußte sie noch, oder wieder, wie man ein Baby hielt.

«Paula», flüsterte sie, «Paula.» Geschmacklos von Jean, sein Kind nach ihr zu benennen – wenn es nicht einer dieser peinlichen Zufälle war, die bewiesen, daß das Leben nicht mehr Stil hat als ein dahergelaufener Windhund.

Passanten warfen im Vorübergehen schräge Blicke. «Was hattu denn, mein Schätzeli?» – «Das Kind friert doch!» – «Schau dir die an – wird mit einem Kind nicht fertig und ist schon wieder hops!» – «Hattu Hunger, Schätzeli?»

Das war immerhin ein Gedanke. Er lenkte Paula vom versuchten Passantenmord ab. Sie legte das noch immer brüllende, dunkelrot angelaufene Kind zurück und schob den Kinderwagen auf die andere Straßenseite. Sie würde sich im Comicladen Analph vom jungen, aber erfahrenen Vater Wyder beraten lassen.

«Man müßte halt wissen, ob es noch gestillt wird», sagte

der, nahm das Kind routiniert aus dem Wagen und legte es an seine Schulter. «Wo ist denn die Mutter?»

Gute Frage. «Tut's auch der Vater?» fragte Paula zurück.

Aus der Wolldecke, die Wyder mit dem Kind hochgehoben hatte, fiel eine Postkarte. Sie zeigte eine Frau mit Hochfrisur, die telefonierte und, wenn man die Karte in einem anderen Winkel hielt, neckisch blinzelte.

«Nimm du das Kind, ich kann nicht mehr, ich gehe fort. Regine.»

«Verdammt.» Paula brauchte eine lange Sekunde, um zu begreifen, daß vermutlich nicht sie, sondern Jean gemeint war. Der würde auch wissen, was das Kind zu essen brauchte. Genau.

Paula wiederholte ihren Fluch, als sie feststellte, daß Jean nicht mehr auf der Redaktion war. Daß niemand wußte, wo er war und wann er wiederkommen würde. «Verdammt.»

Rosa Zimmermann betrachtete den enormen Blumenstrauß mit Skepsis. Es war noch nicht allzulange her, da hatte man sie mit Blumen zu einem fingierten Mittagessen gelockt, nur um in ihrer Abwesenheit in den Personalakten zu wühlen.

Nicht mit mir, dachte Rosa Zimmermann. Und überhaupt, wie sollte sie so einen riesigen Strauß aufstellen? In einem Putzeimer vielleicht?

Die Entscheidung wurde ihr von Bezirksanwalt Sieber abgenommen, der Rosa Zimmermann seit Maggies Entführung mehrmals täglich auf die Nerven fiel. Er riß ihr den Strauß aus der Hand. «Deckung!» schrie er. Rosa zuckte mit den Schultern. Sollten sich andere hinter Schreibtische werfen, sie bestimmt nicht.

«Nehmen Sie nichts an, was Sie nicht erwarten, wie oft soll ich es Ihnen noch sagen!» dozierte er. «Wollen Sie, daß die nächste Bombe Sie trifft?»

«Ich will vor allem meine Arbeit machen», antwortete Rosa kühl. Blüte für Blüte wurde zerpflückt und weggeworfen. Sieber begann zu niesen. In Rosa regte sich kein Mitleid.

«Hier!» schrie Sieber triumphierend und hielt die Karte hoch, die er gefunden hatte. «Jetzt heißt es aufgepaßt! Legen Sie mir ein sauberes Blatt Papier hin, ich will keine Fingerabdrücke zerstören!»

Fast hätte er die Karte vor Aufregung fallen lassen. «Ich wußte ja, daß die Schweine sich melden würden, früher oder später. Ich wußte es!»

Mit spitzen Fingern fischte er den Bekennerbrief aus dem durchsichtigen Umschlag des Floristen. «Ich kann Dich nicht vergessen, Rosa ...»

**84** Paula brachte es nicht über sich, ein Kind, das Paula hieß, bei der Polizei abzuliefern, beim Jugendamt oder bei wem auch immer. Jean würde schon irgendwann zurückkommen. Ein Mann, der ein Buch schrieb, verschwand nicht einfach so. Nicht ohne sein Buch.

Auch seine, soweit Paula informiert war, offizielle Freundin Johanna Staub, die «Kehrseite»-Redakteurin, war nicht aufzuspüren. Es blieb Paula also gar nichts anderes übrig, als das Baby mit nach Hause zu nehmen.

Natürlich hätte es andere Lösungen gegeben. Das gab sie auch zu. Als es schon zu spät war.

Ihre Nachbarin Babs reagierte leicht hysterisch, als Paula sie um ein paar praktische Ratschläge zu Pflege und Ernährung bat. Babs hatte vier. Vier kleine Kinder. Und vielleicht einen harten Tag hinter sich. Sie sah nicht gut aus, fand Paula. Sie hatte zugenommen. Statt ihrer knallengen Plastikhosen trug sie einen biederen Rock mit einem langen Pullover.

«Laß mich verdammt noch mal in Ruhe mit dem Scheiß!» schrie sie und versuchte, Paula die Tür vor der Nase zuzuschlagen. Doch Paula hatte vorsorglich den Fuß dazwischengestellt. Mit der Plastikschiene, die man ihr im Krankenhaus angepaßt hatte, tat das überhaupt nicht weh.

«Komm schon, Babs, hilf mir!» bat sie.

«Warum ausgerechnet ich?» Doch schließlich ließ sie Paula ein und stattete sie mit Windeln, Milchpulver und Flaschen aus. Dann nahm sie das Baby in den Arm und schnupperte an seinem Kopf.

«Darum wird man immer wieder schwach», flüsterte Babs, «weil sie so gut riechen.» Paula nickte andächtig.

Babs wollte sichtlich noch etwas sagen, ließ es dann aber bleiben. Sie hatte Tränen in den Augen. Eindeutig prämenstruell, dachte Paula. Wenn nicht Marlon, ihr eigener Sohn Marlon, der vor nicht langer Zeit noch ein Kind gewesen war, Babs' Herz gebrochen hatte.

Hugo Gallati war in Schwierigkeiten. Das wurde ihm sofort klar, als er Hans-Iwan Savigny sah, der an der Tramhaltestelle auf ihn wartete. Bis zu diesem Tag hatte er es vermieden, ihn zu sehen; es hatte gereicht, seine Stimme zu hören, am Telefon, nach all den Jahren. Hans-Iwan hatte ihn gebeten, die PR für ein neu entstehendes Kurs- und Tagungszentrum zu übernehmen. Als wäre nie etwas gewesen. Als hätten sie sich gestern erst getroffen und zusammen Mittag gegessen, wie Geschäftsfreunde das so tun (wenn sie nicht gerade Tennis spielen). Hugo hatte Hans-Iwan nicht gerade als Menschen mit esoterischen Interessen in Erinnerung. «Ich habe mich geändert», hatte er gesagt. Hugo fragte sich flüchtig, ob damit auch ein Coming-out, ein spätes, gemeint sei; und sich sogleich gefragt, warum er sich das fragte. Was ihn das anging. Gar nichts nämlich.

Hans-Iwan stand an der Tramhaltestelle und rauchte. Den Kopf hochgeworfen, die Haare zurückgeklebt, die Jacke trotz der Kälte offen. Er kam Hugo nicht sehr verändert vor.

«Ich hasse diese Geheimnistuerei», sagte Hugo, schroffer als beabsichtigt. Hans-Iwan hatte ihm nicht sagen wollen, wo sich das Zentrum befand.

Schweigend gingen sie die Straße hinunter und um die Ecke. In einem Hinterhof befand sich ein leerstehendes Gebäude, das früher eine kleine Druckerei beherbergt hatte.

«Hier ist es – kein Geheimnis, ich wußte nur nicht, ob du es finden würdest.»

Die Anspielung auf Hugos unterentwickelten Orientierungssinn, der ihnen in gemeinsamen Ferien oft zum Verhängnis geworden war, brachte Hugo auf. Er ging an Hans-Iwan vorbei ins Haus. Im Eingang traf er mit einem langhaarigen mageren Wesen (Mann? Frau?) zusammen, das ein Tablett mit zwei Schüsseln trug und ein paar Handtücher über den Arm gelegt hatte.

Die Person verbeugte sich leicht vor Hugo.

«Was tust du denn noch hier», sagte Hans-Iwan ungnädig. «Verschwinde, Sheba.»

Sheba? Wie das Katzenfutter?

Sheba ging. Hugo schaute ihm (ihr?) nach. Die Handtücher waren fleckig. Schwer zu erkennen auf selbstgefärbtem Stoff, aber es sah aus wie Blut.

**85** «Was hast du mit ihr gemacht?» Hugo kehrte sich Hans-Iwan Savigny zu, der mit einer müden Geste reagierte.

«Nichts, nichts, du verstehst wieder einmal alles falsch. Es geht ihr gut, das habe ich dir doch gesagt.»

«Ist sie hier?»

«Nein, sie ist nicht hier.» Hans-Iwan sprach mit ihm wie mit einem leicht zurückgebliebenen Kind. Früher hatte sich Hugo von diesem Ton beeindrucken lassen, heute stellte er erleichtert fest, daß er von Hans-Iwans Anerkennung nicht mehr im selben Maße abhängig war.

«Sag mir lieber, ob du deine Hausaufgaben gemacht hast», fuhr Hans-Iwan fort. Arrogant wie immer, dachte Hugo. Früher hatte ihm das gefallen.

«Natürlich», antwortete er kühl. «Ich würde aber trotzdem gern noch mit Maggie selbst darüber sprechen.»

«Du hast doch ihren Brief gelesen.»

«Das reicht mir nicht.»

Hugo hatte Maggies Handschrift erkannt. Sonst hätte er sich gar nicht darauf eingelassen. Sie hatte ihn gebeten, eine handgeschriebene Mitteilung in den Computer der «Zeitung» einzugeben, wo er zu gegebenem Zeitpunkt erscheinen würde. Mit wachsendem Erstaunen hatte Hugo den Text abgetippt. «Ich muß mit ihr reden.»

Hans-Iwan breitete die Arme aus. «Tja, das ist dumm, sie ist heute nach Griechenland abgereist.»

«Griechenland?» Maggie hatte noch nie Ferien gemacht, und schon gar nicht am Meer. Sie mochte die Sonne nicht, und frische Luft nahm sie hin wie Lebertran – man setzte sich ihr der Gesundheit zuliebe aus.

«Das glaub ich nicht», sagte Hugo. «Diese ganze Geschichte kommt mir je länger, desto komischer vor.»

«Dein Pech. Hast du der Zimmermann den Brief hingelegt? Dann läuft die Sache von selbst. Auch ohne deinen Segen.»

«Ich habe ihn mit der Post geschickt.» Obwohl oder gerade weil alles reibungslos abgelaufen war, hatte Hugo im letzten Moment nicht gewagt, quer durchs Redaktionsschiff zu gehen und vor aller Augen einen Brief in Rosa Zimmermanns Postfach zu legen.

«Mit der Post? Bist du wahnsinnig?» Endlich zeigte Hans-Iwan ein Gefühl, wenn auch ein häßliches.

«Was hast du gegen die Post?»

«Weißt du, wie viele Briefe jährlich verlorengehen? Hast du die Geschichte über den Briefträger gelesen, der sackweise Post bei sich zu Hause stapelte? Über den Brief, der vierzehn Jahre unterwegs war?»

«Übertreibst du nicht ein wenig?» Hugo genoß den Triumph, Hans-Iwan aus der Balance zu bringen. «Freilich, wie unvorsichtig von mir. Die Schweizer Post ist auch nicht mehr, was sie früher mal war, sagt meine Mutter immer.»

Mit einem köstlichen Hochgefühl sah er zu, wie der aalglatte Hans-Iwan die Fassung verlor. Die Hände fuhren durch die gelackte Frisur, rote Flecken breiteten sich auf seiner hellen Haut aus. «Aber eigentlich bin ich ja gekommen, um mir das Zentrum anzuschauen», sagte Hugo. «Also los – ich habe nicht viel Zeit.» Er ließ den wutschnaubenden Ex-Geliebten stehen und öffnete wahllos eine Tür. Simultan wurden gedämpftes Licht und jaulende Musik eingeschaltet. Singende Wale, schätzte Hugo, schwer zu ertragen. Er trat in einen mit Bastmatten ausgelegten, penetrant nach Orangenblüten riechenden Raum. Zwischen zwei brennenden Duftlampen lag, häßlich und schwer, ein toter Mann.

**86** «Ich ziehe aus!»

«Nicht schon wieder.» Paula verkniff es sich zu sagen, sie zöge am liebsten selbst aus. Eine Nacht mit einem brüllenden Baby reichte auch ihr. Kein geziemender Gedanke für eine Schwangere. Im sechsten Monat Schwangere.

«Unser Baby wird durchschlafen», versuchte sie ihrem Sohn Marlon wie auch sich selbst einzureden. «Du hast schließlich auch von Anfang an gut geschlafen. So was ist Veranlagung.»

In ihrer Erinnerung lag sie auf dem breiten Bett – das in Wirklichkeit eine Matratze auf dem Fußboden gewesen war – und betrachtete ihr schlafendes Baby Marlon. Sie wartete, bis ihm die Sonne ins Gesicht schien, er unwillig das Gesicht verzog und dann träge erwachte. Sie war schon längst wach und langweilte sich ein bißchen.

Aber möglicherweise erinnerte sie sich falsch. Vielleicht hatte sie die schlaflosen Nächte einfach verdrängt. Denn wie ein dreifacher Vater ihr kürzlich ungefragt erklärt hatte: «Wenn man sich an alles erinnern würde, hätte kein Mensch je ein zweites, geschweige denn ein drittes Kind.»

«Es wird alles gut», tröstete Paula ihren Sohn. «Du wirst schon sehen. Wir sind ja nicht allein.»

Noch vor der Geburt würden sie in das Haus ziehen, das Leo Tobler bis dahin hoffentlich gefunden hatte. Für sie und Marlon und das Baby und Leos Mutter Celia Tobler. Auf Celia freute sich Paula am meisten.

«Kannst du mir sagen, warum sie jetzt ruhig ist?» fragte Marlon. «Jetzt lohnt es sich nicht mehr, schlafen zu gehen.» Sein Ton war quengelig. «Die Fußballmannschaft hat sich nie so aufgeführt.» So nannte er Babs' vier kleine Kinder. Aber vielleicht erinnerte auch er sich nicht mehr richtig. Paula verkniff es sich, nach seiner Beziehung zu Babs zu fragen, die seit der Trennung ebenso schlecht gelaunt zu sein schien wie Marlon. Eine Mutter hatte in erster Linie diskret zu sein. Leider.

«Ich versuch noch mal, Jean zu erreichen.»

Es kam ihr ein wenig seltsam vor, daß Jean Barsoi bisher nicht versucht hatte, sein Kind abzuholen, auch wenn Journalisten dafür bekannt waren, daß sie alles vergessen konnten, wenn sie an einer großen Geschichte arbeiten. Wußte Jean überhaupt, daß seine Frau Regine ihn verlassen hatte? Oder hatte nur Paula die Postkarte gelesen, die Regine in den Kinderwagen gesteckt hatte?

Paula schaute auf die Uhr. Es war Viertel nach sechs. Der Tag versprach, winterlich zu werden. Auswendig wählte sie Jeans Nummer, bereit, zum x-tenmal auf seinen Beantworter zu schimpfen, zu drohen oder gar das Kind draufbrüllen zu lassen wie morgens um drei. Wider Erwarten wurde der Hörer abgenommen.

«Bei Barsoi.»

«Wer sind Sie?» fragte Paula mißtrauisch. Eine neue Freundin?

«Egger, Kriminalpolizei.»

Rosa Zimmermann packte den vierten Blumenstrauß der Woche aus. Bald hatte sie keinen Platz mehr in ihrem Büro. Vielleicht sollte sie Bezirksanwalt Sieber bitten, die Blumen nach versteckten Bomben zu untersuchen.

Auf der Suche nach einer weiteren Vase blieb sie von anzüglichen Bemerkungen nicht verschont.

«Wer ist denn dein Verehrer, Rosa?»

«Das wüßte ich selber gern.» Die beiliegenden Karten gaben keinen Hinweis auf seine Identität. Eindeutig handelte es sich um jemanden, der Rosa nicht vergessen konnte. Jedenfalls schrieb er das. Immer wieder. Und Rosa dachte nach. Wer konnte sie nicht vergessen? Wen hatte sie kürzlich so beeindruckt? Wo?

«Als ob ich nichts Besseres zu tun hätte, als über anonyme Blumen nachzudenken.» Rosa Zimmermann bat um Ablenkung und wurde erhört. Das Telefon. Eine weinende Frau. Nach mehreren Minuten erkannte sie Paula Perroquet.

«Du mußt mir helfen», schluchzte sie. «Sie haben mich verhaftet!»

**87** Antonia Egger, polizeiliche Sachbearbeiterin der Fachgruppe «Leib und Leben», legte den Hörer auf.

«Der Bezirksanwalt selbst will Sie sehen», sagte sie. Mit einem ironischen Unterton, der sie Paula sympathisch gemacht hätte. Unter anderen Umständen. Nach zwölf Stunden Befragung erkannte Paula keine Schwester mehr. Nach zwölf Stunden Befragung freute sie sich geradezu auf Bezirksanwalt Sieber, dessen Cowboymanieren sie wenigstens einschätzen konnte. «Eines noch.» Egger stand auf. «Sie werden einen Anwalt brauchen.»

Das hatte sich Paula auch schon gedacht. Das wenige, was sie sich aus Antonia Eggers Fragen zusammengereimt hatte, verhieß nichts Gutes. Jean Barsoi war tot. Erstochen, als er wehrlos vor dem Fernseher saß. Seine Frau war verschwunden, sein Kind bei Paula. Paula hatte, was allgemein bekannt war, eine leidenschaftliche, aber unglückliche Geschichte mit dem Toten (gehabt, zu Lebzeiten). Außerdem war sie nicht eben für seelische Stabilität bekannt. Hatte sie aus Eifersucht gehandelt? Hatte sie einfach durchgedreht? Mord, vielleicht Doppelmord und Kindsentführung – es sah nicht gut aus für Paula, die wie immer gar nichts dafür konnte.

«Soll ich Ihnen einen Anwalt empfehlen?» Antonia Egger verriet so etwas wie Mitgefühl.

Im Bewußtsein, daß sie genau dies nötig hatte, reagierte Paula gereizt. «Ich habe einen Anwalt», log sie trotzig. «Franz Hugelshofer.» Der erste Name, der ihr in den Sinn kam. Zu spät fiel Paula wieder ein, daß niemand anderes als Jean Barsoi ihrer Mutter zu diesem Starverteidiger verholfen hatte.

«Ein guter Freund des Toten», bestätigte Antonia Egger. «Vielleicht keine so gute Idee.» Sie kritzelte einen Namen auf ihre Visitenkarte. «Versuchen Sie's bei dem.»

Paula steckte die Karte ein und ließ sich abführen.

Im Büro von Bezirksanwalt Sieber wartete Rosa Zimmermann. Bei deren Anblick Paula beinahe in Tränen ausgebrochen wäre. Rosa hatte ihr einen warmen Pullover und eine Schachtel Mozartkugeln mitgebracht.

«Wir gehen», erklärte sie. «Diese Frau braucht Ruhe. Das sehen Sie doch. In ihrem Zustand!»

Sieber öffnete den Mund, um zu widersprechen.

«Sie!» fuhr Rosa Zimmermann ihn an. «Sie würden sich besser mal an die Arbeit machen! Dank Ihrer Schlamperei ist zu der Entführung noch ein Mord gekommen – mir scheint, Sie haben Wichtigeres zu tun, als unschuldige Schwangere zu terrorisieren!»

Sieber nahm die Füße vom Tisch. «Sie gehen also davon aus, daß der Mord mit Maggies Entführung zu tun hat?» Er hatte in den letzten Monaten gelernt, auf Rosa Zimmermanns Zwischenbemerkungen zu hören. Meistens hatte sie recht.

«Was denken Sie denn! Barsoi war damit beauftragt, eine Biographie von Frau Vollenweider zu schreiben. Aber wenn Sie mich fragen, dann hatte er vor, sie fertigzumachen. Schriftlich, meine ich. Ständig steckte er seine Nase in Dinge, die ihn nichts angingen.»

«Sympathischer Zeitgenosse.»

Paula sagte nichts. Obwohl sie durchaus etwas zum Thema hätte beitragen können. Vielleicht würde Sieber ihre Anwesenheit vergessen. Vielleicht würde er sie nach Hause gehen lassen. Sie könnte ein Bad nehmen und Mozartkugeln essen. Doch Sieber durchschaute sie.

«Tut mir leid», seufzte er. «Ich kann Sie nicht gehen lassen. Dringender Tatverdacht plus Verdunkelungsgefahr – das reicht. Das Gesetz ist für alle dasselbe», versuchte er sich zu verteidigen.

Rosa Zimmermann erhob sich und streckte dem Beamten, der peinlich berührt neben der Tür stand, ihre schmalen Handgelenke hin.

«Dann müssen Sie mich auch behalten. Handschellen, bitte!»

**88** Als ihre Mutter an der Tür klingelte, bereute Paula schon fast, das Polizeigefängnis verlassen zu haben.

«Huhu!» schrie Hulda Perroquet, ohne abzuwarten, daß man ihr öffnete. «Bist du da?» Sie hatte diese Art, kurz zu klingeln und dann gleich einzutreten, ungebeten. Vermutlich war ihr bewußt, daß Paula nur selten in der Stimmung war, ihr die Tür zu öffnen.

«Nein, ich bin nicht da», murmelte Paula und duckte sich feige hinter Rosa Zimmermann.

«Also, ich muß schon sagen!» Hulda ließ sich auf das Sofa plumpsen und sah sich neugierig um. Rosa hatte einen Kaffee gekocht, stark, und die Mozartkugeln ausgepackt. Bevor Paula nach ihrer Tasse greifen konnte, hatte Hulda sie schon in der Hand. «Heiß», beklagte sie sich. «Aber wann würdest du je an meine Bedürfnisse denken! Ich könnte im Gefängnis vermodern, deine eigene Mutter, es würde dich nicht kümmern. Auf dem elektrischen Stuhl könnte ich landen, es wäre dir egal.»

«Die Todesstrafe ist abgeschafft, Mama.»

«Es ist nur eine Frage der Zeit, bis sie wieder eingeführt wird.»

Beinahe vergaß Paula, daß sie es war, die die Nacht im Gefängnis verbracht hatte, die verhaftet und verhört, verdächtigt und beinahe nicht mehr freigelassen worden war. Irgendwie brachte es ihre Mutter immer fertig, die Aufmerksamkeit von anderen Menschen fort und auf sich zu lenken.

«Ihretwegen die Todesstrafe wieder einführen?» fragte Rosa Zimmermann höflich. «So weit würde ich nun trotz allem nicht gehen.» Sie stand auf und nahm Hulda die Schachtel mit den Mozartkugeln aus der Hand. «Denken Sie lieber an ihre Linie.»

Das verschlug Hulda für eine gute halbe Minute die Sprache. So lange brauchte Paula, um sich zu fassen.

«Ich bin müde», sagte sie. «Willst du mir noch sagen, warum du gekommen bist?»

Hulda stellte die Kaffeetasse hin. Nachschenken würde man ihr nicht. «Ich kann nur hoffen, daß dir deine Kinder nicht soviel Kummer machen werden! Und bis ins hohe Alter!» Mit einem vorwurfsvollen Blick durch Paulas Bauch hindurch auf das ungeborene Enkelkind erhob sich Hulda. «Dann werde eben ich ins Gefängnis gehen, statt deiner! Als Mutter opfert man sich!»

«Ich wäre Ihnen gern dabei behilflich.» Rosa Zimmermann stand auf und trat drohend einen Schritt auf Hulda zu, die vor ihr zurückwich. «Vielleicht fangen Sie damit an, zur Tür hinauszugehen.»

«Ja, ich gehe! Ich gehe ja schon! Ins Gefängnis gehe ich! Mein Anwalt hat mich aufgegeben! Er kann unmöglich die Mutter der Frau verteidigen, die seinen besten Freund auf dem Gewissen hat! Das hab ich nun davon, daß ich dir meine besten Jahre ...»

«Raus», sagte Rosa Zimmermann. Und Paula nahm sich vor, dieses Wort auch einmal gegen ihre Mutter zu verwenden. Beim nächstenmal. Bald.

Einen kurzen Moment genossen sie die plötzliche Stille.

«Scheiße», sagte Paula dann.

«Du wirst keinen Anwalt brauchen», tröstete Rosa Zimmermann. «Denk an die ‹neuen Erkenntnisse›.» Dank denen sie Paula überraschend dann doch freigelassen hatten. Paula hatte keine Ahnung, worum es sich handelte. Sie dachte an etwas ganz anderes: «Ich hab das Baby vergessen!»

**89** Da Paula vor kurzem erst krank gewesen war, einen Unfall erlitten hatte, um genau zu sein, kannte sie den Ablauf noch genau: Nachbarn und Freunde klingelten, gaben sich die Tür in die Hand, brachten Essen, was in jeder Lebenslage hilfreich war, ließen sich aufs Sofa fallen und wollten ihre eigenen Sorgen loswerden. Doch auch Paulas Freunde schienen, vom ersten Durchgang leicht ermüdet, diese zweite Runde von Besuchen eher halbherzig hinter sich zu bringen. Paula war beleidigt. Eine Verhaftung kam ihr weit schlimmer vor als eine Bänderzerrung. Ihre Laune sank und sank, bis ihr ganz unten plötzlich ihr Verlobter einfiel.

Wo war Doktor Leo Tobler? Wenn man ihn brauchte? Natürlich hatte sie ihn gar nicht angerufen. Hätte sie in der Not nicht eigentlich ihren Verlobten anrufen sollen? Statt Chefsekretärin Rosa Zimmermann?

Der nächste Gast war ihr Nachbar Hugo Gallati, der sie mit seinem schlechten Aussehen vorübergehend ablenkte.

«Was ist denn mit dir passiert? Bist du unter einen Zug gekommen?» Paula fragte sich, was man anstellen mußte, um derart zerstört auszusehen. Trinken allein schien da nicht zu genügen. «Ist Ernesto etwas passiert? Ist jemand gestorben?»

Hugo Gallati ließ die Blumen fallen, sank auf die Knie und legte den Kopf in Paulas Schoß. Er redete gegen ihren dicken

Bauch. Das haßte Paula: daß ihr Bauch Allgemeingut geworden war. Seit er richtig rund geworden war, glaubte jeder, ihn berühren zu dürfen. Mit andächtiger Miene. Irgendwo in einer Schublade mit sentimentalen Erinnerungen mußte sie noch eine «Mein Bauch gehört mir»-Anstecknadel haben.

«Verzeih mir», seufzte Hugo. «Wenn ich das gewußt hätte! Ach, wenn ich das geahnt hätte!»

«Ist ja schon gut.» Ungeduldig, fast schon unhöflich, schob Paula den Nachbarn von ihrem Bauch weg. «Wie hättest du das auch ahnen sollen.»

Hugo schaute zu ihr auf. «Du verstehst mich also? Du verzeihst mir?»

Herrgott. Vermutlich doch betrunken. «Aber ja, aber ja.»

«Das ist gut. Denn du wirst mich nicht mehr sehen. Ich gehe fort.»

Bevor der Ernst der Lage sie beide erschlagen konnte, trat Klatschreporterin Marina Marini auf. In einem Kostüm aus rosa Zuckerwatte.

«Herzchen!» Sie riß Paula auf die Füße, die, obwohl körperlich vollkommen in Ordnung, den ganzen Tag auf dem Sofa gelegen hatte wie die Kameliendame persönlich. «Schau, wen ich mitgebracht habe!»

Hinter Marina, beinahe hinter ihr verschwindend, trat Paulas Vater ein. Max Perroquet. Er trug seinen guten Anzug. Seinen Hochzeitsanzug. Er trug ihn nicht zu Hochzeiten, zu denen er eingeladen war. Nur zu eigenen.

«Papa?»

Max breitete die Hände aus. Was willst du machen, schien er zu sagen.

«Laß uns anstoßen», befahl Marina, «der Termin ist in einer Viertelstunde, aber die werden wohl warten. Paula, Schätzchen, zieh dir was Nettes an.» Sie tätschelte Hugos Schenkel. «Und Sie kommen auch gleich mit!» Marina griff sich Paulas Wasserglas und trank es in einem Zug aus. Sie schüttelte sich. «Uh! Das ist ja wohl der mieseste Wodka, den ich je trinken mußte! Bist du pleite, Liebes?»

«Das war Wasser, Marina. Städtisches Leitungswasser.»

Hugo Gallati wollte nicht als Trauzeuge auftreten. Er hatte Verpflichtungen. Aber sein Freund Ernesto würde gern für ihn einspringen. Beim Anblick des jungen Musikers mußte Marina noch einmal fünf Minuten überlegen, ob sie Max Perroquet wirklich Treue schwören sollte. Max wartete geduldig, während Marina überlegte und Paula mit Ernestos Hilfe einen passenden Lippenstift auswählte. Als das Telefon klingelte, nahm Max ab. Es war Celia Tobler. Ihre Stimme gefiel ihm, und er lud sie ein, sie im Stadthaus zu treffen und mit ihnen anzustoßen.

«Das wird nicht gehen, fürchte ich. Mein Sohn ist nicht nach Hause gekommen, ich bin allein, im Rollstuhl und auf Hilfe angewiesen. Außerdem hat er mir ein Baby dagelassen. Es heißt Paula und muß dringend gewickelt werden. Vielleicht wäre es besser, Sie kommen zu mir.»

Max Perroquet hatte noch nie einer Frau einen Wunsch abschlagen können. Schon gar nicht, wenn sie eine so angenehme und, angesichts der Umstände, so ruhige Stimme hatte. Als Paula, Ernesto und Marina aus dem Badezimmer kamen, war er verschwunden.

**90** Im winzigkleinen Garten von Leo und Celia Tobler tummelte sich deren weitverzweigte Verwandtschaft. Es war Zeit, fand Leo, daß Paula sie alle kennenlernte. Höchste Zeit. Sie hatte keine Ahnung gehabt, wie viele Toblers es gab. Die kleineren von ihnen stolperten mit laufenden Nasen durch den Garten. Einige weinten: weil sie ihre Osternestchen nicht finden konnten oder, im Gegenteil, zu schnell gefunden hatten und der ganze Spaß schon vorüber war.

Paula trank Champagner aus einem Wasserglas. Als Apfelsaft getarnt. Schau sie dir gut an, deine zukünftige Familie. Als könne er ihre Gedanken lesen, trat Leo Tobler zu ihr und flüsterte: «Nächstes Jahr feiern wir Ostern in unserem Haus. Da werden wir alle schön Platz haben.» Paula nickte.

«Für sie wäre auch noch Platz.» Tobler legte Paula ein schlafendes Baby in den Arm. Sie nahm es ungeschickt entgegen. Dieses Baby, die kleine Paula Barsoi, war irgendwie zufällig in ihr Leben getreten und schien nun nicht mehr daraus zu verschwinden. Leo Tobler hatte das Baby zu sich geholt, während Paula im Polizeigefängnis verhört wurde, und dachte daran, es zu adoptieren. Paula hatte keine Meinung dazu. Ihr Kopf summte.

Nur mit Mühe konnte sie die diversen Toblers auseinanderhalten. Die meisten von ihnen waren Ärzte beziehungsweise Ärztinnen. Und die wenigsten hatten Celias Charme geerbt. Die ja auch, von Natur aus, keine Tobler war. Es war eine ernsthafte Versammlung. Sie nippten an alkoholfreien Getränken und unterhielten sich über den Cholesteringehalt von hartgekochten Eiern. Wenn eines der Kinder hinfiel oder in Streit geriet, wurde es von einem mindestens vierköpfigen Team betreut.

Celia Tobler hatte den Rollstuhl ans Fenster geschoben und schaute hinaus. Von weitem hätte man annehmen können, sie schaue den spielenden Kindern zu. In Wirklichkeit starrte sie ins Leere und hing verworrenen, nicht jugendfreien Gedanken nach. Max Perroquet hatte am Ostersamstag nicht geheiratet.

«Wie finden Sie das?» fragte Hulda Perroquet, die uneingeladen, aber von Leo Tobler freundlich aufgenommen, aufgetaucht war. «Mit so einem Mann war ich geschlagen! Bin es immer noch! Ich sage Ihnen! Würde sogar mit Ihnen tauschen – lieber im Rollstuhl sitzen!»

Takt war noch nie Huldas Stärke gewesen. Celia Tobler verschluckte die passende Antwort.

Paula bereute schon, ihrem Sohn Marlon erlaubt zu haben, Nachbarin / Freundin Babs und deren vier Kinder mitzubringen. Babs hatte die schwarze Brille aufbehalten und verlangte morgens um elf nach dem ersten Wodka.

«Da muß ich aber eingreifen», sagte eine der Ärztinnen streng. «In Ihrem Zustand dürfen Sie an Wodka nicht einmal denken.»

«Welchem Zustand?» Paula versuchte, hinter Babs' Sonnenbrille zu sehen, wo plötzlich Tränen hervorquollen. Wie lange, fragte sich Paula, konnte eine Frau prämenstruell sein, ohne daß man es «schwanger» nennen mußte?

«Wenn du auf den Jungen nicht aufpaßt, wird er noch schwul!» mischte sich plötzlich Hulda Perroquet ein. Sie deutete auf Marlon, der auf der Suche nach vergessenen Schokoladehasen mit Babs' eineinhalb Jahre alten Zwillingen durchs nasse Gras kroch. Eine nicht zählbare Schar von Kindern hüpfte begeistert um ihn herum. «Daß sich ein Junge seines Alters mit kleinen Kindern abgibt, ist doch nicht normal», fand Hulda. «Lies mal die Zeitung!»

Paula sah ihre rechte Hand durch die Luft fahren. Sie hätte ihre Mutter geohrfeigt (endlich), wenn nicht plötzlich, wie in einer Boulevardkomödie, mit einem Krachen die Tür des Wandschranks aufgeschwungen und ihr Vater Max herausgefallen wäre. Mit rotem Kopf und ohne Hosen. Frohe Ostern.

**91** Hugo Gallati fühlte sich verfolgt. Er schaute sich um. Ein Schatten verschwand hinter einer Säule. Jemand blickte über den Rand der Zeitung. Oder auch nicht. Hugo hatte eine Schirmmütze mit Werbeaufdruck erstanden, die er tief ins Gesicht gezogen trug. Er kam sich ziemlich töricht vor. Trotzdem konnte er nicht verhindern, daß er schwitzte.

Er hatte den nächstbesten Flug nach Athen gebucht, doch der ging erst in vier Stunden. Hugo konnte nicht noch einmal nach Hause zurück. Er hatte bereits gepackt und sich von Ernesto verabschiedet.

Besser gesagt, eine monumentale Szene über sich ergehen lassen. Ernesto hatte nicht verstanden, warum er ging. Warum er allein ging. Wie sollte er auch. Er wußte nicht die Hälfte von dem, was in den letzten Wochen geschehen war. Aber er wußte, daß es mit Hans-Iwan zusammenhing. Was die Sache nicht besser machte.

«Wenn du meinst, ich würde auf dich warten, hast du dich getäuscht!» hatte Ernesto geschrien und vierzehn Männer aus ihrem Bekanntenkreis aufgezählt, die mit ihm ausgehen wollten.

«So lange bleibe ich hoffentlich nicht fort», hatte Hugo geantwortet. Die Wahrheit war, er wußte es nicht.

Er mußte herausfinden, was mit Maggie geschehen war. Sie hatte ihm einen Brief geschrieben, in dem sie erklärte, sie habe genug, sie steige aus. Sie müsse ihrem Leben einen Sinn geben, wahre Werte finden und so weiter. Klassische Midlifecrisis. «Du weißt auch, daß ich über die Baumeister-Savigny-Geschichte nie wirklich hinweggekommen bin. Allgemein ist man der Ansicht, ich hätte genug gebüßt. Aber ich konnte die junge Frau nie vergessen, deren Leben zerstört war. Ich habe mich nun mit ihrem Bruder Hans-Iwan Savigny in Verbindung gesetzt und Wiedergutmachung angeboten. Gemeinsam haben wir beschlossen, daß er aus meinem Ausstieg einen gewissen finanziellen Nutzen ziehen soll. Deshalb erschrick nicht, wenn es plötzlich heißt, ich sei entführt worden. Und wenn Hans-Iwan deine Unterstützung braucht, dann gibt sie ihm. Wir sehen uns in einem anderen Leben! Deine BF, Maggie.»

Beste Freundin. Das Kürzel hatte ihn von der Echtheit des Briefes überzeugt, jedenfalls fürs erste. Und Hans-Iwan konnte er ohnehin nichts abschlagen. Deshalb hatte er sich eines Tages auf die Redaktion der «Zeitung» geschlichen, um Maggies Abschiedsworte in den Computer einzugeben. Wenn er ehrlich war, dann hatte er irgendwo auch noch die Hoffnung gehegt, er und Hans-Iwan würden sich wiederfinden. So hatte er über einige Ungereimtheiten hinweggesehen.

Aber der Tote! Das war zuviel gewesen. Der Anblick des Toten hatte ihn zutiefst erschreckt. Und daß der Tote zu Hause vor dem Fernseher gefunden wurde. Und noch mehr, daß plötzlich Paula verdächtigt wurde, den Mann umgebracht zu haben.

Hugo hatte genug Krimis gelesen, um zu wissen, daß die Wahrheit immer ans Licht kommt. Aber er war auch alt genug, um zu vermuten, daß in Krimis nicht dieselben Gesetze herrschten wie im Leben.

Maggie hatte nie auch nur andeutungsweise durchblicken lassen, daß ihr im wesentlichen aus Arbeit und Jogging bestehendes Leben sie nicht mehr befriedige. Sie mochte weder die Hitze noch das Meer. Allenfalls konnte Hugo sich vorstellen, daß sie sich auf einem französischen Weingut verbarg, wo sie sich weiterbildete – Maggie trank Wein mit wissenschaftlichem Eifer.

Aber in Griechenland würde sie nicht glücklich werden. Sie würde noch nicht einmal das Essen vertragen.

Hugo stand auf. Er wollte noch Geld wechseln. Ein paar

Klatschzeitschriften kaufen. Kaugummis. Aus der Innentasche seiner Jacke fiel ein Brief. Hugo wurde blaß. Das war der Brief, den er vor mehr als zwei Wochen an Rosa Zimmermann hatte schicken sollen. Dem sie die Anweisung entnehmen würde, Maggies Abschiedstext aus dem Computer zu holen. Wann er erscheinen sollte. Und vor allem die ganze Geschichte mit dem Lösegeld.

Hans-Iwan würde ihn umbringen.

Nur so eine Redensart.

Ein paar Schritte entfernt war ein Briefkasten. Doch Hugo warf den Umschlag in den nächsten Papierkorb.

**92** Rosa Zimmermann wollte es wissen. Sie würde die Redaktion der «Zeitung» nicht mehr verlassen, bis sie den Boten erwischte, der ihr in regelmäßigen Abständen riesige Blumensträuße lieferte, anonym. Vom Portier wußte sie, daß der Bote die Blumen stets selbst in den zweiten Stock brachte. Wenn Rosa gerade beim Essen war.

Hmmm.

Mit zwei Brötchen und einer kleinen Flasche Wein aus der Kantine richtete sie sich auf dem roten Sofa im Flur auf längeres Warten ein. Wer immer ihr Büro betreten wollte, würde von ihr gesehen werden.

Doch zunächst einmal wurde sie gesehen. Gut vierhundertmal sollte Rosa im Lauf des späten Nachmittags und Abends neugierige Fragen nach ihrem Tun mit einem mysteriösen Lächeln beantworten. Journalisten!

Nachdem sich der Nachrichtenraum geleert hatte, wurde es ruhig. Nur Johanna Staub, die gerade die «Kehrseite» fertiggestellt hatte, blieb mit hängenden Armen neben dem Sofa stehen und ließ sich nicht abwimmeln. Allerdings verdiente Johanna Staub auch ein bißchen Nachsicht. Schließlich war sie die letzte Geliebte des kürzlich ermordeten Reporters Jean Barsoi gewesen, wenn auch ohne offiziellen Status. Das schien sie nicht daran zu hindern, als Witwe aufzutreten. Daß Jeans Frau immer noch verschwunden war, mochte ihr dies erleichtern. Seufzend lud Rosa sie ein, neben ihr Platz zu nehmen. Wozu hatte man ein so schönes Sofa, wenn nicht, um ein bißchen Psychiater zu spielen?

Es hatte in der Redaktion der «Zeitung» schon einmal ein Sofa gegeben, erinnerte sich Rosa; eigentlich mehr ein Ruhebett, das den damaligen Redakteuren dazu dienen sollte, sich zwischen Abend- und Frühdienst kurz zu erholen. Oder über Mittag. Bis eines Tages einer dieser Redakteure, an dessen Namen sich Rosa sehr wohl erinnerte, den sie aber nicht nennen würde, das Bett «für andere Zwecke mißbrauchte». Das war das Ende des Ruhebetts gewesen; man hatte es aus den Redaktionsräumen entfernt.

Dem neuen Sofa konnte so etwas nicht passieren; dazu lag es zu ungünstig.

«Sie kommt zur Beerdigung», sagte Johanna Staub düster.

«Wer?» Rosa hatte vorübergehend den Faden verloren. «Seine Frau?»

«Die auch. Hat sich zurückgemeldet, nachdem sie aus der Zeitung erfahren hatte ...» Johannas Stimme brach für einen Moment. «Diese dumme Kuh! Hat sich zu Lebzeiten auch nie um ihn gekümmert, jetzt will sie alles organisieren. Dabei bin ich die einzige, die weiß, was er wirklich wollte!»

Ein Problem, das sie mit den diversen Witwen von Marcello Mastroianni teilte, die jede eine eigene Beerdigung organisiert hatten. Rosa verzichtete darauf, dies zu erwähnen.

«Nein, das schlimmste ist, daß Paula kommen will! Sie hat mich angerufen, diese Schlampe! Dabei ist noch nicht einmal sicher, daß nicht sie es war ...» Jetzt brach Johanna Staub endgültig in Tränen aus. Rosa Zimmermann hätte sie getröstet, wenn nicht in diesem Augenblick ein Velokurier in gelbschwarzem Trikot ihr Büro betreten hätte.

«He! Sie da!» Zu Tode erschrocken drehte der junge Mann sich um. «Machen Sie Überstunden?» fragte Rosa.

«Ich bring nur die Blumen», verteidigte er sich, «bin früher nicht dazu gekommen. Sind Sie Rosa Zimmermann?»

«Allerdings. Und ich würde gern wissen, wer mir diese Blumen schickt.»

«Oh, aber das darf ich Ihnen doch nicht sagen, das ist ja der ganze Witz dabei! Außerdem würde ich einen Freund nie verraten!»

«Einen Freund?» Rosa schaute ihn so lange an, bis er den Blick senkte. Auf die nach oben gebogenen Spitzen seiner Fahrradschuhe. Faszinierende Utensilien, in der Tat.

«Also gut.» Er hatte es sich anders überlegt. «Aber dafür müssen Sie mir sagen, wer diese Frau ist, die hier arbeitet – groß, dunkle Haare, leicht schwanger.»

**93** Ressortleiter Bernhard Weber zählte seine Finger. Achteinhalb. Ihr Anblick irritierte ihn immer noch. Daß die Briefbombe von Paulas Mutter, Hulda Perroquet, gebastelt und geschickt worden war, störte ihn weniger; es nahm ihn jedenfalls nicht gegen Paula ein. Die jetzt wie ein Häufchen Elend in seinem Büro saß und den starken Kaffee trank, den er sich mit seiner eigenen Kaffeemaschine selbst braute.

Bernhard Weber war genau so unglücklich, wie sie aussah.

«Es bleibt mir gar nichts anderes übrig, als dir zu kündigen», sagte er grob.

«Das darfst du gar nicht», wehrte sich Paula tapfer. «Nicht

in meinem Zustand.» Daß sie diese Worte einmal in den Mund nehmen würde: in meinem Zustand. Sie redete wie ihre eigene Mutter.

«Schon klar. Aber du mußt zu Hause bleiben. Bis der Mord an Jean geklärt ist. Und dann kommt das Kind, und dann kündigst du.»

Paula begann zu weinen. Tränen tropften in den schwarzen Kaffee. Peinlich, peinlich, peinlich. Die Schwangerschaftshormone ersparten ihr aber auch gar nichts. Sie fischte in der Tasche ihrer Latzhose (noch so eine Peinlichkeit) nach einem sauberen Taschentuch und fand statt dessen eine halbgeschmolzene Mozartkugel. Auch gut.

«Ich will aber nicht zu Hause bleiben», sagte sie, wieder halbwegs gefaßt, dafür mit vollem Mund. «Ich will hier bleiben!»

Weber wand sich. Sollte er etwas von «Krise als Chance» sagen? Wohl besser nicht. «Nutz die Zeit, um zu recherchieren», empfahl er, «irgendwas. Wenn du erst einmal eine gute Geschichte hast, können wir dich vielleicht irgendwo wieder unterbringen.»

Paula hatte, seit sie bei der «Zeitung» war, keine gute Geschichte gehabt. Doch, eine: den Baumeister-Savigny-Skandal. Da war sie zu langsam gewesen, zu gründlich. Jean Barsoi hatte ihr die Geschichte weggeschnappt. Nun, wie weit ihn das brachte, hatte man ja gesehen. Dieser Gedanke tröstete Paula, und sie verabschiedete sich halbwegs gefaßt.

Weber hatte recht. Sie würde recherchieren.

Noch auf dem Nachhauseweg begann sie eine Liste von Fragen zu notieren:

– Wo sind die Notizen von Jean Barsoi?
– Hat sein Tod etwas mit seinen Recherchen zu tun?
– Wer hat die Attentate auf Maggie verübt, die nicht auf Mamas Konto gehen?

– Haben sie mit der Baumeister-Savigny-Geschichte zu tun?
– Gisela Savignys Bruder Hans-Iwan: haßt Maggie (Hugo fragen).
– Maggie: Ist sie wirklich entführt worden? Oder versteckt sie sich irgendwo (keine Lösegeldforderung)?

Die Liste war noch nicht vollständig, als Paula an ihrer Haltestelle ankam, aber sie fühlte sich schon viel besser. Sie hatte wieder etwas zu tun. («Und niemand kann dir verbieten, mich in der ‹Zeitungs›-Kantine zum Mittagessen zu treffen», hatte Chefsekretärin Rosa Zimmermann sie zum Abschied getröstet.) In Gedanken versunken bog sie in die Lindenstraße ein, als ein Fahrrad sie rammte. Sie wurde zur Seite geschleudert, knallte hart aufs Trottoir und verlor für einen Augenblick das Bewußtsein.

Als sie wieder zu sich kam, hing ein Gesicht dicht über ihrem. Blaue Augen, Fahrradhelm, blonde Rastazöpfe.

«Entschuldigung», sagte das Gesicht.

**94** Zehn wundervolle Minuten lang wußte Paula nicht mehr, wer sie war. Wie die Heldin in einem Fotoroman hatte sie im passenden Augenblick das Gedächtnis verloren. Sie war niemand mehr. Sie hatte keine Vergangenheit und keine Familie. Sie saß auf dem Boden und schaute nach oben. Da war ein Baum. Sie schaute den Baum an. Ein junger Mann in Fahrradtrikot wühlte in ihrer Handtasche nach ihrer Adresse und bot an, sie nach Hause zu begleiten.

Paula wollte nicht nach Hause.

Der junge Mann faßte sie auf angenehme Art am Ellbogen und half ihr die Treppe hinauf. Auf halbem Weg kam ihnen ein anderer, noch jüngerer Mann entgegen, der den Fahrradfahrer wegschubste und behauptete, er sei Paulas Sohn.

Schon hatte Paula wieder eine Identität. Einen Namen, einen Sohn, eine Wohnung. Sie blieb auf dem Treppenabsatz stehen und hielt sich trotzig am Geländer fest, als könne sie dem ausweichen: eine Identität zu haben.

Wenig später kam noch ein Verlobter hinzu. Ein Arzt, der sie aufs Sofa bettete und mit einem Hammer auf ihre Kniescheiben klopfte. Er faßte ihre Augenlider, hob sie an und schaute drunter. Ein Akt, der Paula recht intim vorkam. Aber wenn sie mit dem Mann verlobt war, konnte sie sich nicht beschweren. Tatsächlich kam er ihr bekannt vor. Sie sah ihn in einem grünen Chirurgenkittel. Sie sah ihn im Fernsehen. Sie mußte ihn im Fernsehen schon gesehen haben. Wie er von da zu ihrem Verlobten geworden war, konnte sie sich im Augenblick nicht erklären.

«Wir brauchen Sie nicht mehr», sagte der Verlobte zum Velokurier. In einem gerade nicht mehr höflichen Ton.

«Ich möchte aber sicher sein, daß ihr nichts fehlt», antwortete der Kurier. Mit verschränkten Armen stand er am Fußende des Sofas. Er schaute Paula an. Derjenige, der sich als ihr Sohn bezeichnet hatte, ergriff die Partei des Arztes.

«Das nächste Mal fahren Sie nicht so schnell!» sagte er altklug. Sein Ton gefiel Paula auch nicht. Sie schloß die Augen. Bei geschlossenen Augen sah sie drei knurrende Hunde um ihr Sofa stehen. Mit gesträubtem Fell und zähnefletschend. Paulas Erinnerung kam langsam, aber unaufhaltsam zurück. Brocken für Brocken fiel ihr Leben an seinen Platz. Paula hätte es gern verhindert. Einen Moment lang fühlte sie sich versucht, einfach weiter so zu tun, als wisse sie nichts. In Fotoromanen geschah das immer wieder.

Sie öffnete die Augen. Die drei Männer waren kurz davor, aufeinander loszugehen. Paula schüttelte sich und stand auf.

«Alles in Ordnung, alles in Ordnung», beschwichtigte sie. Sie brachte den Velokurier zur Tür. Er ging widerwillig; sie mußte ihn beinahe aus der Wohnung schieben. Bevor er ging, berührte er ihr Haar.

«Nichts passiert», sagte Paula schnell und abwehrend.

Marlon hatte sich als erster erholt und Kaffee gekocht. Leo Tobler setzte sich an den Tisch und brach einem der übriggebliebenen Schokoladehasen den Kopf ab. Wie es seine Art war, hatte er Paulas Sturz bereits als harmlos abgetan. Paula würde sich daran gewöhnen müssen. Wenn sie ihn heiratete. Was hieß «wenn»? Alles war abgemacht.

«Paula ist weg», sagte Leo düster. Paula zuckte zusammen. Ja, wollte sie sagen, ich bin weg. Ich habe mich aufgelöst. Tut mir leid. Aber sie war nicht weg, sie war da, und dann fiel ihr ein, daß er wohl die kleine Paula meinte. Das Kind des ermordeten Jean Barsoi, das sie bei sich gehabt hatten und das Leo adoptieren wollte.

«Die Mutter ist zurückgekommen und hat es geholt.»

Das kam Paula gar so empörend nicht vor. Eigentlich ganz natürlich.

«Wie geht es Regine Barsoi?» fragte sie.

«Schlecht! Schlecht wird es ihr gehen!» prophezeite Tobler. «Ich werde sie selbstverständlich verklagen. Das Kind gehört uns!»

## 95

Paula Perroquet meldete sich ab. Sie mußte arbeiten. Unbedingt. In Ruhe arbeiten.

«Was mußt du jetzt arbeiten, ich denke, du bist freigestellt?» murrte ihr Verlobter Doktor Leo Tobler, bevor er sich zum Spätdienst verabschiedete.

«Warum gehst du dann nicht ins Büro?» fragte Marlon, Paulas Sohn, der noch nie jemanden zu Hause hatte arbeiten sehen. Arbeit – Büro. Büro – Arbeit. Wie in diesem belgischen Film, in dem der kleine Junge erzählt: «Mein Vater geht jeden Tag zur Arbeit. Er geht morgens zur Tür hinaus und kommt abends wieder zurück. Was er den ganzen Tag vor der Tür draußen macht, weiß ich nicht. Er nennt es Arbeit.»

«Weil ich keins habe!» schrie Paula. «Darum!»

Die beiden Männer wechselten einen Blick und hoben die Schultern. Was hat sie denn nun schon wieder?

Sofort bereute Paula und bestrich zur Sühne vier Butterbrote zum Mitnehmen, zwei für Marlon, zwei für Leo. Beide akzeptierten unter Gegrummel diese sehr weibliche Art der Wiedergutmachung. Dann waren sie weg.

Endlich Stille.

Paula richtete sich am Küchentisch ein. Telefon, Notizblock, Computer. Zuoberst auf ihrer Liste von Leuten, mit denen sie reden wollte, stand Hugo Gallati. Sie rief an und weckte Ernesto, seinen Freund. Er war sehr schlechter Laune.

«Entschuldige», sagte Paula, «eigentlich wollte ich mit Hugo sprechen …»

Die bloße Erwähnung des Namens machte Ernesto erst richtig wütend. Sofort war er hellwach. «Dieser Bastard ist in die Ferien gefahren! Nach Griechenland, ganz allein. Allein, ha! Er muß mit sich ins reine kommen – was das bedeutet, wissen wir ja, oder? Na, der muß sich nicht wundern. Wenn du ihn siehst, richte ihm bitte aus, daß Ernesto sich nicht langweilt. Er vergnügt sich im Gegenteil prächtig mit … he! Wach auf! Wie war noch mal dein Name?»

Paula hörte ein fernes, verschlafenes Grunzen im Telefon und legte sacht den Hörer auf. Das fing ja gut an.

Die nächste. Gisela Savigny war wieder in der Psychiatrie. Kontakte zur Außenwelt nur sehr dosiert und nach Absprache. Eine Journalistin, die Fragen zur Vergangenheit stellte, war für sie im Moment nicht der richtige Umgang.

Auch Hans-Iwan Savigny war nicht zu sprechen. «Ich kann Ihnen wirklich nicht sagen, wann er zurückkommt», sagte eine kühle, weibliche Stimme. Einem Impuls folgend, fragte Paula: «Er ist nicht zufällig in Griechenland?»

«Ich sehe, Sie sind über alles informiert.» Die Stimme war noch kühler geworden. Aufgelegt.

Paula stand auf und ging in der kleinen Küche ein paar Schritte auf und ab. In der «Zeitungs»-Redaktion würde sie jetzt eine Mozartkugel essen, eine Zigarette rauchen, mit ihrem Gejammer irgendeinen Kollegen von der Arbeit abhalten und nach zehn Minuten mit frischem oder zumindest aufgefrischtem Mut weitermachen. Zu Hause blieb ihr in dieser Situation nichts anderes übrig, als das Frühstücksgeschirr abzuwaschen.

Als sie gerade überlegte, ob es wohl wieder einmal angebracht wäre, den Kühlschrank mit Essig auszuwaschen, brach ein lachsrosa Tornado über die Wohnung herein. Marina Marini, die Klatschreporterin.

«Du Miststück!»

«Ich?» Es war das erste Mal, daß Paula nicht mit «Schätzchen» oder «Chérie» begrüßt wurde.

«Tu nicht so unschuldig! Du hast es doch von Anfang an gewußt! Und rück die Flasche raus! Fang gar nicht erst an, den Alkohol vor mir zu verstecken – das haben schon ganz andere versucht!»

Paula verkniff sich einen Hinweis auf die Tageszeit und sagte statt dessen: «In das Liebesleben meines Vaters habe ich mich vor zwanzig Jahren zum letztenmal eingemischt.» Als er sich von ihrer Mutter getrennt hatte, um mit der Billettkontrolleurin seiner Buslinie zusammenzuleben nämlich. Ein Ereignis, auf das Paula keinen wesentlichen Einfluß hatte nehmen können. Seither ließ sie es bleiben.

«Du hast wohl gedacht, so eine Doppelhochzeit im Toblerschen Gärtlein, das wäre ganz nach eurem Geschmack, was!»

Marina war offensichtlich von Max Perroquets Anwesenheit in Celia Toblers Wandschrank unterrichtet worden.

«Ach, Marina, du kennst doch Max.»

«Nicht als Krankenpfleger!» Marina hatte nun die Weißweinflasche gefunden und auch entkorkt. Sie schenkte sich ein Glas ein. «Du auch? Ach, besser nicht!»

Nachdem sie ein Glas getrunken hatte, wurde sie ruhiger. Sie setzte sich.

«Mit Marina Marini kann man so etwas nicht machen, das verstehst du doch, Schätzchen?»

Paula nickte vorsichtig.

«Dann verstehst du auch, daß ich mich rächen werde. Ich sag's dir nur, damit du auf das Schlimmste gefaßt bist: Ich werde mich mit deiner reizenden Mama zusammentun.»

**96** Rosa Zimmermann konnte ihre Enttäuschung schlecht verbergen. Einen halben Tag hatte sie nun schon gebraucht, um aus dem wenigen, was ihr der Velokurier verraten hatte, weiterführende Schlüsse zu ziehen. Rosas geheimnisvoller Verehrer sei ein Freund von ihm, hatte er behauptet. Dafür schien er aber recht wenig über ihn zu wissen. Nur, daß er «Möre» heiße und wo ungefähr er wohne.

«Was soll denn das für ein Name sein?» hatte Rosa gefragt.

«Wahrscheinlich Moritz.»

«Nicht Klaus?» Eine rhetorische Frage. Die Chance, daß es der Schauspieler Klaus Wildbolz war, der ihr die Blumen schickte, hatte sie von Anfang an als gering eingestuft. Sie hatte sich das Haus, in dem «Möre» angeblich wohnte, beschreiben lassen. Es lag in der Nähe des Helvetiaplatzes, genau wußte es der Velokurier, der den ebenso häßlichen Namen «Mäge» trug, nicht. «Dritter Stock. Oder auch vierter.»

Rosa hatte ihre Mittagspause genutzt, um den Verehrer ausfindig zu machen. In mehreren Häusern, auf die die Beschreibung paßte, hatte sie im dritten wie auch im vierten Stock geklingelt und nach Möre gefragt. Einen Lift hatte sie nirgends vorgefunden.

«Da könnte man ja gleich über Mittag ins Fitnesscenter gehen!» schimpfte sie über die unerwartete Anstrengung. Sie hatte sich vorgenommen, nach der nächsten Nullauskunft aufzugeben.

«Wart mal kurz, hey.» Der junge Mann, der im Freizeitanzug, wenn nicht gar im Pyjama die Tür geöffnet hatte, mußte einen Augenblick überlegen, wer er war. «Ich bin Möre», gab er dann zu. Er lächelte, so gut er in seinem Zustand konnte. Er freute sich, daß er immerhin noch seinen Namen wußte. Er war nicht nur eindeutig unausgeschlafen, sondern vermutlich auch verkatert. Wirre, rotgefärbte Haare, verschwindend kleine Augen, barfuß. Vielleicht zwanzig Jahre alt. «Was gibt's denn?» fragte die unausgeschlafene Gestalt.

Rosa hatte kein Erbarmen. «Sie kennen mich nicht», stellte sie nüchtern fest.

«Sollte ich?»

Rosa wurde wütend. Stunden hatte sie damit verbracht zu überlegen, wer ihr wohl diese Blumen schickte. Und dann das. Sie trat einen Schritt vor und schubste den Jungen in seine Wohnung zurück.

«Ja, allerdings, das sollten Sie!» sagte sie laut. «Sie schikken mir nämlich seit Wochen Blumen, die mir mein Büro verpesten und Ungeziefer anlocken!»

«Hey, easy!» Möre hob beschwichtigend die Hände. «Du bist also Rosa Zimmermann? Geil, hey!»

Rosa zählte innerlich bis zehn. «Warum schicken Sie mir Blumen, wenn Sie mich gar nicht kennen?»

«Hey, ich mach uns einen Kaffee, wie findest du das?»

«Sehr gut», hatte Rosa resigniert gesagt. Was immer den jungen Mann bewegte, er würde es nicht so ausdrücken können, daß sie es verstand, hey.

Seine Wohnung war eine heimelige Mischung aus Trödelladen und Siff. Rosa hatte nicht gewußt, daß es so etwas (noch) gab. Umsichtig wich sie leeren Flaschen, Wäschehaufen und echten, schutzlos auf dem Boden liegenden Vinyl-Schallplatten aus. Sie folgte Möre bis in die Küche, in der offenkundig leidenschaftlich kompostiert wurde. Aus einem unendlich schmutzigen und ansonsten trostlos leeren Kühlschrank nahm Möre ein Paket feinsten italienischen Espressos. Mit ritueller Sorgfalt füllte er die Maschine, die auf dem Buffet stand, und setzte sie in Gang.

«Echt italienisches Spuntenmodell», erklärte Möre stolz. «Hab ich mit dem Geld vom Gotti gekauft.»

Der Kaffee war sehr gut, wenn auch etwas stark für Rosas Geschmack. Er erfüllte seinen Zweck, indem er den Jungen wiederbelebte.

«Ich hab's nur wegen dem Geld gemacht.» Er beugte sich vor und schaute Rosa mit einem Ernst in die Augen, der sie an ein Haustier erinnerte. «Und dem Gotti zuliebe.»

«Das Gotti schickt mir die Blumen?» Immer besser!

«Ich darf dir ja nichts sagen, aber du bist eine ganz Liebe, das spüre ich.»

«Danke.» Rosa zuckte nicht mit der Wimper. «Und wer ist Ihr Gotti?»

«Das darf ich doch auch nicht sagen! Sorry, hey! Aber weißt du was, ich zeig dir ein Foto. Das ist ja nicht das gleiche.»

Während der junge Mann das Bild suchte, warf er die Kaffeemaschine noch einmal an. Rosa würde den ganzen Nachmittag zittern. Sie hoffte, die Sache war es wert.

Das Foto zeigte eine jüngere, aber unverkennbare Marina Marini.

«Das ist das Gotti. Aber: schscht, hey!»

## 97

Etwas hatte Paula schnell gelernt: Zu Hause arbeiten ist nur sinnvoll, wenn man allein lebt. Und keine Nachbarn hat.

Viermal hatte ihr Sohn Marlon bereits angerufen: von unterwegs, vom Pausenplatz, aus der Telefonkabine in der Mittagspause. Jedesmal hatte er nur wissen wollen, wie es ihr gehe, ob es etwas Besonderes gäbe. Paula war außer sich vor Sorge.

«Nun sag schon, was los ist!»

«Nichts, nichts.» Aufgelegt.

Paula erwog, Marlons Vater, ihren Ex-Mann Charlie, anzurufen und ihn um Rat zu bitten. Galt es noch als normales Verhalten, wenn ein männlicher Jugendlicher stündlich seine Mutter anrief? Charlie war, seit Marlon wieder bei Paula wohnte, reserviert geworden, aus reiner Fairness. Er wollte sich nicht einmischen, tat es aber doch, wann immer er Paula und Marlon zusammen sah. Er konnte sich nicht zurückhalten. Schließlich hatte er zehn Jahre lang allein für Marlon gesorgt. Er wußte doch, was für den Jungen das Beste war.

Andererseits mußte sie nicht erst Charlie anrufen, um eine Antwort auf die Frage zu erhalten, die sie seit Tagen beschäftigte.

«Du willst wohl wissen, ob du Großmutter wirst.» Babs war schlecht gelaunt. «Frag doch direkt. Red nicht um den heißen Brei rum.» Die Rockmusikerin wirkte müde und entnervt. Sie nutzte die Abwesenheit ihrer vier Kinder, die einen alternativen Kleinkindergarten besuchten, um die Fußböden feucht aufzunehmen. (Es ist eine bekannte Tatsache, daß Mütter ihre Kinder fremdbetreuen lassen, um sich selbstzuverwirklichen.) Einen Augenblick befürchtete Paula, Babs würde ihr den Eimer mit dem schmutzigen Wasser vor die Füße schütten und sie zum Teufel jagen.

Babs trug einen Blumenrock, der nicht zu ihrer supercoolen Art paßte. Aber die Plastik- und Leopardenhosen, die sie üblicherweise trug, paßten nicht mehr zu ihrem Körper. Die Frage, ob Babs schwanger war, hatte Paula sich bei ihrem Anblick geschenkt. Eindeutig. Schwangerer als sie selbst.

«Es wird jedesmal schlimmer, findest du nicht?» Babs ließ den Schrubber in den Eimer fallen. Wasser spritzte. «Beim erstenmal hat man mir bis zum sechsten Monat nichts angesehen. Nada! Ich stand noch am Abend vor der Geburt auf der Bühne!»

Paula mochte nicht fragen, in welchem Monat Babs war. Da sie nicht genau wußte, wann die Geschichte mit Marlon angefangen hatte, würde ihr die Information nichts nützen.

«Bei meinem Glück werden es wieder Zwillinge», fuhr Babs fort. «Kannst du mir sagen, wie ich mit sechs Kindern durchkommen soll? Nein, kannst du nicht!»

«Nein, kann ich nicht.» Paula faßte sich ein Herz. «Also – werde ich nun Großmutter oder nicht?»

Babs drehte sich um und ging in die Küche. Paula folgte ihr.

«Willst du einen Frauenmanteltee?»

«Lenk nicht ab.»

Aufreizend langsam bereitete Babs den Tee zu. Sie trank im Stehen, an die Anrichte gelehnt. Ihr Bauch schaute Paula an.

«Ich habe Marlon gesagt, es sei nicht von ihm», sagte sie endlich. «Er hat es allerdings nicht geglaubt.»

«Und?»

«Um die Wahrheit zu sagen, ich weiß es nicht.»

**98** Es war Zeit für einen Coupe Danmark. Andere ernährten sich von sauren Gurken (anscheinend), Paula Perroquet löffelte Coupe Danmark. Täglich, während der ganzen Schwangerschaft.

«Habe ich Ihnen unsere Broschüre über gesunde Ernährung schon gegeben, Frau Perroquet?» fragte die Assistentin des Frauenarztes streng, während sie auf der Patientenkarte Paulas Gewicht vermerkte. Das schon lange nicht mehr der Idealkurve folgte. Paula, die bisher glücklich ohne Gewichtssorgen durchs Leben gekommen war, ertappte sich dabei, wie sie das monatliche Gewogenwerden zu fürchten begann, wie sie Schuhe, Gürtel und sogar ihre Silberringe ablegte in der Hoffnung, die Waage zu täuschen. Vergeblich, wie der mißbilligende Blick der Assistentin über den Brillenrand bewies.

«Ja, haben Sie.» (Von Coupe Danmark stand nichts drin.) Man hatte Paula empfohlen, einen Früchtetag einzulegen. Paula dachte darüber nach. In der Zwischenzeit recherchierte sie das Glace-Angebot der Stadt Zürich. Sobald die Temperaturen stiegen, würde sie der «Zeitung» einen fertigen Artikel liefern können, mit Schwerpunkt Coupe Danmark.

Sie suchte ein Lokal am Limmatquai auf, das sie noch nicht getestet hatte, und bestellte. Sie ließ sich nichts mehr vorschreiben. Schließlich würde sie bald Großmutter und somit erwachsen.

Großmutter?

«Darf ich?» Paula blickte auf. Eine junge Frau, die ihr entfernt bekannt vorkam, stand schüchtern an ihrem Tisch. Paula befiel Unbehagen, noch bevor sie die Frau erkannte – natürlich, Antonia Egger, die Polizistin, die sie nach dem Mord an Jean Barsoi eine Nacht lang verhört hatte.

«Aber bitte», sagte Paula großzügig. Antonia Egger setzte sich und bestellte einen Kaffee.

«Wir sind früh dran», meinte sie. «Sie kommen doch auch, nehme ich an?»

«Wohin?»

«Zur Gedenkfeier für Jean Barsoi.»

«Die war doch letzte Woche!» Paula hatte im letzten Moment beschlossen, die Beerdigung zu schwänzen. Sie haßte Beerdigungen. Aus unerfindlichen Gründen hatte sie immer das beklemmende Gefühl, selbst begraben zu werden. Aber sie hatte sich vorgenommen, Jeans Grab zu besuchen. Wenn das Kind da wäre.

«Johanna Staub hat eine zweite Feier organisiert», erklärte Antonia Egger. «Zusammen mit seinen Freunden.»

«Hatte Barsoi denn Freunde?»

«Jetzt schon.»

Einen kurzen Augenblick lang grinsten sie verständnisinnig, dann senkte Paula den Blick und rührte schuldbewußt in ihrer Schokoladensauce. Antonia Egger zündete sich noch eine Zigarette an. Sie wirkte angespannt.

«Ich habe gar keine Einladung erhalten», sagte Paula. «Unter uns, ich glaube auch nicht, daß Johanna Staub mich gern dort sehen würde.»

Antonia Egger wühlte in ihrer Handtasche. Paula spähte neugierig über den Tisch. Ob sie eine Pistole bei sich trug?

«Hier.» Antonia reichte ihr eine Karte. «Ziemlich vielsagend, nicht?»

Kaum verhüllt gab Johanna Staub kund, daß die offizielle

Beerdigung Jeans Wesen nicht gerecht geworden sei, so wenig wie seine Witwe ihn je wirklich verstanden habe, und daß sie selbst, als Jeans wahre Gefährtin, nun eine seiner würdige Feier organisiert habe. Ausgewählte Freunde würden ein paar Worte sprechen, unter anderem die Chefredakteurin der «Zeitung», Ruth-Maria Vollenweider.

«Die ist doch gar nicht da.» Paula gab die Karte zurück. «Ist sie nun entführt worden, oder macht sie einfach Ferien?»

«Das darf ich Ihnen leider nicht sagen.» Antonia Egger beugte sich vor und blies Paula den Zigarettenrauch ins Gesicht. «Nur soviel: Wir rechnen damit, heute eine Verhaftung vorzunehmen.»

**99** Ein junger Mann in Kniehosen und weißen Strümpfen begegnete Paula auf dem Weg zum Supermarkt. Attraktiver Wadenschwung, stellte sie fest – und wäre beinahe in einen der kümmerlichen Bäume geprallt, die die Lindenstraße säumten, ohne ihrem Namen gerecht zu werden. Waden ließen sie sofort ans Radfahren denken und an den Velokurier, der sie kürzlich über den Haufen gefahren und auf liebenswürdige Weise wieder aufgelesen hatte. Er war in ihrem Kopf präsenter, als es ihm zustand. Zumal Paula noch nicht einmal seinen Namen wußte. Überhaupt sollte sie sich besser Gedanken darüber machen, wo sie ein bauchfreundliches, schmeichelhaftes und doch preiswertes Hochzeitskleid auftreiben könnte. Für junge Radfahrer war kein Platz in ihrem Kopf. Oder ihrem Leben.

Erst, als ihr zwei weitere weißbestrumpfte Männer begegneten und sie feststellte, daß der Supermarkt geschlossen war, fiel es ihr wieder ein: Knabenschießen.

Nein, das andere Fest.

Sechseläuten.

Der Kühlschrank würde leer bleiben. Paula überlegte, bei wem sie sich zum Essen einladen könnte. Die nachbarschaftlichen Beziehungen im Hause Lindenstraße 35 hatten in letzter Zeit gelitten. Hugo Gallati, der so gut kochte, war nach Griechenland verschwunden, sein Freund Ernesto vollauf mit seinem furiosen, rachegetriebenen Liebesleben beschäftigt. Babs litt unter Schwangerschaftsbeschwerden, und Paulas Sohn Marlon, obwohl er gar nicht sicher wußte, ob er der Vater war, versuchte, im Schnellverfahren erwachsen zu werden.

Alles nicht sehr lustig.

Wieder einmal stellte Paula fest, daß sie keine Freundinnen mehr hatte. Wenigstens nicht in Zürich. Einen Augenblick lang war sie versucht, nach Hause zu gehen und telefonisch auf gut Glück einen Velokurier zu bestellen. Oder aber zum Sechseläuten-Umzug zu gehen, an dessen Sinn sie sich nach zehn Jahren Kairo gar nicht mehr erinnerte. In der Masse untertauchen, eine Bratwurst essen und unauffällig nach blonden Zöpfen und schwarzen Velohosen Ausschau halten.

Was war sie, fünfzehn Jahre alt? Mehr die Vernunft als ein bestimmtes Gefühl bewog sie, nach Wipkingen zu fahren, wo ihr Verlobter wohnte. Im Unterschied zur Anfangszeit ihrer Beziehung hatte sie Doktor Toblers komplizierten Dienstplan nicht mehr im Kopf. Im Grunde hoffte sie, nur dessen Mutter Celia anzutreffen. Möglicherweise auch ihren Vater Max, der sich, nicht zum erstenmal, zur Unzeit, fünf Minuten vor oder nach der Eheschließung, in eine neue Person verliebt hatte. Vermutlich waren Paulas eigene Zweifel so kurz vor der Trauung ganz einfach vererbt. Kein Grund, sich zu sorgen.

Oder sich zu schämen.

Versöhnlich gestimmt schloß sie die Tür mit ihrem eigenen Schlüssel auf. Ihr Verlobter war zu Hause. Er saß auf dem Sofa. Er war nicht allein. Das hatte Paula nicht erwartet.

Daß er eine andere Frau küßte. Die neben ihm auf dem Sofa saß. Sie war blond und trug einen pastellfarbenen Trainingsanzug. Auf dem Fußboden stand einer dieser teuren Autositze. Ein Baby mit fast haarlosem, maschengeschmücktem Köpfchen gluckste fröhlich. Ein schönes Bild. Im Toblerschen Wohnzimmer. Ein wahres Kalenderbild. Glückliche Familie, Schweiz, 1997.

Paula erkannte sofort, daß in diesem Bild für sie kein Platz war. Sie ging, bevor jemand sie bemerkte. Daß die beiden die Tür nicht gehört hatten, sprach für die Qualität der Küsse, die Leo Tobler mit Regine Barsoi Röthlisberger tauschte.

**100** Chefsekretärin Rosa Zimmermann trug Schwarz. Nicht nur, weil sie gerade von einer Beerdigung kam. Einer Gedenkfeier, um genau zu sein.

Rosa Zimmermann war schlecht gelaunt. Erst hatte sie ihre Mittagspause geopfert, um einer endlosen Folge verlogener Reden zu lauschen; dann hatte eine filmreife Verhaftungsszene sie aus ihrem Zeitplan geworfen.

Es war immer das gleiche: Kaum war jemand gestorben, gab es nur noch Leute, die ihm ganz besonders nahegestanden hatten. Es wimmelte plötzlich von Hauptleidtragenden, die Aufmerksamkeit forderten. Warum war sie trotzdem hingegangen? Weil Jean Barsoi, der Tote, um den es sich handelte, bei der «Zeitung» gearbeitet hatte. Und der «Zeitung» fühlte sich Rosa Zimmermann immer noch verpflichtet.

Vielleicht war sie auch aus Neugier hingegangen. Immerhin war in der Einladung eine Rede von Chefredakteurin Maggie versprochen worden. Zwar hatte Rosa nicht geglaubt, daß Maggie auftauchen würde (war sie auch nicht), aber sicher war sicher. In Rosa Zimmermanns langer Karriere war dies das erste Mal, daß eine unter ihr arbeitende Chefredakteurin verschwand, ohne sie zu informieren. Wenn sie ehrlich war, gefiel ihr das nicht besonders.

Die Gemütlichkeiten hatten damit begonnen, daß Organisatorin Johanna Staub, Barsois letzte Geliebte, ihre Vorgängerin Paula Perroquet nicht in den Saal lassen wollte, den sie im ersten Stock von Barsois Stammkneipe gemietet hatte. Es war zu einer tränenreichen Szene gekommen, der ersten von vielen. Dann hatten die Reden begonnen: Manch ein Kollege, der sich in Rosa Zimmermanns immer offenem Büro bitter über Jean Barsoi beklagt hatte, erzählte nun mit bewegter Stimme belanglose Anekdoten, die seine besondere Verbundenheit mit dem Toten beweisen sollten.

Pikant wurde es, als eine junge Comic-Buchhändlerin ans Mikrofon trat und sämtliche Titel aufzählte, die Barsoi bei ihr bestellt hatte. Mit feierlicher Stimme las sie die Liste vor, nach jedem Titel bedeutungsschwanger ins Publikum blikkend. Als ließe Barsois literarischer Geschmack auf einen besonders edlen Charakter schließen.

«Das kleine Arschloch»?

«Menschenblut»?

«Always ultra»?

Es war Rosa Zimmermann ein Rätsel, wie sich diese durchaus sympathische junge Frau in einen Mann mit solchen Vorlieben verlieben konnte, aber genau das war offenbar geschehen – jedenfalls schwor sie am Mikrofon, Barsoi treu zu bleiben, bis sie ihn im Jenseits wieder träfe. Oder sagte sie «Nirvana»?

Das war zuviel für Johanna Staub; sie stürzte sich auf die Buchhändlerin. Beide gingen zu Boden. In der hintersten Reihe erhob sich plötzlich eine Polizistin, die sich diskret hinter Paula Perroquets üppigen Formen versteckt gehalten hatte. Sie sprang auf den Tisch, flitzte nach vorn und hechtete ins Gewühl, ohne auch nur ein einziges Glas umzuwerfen. Sie trennte die beiden Frauen und verhaftete die Richtige. Nahm Rosa Zimmermann jedenfalls an.

Sie hatte genug gesehen. Den Rest des Tages würde sie wohl damit verbringen müssen, den «Zeitungs»-Kollegen zu rapportieren. Doch zunächst ging sie nach Hause und zog eine rote Bluse an.

**101** Wenn die Türglocke frühmorgens auf eine bestimmte Art schellte, wußte Paula, daß ihre Mutter sie heimsuchte. Eins aber erwartete Paula nicht, als sie barfuß und im Pyjama die Tür öffnete – ihre Mutter bei guter Laune anzutreffen.

Sie war nicht allein. Ein recht unattraktiver, bärtiger Mann im Maßanzug begleitete sie. Paula erkannte den Anwalt Franz Hugelshofer, der ihrer Mutter vor einigen Wochen aus der Patsche geholfen hatte. Hinter dem Paar stand, eine fast bedrohliche Fröhlichkeit verbreitend, Klatschreporterin Marina Marini.

«Auf, Schätzchen, der Tag beginnt!» Sie schob die beiden anderen zur Seite und drängte sich vor. «Der Morgen ist das Ruderblatt des Tages!» deklamierte sie weiter. Sie trug ein farbenfrohes Frühlingskleid, dessen wildes Muster migräneauslösend wirkte, und einen Picknickkorb. Diesem entnahm sie eine karierte Wolldecke, die sie auf Paulas Wohnzimmerboden ausbreitete, sowie Teller, Gläser, eine Flasche Champagner.

Paulas Mutter und ihr Anwalt ließen sich mehr oder weniger graziös auf der Decke nieder.

«Zieh dir erst mal was Anständiges an», befahl Marina, als Paula sich ebenfalls setzen wollte.

Eine solche Bemerkung hätte Paula eher von ihrer Mutter erwartet. Sie wollte schon gehorchen, als ihr einfiel, daß sie zu Hause war. Und erwachsen. Ihre Mutter hatte sie schon auf weniger angenehme Weise aus dem Schlaf gerissen. Sie setzte sich und biß in ein frisches Brötchen.

Gerade als Paula sich fragte, ob ihre Mutter vielleicht die Sprache verloren hatte, beugte Hulda sich vor und tätschelte ihr die Hand. «Jetzt gehörst du also auch zu uns», sagte sie feierlich und mit einer gewissen Befriedigung. «Jetzt hat es dich auch erwischt.»

Paula verstand nicht.

«Machen Sie sich nichts draus», mischte sich der Anwalt ein. «Wir werden sie fertigmachen! Die kommen nicht so einfach davon!»

Paula verstand noch weniger.

Ihre Mutter blickte bewundernd zum Anwalt auf. Offenbar verstanden *sie* sich glänzend. «Ist er nicht großartig?» flötete sie.

Paula nahm sich ein zweites Brötchen. Wenn sie es sich recht überlegte, war es das erste Mal, daß sie ihre Mutter so entspannt sah. Nicht das erste Mal seit Jahren, nein, das erste Mal überhaupt. Sie hatte noch keine einzige abfällige Bemerkung über Paula, ihren Lebenswandel, ihre Wohnung, das unabgewaschene Geschirr oder ihren Pyjama gemacht. Und tat dies nicht einmal, als plötzlich verschlafen, schlecht gelaunt und auf großen Füßen Marlon ins Zimmer schlurfte.

«Was soll denn das?» maulte er. «Habt ihr nichts Besseres zu tun, als auf dem Boden zu frühstücken? Um diese Zeit?»

«Nein, Darling», sagte Marina. «Haben wir nicht.» Sie bot ihm ein Brötchen an, das sie mit Lachs belegt hatte. Er nahm es und verschlang es in zwei Bissen.

«Anderswo verhungern Menschen», sagte er, nahm sich einen Apfel und verzog sich schmollend wieder in sein Zimmer. «Dekadent», war das letzte Wort, das man von ihm vernahm, bevor er mit gehemmter Entrüstung die Tür hinter sich zuschlug.

«Die Jugend», fing Hulda an. Doch Paula unterbrach sie: «Kann mir bitte jemand erklären, worum es hier eigentlich geht?»

«Du bist jetzt auch eine verlassene Frau», erklärte ihre Mutter gerührt.

O Gott. Meinte sie das ernst?

Der Anwalt studierte seine Schuhspitzen, Marina verdrehte die Augen. Offensichtlich kannten beide die Rede, zu der Hulda nun ansetzte.

«Um es kurz zu machen», warf der Anwalt ein, «wir werden diese Leute verklagen. Uneingelöste Eheversprechen! Wir werden sie fertigmachen. Leo Tobler, Celia Tobler und leider auch Ihren Vater, Max Perroquet. Ich hoffe, Sie haben nichts dagegen.»

«Nein, nein, nein», antwortete Hulda großzügig für Paula. «Sie gehört ja jetzt auch zu uns.»

Paula schüttelte den Kopf. «Das ist doch nicht euer Ernst?» fragte sie vorsichtig nach. «Ihr wollt mich verarschen, stimmt's?» Marina Marini zwinkerte ihr zu. Als wollte sie sagen: Spiel erst mal mit. Ich erklär's dir später. Marina Marini hatte langsam einiges zu erklären.

Paula wandte sich ihr zu. «Dann sag du mir bitte, warum du Rosa Zimmermann Blumen schicken läßt.»

**102** «Schätzchen», sagte Marina Marini, «wir sind durchschaut.»

«Aber nicht im geringsten, meine Liebe. Du bist durchschaut, allerhöchstens!»

Sie saßen auf einer Parkbank an der Sihl, ganz in der Nähe der «Zeitungs»-Redaktion. Der Fluß war braun und trübe, das Wetter eigenartig. Unberechenbar. Melancholisch. Peter Nowak hatte die Bank erst abgewischt und mit einer Decke gepolstert, bevor sie sich setzten. Marina Marinis Frühlingsflattergewand mußte geschont werden.

«Das ist das letzte Mal, daß ich jemandem einen Gefallen tue», verkündete sie und ließ sich eine ihrer extralangen Mentholzigaretten anzünden. «Wer bin ich denn!»

«Du bist Marina Marini», antwortete Nowak galant, «die Unvergleichliche.»

«Schmeichler.» Marina fror. Sie hatte schlechte Laune. Sie starrte auf den Fluß, der Schaumflocken trug. Würden all die Hausfrauen nicht ständig abwaschen, dachte sie, sähe die Welt schon besser aus.

Hoppla. Ganz schlechte Laune.

Sie brauchte dringend etwas zu trinken.

Peter Nowak, seit jeher recht begabt im Lesen der Gedanken von Frauen, nahm aus der Innentasche seines Mantels einen Flachmann und schraubte ihn auf. «Sehr zum Wohl», sagte er.

Marina schnupperte. Cragganmore, die vom Prinzen von Wales bevorzugte Whiskymarke. Im Zweifelsfall pflegte sich Marina dem adligen Geschmack anzupassen. Sie nahm einen kräftigen Schluck.

«Mein Lieblingsgetränk um diese Zeit», sagte sie. «Daß du dich daran erinnerst!» Sie wischte sich mit dem Handrükken über die Lippen. «Aber das heißt noch lange nicht, daß ich dich weiterhin decke, dich und deine Machenschaften! O nein, mein Freund!» Marina nahm noch einen Schluck, um gegen die aufsteigende Rührung anzukämpfen. «Wer bin ich denn eigentlich», wiederholte sie trotzig, «daß ich anderen Leuten ihre Liebesgeschichten hinbiege! Ausgerechnet ich!

Die ich vor dem Altar stehengelassen wurde! Und das in meinem Alter!»

Nowak nahm ihr den Flachmann aus der Hand. Eine rosa Lippenstiftspur zog sich über ihren Handrücken.

«Wer wird denn gleich von Alter sprechen», sagte er sanft. «Aber du hast recht. Es wird Zeit, daß ich die Sache selbst in die Hand nehme.»

«Kann man wohl sagen.» Marina ließ ihre Hand unauffällig in die Nähe des Flachmanns wandern, der zwischen ihnen auf der Parkbank lag. «Nach zehn Jahren. Oder sind es elf?» Die Silberflasche war unter den sieben Schleiern ihres Frühlingsgewandes verschwunden.

«Dreißig», sagte Peter Nowak. «Alles in allem dreißig Jahre.» Er stand auf und klopfte seinen Anzug ab. Zog seinen Mantel an. Griff nach seinem Stock und deutete eine Verbeugung an. «Trink einen Schluck auf mich», sagte er zum Abschied. Marina Marini tat ihm den Gefallen und errötete zart.

Rosa Zimmermann war nicht erfreut, als sie einen gewaltigen Blumenstrauß ihr Büro betreten sah.

«Schon wieder», sagte sie unwirsch und drehte sich auf ihrem Stuhl zur Seite. Sie schaute in ihren Bildschirm, auf dem es gar nichts besonders Interessantes zu sehen gab. «Vasen hab ich auch keine mehr. Kannst ihn vorn abgeben, Mäge. Die Telefonistin freut sich auch.»

«Ich meine aber nicht die Telefonistin», sagte Peter Nowak und legte den Strauß auf Rosa Zimmermanns Pult. «Obwohl du damals auch telefoniert hast. Als ich dich kennenlernte. Vor dreißig Jahren.»

Rosa Zimmermann stand langsam auf. Sie sagte nichts. Was allein schon außergewöhnlich war. Sie sagte nichts. Sie fiel in Ohnmacht.

**103** «Genug ist genug!» Ernesto warf sich in Pose. Er hatte an diesem Tag die Verkleidung des tragischen jugendlichen Helden gewählt – Cape, schwarzer Schal und Rüschenhemd, dieses allerdings bis zum Bauchnabel offenstehend. Paula war sich fast sicher, daß seine dramatischen Augenringe aufgeschminkt waren.

«Was ist denn passiert?» Sie klopfte mit der Hand auf die Holzbank. «Setz dich.»

Sie hatte nichts gegen ein bißchen Gesellschaft. Seit einer Stunde saß sie am Rand des Sandkastens. Sie hatte sich die vier Kinder ihrer Nachbarin Babs ausgeliehen, um die Spielplätze im Quartier zu testen. In absehbarer Zeit würde sie selbst wieder hier sitzen. Sitzen müssen, Tag für Tag. Mit Schaudern erinnerte sie sich an Marlons frühe Kindheit. Marlon, der schon ernsthaft, konservativ und beinahe wohlerzogen zur Welt gekommen war, hatte sich unter den wilden Kindern der achtziger Jahre schlecht behaupten können. Händeringend hatte Paula zugeschaut, wie er sich plagen ließ. Ohne daß sie sich eingemischt hätte. Einmischung war nicht angesagt. Das hatten ihr die anderen Mütter schnell klargemacht. Damals waren ihr die ersten grauen Haare gewachsen.

Nun waren die Zeiten anders. Das Quartier war anders. Die Kinder im Sandkasten trugen Schuhe von Moschino. Ihre Plastikeimer waren mit Computeretiketten beklebt. Einmischen schien wieder angesagt zu sein. Hinter jedem Windelträger stand aufmerksam und einsatzbereit seine Mutter. Das einzige, was wohl immer gleich blieb, war die gegenseitige Kontrolle.

Paula hatte sich eingebildet, sie könnte auf der Holzbank in der Sonne sitzen und die «Zeitung» lesen. Doch nachdem sie dreimal mit den Worten «Ist das Ihr Kind, das da gerade ...» unterbrochen worden war, hatte sie sich ergeben. Angestrengt hatte sie die vier Kinder beobachtet und sich gefragt, was ihre Rolle sein könnte.

Jetzt, wo sie Großmutter wurde.

Und Mutter.

«Ich gehe fort!» verkündete Ernesto und schlug das Cape um sich. Vorübergehend wurde so seine an ein Tessinerbrot erinnernde Bauchmuskulatur verdeckt, was Paula gerade recht war. Sie ließ sich nicht gern mit der Tatsache konfrontieren, daß andere Menschen so etwas hatten. Bauchmuskeln.

«Ich möchte, daß du meine Pflanzen bekommst, meine Bongotrommeln und mein englisches Teeservice. Marlon vermache ich meine vier Paar Lederhosen.»

«So was trägt er doch nicht», warf Paula automatisch ein. «Und überhaupt: Was soll das? Machst du dein Testament?»

«Ich gehe fort!» wiederholte Ernesto. «Ich habe eine Mission!»

«Hmmmm», imitierte Paula ihren Therapeuten in der Hoffnung, mehr zu erfahren.

«Ich habe mit vielen Männern geschlafen», gestand Ernesto. «Sehr vielen. Sehr, sehr vielen.» Die Müttergruppe auf der gegenüberliegenden Bank unterbrach ihr Gespräch über Frühförderung und schaute irritiert herüber.

«Ich habe mit allem geschlafen, was sich in der schwulen Szene bewegt», rief Ernesto laut über den Sandkasten hinweg. «Jawohl! Aber», nun senkte er die Stimme wieder, «ich liebe Hugo. Nur Hugo. Und deshalb gehe ich ihn retten, und wenn es das letzte ist, was ich tue!»

Paula seufzte. Wenn das nur ihr einmal passierte. «Wovor mußt du ihn denn retten?» fragte sie verträumt.

Ernesto schlug sein Cape wieder auf und fischte aus seinem großzügigen Ausschnitt einen vielgelesenen Brief, den er Paula reichte.

«Ist das Ihr Kind?» rief eine der Mütter hinüber. Paula schaute auf. Der zweijährige Billy hatte nach einem Schäufelchen gegriffen, das ihm nicht gehörte. Der rechtmäßige Besitzer, nicht viel älter, heulte. Seine Mutter bebte vor gerechter Empörung. Paula stand auf.

«Pädophile auf unseren Spielplätzen», hörte sie. «Da muß man etwas unternehmen.»

Paula setzte sich wieder.

«Vor der Ehe muß ich ihn retten», erklärte Ernesto, «vor der Heterosexualiät!»

Aus dem Brief ging hervor, daß Hugo auf einer griechischen Insel Maggie gefunden hatte, die angeblich entführte Chefredakteurin, außerdem seinen spirituellen Meister, seinen seelischen Frieden und seine wahre Bestimmung. Maggie und er würden sich nach den Riten des Hauses, in dem sie zu bleiben gedachten, trauen lassen. Paula faltete den Brief zusammen und gab ihn zurück.

«Meinen Segen hast du», sagte sie (sie war immer für die Liebe). Dann stand sie auf und sammelte die Kinder ein.

«Laß uns nach Hause gehen und ein paar Kleinkinder zum Abendessen braten!» rief sie Ernesto zu. Sie würde sich einen anderen Spielplatz suchen müssen, wenn es soweit war.

**104** «Schafft mir ihn aus den Augen», sagte Rosa Zimmermann, als sie aus ihrer Ohnmacht erwachte. Das hatte ihr gerade noch gefehlt. Ein Geist.

Peter Nowak trat respektvoll einen Schritt zurück. Er wußte, daß er zehn Jahre Verspätung nicht mit ein paar Blumen gutmachen konnte. Man hatte Rosa Zimmermann auf das rote Sofa gebettet, das vor dem verwaisten Büro der Chefredakteurin stand. Das Sofa war ungefähr siebenmal so lang wie Rosa Zimmermann. Verschiedene Frauen beugten sich über sie. Sie musterten Nowak mißtrauisch. Keine von ihnen erkannte ihn. Keine von ihnen hatte vor zehn Jahren schon bei der «Zeitung» gearbeitet.

Peter Nowak wollte sie zur Seite schubsen, Rosa Zimmermann in die Arme nehmen und aus dem Haus tragen. An die Luft. Auf eine Parkbank betten. Doch für solche Gesten war er zu alt. Wer am Stock geht, sollte nicht versuchen, eine Frau davonzutragen.

Rosa Zimmermann rappelte sich auf. Man hatte ihr die Schuhe ausgezogen, aber sie war noch immer größer als Peter Nowak. Die Frauen mit ihren feuchten Taschentüchern und ihren Notfalltropfen wichen. Nowak klammerte sich an seinen Stock. Sie würde doch nicht ...

«Ich kann alles erklären!»

«Später», sagte Rosa Zimmermann. Sie holte aus und schlug den alten Mann zu Boden. Danach tat ihr die Hand weh. Aber es hatte sein müssen.

Sie rieb sich die Knöchel, stieg steifbeinig (ohne Schuhe) über den am Boden Liegenden hinweg und ging in ihr Büro. Jemand stieß einen bewundernden Pfiff aus. Sonst war es ganz still. Ausnahmsweise schloß Rosa Zimmermann ihre Bürotür hinter sich ab.

Die oberste linke Schreibtischschublade war leer. Keine Mozartkugeln mehr. Keine einzige.

Sie würde doch nicht weinen? Das war die Aufregung. Der Schmerz in den Fingerknöcheln. Die Hand war möglicherweise gebrochen. So etwas kam vor. Sie wünschte trotzdem, sie hätte fester zugeschlagen.

Zum erstenmal in über vierzig Jahren hätte Rosa Zimmermann viel für eine Büroflasche gegeben, für eine wohlsortierte Bar im Aktenschrank. Wenn sie ehrlich war, zum zweitenmal. Vor zehn Jahren hatte sie einem Kollegen die Whiskyflasche, die er für Notfälle in seinem Büro aufbewahrte, entwendet und geleert. An dem Tag, an dem Peter Nowak sie versetzt hatte.

Der Tag hätte ihr letzter bei der «Zeitung» werden sollen. Nowak sollte sie abholen. Sie würden mit dem Nachtzug nach Warschau fahren, wo er Korrespondent der «Zeitung» werden sollte. Das war der Plan. Sie wollten heiraten. Nach über zwanzig Jahren. Plötzlich war alles möglich.

Doch Nowak war nicht gekommen. Sie hatte ihre Kündigung rückgängig gemacht. Seither hatte sie keinen Whisky mehr getrunken. Sie würde gern behaupten können, sie habe nie mehr an Peter Nowak gedacht. Aber so war es nicht. Sie hatte jeden Tag an ihn gedacht.

Nowak blieb verschwunden. Die Stelle in Warschau hatte er ohne Erklärung aufgegeben. Bis heute hatte man nichts mehr von ihm gehört. Vorsichtig bewegte Rosa die Finger.

Sie öffnete ihre Bürotür. Nowak lag auf dem Sofa, von mehreren Frauen hingebungsvoll umsorgt. Typisch, dachte Rosa Zimmermann. Als er sie sah, schloß er schnell die Augen und stellte sich tot.

«Verschwinde!» befahl sie, machte kehrt und setzte sich wieder hinter ihren Schreibtisch. Sie traute ihrer Stimme nicht genug, um ganze Sätze von sich zu geben. Nowak schüttelte die Frauen ab, humpelte herein und schloß hinter sich die Tür. Er setzte sich. Er schaute sie an. Es war immer noch genau dasselbe.

Eine Flasche, dachte Rosa. Eine Pistole.

**105** In Griechenland war es warm. Das war das Beste, was man darüber sagen konnte. Ernesto mochte das Essen nicht, den harzigen Wein, die hektische Musik und schon gar nicht den Anblick der künstlich zerzausten Rucksacktouristen. Eineinhalb Tage nach seiner Ankunft war Ernesto soweit, daß er den Erfinder der bauschigen, knallfarbigen Knöchelhosen, die hier zur Uniform gehörten, umbringen wollte. Verschiedene langsame und grausame Tötungsmethoden fielen ihm ein.

Er wollte nach Hause.

Am zweiten Abend sprach ihn ein junger Deutscher an, der drei regenreiche Wochen in einem Einzelzelt verbracht hatte und dementsprechend roch. Er bestellte das billigste Gericht in der Taverne, eine Übelkeit erregende Innereiensuppe, und fühlte sich schon fast wie ein Eingeborener. Oder den Eingeborenen wenigstens verbundener als der Durchschnittstourist, der vor einem Lammspieß saß. Eine Argumentation, die Ernesto nicht einleuchten wollte.

Als der junge Tourist sich nach dem dritten Glas aus Ernestos Flasche als Mathematiklehrer an der Polizeischule Münster outete, hatte Ernesto genug.

Er wollte nach Hause. Zürich erschien ihm aus der Ferne plötzlich als Zentrum der Zivilisation, voller Fitnessstudios, Weinbars, Großleinwandkinos und gutaussehender Männer, die Ledermützen trugen.

Und verdiente denn Hugo diese überstürzte Rettungsaktion überhaupt? Hatte er Ernesto in den letzten Monaten nicht sträflich vernachlässigt, ausgeschlossen, zurückgewiesen, vor den Kopf gestoßen und was der Partnerschaftssünden mehr sind?

War es für einen so unsensiblen Klotz nicht vielleicht eine gerechte Strafe, zur Heterosexualität bekehrt zu werden?

Ernesto ließ den Polizeischullehrer mit der Rechnung sitzen. Nach einer unruhigen Nacht in einer ringhörigen Pension stand er früh auf. Er wußte nun von jedem einzelnen Mitbewohner, wann und in welchem Zustand er aus der Disco zurückgekommen war, ein Wissen, das Ernesto weder weiterbrachte noch glücklicher machte. Mit Todesverachtung verzehrte er einen abgepackten, trockenen Kuchen zum Frühstück. Dann kaufte er sich eine extrascheußliche Flatterhose. Besser nicht auffallen. Wer wußte denn, was sie im «Haus des Lichts» mit Homosexuellen anstellten?

Das Meditationszentrum öffnete seine Tore erst um zehn. Eine Traube mehrheitlich junger Menschen stand schon herum und freute sich auf den ersten Kurs. Ernesto mischte sich unter sie. Da er den esoterischen Jargon nicht recht beherrschte, mimte er erfolgreich den in sich Gekehrten. Mehrere junge Frauen mit großen Augen boten an, sich um ihn zu kümmern. Das passierte Ernesto ständig und seit frühester Jugend. Der «weibliche Instinkt» war eindeutig ein Mythos.

Hatte er die bunte Stoffhose doch eine Nummer zu eng gekauft? Machte das mit der Schere bearbeitete, schwarze Netzhemd die unschuldige Wirkung zunichte? Das attraktive androgyne Wesen namens Sheba, das die Neuankömmlinge willkommen hieß und in Gruppen einteilte, betrachtete Ernesto jedenfalls mit besonderem Mißtrauen. Es führte ihn, nachdem die anderen in diverse Kursräume verschwunden waren, in ein Nebengebäude. An den gelbgestrichenen Wänden hingen mehrere stark retuschierte Porträts von Maggie. Sie lächelte breiter, als Ernesto es ihr zugetraut hätte, und trug eine Art Heiligenschein am Hinterkopf. Konnte auch ein Lichteffekt sein. Ein besonders hübscher.

Jeder Versuch, mit Sheba ins Gespräch zu kommen, scheiterte. Er (sie?) führte Ernesto in einen fensterlosen Raum und bedeutete ihm zu warten. Ernesto dachte müßig darüber nach, wie Sheba ihm die Wartezeit hätte versüßen können.

Bald hatte er genug vom Warten. Er öffnete die Tür und trat in den Flur hinaus. Dann hatte er die Bestätigung, die er gesucht hatte: Was immer mit Hugo geschehen war, es war nicht freiwillig geschehen.

Für den Bruchteil einer Sekunde lang blitzte diese Erkenntnis auf, zusammen mit einem glänzenden Gegenstand, der durch die Luft auf ihn zu sauste, einem riesigen, pyramidenförmigen Bergkristall.

Dann, Gott sei Dank, wurde alles schwarz.

**106** In aller Frühe war Paula aufgestanden und hatte, noch im Halbschlaf, ihre Wohnung verbarrikadiert. Das Sofa und einen schweren Schirmständer vor die Tür geschoben. Dann hatte sie die Türklingel stummgeschaltet und sämtliche Telefonstecker herausgezogen, bevor sie ins Bett zurückgekrochen war. Sie mußte gar nicht wach sein, um zu wissen, was heute für ein Tag war. Muttertag. Der drittschlimmste Tag des Jahres. Nach Weihnachten und Huldas Geburtstag.

Paula wälzte sich und ihren Bauch im Bett. Um wieder einzuschlafen, fühlte sie sich nicht sicher genug. Ihre Mutter war durchaus fähig, mit Vorwürfen beladen die Fassade hochzuklettern. Jeden Augenblick erwartete Paula, Huldas selbstgerechtes Gesicht in einem der Fenster auftauchen zu sehen. Sie sollte – dachte sie – noch einmal aufstehen und die Läden schließen. An allen Fenstern. Und schlief dann doch ein. Erst der Geruch von frischem Kaffee weckte sie.

Marlon, mit seinem Sinn für Traditionen, brachte ihr das Frühstück ans Bett. Das allerdings ließ Paula sich gefallen. Sogar eine Blume hatte er gepflückt. (Paula erkannte den Balkonschmuck der Nachbarn.)

«Stell's hierhin.» Paula warf vierzehn Bücher und ein paar andere Zeugen des Alleinlebens beziehungsweise -schlafens aus dem Bett. Marlon stellte das Tablett vorsichtig ab und setzte sich.

«Ich muß mit dir reden», sagte er. «Aber iß ruhig. Es stört mich nicht.»

Vielen Dank. Paula biß in ein frisches, warmes Brioche. Es sah so aus, als wären die Nachrichten so schlecht wie die Brötchen gut.

«Ich werde die Schule abbrechen», verkündete Marlon. «Da ich nicht in der Lage bin, meine Familie zu ernähren, werde ich Hausmann.»

Hausmann. Paula begann die Dekoration aus Schokoladeherzchen aufzuessen. Was für ein Beruf für ein Kind!

Es war dann Paula, die über den Balkon flüchtete. Eine (mutmaßlich) wohlmeinende Nachbarin hatte Hulda ins Haus gelassen, und Marlon hatte, wie um seinen Familiensinn unter Beweis zu stellen, das Sofa beiseitegeschoben und die Tür geöffnet, bevor Hulda sie einschlagen konnte.

Beim Klang von Huldas Stimme hatte Paula die Flucht ergriffen. Sie war ihrer Mutter nicht gewachsen. Heute nicht. Heute schon gar nicht. Sie kletterte über das Geländer auf den Nebenbalkon und klopfte an die Tür.

«Hach, wie nett!» Fräulein Silvia, eine winzige, uralte Person, in Mantel, Hut und Netzstrümpfen, strahlte. «Ihr reizender Sohn war heute morgen schon hier und hat ein Blümchen gepflückt.» Sie ließ Paula in ihre Einzimmerwohnung, die mit Kindermöbeln eingerichtet war, welche der Körpergröße von Fräulein Silvia entsprachen. «Überhaupt haben Sie immer so reizende junge Männer auf Ihrem Balkon. Sie sind zu beneiden, meine Liebe!»

Errötend floh Paula auf den Flur hinaus, wo sie wiederum beinahe mit Babs zusammenstieß, deren Bauch auch schon einen beeindruckenden Umfang erreicht hatte.

«Ich wollte gerade zu euch», sagte Babs.

«Lieber nicht.» Paula nahm sie am Arm und zog sie zum Lift. Wenig später saßen sie in dem manisch dekorierten Erlebnislokal an der Ecke und stritten sich mit einem minderjährigen Kellner, der ihnen keinen Wein servieren wollte.

«Ihr habt eine Verantwortung!» rügte der junge Mann. «Die ungeborenen Seelen trinken mit!»

«Nur ein Glas», säuselte Paula, «ein ganz kleines. Ist doch gut fürs Blut.»

«In Amerika käme ich dafür ins Gefängnis.» Der Junge wickelte eine Haarsträhne um seinen Finger, eine Geste, die Babs offenbar reizte.

«Weißt du überhaupt, was heute für ein Tag ist, du Arschloch?» donnerte sie. «Muttertag! Also sei ruhig und schieb den Wein rüber!»

Sämtliche Gäste vergaßen die Erlebnisgastronomie für einen Augenblick und schauten zu ihnen her.

Zehn Sekunden später saßen die beiden Frauen vor ihrem Wein. Außerdem brachte der kleinlaute Kellner eine üppige Tapas-Platte. «Geht auf Rechnung des Hauses.»

Babs trank ihr Glas in einem Zug aus. Dann schob sie es zur Seite und legte die Stirn auf die Tischplatte.

«Heute muß ich es Marlon sagen.» Ihre Stimme klang dumpf unter ihren verschränkten Armen. «Das Kind ist gar nicht von ihm.»

**107** Wenn Rosa Zimmermann aus ihrem Fenster schaute, was sie während der Arbeit selten tat, sah sie die trübe Sihl und einen großen Parkplatz. Unter dem Parkdeck, an der Uferböschung, mußte sich eine Art Briefkasten befinden. Menschen kamen und gingen, kletterten hinauf und hinunter, verschwanden unter dem Parkplatz und tauchten wieder auf, in allen Zuständen zwischen Erwartung und Enttäuschung. Der Briefkasten wurde häufig frequentiert, an manchen Tagen sogar von der Polizei. Heute zum Beispiel, wo Rosa öfter als üblich aus dem Fenster schaute. Zwei junge Polizistinnen kletterten gerade die Böschung herauf. Die eine zog sich einen Gummihandschuh über, um der anderen eine Spritzennadel aus der dicken Sohle ihrer Kampfstiefel zu ziehen. Rosa Zimmermann sah zu. Sie fand die Welt zum Ohrfeigen.

Allen voran natürlich Peter Nowak, der sich auf dem roten Sofa im Flur vor Rosas Büro häuslich eingerichtet hatte, von den bereits seinem Charme erlegenen Damen vom Nachrichtensekretariat mit Büchern, Sandwiches und einer Wolldecke versehen.

Sogar ein Plakat hatte er gemalt: «Rosa, hör mich an!» Das gab zu denken. Zu reden. Seit Chefredakteurin Maggie sich in ihrem Büro verbarrikadiert hatte und in den Hungerstreik getreten war, hatten nicht mehr so viele «Zeitungs»-Journalisten genau diesen Flur benutzt. Nicht abreißende Ströme von Redakteuren zogen an Rosas Büro vorbei. Sie würdigte sie keines Blickes. Auch Peter Nowak beobachtete sie höchstens aus dem Augenwinkel. Leise vor sich hinpfeifend, malte er an einem zweiten Plakat, anscheinend allerbester Laune.

Arschloch.

Rosa Zimmermann drehte sich auf ihrem Stuhl zum Fenster. Um sich abzulenken, griff sie nach der «Zeitung», die zuoberst auf dem Stapel lag, den sie gewissenhaft abtrug. Aus Zeitmangel war sie immer ungefähr eine Woche in Rückstand, aber bei der nachträglichen Lektüre stellte sie fest, daß Nachrichten selten verdarben und das englische Wort «News» eines der unpassendsten überhaupt war.

Nach fünf Minuten hätte sie schon nicht mehr sagen können, was sie eben gelesen hatte. Zu ihren privaten Sorgen kamen die der «Zeitung». Der Mord an Reporter Barsoi, der schon beinahe in gnädige Vergessenheit geraten war, gab nach der Verhaftung von «Kehrseite»-Redakteurin Johanna Staub erneut Anlaß zu Spekulationen, auch über «Die Zeitung». Dazu kam die sich hinziehende und nicht mehr glaubwürdig zu erklärende Abwesenheit von Maggie.

Rosa war der «Zeitung» so verbunden, daß die Kritik, das Geschwätz sie persönlich trafen. Dem neusten Gerücht nach, das mehrere Blätter aufgegriffen hatten, sollte Maggie sich in ein Meditationshaus zurückgezogen haben und dort gleich zum Guru avanciert sein. Lächerlich. Maggie hatte noch nie genügend Abgeklärtheit für sich selbst besessen, geschweige denn für andere. Was würde den Leuten wohl als nächstes einfallen? Rosa stieß sich mit dem Fuß ab und wirbelte auf ihrem Drehstuhl trotzig herum.

ES IST NICHT SO, WIE DU DENKST, stand auf dem zweiten Plakat, das Peter Nowak vor ihrem Büro hochhielt.

Na klar. Zwanzig Jahre Heimlichkeit und Lügen, damit ihre Liebe sogar der maßlos neugierigen und normalerweise flink alles aufdeckenden «Zeitungs»-Redaktion vorenthalten blieb. Bis Nowaks Frau, die «eine Trennung nicht überleben würde», mit ihrer Schulfreundin durchbrannte. Was Nowak auch wieder nicht paßte. Es hatte eine Weile gedauert, bis er diese Kränkung überwunden hatte. Doch dann war er an dem Tag, an dem sie zusammen fortgehen wollten, nicht aufgetaucht und hatte zehn Jahre lang nichts von sich hören lassen. Was, bitte, sollte Rosa da denken?

«Laß mich bloß in Ruhe!» meldete sie sich, ganz gegen ihre Gewohnheit, am Telefon. Bezirksanwalt Sieber am anderen Ende war leicht irritiert, aber nicht lange.

«Kommen Sie sofort her», kommandierte er. «Es ist etwas passiert. Ich brauche Sie.»

«Sie sind nicht der einzige», sagte Rosa.

**108** Bezirksanwalt Sieber hatte schon besser ausgesehen. Eindeutig. Sein Schnurrbart hing traurig herunter, seine Fransenweste schlotterte, und sogar in seinen unvermeidlichen Cowboystiefeln schien er hilflos zu schwimmen.

«Haben Sie das gelesen? Haben Sie diesen verdammten Bullshit gelesen?» Er knallte ein buntes Magazin auf den Tisch. Noch nicht einmal sein Wutausbruch erreichte die alten Dimensionen.

«Was genau?» fragte Rosa Zimmermann, obwohl sie sich durchaus vorstellen konnte, was ihn verärgert hatte: die Meldung, daß Maggie in einem Meditationszentrum in Griechenland quasi zur Hausheiligen aufgestiegen sei.

«Ignorieren», riet sie.

«Ignorieren?» Sieber versetzte dem schweren bronzenen Aschenbecher in Hufeisenform einen Stoß. Der Aschenbecher krachte zu Boden. Rosa wurde in eine Wolke von Zigarrenasche gehüllt. Sie stand auf und klopfte ihre Kleider ab.

«Sorry! Das wollte ich nicht.» Sieber stand auf, ging zum Waschbecken in der Ecke und befeuchtete eine Papierserviette. Bevor Rosa ihn daran hindern konnte, hatte er die Asche für immer und ewig in ihren Rock gerieben. Der Mann war zum Verzweifeln.

«Das ist mir jetzt wirklich peinlich, superpeinlich», entschuldigte sich Sieber. «Schicken Sie mir die Rechnung.»

Welche Rechnung? wollte Rosa fragen. Reinigung? Neue Garderobe? Einen halben Laufmeter Ersatznerven?

«Dieses Weib!» Sieber haute wieder auf den Tisch. Das

zum Aschenbecher passende Bronzepferd zitterte. Rosa wich diskret zurück. «Seit Wochen, was sag ich, seit Monaten reiß ich mir den Arsch auf – sorry.»

«Das Wort ist mir bekannt. Fahren Sie fort.» Der Mann war eine Strafe. Vielleicht sollte sie den Tag einfach abschreiben.

«Tag und Nacht habe ich geschuftet, nur für sie. Um all ihre Probleme habe ich mich gekümmert: Anschläge, Drohbriefe, Entführung – mit nichts anderem konnte ich mich mehr beschäftigen. Rügen mußte ich mir sogar anhören!» Er wies mit dem Daumen zur Zimmerdecke, wo die Rügen hergekommen waren, und machte ein Gesicht, als sei er stolz darauf. «Und dann stellt sich heraus, daß sie die ganze Zeit in Griechenland hockt und sich ins Fäustchen lacht! An der Sonne liegt und eine verdammte Sekte gründet – sorry!»

Und außerdem kurz davor steht, ihren Jugendfreund Hugo Gallati zu heiraten, hätte Rosa hinzufügen können. Aber so war sie nicht. Sie wußte ja, daß Sieber in Maggie verliebt war, daß er sich vorgestellt hatte, sie heldenhaft zu befreien. Außerdem glaubte sie selbst nicht recht an die Geschichte, die sie von Paula Perroquet gehört hatte. Sie hatte zwei Jahre lang mit Maggie gearbeitet, sie kannte sie besser. Maggie würde sich nicht plötzlich verlieben, geschweige denn heiraten. Sie war immun.

Beneidenswert, wenn man es sich recht überlegte.

Oder auch nicht.

Sieber zurrte seine mit einem Silberadler verzierte Schnürsenkelkrawatte so eng, daß Rosa fürchtete, er wolle sich strangulieren.

«Back to business!» sagte er, und Rosas Mitgefühl für den Mann verflüchtigte sich. Fast hätte sie ihm geholfen, sich zu erwürgen. Statt dessen bat sie höflich um Übersetzung.

«Ich habe Sie nicht herbestellt, um über diese Person zu

reden, dieses Weibsbild, diese Schlampe – nun gut. Es geht vielmehr um Johanna Staub. Wir mußten sie laufenlassen.»

«Ach! Ich dachte, sie hat gestanden.»

Sieber winkte ab. «Mit dem richtigen Anwalt ...»

«Hat sie den denn?»

«Hugelshofer.»

«Ist ja interessant.» Für Rosa Zimmermanns Geschmack tauchte der Name in dieser Geschichte ein bißchen oft auf. Sieber nickte.

«Genau. Und da wir nicht die Mittel und die Leute haben, die Staub weiterhin diskret zu überwachen, möchte ich diese Aufgabe Ihnen übertragen.»

«Mir? Hab ich denn sonst nichts zu tun?»

Sieber stand auf. «Sie, liebe Rosa Zimmermann, Sie wollen es doch genauso wissen wie wir.»

Und mit dieser rätselhaften Bemerkung (sowie einem winzigen Aufnahmegerät) entließ er sie.

## 109

Das hatte Paula gerade noch gefehlt. Daß Rosa Zimmermann an der Tür klingelte und sie sozusagen zwang, die Beschattung von Johanna Staub zu übernehmen. Wofür sie selbst leider keine Zeit habe.

«Warum ich?»

«Warum nicht du? Tu's im Dienste der Gerechtigkeit.»

Gerechtigkeit!

«Komm mir nicht mit Gerechtigkeit», erwiderte Paula. «Das Leben ist nicht gerecht. War es noch nie.» Vor allem ihr eigenes nicht, schien ihr.

Wenn das Telefon klingelte, war ihre Mutter dran. Immer.

Ihr Sohn Marlon hatte aufgehört zu sprechen, zu essen und zu schlafen. Statt sich zu freuen, daß er nun doch nicht zur Unzeit Vater (sowie vierfacher Stiefvater) wurde, stürzte ihn der Zweifel an seiner Zeugungsfähigkeit in eine tiefe Krise.

Ihre Füße waren so geschwollen, daß ihr kein einziges Paar Schuhe mehr paßte. Sie würde sich noch die ihres Sohns ausleihen müssen – Größe 45.

Die Milch im Kühlschrank wurde sauer.

Im Kopf hatte sie einen Velokurier.

Lauter Dinge, die sie nicht bestellt hatte.

Paula konnte sich viele Gründe vorstellen, Jean Barsoi umzubringen, und wenn sie ehrlich war, fand sie gar nicht unbedingt, daß Johanna für diese Tat, wenn sie sie denn begangen hatte, bestraft werden sollte. Das sagte sie Rosa jedoch nicht. Sie wollte auf keinen Fall, daß Rosa sie für einen schlechten Menschen hielt – was sie natürlich war.

Rosa Zimmermann sah sie durch ihre dicken Brillengläser an. Streng, aber auch eine Spur verständnisvoll. Nun stell dich nicht so an, sagte der Blick. Und Paula gab nach, befestigte das Aufnahmegerät in ihrer stabilen Schwangerschaftsunterwäsche und bezog Posten vor dem Bezirksgefängnis. Was sollte sie auch sonst tun?

Sie hatte sich ein Sonderheft über Schwangerschaft und Geburt gekauft. Darin tummelten sich gutaussehende Schwangere mit dezenten Bäuchen und schlanken Fesseln. Tranken Milch und aßen rote Äpfel. Spritzten sich die Beine mit kaltem Wasser ab. Turnten. Atmeten frische Luft. Nähten lustige Kissenbezüge in Form von Tierköpfen. Studierten die Bibel und den Koran auf der Suche nach drei, vier passenden Vornamen, die sie zu einer wohlklingenden und auch numerologisch günstigen Namensfolge reihten. Kauften sich teure Schwangerschafts-Cocktailkleider aus rotem Samt mit Schleife auf dem Bauch, standen auf Parties herum und nippten damenhaft am Mineralwasser. Zwischendurch legten sie sich hin und die Beine hoch und kommunizierten mit dem Ungeborenen. Brachten ihm das kleine Einmaleins und die Grundsätze der westlichen Philosophie bei. Für etwas anderes, als schwanger zu sein, hatten diese traumhaften Geschöpfe keine Zeit.

Paula hingegen hatte keine Zeit, schwanger zu sein.

Johanna Staub kam langsam aus dem Gebäude. Sie blieb einen Augenblick stehen und hielt schützend eine Hand über die Augen. Das wirkte gut. Als hätte sie gerade vierzig Tage in einem rattenverseuchten Kerker verbracht. Als wäre das Licht der Sonne zuviel für sie. Paula drückte sich in eine Nische; sie hoffte nur, daß ihre Kenntnisse, die sie ausschließlich aus Fernsehkrimis bezog, genügten, um während der Beschattung unentdeckt zu bleiben.

Johanna Staub stand immer noch und wartete. Worauf wartete Johanna Staub? Möglicherweise auf das Paar, das von der anderen Seite auf sie zukam. Die Frau winkte. Paula kniff die Augen zusammen. Neben Franz Hugelshofer, der nun auch Johanna Staub verteidigte, ging fröhlich Hulda Perroquet. Sie schloß Johanna Staub in die Arme wie eine lang verlorene Tochter.

**110** Was im Fernsehkrimi nie klar wird: Beschatten ist eine höchst langweilige und ermüdende Tätigkeit. Für Schwangere, die gern in regelmäßigen Abständen eine Toilette aufsuchen, ganz und gar ungeeignet. Paula folgte Johanna Staub, Anwalt Hugelshofer und ihrer Mutter Hulda Perroquet in sicherem Abstand zur Kopie eines französischen Restaurants und sah durch die Glasscheibe zu, wie zur Unzeit

Champagner getrunken und (typisch Mutter, dachte Paula) Schinkenbrötchen verzehrt wurden. Sie schaute zu, wie ihre Mutter ihr Brötchen drehte und wendete und ganz bestimmt etwas daran auszusetzen fand. Sie schaute zu, wie der berühmte Anwalt Hugelshofer in Rekordzeit betrunken wurde. Gerade als sie überlegte, ob sie es wohl wagen könne, sich ins Lokal zu schleichen, rief Hulda nach der Rechnung. Nachdem sie eine Ewigkeit um den Preis gefeilscht hatte, drückte sie dem entnervten Kellner eine Kreditkarte in die Hand.

Interessant. Ihre Mutter hatte, soweit Paula wußte, noch nie eine Kreditkarte benutzt. Sie hielt das für Gaunerei. Und schon gar nicht war es ihre Art, für andere zu bezahlen.

Als nächstes suchte das Trio ein recht biederes Modehaus auf, wo Johanna Staub im Hulda-Perroquet-Stil (den auch die Queen Mother bevorzugt) neu eingekleidet wurde. Johanna schien das nicht recht froh zu machen. Paula konnte es nachvollziehen. Auch daß es schwierig, wenn nicht gar unmöglich war, sich gegen Hulda durchzusetzen. In einem unglückseligen Kostüm schritt Johanna voraus zum Taxistand. Paula kämpfte mit sich. Dies wäre der Moment, sie elegant aus den Augen zu verlieren. Sie war schließlich so gut wie arbeitslos und niemand könnte es ihr zum Vorwurf machen, wenn sie zuwenig Geld für ein Taxi bei sich hatte. Andererseits – einmal in ihrem Leben den Satz auszusprechen –

«Folgen Sie diesem Wagen!»

Genau der Satz, auf den offensichtlich auch der Taxifahrer sein Leben lang gewartet hatte. Er raste so begeistert los, daß er den Wagen, den es zu verfolgen galt, vielmehr fast überholt hätte.

Paula öffnete beide Fenster, zog die Schuhe aus und lehnte sich zurück.

«Ihr Mann?» fragte der Taxifahrer und wies auf den Wagen vor ihnen.

«Schlimmer», antwortete Paula geheimnisvoll. «Viel schlimmer.»

Der Fahrer nickte, als sei ihm nun alles klar. Er begann einen Vortrag über den Verfall der Sitten, den er aber, angesichts Paulas Desinteresse, bald abbrach. Nach längerer Fahrt hielt der erste Wagen vor einem großen Hotel am Stadtrand. Paulas Taxifahrer stoppte in diskretem Abstand. Paula, die halb gehofft hatte, er werde aus Dankbarkeit für das lang entbehrte Abenteuer auf Bezahlung verzichten, sah sich enttäuscht. Ob Bezirksanwalt Sieber ihr wohl Spesen vergüten würde? Lange konnte sie ihre finanzielle Misere nicht mehr ignorieren. Aber vorläufig hatte sie noch nicht den Nerv, darüber nachzugrübeln. Sie stieg aus, in der Hand ihre Schuhe, in die ihre Füße nun nicht mehr paßten. Das hätte sie vorhersehen müssen.

Nach einem kurzen Kampf mit der Drehtür widerstand sie dem Impuls, unter den Blicken des Hotelportiers zu schrumpfen und im Boden zu versinken. Hocherhobenen Kopfs und barfuß durchquerte sie die riesige, kühle, gnädig abgedunkelte Hotelhalle. Johanna hatte sie längst aus den Augen verloren.

«Suchen Sie etwas?» Ein Angestellter musterte sie mißtrauisch von oben bis unten. «Die Pressekonferenz ist da hinten», gab er die Antwort selbst. Paula sah keinen Anlaß, ihm zu widersprechen. War es möglich, daß man ihr die Journalistin noch ansah? Der leise aufwallende Stolz versiegte abrupt, als sie den Saal betrat.

Die Stuhlreihen waren gut besetzt. Am Tisch auf der Bühne saß neben Johanna und Hulda auch Klatschreporterin Marina Marini. Der Anwalt hielt sich diskret abseits. Hinter dem Tisch hing ein Transparent. Das war es wohl, was der Hotelangestellte bei Paulas Anblick assoziiert hatte: «GRAUE MAUS – Interessengemeinschaft verlassener Frauen».

**111** Bevor irgend jemand sie entdeckte, ihre Mutter zum Beispiel, erinnerte sich Paula daran, daß sie ja eigentlich eine Toilette aufsuchen wollte. Allerdings hatte sie nicht damit gerechnet, dort auf Rosa Zimmermann zu stoßen.

«Ich dachte, du hast keine Zeit für diesen Beschattungsmist», sagte Paula einigermaßen bissig. Die erniedrigende Erfahrung, von einem Hotelangestellten, der sie zum erstenmal sah, als «verlassene Frau», schlimmer noch, als «graue Maus» erkannt zu werden, saß ihr noch in den Knochen. Ihr war danach, zurück in die Hotelhalle zu gehen, den Mann an seinem goldschnurverzierten Kragen zu packen und zu schütteln. Nimm das zurück! wollte sie ihn anschreien. Nimm das gefälligst zurück!

Verlassen oder nicht verlassen, seit dem Ende ihrer perfekten Beziehung mit dem gutaussehenden, -verdienenenden, -repräsentierenden Doktor Tobler fühlte Paula sich befreit. Die Ehe hätte sie weit mehr gekostet als ihn. Doch sie würde gar nicht erst versuchen, das ihrer Mutter zu erklären oder sonst einer «grauen Maus». Oder einem vermutlich ganz unschuldigen Hotelangestellten.

«Ich komme zur Pressekonferenz», antwortete Rosa kühl. «Aus privatem Interesse. Mit der Beschattung hat das erst mal nichts zu tun.»

«Warum denn», giftete Paula, «zählst du dich etwa auch zu den ‹verlassenen Frauen›?»

Rosa Zimmermann öffnete den Mund, antwortete aber nicht. Sondern schloß sich in einer der Kabinen ein. Paula tat das gleiche.

Dumme Kuh.

Sagte sie zu sich selber.

Schweigend schminkten sie sich vor dem Spiegel. Rosa mit rosa Lippenstift und Paula mit ägyptischem Puder, der ihr das

Aussehen einer solariumsüchtigen Mumie gab. Bevor Paula sich für ihre taktlose Bemerkung entschuldigen konnte, ging die Tür der dritten Kabine auf, und niemand anderes als Babs trat heraus. Es war ihr sichtbar peinlich, mit der «Graue Maus»-Anstecknadel gesehen zu werden.

«Deine Mutter ist ja schon eine Nummer», sagte sie zu Paula. Diese nickte.

«So kann man es auch nennen.»

«Hat mich quasi gezwungen, hier mitzumachen – ich meine, die Tatsache, daß ich den Typen verlassen habe, schien sie gar nicht zu interessieren.»

«Du meinst Marlon», korrigierte Paula verletzt.

«Genau. Wenn man bedenkt, daß er ihr Enkel ist – schon kraß.» Babs zog aus ihrem roten Wonderbra, den sie anstelle eines Oberteils trug, eine kleingefaltete «Zeitungs»-Seite. «Hey, habt ihr das gelesen? Diese Frau weiß, was sie tut!»

Paula beugte sich über den Artikel, der von einer jungen Amerikanerin berichtete, die gleich zwei Männer davon überzeugt hatte, sie seien der Vater ihres Kindes. Ohne voneinander zu wissen, kümmerten sich beide Männer zwei Jahre lang um das Kind, der eine unter der Woche, der andere am Wochenende. Als die Sache aufflog, stellte sich heraus, daß keiner von beiden der biologische Vater war, doch beide bestanden darauf, sich weiterhin um den Jungen kümmern zu dürfen.

«Superclever. Für eine Fünfundzwanzigjährige», sagte Babs voller Bewunderung. Paula warf ihr einen mißtrauischen Blick zu. Sie plante doch nicht etwa, dieses Szenario mit Marlon nachzuspielen?

«Besser zwei Väter als gar keinen», kommentierte Rosa.

«Du meinst wohl drei», sagte Babs. Rosa lachte.

«Da schau einer an! Das reinste Damenkränzchen!» Kriminalbeamtin Antonia Egger betrat die Damentoilette. «Wenn das kein Zufall ist.»

«Wohl kaum», sagte Rosa Zimmermann kühl.

«Nein», gab Antonia Egger zu. «Es ist kein Zufall. Ich habe Sie gesucht. Wir haben eine weitere Leiche gefunden.»

**112** Ernesto war tot. So hatte er sich den Tod jedenfalls immer vorgestellt. Nackt und weich lag er da, leise Musik erklang, zwar nicht ganz nach seinem Geschmack, aber unaufdringlich, ein schönes Wesen beugte sich über ihn. Ein wahrhaft himmlisches Geschöpf. Es wischte ihm mit einem nassen Tuch über das Gesicht.

Was er allerdings nicht erwartet hatte, waren körperliche Empfindungen. Das nasse Tuch. Kopfschmerzen. Kopfschmerzen?

Vielleicht war er ja auch in der Hölle gelandet. Und das himmlische Wesen war in Wirklichkeit eine teuflische Versuchung. Ernesto legte den Kopf zurück und schloß die Augen. Seine Mutter hatte also doch recht gehabt. Für Leute seiner Veranlagung war im Himmel kein Platz.

«Wenn ich nur wüßte, was ich mit dir machen soll», flüsterte das Wesen. Ernesto riß die Augen auf. Eine Frau?

Er war nicht im Paradies.

Als er das nächste Mal zu sich kam, fühlte er sich so schlecht, daß er wußte, er konnte nicht tot sein, so schlecht, daß er lieber tot gewesen wäre. Übel war ihm, sein Kopf hämmerte, und wenn er die Augen schloß, sah er flimmernde Punkte auf schwarzem Grund. Er stöhnte.

«Armer Schatz», sagte eine vertraute Stimme. Mit Mühe öffnete er die Augen und sah sich um. Er war in einem kleinen, fensterlosen, mit Matratzen und Kissen ausgelegten Raum, und in einer Ecke kauerte Hugo Gallati. Vor Erleichterung traten Ernesto die Tränen in die Augen. Wenn er sich hätte bewegen können, hätte er sich in Hugos Arme geworfen. Die gefesselt waren, wie er jetzt sah. Und dann fiel es ihm wieder ein: Hugo war an allem schuld.

«Erwarte nicht, daß ich dir gratuliere», krächzte er beleidigt. «Oder gar der reizenden, wenn auch nicht mehr ganz jungen Braut.»

«Ernesto!» Hugo seufzte. «Wenn du meinen Brief als Fälschung erkannt hättest, wärst du doch gar nicht hier!»

«Fälschung?» Das war zuviel für Ernestos Kopf. «Du meinst, du heiratest Maggie gar nicht?»

«Dummerchen! Natürlich nicht!»

Ernesto hätte erleichtert sein sollen. Möglicherweise sogar glücklich. Statt dessen wurde er so wütend, daß er Kopfschmerzen und Übelkeit vergaß.

«Du widerwärtiger Kerl! Wie kannst du mir so etwas antun! Du hast mein Herz gebrochen!» Mit schwachen Fäusten schlug er auf Hugo ein, der sich nicht wehren konnte. Schließlich gelang es Hugo, Ernesto wegzustoßen. Sein Kopf explodierte auf einem Kissen.

«Das ist ja nicht zu fassen. Ich befinde mich hier in Lebensgefahr, und alles, was dich beschäftigt, ist deine blöde Eifersucht!»

«Lebensgefahr?»

«Sowohl Maggie wie auch ich werden gegen unseren Willen hier festgehalten.»

«Maggie? Die ist doch hier die Hausheilige!»

«Maggie steht voll unter Drogen. Ich wollte sie hier rausholen, aber ich habe es wohl nicht sehr geschickt angestellt. Wir leben beide nur noch, weil Sheba auf einen Befehl von oben wartet. Der nicht kommt.»

«Sheba?»

«Du hast ihn kennengelernt.»

«Ihn? Es ist also ein Mann?»

«Herrgott noch mal! Kannst du nicht eine Sekunde an etwas anderes denken? Die Lage ist verdammt ernst!»

«Ich dachte doch nur», schmollte Ernesto. «Ich könnte ihn ja ablenken.»

Hugo seufzte. «Und was ist Plan B?»

«Paula wird nach mir suchen, wenn ich nicht jeden Tag um dieselbe Zeit anrufe. Wahrscheinlich ist sie schon unterwegs.»

«Paula ist unsere einzige Hoffnung?»

Beide ließen den Kopf hängen. Nichts gegen Paula, aber als einzige Hoffnung taugte sie wenig.

**113** Die junge Frau zitterte. Weinte. Schluckte. Kein vernünftiges Wort war aus ihr herauszubringen. Typisch, dachte Paula, bei solchen Zehennägeln. Kein besonders fairer, geschweige denn logischer Gedanke. Paula hatte Vorurteile gegen Füße, die aussahen, als hätten sie nie über rauhen Boden laufen müssen. Und solche Füße hatte die junge Frau. Trotzdem. Eine Leiche in der Sauna finden zu müssen, das hatte niemand verdient. Auch sie nicht. Vor allem, wenn es sich um eine tage-, wenn nicht wochenalte Leiche handelte.

«Zum Glück hat das eiskalte Wasser den Körper recht gut konserviert», kommentierte Antonia Egger halblaut. Paula wurde ein bißchen schlecht. Sie hielt sich an Rosa Zimmermann fest.

«Könnten wir vielleicht langsam zur Sache kommen», mahnte diese die Kriminalbeamtin. «Es kommt mir nicht ganz korrekt vor, daß wir bei dieser Befragung dabei sind.»

«Was korrekt ist und was nicht, entscheide ich», sagte Antonia Egger.

Hoppla.

«Ich dachte halt, er sei in Griechenland», schniefte nun die Blondine, die sie alle fast vergessen hätten. «Er hat mich angelogen, der gemeine Hund!»

Von wegen, nichts Schlechtes über Tote ... Antonia Egger machte sich Notizen. Paula lehnte sich an Rosa Zimmermann, die neben ihr auf einem üppigen grauen Wildledersofa saß. Schöne Wohnung, dachte Paula. Gediegen, gediegen. Der Teppich stand höher als das Gras auf der Wiese. Die Blondine (wie hieß sie gleich? Vanessa? Jessica?) grub ihre enervierenden Zehen in die Wollfasern.

«Ich habe ihn geliebt», heulte sie plötzlich wieder. «Er war alles für mich!»

«Ja, vor allem dein Portemonnaie.» Das kam von Johanna Staub. Auch sie war von Antonia Egger aufgeboten worden. Allmählich verstand Rosa Zimmermann das Konzept: Sie waren offensichtlich dazu da, die junge Frau aus der Fassung zu bringen. So daß ihr vielleicht doch noch etwas Aufschlußreiches herausrutschte. Und Antonia Egger es nur noch zu notieren brauchte. Rosa Zimmermann lehnte sich zurück. Sie würde hier nicht mitspielen, nur zuschauen.

«Gerade du mußt ja was sagen! Wer hat ihm denn ständig Geld aus der Tasche gezogen? Jedesmal, wenn du hier warst, hast du ihn bluten lassen. Er hat sich immer so aufgeregt, der arme Schatz!»

«Dann frag dich mal, wieso, du dumme Kuh!»

Antonia Egger blickte von ihrem Notizbuch auf. «Sie waren öfter hier?» fragte sie ganz beiläufig und uninteressiert. «Haben Sie nicht vorhin gesagt, Sie seien noch nie hier gewesen? Sie würden den Toten nicht kennen?»

«Sie lügt!» jammerte die Blondine.

Griechenland, dachte Paula. Da war doch was. Irgend etwas, woran sie sich erinnern sollte. Im Zusammenhang mit

Griechenland. Ferien? Nein. Ernesto war in Griechenland. Pflanzen gießen? Das auch. Hugo war auch in Griechenland. Er hatte sie um einen Gefallen gebeten. Nicht Hugo, Ernesto. Es war wichtig. Sie konnte sich nicht erinnern. Je mehr sie sich anstrengte, desto verschwommener wurden ihre Gedanken.

«Sie wollte ihn mir wegnehmen!» klagte die Blondine. «Die alte Schachtel! Schauen Sie sie doch an.»

Johanna schenkte Antonia Egger ein schiefes Lächeln, als wollte sie sagen: Sie und ich, wir nehmen das Gerede dieses Dummchens doch nicht ernst, nicht wahr?

«Griechenland!» Paula sprang auf. «Insel Pathos! Haus des Lichts! Verdammt! Ernesto ist in Gefahr. Er wollte jeden Abend um sieben anrufen!»

«Eins nach dem anderen», bat Antonia Egger.

«Wenn ich nur wüßte, wann er das letzte Mal angerufen hat. Gestern bestimmt nicht. Vorgestern auch nicht. O Gott! Wir müssen die Polizei rufen!»

«Die Polizei ist hier», stellte Antonia Egger fest. «Wir werden uns darum kümmern. Aber zuerst», sie klappte ihr Buch zu, stand auf und löste ein Paar Handschellen von ihrem Gürtel, «zuerst muß ich Sie festnehmen.» Sie schloß sie um die Handgelenke, die Johanna Staub ihr brav entgegenstreckte. «Sie stehen unter Verdacht, Hans-Iwan Savigny ermordet zu haben.»

Johanna hob den Kopf. «Es mußte sein», erklärte sie sanft. «Für Jean.»

**114** Rosa Zimmermann kam spät zurück in die Redaktion. «Langer Mittag?» rief ihr jemand nach. Sie winkte ab. Gegessen? Hatte sie nicht einmal. Nun, man konnte nicht gleichzeitig einen Mord aufklären, einen aufdringlichen Verehrer – schlimmer, ein Gespenst aus der Vergangenheit – abwimmeln und eine Redaktion führen. Denn das tat Rosa Zimmermann. Hatte sie immer schon getan. Im Grunde. Nur fiel es seit dem Verschwinden von Chefredakteurin Maggie etwas mehr auf. Keiner wußte ja, ob sie überhaupt zurückkommen würde und wann. Immer öfter wandten sich die verwaisten Mitglieder der Chefredaktion an Rosa, die eigentlich nur das Protokoll aufnahm, mit den Worten: «Sag du.»

Und dann auch noch Mittag essen.

Der Verehrer übrigens war nicht mehr auf seinem Platz.

«Pfft», machte Rosa Zimmermann. Sie hatte auch gar nicht vorgehabt, sich Peter Nowaks gewundene Erklärungen anzuhören. Sie kamen mehr als zehn Jahre zu spät. Sie hatte nicht vorgehabt, ihm zu verzeihen. Andererseits, daß er so schnell aufgegeben hatte, gefiel ihr auch nicht recht. Typisch, dachte sie. Und begab sich mit einer gewissen Verbitterung an die Arbeit.

Peter Nowak wußte genau, was Rosa dachte. So gut kannte er sie. Die Tatsache, daß er seinen Posten verlassen hatte, würde ihn in seiner Mission weit zurückwerfen. Denn so sah er es: als Mission. Er wollte Rosa Zimmermann zurückgewinnen, und wenn es das letzte war, was er tat. Auch wenn seine Chancen klein waren, verschwindend klein, null – dies war es ja gerade, was ein simples Vorhaben zu einer Mission erhob.

Natürlich würde es nicht leicht sein, Rosa davon zu überzeugen, daß er zu ihr gekommen war, sobald er konnte. So schnell er konnte. Im ersten Augenblick der Freiheit. Über all die Jahre hin hatte er gewußt, daß er mit ihr verabredet war. Und hatte die Verabredung eingehalten. Sobald er konnte.

«Was kann denn einen Mann zehn Jahre lang aufhalten?»

würde sie, etwas spitz, fragen; er konnte sie direkt hören. «Da bin ich aber gespannt.»

Er seufzte. Er träumte. Es war noch nicht einmal soweit, daß sie das Wort an ihn richtete. Aber das hätte er vielleicht geschafft. Wenn er auf dem roten Sofa geblieben wäre. Seine ständige Anwesenheit machte sie mürbe, er hatte es förmlich gefühlt, durch die Glaswände ihres Büros hindurch. Früher oder später hätte sie mit ihm sprechen müssen. Und sei es nur in der Hoffnung, ihn endgültig loszuwerden.

Peter Nowak zerrte an seinen Fesseln. Vergeblich. Zum tausendstenmal vergeblich. Seine Handgelenke waren bereits blutig von den sinnlosen Versuchen, sich zu befreien. Er sparte besser seine Kräfte.

Sein Leben war nicht mehr viel wert. Er wußte nicht, ob er noch Gelegenheit haben würde, sich Rosa zu erklären. Seine Gefühle hatten seinen Verstand ausgeschaltet. Sonst hätte er sofort erkannt, daß es nicht Rosas Stil war zu schreiben:

«Triff mich in einer Viertelstunde, Du weißt wo.»

Er war in eine Falle getappt: die plumpeste denkbare Falle.

Rosa war direkt. Sie würde sich, die Fäuste in die Seite gestemmt, vor ihm aufbauen und sagen: «Also, nun sag, was du zu sagen hast!»

Ach, Rosa!

**115** Schicksalsschläge am Wochenende:

Saure Milch im Kühlschrank.

Kein heißes Wasser. Keine Ahnung, warum. Haare nicht gewaschen.

Einladung zur Doppelhochzeit: Celia Tobler und Max Perroquet sowie Regine Barsoi Röthlisberger und Doktor Leo Tobler «bitten um die Ehre Ihrer/Deiner Anwesenheit». Weder Paulas Vater noch ihr ehemaliger Verlobter hatten es für nötig befunden, auf die gedruckte, mit Gedichten geschmückte Einladung ein persönliches Wort zu setzen.

«Ich brauche eine neue Krawatte», sagte Marlon. «Ich kann nicht jedesmal, wenn Opa heiratet, dieselbe montieren.»

Eine Krawatte brauchte das Kind.

Marlons Vater, Charlie Steiner, bestätigte, selbst nie eine besessen zu haben. Er würde seinem Sohn auch keine kaufen. Das solle Paula übernehmen. Auch Charlie und seine Lebensabschnittspartnerin Carine waren zu dem Fest geladen. Nach einem ausführlichen Telefongespräch, in dessen Verlauf über die denkbare Dauer der anstehenden Verbindungen spekuliert wurde, fühlte sich Paula besser. Lieber komplizierte Verhältnisse als gar keine.

Hugo Gallati und sein Freund Ernesto waren in Griechenland verschollen. Seit sie das «Haus des Lichts» betreten hatten, das Meditationszentrum des kürzlich unfreiwillig aus dem Leben geschiedenen Hans-Iwan Savigny, hatte sie niemand mehr erblickt. Auch von Chefredakteurin Maggie fehlte jede Spur. Kriminalbeamtin Egger hatte Interpol eingeschaltet. Sie wirkte besorgt. Und sie tat nichts, um ihre Besorgnis zu überspielen.

Paulas erstem Impuls, nach Griechenland zu fliegen, gebot eine besorgte Angestellte der Fluglinie Einhalt, die ihr aus den Verordnungen vorlas: «Die Schwangere ist diskret und einfühlsam nach dem Stand ihrer Schwangerschaft zu befragen.» Diskret und einfühlsam äußerte Paula daraufhin, sie sei nicht ganz so weit, wie sie aussehe (überfällig mit Zwillingen), aber wohl doch zu weit, um noch ein Flugzeug zu besteigen.

Und wie um sie in dieser Einsicht zu bestärken, bekam sie

plötzlich, beim Überqueren des Stadelhofer Platzes, heftige und höchst unangenehme Krämpfe.

Wehen nannte man das.

Und nicht umsonst.

Sie hatte nur vergessen, wie weh es tat.

Babs war beim Einkaufen mit vier kleinen Kindern angepöbelt worden. Einmal zu oft. «Haben diese Saugoofen keinen Vater, der sie anständig erzieht?» bellte ein älterer Herr mit Fönfrisur und Polohemd. «Nein», bellte Babs zurück, «aber die Stelle ist noch frei!» Und ließ ihn mit dem Zwillingsbuggy, dem Einkaufswagen, dem Dreirad, dem Windelpaket und den vier quengelnden Kindern stehen.

In ihrer Wut flog sie auf die andere Straßenseite und noch über den Platz, doch viel weiter reichte es nicht. Zitternd, keuchend und den Tränen nahe ließ sie sich auf die nächste Bank fallen.

Nun kam noch die Demütigung hinzu. Das schlechte Gewissen. Wie würde sie, in wenigen Wochen schon, mit fünf Kindern zurechtkommen? Sie mußte aufstehen, zurück über die Straße gehen, in den Laden, sich ihre Kinder wiederholen. Wenn man sie noch ließ. Wenn nicht schon ein besorgter Bürger die Fürsorge alarmiert hatte.

Es wäre gar nicht so unerwünscht, wenn jemand für sie sorgte.

«Ich wünschte, ich wäre tot», sagte Babs. «Und auf meinem Grabstein würde stehen: ‹Nun darf sie endlich ausschlafen›.»

«Ich komme mit», keuchte Paula.

Über alldem hatte sie vergessen einzukaufen.

No Milk Today.

**116** Maggie, Chefredakteurin außer Dienst und Guru wider Willen, hatte in ihrer Jugend reichlich Drogenerfahrung gesammelt. Sie erkannte Abhängigkeit, wenn sie ihr im Nacken saß. In den letzten Tagen und Wochen war es ihr unnatürlich gutgegangen: In einem leichten, schwebenden Zustand hatte sie ihre neuen Pflichten erfüllt (die vorwiegend im Segnen hysterischer Rucksacktouristen bestanden, manchmal auch im Vortragen nicht fertig durchdachter Lebensweisheiten). An manchen Tagen hatte es sie vor lauter Glück gewürgt, und das Leben war ihr aufgestoßen wie eine Überdosis Zuckerwatte. Unerträglich süß, unerträglich gut hatte sie sich gefühlt. Daß es da nicht mit rechten Dingen zuging, hatte sie bald geahnt.

Da dieser Zustand mit der Ankunft ihres Freundes Hugo Gallati zusammenfiel, hatte sie erst ihm die Verantwortung zugeschoben, unterstützt durch Meister Sheba, der sie gern verheiratet gesehen hätte. Die Tatsache, daß Hugo bereits (sozusagen) verheiratet war, einen sehr netten, wenn auch für Maggies Geschmack etwas exaltierten Mann zu Hause gelassen hatte, schien niemanden zu stören. Nicht einmal Hugo, der seit seiner Ankunft ebenfalls täglich gelöster und gemütlicher geworden war.

Im «Haus des Lichts» wurde, wie in so vielen Sekten, die Homosexualität als Abweichung von der Regel betrachtet und wenig geschätzt. Obwohl Sektengründer und Geldgeber Hans-Iwan Savigny wie auch sein Hilfsengel Sheba sie lebten. Auch das vermutlich ein gar nicht so seltener, gar nicht so erstaunlicher Widerspruch. Oben und unten galten selten dieselben Regeln. Maggie, die beide Positionen recht gut kannte, wußte das.

Sie mußte wieder mehr Sport treiben. Daß sie ihre täglichen Übungen von dreihundert Wiederholungen auf je ungefähr dreieinhalb reduziert hatte, gab ihr zu denken.

Sie stand unter Drogen.

Sie mußte hier raus.

Nachdem sie ein paar Tage lang konsequent die Nahrungsaufnahme verweigert hatte, fühlte Maggie sich zwar geschwächt, aber wieder wie sie selbst. Sie zog ihr Heiligenkostüm an, in welchem niemand sie belästigen würde. In der Küche segnete sie ein paar Bananen und ließ sie in ihrem Ärmel verschwinden. Das Essen, das den Jüngern vorgesetzt wurde, war karg, aber bestimmt nicht mit Drogen versetzt. Sie gab der Versuchung nach und biß in ein Hirsebiskuit

«Guten Appetit», wünschte der Tellerwäscher, die Arme ellbogentief im schmutzigen Wasser. Ein Neuankömmling. Diese bekamen immer die unangenehmsten Aufgaben. Er zwinkerte ihr zu – kein angemessenes Verhalten einem Guru gegenüber. Würdevoll rauschte Maggie davon. Sie mußte Hugo und Ernesto finden. Sie befreien.

Während sie durch die Gänge schritt und gewissenhaft jede Tür öffnete, jedes Möbelstück verrückte und jedes Bild abnahm, dachte sie über den Tellerwäscher nach. Irgend etwas an ihm hatte sie irritiert. Etwas Respektloses, aber zugleich Beruhigendes in seinem Grinsen, seinem Zwinkern.

Oder war sie schon soweit, daß sie mit unbekannten mittelalterlichen Sektenanhängern flirtete?

Hugo und Ernesto befanden sich in einem gemütlichen Zimmer am Ende des Flurs, jedoch in mißlicher Lage. An Händen und Füßen gefesselt, mit einer Pistole bedroht, die sich in Shebas zarter Hand ganz sonderbar ausnahm. Er fuhr herum, als Maggie eintrat, und richtete die Waffe auf sie.

«Hans-Iwan hat zwar gesagt, ich soll sie vorläufig leben lassen», sinnierte Sheba mit gerunzelter Stirn. «Aber er hat auch gesagt, er werde mir weitere Anweisungen geben. Jetzt hab ich schon so lange nichts mehr von ihm gehört – ich glaube, ich muß selbst entscheiden, was mit den Gefangenen geschehen soll.» Er klang verwirrt und bekümmert. «Ich muß sie leider umbringen. Wir brauchen das Zimmer.»

In diesem Moment fiel Maggie ein, wo sie den Tellerwäscher schon gesehen hatte. Vor Erleichterung hätte sie beinahe laut aufgelacht. Da fiel ein Schuß.

**117** Marina Marini war schlechter Laune. Sehr schlechter Laune. Sie saß an ihrem herzförmigen Schreibtisch (Geschenk eines Verehrers) und hackte in die Tasten ihrer rosa lackierten Schreibmaschine (Geschenk eines Geliebten), als gelte es, Ungeziefer zu zermalmen.

«Hermine Dingsda, vierte Gattin des bekannten Schönheitschirurgen, war, wie es ihr zur Gewohnheit geworden ist, sturzbetrunken. Sie wird zudem immer fetter. Ihretwegen hätte man das Light-Bier nicht zu erfinden brauchen», schrieb Marina. «Andererseits, bei einer solchen Nase würden auch wir uns dem Suff ergeben. Es muß hart sein, als Versuchsobjekt für einen wenig begabten Schnipsler herzuhalten. Ob seine Hand bei der Operation gezittert hat?»

Marina lehnte sich zurück. In zwei starken Drachenwolken blies sie den Rauch durch die Nase. Denen würde sie es geben. Einmal richtig geben.

«Den Busen von Fräulein Wie-auch-immer (Miss Schweiz 1991) scheint er besser hingekriegt zu haben. Wir wären nicht erstaunt, wenn sie in Kürze zur fünften Frau Dingsda avancieren würde.»

Nach dreißig Jahren würde sie einmal schreiben, was sie wirklich dachte. Dreißig Jahre hatte sie bei öden Anlässen verbracht, unter öden Leuten, die glaubten, sie bedeuteten etwas. Für die Welt. Für die «Zeitung». Für Marina Marini.

«Daß Geld allein nicht glücklich macht, bewies uns gestern der Großindustrielle Sowieso, der sich am besten mit den Worten von Jacques Dutronc vorstellen sollte: ‹Je suis laid, bête et méchant› …»

Dreißig Jahre lang Fies-doof-und-gemein ertragen. Schlechten Champagner getrunken. Warmen Champagner getrunken. Zu kleine Aschenbecher vor sich her balanciert und der Versuchung widerstanden, die Zigarette im nächstbesten Décolleté abzuklopfen … Marina Marini schob die Schreibmaschine zur Seite, bevor ihr vor ihr selbst schlecht wurde, legte den Kopf auf die Schreibtischplatte und seufzte.

«Und nun?» fragte Rosa Zimmermann. «Das ist eindeutig dein Ende als Klatschreporterin – und weiter?»

«Ich habe gerüchtweise gehört, du wirst Chefredakteurin der ‹Zeitung›», lenkte Marina ab.

«Ein Gerücht, du sagst es.»

Marina ignorierte Rosa Zimmermanns Blick und zündete sich eine Zigarette an. «Du siehst ja, ich bespreche mich mit dir, mit niemand anderem. Ich hatte immer ein sicheres Gefühl dafür, wer wo was zu sagen hat. Das hat mich ja erst dahin gebracht, wo ich heute bin.»

«Und wo bist du heute? Du bist die einzige Klatschreporterin der Schweiz, die diese Bezeichnung verdient», sagte Rosa. Sie riß den Bericht, den Marina ihr gegeben hatte, in der Mitte durch. «Schreib ihn noch mal», riet sie ihr. «Und sei so lieb und benutze den Aschenbecher.»

«Ich rede von dem verdammten Schlamassel, in dem ich heute stecke!» korrigierte Marina. Sie fischte den Zigarettenstummel aus der roten Erdbeere, in der sie ihn ausgedrückt hatte, und deponierte ihn im Aschenbecher; es fiel einem schwer, Rosa Zimmermann nicht zu gehorchen. «Ich war einfach zu neugierig», fuhr Marina fort. «Damals schon. Und unglücklich verliebt natürlich. Das ist immer schlecht.

Treibt einen dazu, Dinge zu tun, die man später bereut. Ich meine, drei Menschen sind tot – mindestens. An so was denkt man doch nicht, wenn man jung ist.»

Rosa überlegte flüchtig, ob Marina vor zehn Jahren noch als jung durchgegangen war, konzentrierte sich dann aber rasch auf das Wesentliche: «Wovon sprichst du, verdammt noch mal?»

Marina erhob sich. «Ich gehe jetzt und versuche, die Sache in Ordnung zu bringen. Wenn es nicht zu spät ist. Du hörst von mir. ‹Die Zeitung› hört von mir.» Sie lüpfte einen riesigen rosa Rucksack vom Boden und schulterte ihn. Er verlieh ihrem Profil eine gewisse Ausgewogenheit.

«Noch etwas.» Marina kam noch einmal zurück und legte einen Schlüssel auf Rosa Zimmermanns Schreibtisch. «Dein Chéri hat dich nicht versetzt. Weder damals noch heute. Du findest ihn in meiner Wohnung. Als ich das letzte Mal nach ihm geschaut habe, lebte er noch.»

**118** Antonia Egger hatte genug. Die Kriminalbeamtin, die mit der Aufklärung der Morde im Umfeld der «Zeitung» beauftragt war, war übers Wochenende zum Schluß gekommen, daß man die Sache ganz falsch angegangen hatte. Während in Zürich der Sommer ausgebrochen war, hatte sie über Akten gebrütet. Von der Sonne hielt sie nicht viel.

Antonia Egger ging zurück bis zur Akte Baumeister-Savigny aus dem Jahre 1984, auf Anraten von Chefsekretärin Rosa Zimmermann. Antonia Egger, die normalerweise nicht auf Ratschläge von Zivilisten hörte, mußte Rosa Zimmermann recht geben.

Außerdem kam sie zu dem Schluß, daß Stadtrat Baumeister damals nicht Selbstmord begangen hatte. Er war umgebracht worden. Um die neuen Morde aufzuklären, mußte man von dieser Theorie ausgehen. Um sie nachzuweisen, mußte man erst den Mord an Stadtrat Baumeister beweisen. Kurz, ein unüberschaubarer Aufwand stand ihr bevor. Bezirksanwalt Sieber würde einen Wutanfall bekommen. Wenn nicht mehrere.

Aber der war ja nicht da. Er war ausgezogen, Chefredakteurin Maggie zu retten. Im Alleingang. Weil er der griechischen Polizei nicht traute (alles Ausländer). Und aus Liebe. Er sah sich als Ritter. Auch von der Liebe hielt Antonia Egger nicht viel.

Sie mußte den Fall mit jemandem durchsprechen. Es fiel ihr nur eine Person ein.

«Sie kommen im allerungünstigsten Moment», sagte Rosa Zimmermann. «Ich befinde mich auf einer Mission.»

«Die muß eben warten.» Antonia Egger setzte sich, unaufgefordert, mit der Selbstsicherheit derer, die das Recht auf ihrer Seite haben, und wenn nicht, die Macht, es hinzubiegen.

Rosa Zimmermann versuchte es mit einem Blickduell. Antonia Egger ließ sich nicht beeindrucken. Verreckt im Schatten, dachte Rosa Zimmermann (der schlimmste Fluch, den sie je benutzte). Sie hatte sich gerade auf den Weg gemacht, um Peter Nowak zu befreien, der in Marina Marinis Wohnung eingesperrt war, in welchem Zustand auch immer. Natürlich könnte sie Antonia Egger einfach stehenlassen – aber was, wenn sie ihr folgte? Andererseits spräche einiges dafür, zu zweit hinzugehen. Nur konnte sie dann Marina Marini nicht länger schützen.

Rosa Zimmermann schwitzte. Rosa Zimmermann sagte nichts mehr. Antonia Egger beobachtete sie mit Interesse.

«Hören Sie zu», befahl Antonia. «Ich sehe es so: Hans-Iwan Savigny hat die Pseudoaffäre zwischen seiner Schwester und Stadtrat Baumeister arrangiert, was ihm eine Menge Vorteile verschaffte – einen Abhängigen im Stadtrat zu haben, ist immer gut. Doch Baumeister verliebte sich wider Erwarten in Marina Marini und wollte aus dem Arrangement aussteigen. Savigny brachte ihn um und stellte die Sache als Selbstmord dar. Außerdem versuchte er noch, eurer Maggie eine moralische Schuld anzuhängen, vermutlich, weil er nicht damit gerechnet hatte, daß seine Lieblingsschwester über dieser Sache den Verstand verlieren würde.»

«Weiter», sagte Rosa Zimmermann. Für einen Augenblick vergaß sie ihren gefangenen Verehrer. Diese junge Frau war nicht dumm. Gar nicht dumm. Rosa beglückwünschte sich, Antonia Eggers Potential erkannt und sie auf die richtige Fährte geführt zu haben. Bezirksanwalt Sieber hätte sie noch lange vergeblich anstupsen können.

«Maggie ist nach über zehn Jahren von den falschen Anschuldigungen zermürbt und inszeniert ein paar Anschläge auf sich selbst – der Fall soll neu aufgerollt, vor allem aber natürlich ihre moralische Unschuld bewiesen werden.»

«Bravo! Lassen Sie uns anstoßen!» In Ermangelung eines alkoholischen oder überhaupt eines Getränkes prosteten sich die beiden Frauen mit Mozartkugeln zu. «Gratuliere», sagte Rosa. «Daß Sie darauf gekommen sind.»

«Einer mußte es ja sehen. Sieber ist total verblendet.» Antonia Egger schnitt ein wenig auf. «Das ist das Schreckliche an der Liebe.»

Liebe? Da war doch noch was.

**119** Marina Marinis Wohnung befand sich in einem eigenartigen Stadium zwischen Überdekoriertheit und dekadenter Verwahrlosung. Ein leicht fauliger Geruch hing in der Luft, der jedoch nicht von einer Leiche stammte, wie Kriminalbeamtin Antonia Egger sogleich feststellte. Er ging von dem flauschigen rosa Spannteppich aus, in dessen Fasern Kaviar- und andere Reste festgetreten waren. Mit den Möbeln, die Marina Marini besaß, hätte man leicht drei Wohnungen einrichten können. In Rosa. Allen Schattierungen von Rosa.

Rosa Zimmermann fragte sich, ob sie sich geschmeichelt fühlen sollte.

Dann fiel ihr wieder ein, warum sie hier war. Um Peter Nowak zu retten.

Wollte sie ihn überhaupt retten?

Ihn retten schon, dachte sie. Ihm verzeihen, nein. Das nicht.

«Hier!» rief Antonia Egger aus dem Arbeitszimmer. An einen Fuß des herzförmigen Schreibtisches gekettet, lag Peter Nowak. Schamhaft zusammengerollt, nackt. Von der Demütigung abgesehen, schien ihm nichts zu fehlen.

Rosa Zimmermann wandte den Blick ab. Sie überließ es der jungen Kriminalbeamtin, Nowak zu befreien, zu untersuchen und ins Badezimmer zu begleiten. Er wirkte etwas wacklig auf den Beinen, aber ganz gesund.

Rosa Zimmermann mußte sich setzen. Es blieben ihr ungefähr fünf Minuten, um sich zu entscheiden. Nowak war die Liebe ihres Lebens. Die einzige – abgesehen natürlich von der «Zeitung». Nowak hatte sie enttäuscht. Zweimal.

Das hatte «Die Zeitung» allerdings auch – wenn Rosa es sich recht überlegte.

Er hat dich nicht versetzt, hatte Marina Marini gesagt, weder damals noch heute. Sollte sie ihr glauben? Sollte sie sich wenigsten anhören, was Nowak zu seiner Verteidigung zu sagen hatte?

Und dann? Würde alles wieder von vorne losgehen. Es lebte sich nicht schlecht allein. Eigentlich. Sie kam von der Arbeit nach Hause und wußte, was sie erwartete. Keine gehetzten Anrufe aus der Telefonkabine, keine überraschenden, heimlichen und immer viel zu kurzen Besuche zu unmöglichen Zeiten. Zwanzig Jahre lang war Rosa Zimmermann in jedem Moment darauf eingestellt gewesen, den verheirateten Peter Nowak zu empfangen. Dankbar für jede Minute, die er mit ihr verbringen konnte. Sie hielt sich die Abende frei, stellte das Bier kühl, das er besonders mochte, und verschenkte den Kanarienvogel, auf den er allergisch reagierte. Zwanzig Jahre lang wagte sie nicht zu duschen, ohne das Telefon mit ins Badezimmer zu nehmen. Dann verließ er sie. Vielmehr verschwand er.

Sie vermißte ihn. Immer noch, wenn sie ehrlich war. Aber ihr Leben gehörte ihr wieder. Und der «Zeitung». Das gefiel ihr.

Bevor sie zu einem Schluß (irgendeinem Schluß) kam, öffnete sich die Badezimmertür. Peter Nowak humpelte ihr entgegen. Er trug einen wattierten, mit Drachen bestickten Morgenmantel aus rosa Seide.

Er war blaß. Unrasiert. Abgemagert. Er hinkte. Seinen Stock mußte Marina weggeworfen haben, sie konnten ihn nicht finden. Aber er hatte immer noch Humor.

«Ich liebe Rosa», kommentierte er seinen wenig vorteilhaften Aufzug.

«Der Mann muß etwas essen», entschied Antonia Egger. Sie gingen in die Küche, wo sie sich sicherheitshalber an Konserven hielten, die das Verfalldatum noch nicht überschritten hatten. Dazu tranken sie Champagner, von dem Marina reichlich gelagert hatte. Rosa Zimmermann kämpfte. Sie hielt sich mit beiden Händen am Glas fest, um nicht nach Nowak zu greifen. Gerade, als sie kapitulieren und sich in seine Arme werfen wollte, stand er auf und verkündete, er werde nun endlich alles erklären.

«Ich bitte darum», sagte Antonia Egger und schaltete das Aufnahmegerät ein.

**120** Der 14. Juni war unter anderem: der Jahrestag des Frauenstreiktages, der Geburtstag von Christoph Schuler, besser bekannt als Spiderman (Gratulation), sowie der Tag, an dem die Doppelhochzeit zelebriert wurde.

In fahrenden Trambahnen wurden unterdessen Geschichten vorgelesen von Menschen, die Kinder hatten, einen Beruf und Probleme, oder auch keine. Paula Perroquet, die das bestimmt interessiert hätte, konnte jedoch nicht zuhören. Sie stand zu Hause vor dem offenen Kleiderschrank. In der Innenseite der Schranktür befand sich ein Spiegel. Ein großer Spiegel. Vor dem Schrank lag ein Kleiderberg, eine Lawine, die sich aus dem Innern des Schrankes auf den Boden ergossen hatte. Lauter Kleider, die nicht paßten, nicht ganz sauber, nicht schmeichelhaft waren.

Es war nicht einfach, etwas zum Anziehen zu finden, wenn man im neunten Monat schwanger war und 81 Kilo wog.

Und Paula hätte gern gut ausgesehen. Denn nicht nur ihr Vater heiratete. Gleichzeitig heiratete Paulas Ex-Verlobter die Ex-Frau von Paulas Ex-Liebhaber.

Wie gesagt. Lieber komplizierte Verhältnisse als gar keine.

Paula ging nach oben, um sich ein Zelt von ihrer Nachbarin Babs auszuleihen, die ebenso schwanger, aber mit einer originelleren Garderobe ausgestattet war. Sie klingelte, trat ein und fand Babs auf dem Fußboden vor. In einer Verwicklung von nackten Körperteilen. Es waren mindestens zwei Beine dabei, die Paula nicht kannte. Das gab ihr zu denken. Das gab ihr derart zu denken, daß sie nicht direkt in ihre eigene Wohnung zurückgehen konnte, sondern sich auf die Treppe setzte, um weiterzudenken.

Armer Marlon, dachte sie. Obwohl sie andererseits auch froh war, daß ihr Sohn die Beziehung mit der doppelt so alten Babs abgebrochen hatte. Oder war es umgekehrt gewesen? Egal, jedenfalls vernünftig. Ganz und gar vernünftig. Nur daß Marlon bei aller Vernunft nicht recht glücklich zu sein schien.

Weiter dachte Paula, daß es sich nicht gehöre, sich in diesem Zustand über den Fußboden zu rollen. Und wer war überhaupt der Besitzer der unidentifizierten Beine? Der geheimnisvolle Vater des Kindes? Jemand anderes? Neues?

Vermutlich war Paula einfach neidisch. Und einsam. Und empört: Sie selbst verkniff es sich seit Wochen, einen bestimmten Velokurier anzurufen. Obwohl sie ziemlich häufig an ihn dachte. Aber wie gesagt, es gehörte sich nicht. In ihrem Zustand. Und Babs ging einfach hin und –

Paula umarmte Celia, die Braut ihres Vaters, die Mutter ihres Ex-Verlobten Doktor Tobler.

«Ich habe dich vermißt.» Einer ihrer Hauptgründe, Doktor Tobler zu heiraten, wäre Celia gewesen. Sie hätte gern eine Mutter wie Celia gehabt. Nun hatte sie sie. Das hatte ihr Vater, für einmal, gut hingekriegt.

«Ich bin stolz auf dich», sagte Paula. Max Perroquet hatte es bis zum Jawort geschafft und bereits zwei Stunden darüber hinaus. Ein Rekord, wenn man seine letzten beiden Verbindungen betrachtete. Paula setzte sich auf die Armlehne von Celias Rollstuhl, legte einen Arm um ihre Schultern und schaute dem idyllischen Treiben auf dem Rasen zu. Tobler und Regine gingen Hand in Hand, sie entweder wieder schwanger oder im verkehrten Kleid. Sie lächelten den Gästen zu, die zurücklächelten, sie konnten nicht anders. Die kleine Paula, Regines Baby, robbte in erstaunlichem Tempo über den Rasen, in einer selbstentwickelten, dreibeinigen Technik.

Das war eigentlich Paulas Traum gewesen: der von der lächelnden Gattin im Garten. Der von der richtigen Familie. Der vom geordneten Glück. Während Paula zuschaute, wurde ihr bewußt, daß sie sich von diesem Traum verabschiedet hatte. Und es machte ihr nicht einmal etwas aus. Regine konnte ihn haben.

Sie hatte anderes. Sie wußte nur noch nicht, was.

Die Torte wirkte ein bißchen groß. Für die Gesellschaft. Aber schön war sie. Bis sie explodierte. Keine nackte Tänzerin sprang heraus, sondern eine mittelalterliche Frau im Kampfanzug, mit zerzausten Haaren und Schlagsahne im Gesicht. Sie sprang aus der Torte und auf den Tisch. Sie hielt ein Plakat hoch und schrie (für den Fall, daß jemand den Text nicht lesen konnte):

«Tod den Treulosen!»

Hulda in Hochform.

**121** Bezirksanwalt Sieber hatte sich mit den Methoden der griechischen Polizei versöhnt. Immerhin hatte sie ihn laufenlassen.

«Bei uns wäre so etwas nicht möglich gewesen», sagte er, halb bewundernd. «Ich meine, es war nicht einmal teuer.»

«Es war Notwehr.» Maggie drückte seine Hand, sanft, wie es sonst nicht ihre Art war. «Notwehr. Er hätte mich erschossen. Du hast mir das Leben gerettet.» Fast glaubte sie selbst daran.

Sieber hatte sich auf eigene Faust ins «Haus des Lichts» eingeschlichen, als Küchenjunge verkleidet, seine private Cowboy-Pistole in der Socke versteckt. Abgewaschen hatte er für sie, tagelang. Das beeindruckte sie fast mehr als die Tatsache, daß er den Hilfsengel Sheba erschossen hatte.

«Die sind schon cool, diese Griechen», seufzte Sieber. «Aber vom Service verstehen sie nichts.» Angewidert legte er das trockene Kuchenstück auf das Tablett zurück. Hugo und Ernesto erhoben sich gleichzeitig aus ihren Sitzen eine Reihe weiter vorn.

«Hätte dir der Food im Gefängnis vielleicht besser geschmeckt?» Ernesto war den Tränen nahe. Er hatte Sheba gemocht. Und nie geglaubt, daß er ihnen wirklich etwas antun würde. Er, denn Sheba war ein Mann. Das hatten sie dann festgestellt. In der Leichenhalle.

Hugo und Ernesto quetschten sich in die hinterste Reihe des wackligen Flugzeuges und zündeten sich Zigaretten an. Stinkende, filterlose Zigaretten. Sie waren beide Nichtraucher. Doch hier war ein Zeichen des Protestes angebracht.

«Ich hasse dieses Arschloch», sagte Ernesto, zierlich paffend. «Sheba hätte uns nie wirklich was getan. Er wartete ja nur auf weitere Befehle deines sauberen Freundes.»

«Das hätte noch dauern können. Wo Hans-Iwan ja die ganze Zeit schon tot war, wie wir jetzt wissen.»

Hugo verbot es sich, um Hans-Iwan zu trauern. Er war schlecht gewesen. Er hatte ihn belogen. Betrogen. Menschen umgebracht. Das auch. Einen, behauptete Maggie, den Stadtrat Baumeister. Zwei, sagte Sieber, auch den Journalisten Barsoi, der ihm auf die Spur gekommen war. Wie seinerzeit Maggie. Sie hatte er nicht umgebracht. Er hatte nur ihr Leben ruiniert.

Sympathischer Junge, dieser Hans-Iwan Savigny. Trotzdem. Hugos große Liebe. Pech für Hugo.

Er riß sich zusammen. «Sieber ist ein echter Cowboy», sagte er zur Ablenkung. «Erst schießen. Dann denken.»

«Ich glaube, er hat sich durchaus was dabei gedacht.» Ernesto deutete mit seiner qualmenden Zigarette auf Sieber, der zurückgelehnt in seinem Sitz lag, einen Arm schützend um Maggie gelegt.

Maggie selber dachte ganz etwas anderes. In einem wahren Machtrausch (ein paar Wochen in der Rolle eines Gurus hatten sie nicht bescheidener gemacht) malte sie sich ihre triumphale Rückkehr zur «Zeitung» aus. Ganz zu schweigen von dem Buch, das sie nun endlich schreiben wollte, dem Enthüllungsroman, der einschlagen würde wie eine Bombe: Die Wahrheit über den Fall Baumeister-Savigny (unter besonderer Betonung der Rolle, die Ruth-Maria Vollenweider dabei gespielt hatte, die unbestechliche Journalistin). Sie schmiegte sich in Siebers Arm (der immer noch eine Menge Informationen für sie hatte), betrachtete die Wolken von oben und gab im Geiste die ersten Fernsehinterviews.

Unter den Wolken waren soeben zwei Frauen dabei, Maggies Träume zu zerstören. Natürlich ohne es zu wissen.

**122** Peter Nowak beäugte das Aufnahmegerät von Kriminalbeamtin Antonia Egger mißtrauisch. Als wäre es ein Tier, das ihn jeden Moment anspringen könnte. Journalisten lassen sich nicht gern befragen, Fotografen nicht gern fotografieren.

«Ich bestehe darauf, den Text gegenzulesen», sagte er.

«Mein Lieber, es handelt sich hier um ein Verhör, nicht

um ein Interview.» Rosa Zimmermann verlor langsam die Geduld. Mehr als zehn Jahre hatte sie auf eine Erklärung gewartet, jetzt war ihr jede weitere Minute zu lang.

«Lassen Sie mich das machen», übernahm Antonia Egger. «Also: Ihre Verbindung mit Marina Marini. Von vorn, gern.»

«Es hat alles mit dieser Baumeister-Savigny-Geschichte zu tun.»

«So weit sind wir auch schon gekommen», unterbrach Rosa.

«Ich wußte, daß Marina Marini in den Fall verwickelt war. Aber sie wollte auf keinen Fall, daß ihre Verbindung mit Stadtrat Baumeister publik würde. Um von ihrer Person abzulenken, bot sie mir Insider-Informationen an. Eigentlich behandelte Maggie den Fall bereits, es war ihre erste große Geschichte. Hat ihr ja dann auch das Genick gebrochen. Ich hatte bald das Gefühl, daß Maggie benutzt wurde. Und begann selbst zu recherchieren.»

«Der meistrecherchierte Fall in der Geschichte des Journalismus», kommentierte Rosa. «Nur geschrieben hat niemand je etwas Gescheites.»

Peter Nowak zuckte schmerzlich berührt zusammen.

«Ich war dran!» verteidigte er sich. «Ganz nah dran. Aber wie du dich vielleicht erinnerst, habe ich den Korrespondentenposten in Warschau angeboten bekommen.»

«Warum hat sich Marina denn mit ihren Informationen nicht an Maggie gewandt?» Rosa ignorierte die Anspielung auf ihr geplantes gemeinsames Leben in Warschau. «Warum ausgerechnet an dich?»

«Sie wollte den Besten», erklärte Nowak trotzig. Aber irgend etwas an seinem Ton warnte Rosa.

«War sie in dich verliebt?» Er antwortete nicht. «Warst du in sie verliebt?» Er zog ein Gesicht. Wie ein Kind vor einem Teller Salatsauce. Rosa Zimmermann stand auf. Ihr Stuhl kippte. Mit einem Arm fegte sie die Champagnergläser vom Tisch. Antonia Egger fing das Aufnahmegerät im Fluge auf.

«Arschloch», sagte Rosa Zimmermann und verließ den Raum.

«Aber ich habe doch gar nicht …»

«Setzen», befahl Antonia Egger. «Wir machen weiter. Mit mir können Sie offen reden. Müssen Sie sogar.»

Peter Nowak setzte sich wieder. Verwirrt. «Aber so war es doch gar nicht», wiederholte er.

«Mich müssen Sie nicht überzeugen», sagte Antonia Egger. «Weiter im Text!»

«Im Gegenteil: Maggie war (auf ihre Art) in Marina verliebt. Und Marina hat das ausgenutzt. Sie hat auch Baumeister benutzt, und Savigny genauso. Den Bruder, meine ich. Hans-Iwan. Er hat ihr aus der Hand gefressen. Marina hatte alle Fäden in der Hand.»

«Was für eine Energie», bemerkte Antonia Egger beinahe bewundernd.

«So ist sie eben. Und man kann ihr nicht einmal böse sein. Sie muß immer sicherstellen, daß sie ihren Anteil bekommt und daß er nicht zu klein ausfällt. Nun, die Richtung, in die meine Recherchen mich führten, gefiel ihr nicht. Sie erpreßte mich: Sollte ich die Geschichte veröffentlichen, würde sie meiner Frau von Rosa erzählen. Als meine Frau mich verließ, mußte sie zu einem drastischeren Mittel greifen.»

«Warum sind Sie nicht einfach nach Warschau gefahren? Warum wollten Sie die Geschichte um jeden Preis veröffentlichen? Warum will denn jeder um jeden Preis die Wahrheit über den Fall Baumeister-Savigny niederschreiben?»

«Das ist Journalismus – das verstehen Sie nicht.»

«Und – was hat Marina mit Ihnen gemacht?»

Nowak senkte den Kopf und zog Marinas rosa Morgenmantel enger um sich.

«Sie hat mich auf einen Drink eingeladen. Der Drink war getürkt. Als ich wieder zu mir kam, war ich verheiratet. Mit einer wahnsinnigen philippinischen Millionärin, die mich wie einen Gefangenen hielt. Erst vor kurzem konnte ich mich befreien. Ich schwör's», rief er, verzweifelt über Antonia Eggers kaum unterdrücktes Kichern.

Sie schaltete das Gerät aus. «Seien Sie bloß froh, daß Rosa Sie nicht hört.»

**123** Paula Perroquet wurde vom Nestbau-Syndrom erfaßt. Zwei Wochen zu früh. Und es äußerte sich auch nicht so, wie in den Geburtshilfe-Lehrbüchern beschrieben. Statt, wie andere Frauen, kurz vor der Geburt noch die Wohnung umzuräumen, das Kinderbett zu streichen, Kissenbezüge zu nähen und Kindersocken nach Farben zu sortieren, setzte sich Paula Perroquet an den Schreibtisch und begann zu schreiben.

Das war nun einmal ihr Beruf.

Sie hatte es nur vorübergehend vergessen. Und angenommen, ihre Hauptaufgabe im Leben sei, aufs Gesicht zu fallen.

Paula setzte sich hin und begann die ganze Geschichte aufzuschreiben. Die Baumeister-Savigny-Geschichte. Sie hatte ihre Notizen um sich herum ausgebreitet, brauchte jedoch nicht nachzulesen. Es war alles da. Sie hatte sich lange genug damit beschäftigt. Sie schrieb einfach, Stunde für Stunde. Sie stand nicht einmal auf, um etwas zu essen oder zu trinken, um die Zeitung zu lesen oder sich die Zähne zu putzen. Ihr Sohn Marlon ging in der Wohnung ein und aus, ohne daß sie ihm mehr als ein unbestimmtes Grunzen zukommen ließ. Irgendwann war er verschwunden. Sie hätte nicht sagen können, ob er sich verabschiedet hatte. Sie ging nicht einmal auf die Toilette, was für eine Frau in ihrem Zustand einigermaßen ungewöhnlich war. Fast schon ein medizinisches Wunder.

So war es, wenn Paula schrieb. Sie hatte es nur vergessen. Es war zu lange her. Sie hatte vergessen, daß sie schreiben konnte. Sie war so konzentriert, daß sie nicht mehr darüber nachdachte, was sie da schrieb. Sie vergaß sich selbst. Sie war glücklich. Sie schrieb, bis es an der Tür klingelte.

Sie ignorierte es. Sie schrieb weiter. Es klingelte noch einmal. Sie schrieb, bis die Tür fast eingeschlagen wurde. Dann erst stand sie auf und öffnete.

Vor der Tür stand ein Velokurier. Der Velokurier. Der, an den Paula schon seit Wochen dachte, immer wieder und in unpassenden Momenten. Warum aber hatte sie seinen Namen vergessen? Und warum trug er, statt des Velohelms, eine Partymütze aus gestreiftem Papier?

«Meet your neighbours», schlug er vor.

«Keine Zeit», sagte Paula. Schon schielte sie über ihre Schulter zum Schreibtisch. Doch der Velokurier zeigte seine Zähne, was ihm nicht ohne Charme gelang, und schleppte sie in den zweiten Stock, wo, ohne daß Paula etwas gemerkt hätte, eine größere Party im Gange war.

«Wir haben die Wand durchbrochen!» verkündete eine strahlende, kugelrunde Babs und hängte sich beim Velokurier ein.

«Welche Wand?» Paula studierte die glattrasierten Waden des jungen Mannes und kam zum Schluß, daß es ebendiese Beine waren, die sie, mit denen von Babs verschlungen, kürzlich auf dem Fußboden angetroffen hatte.

«Wir haben die beiden anderen Wohnungen dazugemietet. Der ganze zweite Stock gehört nun uns.»

«Wir? Uns?»

«Die Familie der Zukunft», verkündete ein ernsthafter

junger Mann mit leicht verlangsamten Bewegungen, den man am Ziegenbart als Künstler erkannte. Er stellte sich als Reto vor. «Der Vater von Billy und Willy», erklärte Babs. «Er nimmt die kleine Wohnung gegenüber. Und in die mittlere zieht Alex ein.»

Ein fülliger, älterer Herr mit lauter Stimme und vollem Glas, unrasiert, sympathisch. «Und frisch geschieden», präzisierte er. «Nehmen Sie ein Glas Rotwein. Ist gut fürs Blut.»

Paula gehorchte. «Und Sie sind wohl der Vater von Ernestine und Josefine?»

«Na, wie haben wir das gemacht?» Babs lachte, nicht nur über ihr gewiß faszinierendes Arrangement, sondern auch über den nicht von ihrer Seite weichenden Velokurier. Mäge hieß der Junge, jetzt fiel es Paula wieder ein.

«Gut hast du das gemacht», sagte sie. Vielleicht sollte sie selbst ihren Ex-Mann Charlie um Asyl bitten. Er hatte diese mütterliche Art, die ihr im Moment nicht ungelegen käme. Hinter der Bar machte sich ihr Sohn Marlon nützlich. Paula umarmte ihn, erleichtert, daß er nun doch nicht schon mit fünfzehn Vater wurde.

«Hüten werd ich das Kind aber trotzdem», stellte er klar.

«Natürlich.» Paula ließ ihr Glas stehen. Der Schreibtisch rief.

Doch in diesem Moment sorgten Hugo Gallati und sein Freund Ernesto für einen vielbeachteten Auftritt. Nach ihrem griechischen Abenteuer waren sie direkt vom Flughafen zum Verhör geführt worden. Dem Effekt zuliebe hatten sie darauf verzichtet, zu duschen und sich umzuziehen. Doch bevor sie sich richtig in ihrem Heldentum sonnen konnten, hatte Paula die beiden gepackt.

«Ihr kommt sofort mit rauf», befahl sie. «Ich will ein Exklusiv-Interview.» Nicht einmal ein Bier durften sie mitnehmen. Paulas Ton ließ keinen Widerspruch zu. Im letzten Moment steckte Ernesto unbemerkt eine Handvoll Salznüsse ein.

«Ich muß alles aufschreiben, bevor das Kind kommt», sagte sie. «Und wie es aussieht, kommt es bald.»

«Jetzt?» Bei der bloßen Vorstellung wurde Ernesto schwarz vor den Augen. Das hinderte Paula nicht daran, ihn zu befragen.

**124** Die letzte Person, die Rosa Zimmermann sehen wollte, war Marina Marini. Doch genau die wartete in ihrem Büro auf sie. Wartete? Es sah eher aus, als wäre sie damit beschäftigt, Rosas Büro auszuräumen. Offene Kartonschachteln standen herum, die Marina träge mit Dokumenten füllte, jedes einzelne zunächst durchblätternd.

Rosa Zimmermann atmete tief durch. Während der Tramfahrt durch die Stadt war sie zu dem Schluß gekommen, daß sie überreagiert hatte. Schlimm genug, daß Nowak sie zehn Jahre lang hatte sitzenlassen. Doch was er in dieser Zeit auch getrieben haben mochte, er hatte sie jedenfalls nicht mit Marina verbracht. Also. Kein Grund zur Eifersucht. Das wäre ja noch schöner. Rosa Zimmermann und eifersüchtig. Sie atmete noch einmal tief ein und zählte dabei auf fünf, wie es ihr der Chefzeichner der «Zeitung», Herr Nico, vorgemacht hatte. Wiederholt hatte er angeboten, sie und andere Mitglieder der Redaktion in das Geheimnis seiner schier unerschöpflichen Kreativität einzuweihen. Einatmen, ausatmen, auf fünf zählen. Oder so ähnlich. Nachmachen konnte es niemand, und die Legende blieb unangetastet. Herr Nico kam weiterhin wie Napoleon mit sagenumrankten zwei Stunden Schlaf aus. (Die verbleibenden zweiundzwanzig verbrachte er mehrheitlich mit Zeichnen.)

«Darf man fragen, was du hier machst?» fragte Rosa kühl. Wie bei den Briten äußerte sich Rosas Mißbilligung in einem Vierteltonfall. Wenn sie nicht gerade Champagnergläser vom Tisch fegte, natürlich.

«Ich helfe dir beim Umzug, Darling.»

«Umzug?» Rosa Zimmermann setzte sich auf die Tischkante. Sie fischte eine Mozartkugel aus ihrer Handtasche und versuchte, sich ihren Schrecken nicht anmerken zu lassen. Hatte man sie etwa gefeuert? Unmöglich – die «Zeitung» würde ohne sie unweigerlich untergehen. Rosa wußte das. Aber wußte es der Verwaltungsrat?

Marina Marini nahm mit spitzen Fingern einen der leichteren Kartons und trug ihn aus dem Büro. Rosa schluckte einen Rest Marzipan hinunter und folgte ihr. Marina trug den kleinen Karton in das leerstehende Büro von Chefredakteurin Maggie und stellte ihn demonstrativ mitten in den Raum.

Rosa schloß die Tür hinter sich. «Erklär dich», befahl sie. «In jeder Hinsicht.»

«Ach, Herzchen!» Marina breitete ihre Fledermausärmel aus, drückte Rosa an sich und verwickelte sie in mehrere Meter Seide. «Ich bin dir was schuldig. Wer hätte denn gedacht, daß du ihn so liebst!»

«Nowak?» Sie würde sich hüten, seinen Vornamen auszusprechen. «Was hast du mit ihm gemacht?»

Marina hatte den Anstand, leicht beschämt dreinzuschauen. Ein Gefühl, das ihr fremd war, wie Rosa wußte. Aber nett von ihr, es wenigstens vorzutäuschen. «Ich habe ihn verkauft», gestand Marina.

«Du hast ihn verkauft?»

«Ja, da war diese Dame, diese sehr reiche Dame von den Philippinen. Sie wollte unbedingt einen Ehemann aus der Schweiz. Sie war ein bißchen, wie soll ich sagen, besitzergreifend.»

Rosa hob die Hand. «Genug.»

«Jetzt bist du mir böse», schmollte Marina. «Dabei wollte ich ja nur das Beste.»

«Für dich vor allem.»

«Natürlich. Für wen denn sonst?» Marina machte große, runde Augen wie ein Kind in der Geisterbahn. «Du bist doch eine der wenigen, die wissen, wo ich herkomme und wie hart ich mir all das erarbeitet habe.» Marina machte eine Geste mit dem Flatterärmel, welche die Redaktion der «Zeitung» einschloß. Und das war nicht einmal falsch. Marina Marini hatte irgendwie überall die Finger drin. Mit einem Netz aus Geheimniskrämerei, Abhängigkeiten und unausgesprochenen Drohungen herrschte sie über die halbe Stadt.

«Und natürlich auch über den Verwaltungsrat der ‹Zeitung›», sprach Marina, nicht ohne Stolz, Rosas Gedanken aus. «Weshalb es mir nicht schwergefallen ist, die Herren und Damen davon zu überzeugen, daß dieses Schiff nicht länger mutterlos auf den Weltmeeren dümpeln darf.»

«Du bringst deine Bilder durcheinander», rügte Rosa, die sich unterdessen an Maggies Schreibtisch niedergelassen hatte. Natürlich. Die «Zeitung» brauchte sie. Man hatte Rosa Zimmermann oft das Herz der Redaktion genannt. Aber sie war auch der Kopf. Warum also nicht offiziell?

Rosa Zimmermann spitzte einen Bleistift. Dann nahm sie ihre erste Amtshandlung vor: «Du begibst dich in die Lindenstraße und hilfst unserer Paula Perroquet, ihre Geschichte fertig zu schreiben.» Marina zog ein Gesicht. Die neue Chefredakteurin der «Zeitung» zog eins zurück. Und Marina Marini gehorchte.

**125** Marlon hatte es sich überlegt.

«Ich komme mit», sagte er. «Ich habe mich auch schon vorbereitet. Ich weiß alles, was es zu wissen gibt.»

Doch seine Mutter hörte nicht wirklich zu. Durch die schmutzigen Gläser einer alten Brille schaute sie die Arbeit der letzten Tage an. Sie hatte den ganzen Baumeister-Savigny-Skandal aufgearbeitet. Ohne Luft zu holen.

«Hm», sagte Paula. «Wie du willst, mein Schatz.»

Marlon seufzte. Das wieder mal, dachte er. Meine Mutter. «Ist gut», sagte er, «dann zieh ich also zu Oma Hulda.»

Nur ein Test, natürlich. Paula bestand nicht. Sie schaute nicht einmal vom Bildschirm auf. «Mach das», sagte sie, «mach das.»

Marlon blieb noch einen Augenblick stehen. Dann zuckte er mit den Schultern. Sein Vater hatte ihn darauf vorbereitet. So ist sie, deine Mutter, hatte er gesagt, wenn sie gerade irgend etwas schreibt. Nimm es nicht persönlich.

Gut, daß sie mich noch hat, dachte Marlon. Einer muß ja die Wirklichkeit im Auge behalten.

Marina Marini hatte zur Textbesprechung ein Kissen aus rosa Seide mitgebracht, das sie sorgfältig auf einen von Paulas Eßzimmerstühlen legte, bevor sie sich setzte. Außerdem trug sie eine Kühlbox mit sich herum. Nach wenig erfreulichen Erfahrungen mit Paulas Alkoholangebot hatte sie ihre eigenen Getränke mitgebracht. Gläser auch. Und einen Aschenbecher.

Während Marina den Text las, beobachtete Paula sie: Langweilt sie sich? Schweifen ihre Gedanken ab? Ärgert sie sich? Stolpert sie über unnötige Wörter? Das waren die Momente, in denen Paula sich fragte, warum sie das tat. Warum sie sich dem aussetzte. Vor langer Zeit hatte sie einen vernünftigen Beruf gelernt. Warum konnte sie nicht den ausüben?

Nach einer Weile, die Paula endlos vorkam, legte Marina

die Blätter auf den Tisch und sagte: «Nicht schlecht, Chérie, gar nicht schlecht.»

Darum, dachte Paula, der vor Erleichterung übel geworden war, darum. «Es fehlt natürlich noch einiges», wehrte sie bescheiden ab. «Zum Beispiel weiß ich noch immer nicht, wer nun Hans-Iwan Savigny umgebracht hat. War es wirklich Johanna Staub?»

«Sie hat die Tat immerhin gestanden.»

«Ich denke, sie hat Hans-Iwan erpreßt. Seine Freundin oder was immer hat doch ausgesagt, er hätte Johanna regelmäßig Geld gegeben.»

«Well», sagte Marina, «gehen wir mal davon aus, daß Jean Barsoi, dieses Schätzchen, Hans-Iwan mit dem Ergebnis seiner Recherchen erpreßte. Hans-Iwan zahlt eine Weile. Dann bringt er Barsoi um. Er hat schon einen Menschen umgebracht, den Stadtrat Baumeister. Ohne erwischt zu werden. Das zweite Mal geht's leichter. Was hindert nun unsere Johanna daran, weiter abzukassieren?»

«Sie scheint mir nicht der Typ zu sein», entgegnete Paula lahm.

«Ha!» Marina schenkte sich einen großzügigen Wodka ein. «Weil sie Gesundheitssandalen trägt und leise spricht? Weil sie Kuhaugen hat? Trau nie einer sanften Frau. Das sind die wirklich gefährlichen.»

Paula malte Kringel. «Warum hat sie ihn dann umgebracht? War das Geld ausgegangen? Wollte er nicht mehr zahlen?»

«Das weiß ich nicht, Darling. Aber ein paar knusprige Details willst du dir doch für die Buchversion aufsparen.»

«Das ist ein Buch», protestierte Paula. Ihr Bauch drückte gegen die Tischkante. Er war steinhart. Paula ignorierte es. Solange man es ignorieren kann, sind es keine Wehen, sagte sie sich.

«Die Chefin spricht erst mal von einer Artikelserie», sagte Marina. «Das bringt dich locker über die Runden, bis das Dings, das Kindchen da ist und alles. Und dann machen wir das Buch.»

«Die Chefin? Maggie ist zurück?»

«Unsere wahre Chefin», korrigierte Marina.

Rosa Zimmermann. Paula war nicht erstaunt.

«Dann werd ich jetzt mal weitermachen», sagte sie, «du findest die Tür.»

Marina fand sie. Aber sie kam noch einmal zurück. «Da draußen ist ein junger Mann, der einen Koffer packt.»

Marlon?

**126** Rosa Zimmermann war sehr zufrieden. Jetzt, wo sie das Heft in der Hand hatte, konnte wieder eine rechte «Zeitung» gemacht werden. In Ungewißheit konnte niemand lange funktionieren. Auch keine Zeitungsredaktion. Rosa Zimmermann hatte einen Umtrunk im Schiffsbau organisiert, ihre Inthronisation, wie sie es ironisch nannte. Eine angenehme Abwechslung nach den doch recht gehäuften Abschieden der letzten Zeit. Von denen Rosa Zimmermann freilich einige bereits rückgängig gemacht hatte.

Nach wenigen Gläsern wurden die ersten Reden gehalten.

«Ohne Rosa Zimmermann wäre ‹Die Zeitung› nicht ‹Die Zeitung›», sagte jemand.

«Jetzt darf niemand mehr unter Rosa Zimmermann Chefredakteur sein.»

«Praktisch war's ja schon immer so, nun ist's noch rechtlich bestätigt.»

«Jetzt weiß ich auch, warum sie in letzter Zeit häufiger als sonst beim Coiffeur gewesen ist.»

«Und warum sie, ganz gegen ihre Gewohnheit, ein Tänzchen mit Herrn Schmidolin gewagt hat!»

Am Fenster bildete sich eine Traube.

«Schau dir das an», sagte jemand. «Da sollte man einen Reporter runterschicken», sagte jemand anders.

Rosa Zimmermann trat näher. Halb erwartete sie, eine dieser traurigen Gestalten zu sehen, die ihren jahrelangen Kampf gegen die Umstände aufgaben und von der Parkbank rutschten, was niemanden mehr aufregte. Doch das dort unten war eine Demonstration – ein kleiner Zug von ungefähr fünfzehn Frauen, die «Freiheit für Johanna Staub» forderten. An der Spitze erkannte sie Hulda Perroquet. Die Präsidentin der «Grauen Mäuse», der Vereinigung verlassener Frauen. Hulda Perroquet, das konnte Rosa Zimmermann von oben erkennen, sah besser aus als seit Jahren. Es tat ihr sichtlich gut, nicht länger nur ihre nächsten Angehörigen zu terrorisieren. Einige der Mäuse wirkten schon ganz verschreckt.

Freu dich nicht zu früh, Hulda, dachte die Chefredakteurin und schickte ihre Lieblingsreporterin hinterher.

Paula Perroquet versteckte sich hinter einer Säule. Besser gesagt, sie versteckte ihren Kopf und ihre Füße. Der Rest von ihr ragte beidseitig unübersehbar über die Säule hinaus. Paula wäre lieber zu Hause gewesen. Sie hätte lieber geschrieben. Sie war noch nicht ganz fertig. Die Form, dachte sie, die Form. Und sie meinte nicht die ihres Körpers.

«Wann kommt es denn?» fragte eine freundliche Kollegin.

«Am Montag», sagte Paula.

«Oh! Wie tapfer von dir!»

«Ja, und dann jede Woche einen Aufmacher, und nächstes Jahr das Buch», präzisierte Paula stolz. Die Kollegin schaute konsterniert.

«Das Kind meine ich.»

«Das Kind.» Paula schämte sich für einen Augenblick. Wie

konnte sie, gleichsam fünf Minuten vor der Geburt, an etwas anderes denken? Gehörte sich das?

«In Rosas ehemaligem Büro wird richtiger Champagner ausgeschenkt», flüsterte Marina Marini. Paula trat hinter der Säule hervor. Ein Glas Champagner würde sie zumindest vorübergehend von dem ständigen Gefühl des Unvermögens befreien, das ihr langsam lästig wurde.

Eine Nachfolgerin für sich selbst zu finden, war natürlich Rosa Zimmermanns größtes Problem. Was immer die kann, kann ich selbst viel besser, dachte sie. Delegieren war nicht ihre Stärke, doch das gehörte nun zu den Bürden ihres Amtes.

Daher betrachtete sie Hugo Gallatis Mitbringsel mit Mißtrauen. Der wunderschöne junge Mann würde sich gut hinter einem Schreibtisch ausnehmen, die eleganten Hände auf einer Tastatur. Auch über den Gang promenierend konnte man ihn sich vorstellen, auf und ab, und es gab vermutlich Schlimmeres, als von ihm einen Kaffee serviert zu bekommen.

«Als Statussymbol ließe ich ihn mir ja gefallen», sagte sie. «Aber die Arbeit mache immer noch ich selbst.»

«Vielleicht wären Sie dann doch besser auf ihrem Platz geblieben», gab der Schöne, nicht unfreundlich, zu bedenken.

«Oh! Kann er sprechen?»

«Er kann alles, Rosa», schwärmte Hugo Gallati. «Er ist der Mann, den du brauchst.»

«Ich bin der Mann, den du brauchst», rief in diesem Augenblick Peter Nowak vom Türrahmen aus. Wie fast immer, wenn Rosa ihn sah, wurde er von der Last eines Blumenstraußes beinahe erdrückt.

«Wer hat dich denn eingeladen?» Insgeheim genoß Rosa den rabenschwarzen Blick, mit dem er den jungen Gott bedachte.

«Was geht hier vor?» Wutschnaubend stand Maggie mitten in der Redaktion, in jeder Hand eine Hantel. Wie Schulkinder, die bei einem Streich erwischt worden sind, blickten die Redakteurinnen betreten nach unten. Interessante Schuh- und Fingerspitzen gab es da zu sehen.

«Kaum dreht man euch fünf Minuten den Rücken zu, gerät alles aus den Fugen!» Drohend schüttelte Maggie die Hanteln. Vereinzelt wurden Köpfe eingezogen.

«Darling», besänftigte Marina Marini. «Leg diese Dinger hin. Das hast du doch nicht nötig. Bei deinen Muskeln!» Brav legte Maggie die Hanteln nieder. Marina strich ihr über den Rücken wie einem kranken Pferd.

«Du hast doch jetzt eine wichtigere Aufgabe», flötete sie. «Das ‹Haus des Lichts› ist verwaist, Tausende junger Menschen sind ohne Führung. Sie brauchen dich. Es war mir ein tiefes Anliegen, dich von deinen weltlichen Pflichten zu befreien. Du mußt dich nicht bedanken. Bete einfach ab und zu für mich.»

«Du meinst …» Verwirrt schaute Maggie sich um. Niemand wagte, sich zu rühren. «Du hast recht.» Sie atmete tief durch. Sie straffte die Schultern. «Die Welt braucht mich. Tut mir leid für euch alle!» Und mit segnender Geste verließ sie die Redaktion.

Chefredakteurin Rosa Zimmermann schickte ihren Sektenspezialisten hinterher.

«Hey!» schrie Bezirksanwalt Sieber. «Ich dachte, wir wollten heiraten!»

Paula wollte sich gerade ein zweites Glas genehmigen, da stand sie im Nassen. Einen Augenblick lang fürchtete sie, sie habe die Champagnerflasche ausgeleert. Wenn nicht Schlimmeres. Dann fiel es ihr wieder ein. Das Fruchtwasser. Das nun gehörte nicht mehr zu den Dingen, die man ignorierte. Wie ab und zu einen harten Bauch. Paula ließ das Glas fallen. Ein paar Gesichter wandten sich ihr zu. Sie schnappte nach Luft. Hilfe, dachte sie. Ich will nach Hause. Macht diese Geburt ohne mich. Ich hab's mir anders überlegt. Sie bekam keine Luft. Sie keuchte. Sie hatte Angst.

Jemand rief nach einem Taxi. Jemand wollte wissen, welches Krankenhaus. Da stand plötzlich Marlon vor ihr. Mit dem Köfferchen in der Hand, dem berühmten.

«Einatmen», befahl er. «Und ausatmen.» Er atmete ihr vor wie jemand, der nichts anderes tut, als Geburtsvorbereitungsvideos anzuschauen. Vermutlich hatte er genau das in den letzten Wochen getan. Das war seine Art. Gründlich. Verläßlich. «Ich habe alles eingepackt, was das Krankenhaus vorschreibt», sagte er, auf das Köfferchen deutend. «Und außerdem deinen Computer!»

## Zürcher Wörterbuch

| | |
|---|---|
| Beiz | Kneipe |
| Knabenschießen | Wettschießen, an dem seit kurzem auch Mädchen teilnehmen dürfen, plus drei Tage dauernder «Chilbi» (Kirchweih) |
| Nicole Müller | Schweizer Schriftstellerin («Denn das ist das Schreckliche an der Liebe» und «Mehr am 15. September») |
| «Näbel isch» | beliebtes Kinderlied der noch viel beliebteren Band «Sternefoifi» |
| Regenbogenkarte | Monats- oder Jahreskarte der Zürcher Verkehrsbetriebe |
| Schwamendingen | Außenquartier mit (unverdient) schlechtem Ruf |
| Schnäbeli | primäres männliches Geschlechtsmerkmal |
| Sechseläuten | traditionelles Fest, auf dessen Höhepunkt eine Art Schneemann, der «Böögg», verbrannt wird, womit der Winter vertrieben werden soll |
| Pfarrer Sieber | reformierter Pfarrer, nicht unumstritten, der sich intensiv für Obdachlose, Drogensüchtige und Aidskranke engagiert |
| Beni Thurnheer | bekannter Schweizer Spiel- und Sportmoderator («Benissimo»), beinahe eine Institution |

| | |
|---|---|
| Michael von der Heide | gutaussehender junger Sänger, shooting star |
| Achmed von Wartburg | Tangomusiker, Galionsfigur der Zürcher Bewegung der achtziger Jahre (Präsident der Partei «nacktes chaos» und überraschend erfolgreicher Kandidat der Stadtpräsidentschaftswahl 1981) |
| Beat Wüthrich | Kolumnist der «Weltwoche» |
| Züspa | «Zürcher Spezialausstellung» – jährlich stattfindende Warenmesse |